Michael Kibler
Aschespur

Zu diesem Buch

Den Polizeidienst vermisst Steffen Horndeich nicht, wohl aber das Ermitteln. Als Sicherheitsexperte hat er immer wieder mit Einbrüchen zu tun, kniffligere Fälle sind ihm allerdings bislang nicht untergekommen. Doch dann führt ihn ein Feuer und der Fund eines versteckten Tresors samt rätselhaftem Inhalt auf eine heiße Spur – und direkt zu Jana Welzer. Die Nachlasspflegerin verwaltet das Haus, das bei dem Brand beschädigt wurde, da die Besitzerin seit Jahren nicht mehr zu erreichen ist. Horndeich wittert ein Verbrechen – vielleicht sogar Mord. Und auch Janas Spürsinn ist sofort geweckt. Gemeinsam beginnen sie, die Hintergründe aufzudecken.

Michael Kibler, geboren 1963 in Heilbronn, ist heute leidenschaftlicher Darmstädter. Nach Studium und Promotion arbeitet er als Texter und Schriftsteller. Seit 2005 veröffentlicht er erfolgreiche Kriminalromane um die Darmstädter Ermittler Steffen Horndeich und Margot Hesgart. Mit »Sterbenszeit« erschien 2014 außerdem sein erster Krimi um den BKA-Hauptkommissar Lorenz Rasper. »Fremder Tod«, 2020 erschienen, war der erste Band seiner neuen Darmstadt-Krimireihe um Nachlasspflegerin Jana Welzer.

Michael Kibler

ASCHESPUR

Kriminalroman

PIPER

Mehr über unsere Autorinnen, Autoren und Bücher:
www.piper.de

Wenn Ihnen dieser Kriminalroman gefallen hat, schreiben Sie uns unter Nennung des Titels »Aschespur« an *empfehlungen@piper.de*, und wir empfehlen Ihnen gerne vergleichbare Bücher.

Von Michael Kibler liegen im Piper Verlag vor:
BKA-Hauptkommissar Lorenz Rasper:
Sterbenszeit

Nachlasspflegerin Jana Welzer ermittelt:
Fremder Tod

Darmstadt-Krimis:
Madonnenkinder
Zarengold
Rosengrab
Schattenwasser
Todesfahrt
Engelsblut
Opfergrube
Totensee
Seelenraub
Treueschwur
Abendfrost
Zornesglut
Aschespur

Unser Versprechen für mehr Nachhaltigkeit
• Klimaneutrales Produkt
• FSC®-zertifiziertes Papier
• Hergestellt in Europa

FSC www.fsc.org MIX Papier aus verantwortungsvollen Quellen FSC® C083411

Originalausgabe
ISBN 978-3-492-31505-0
November 2021

Redaktion: Christine Neumann
Umschlaggestaltung: semper smile, München
Umschlagabbildung: checker/stock.adobe.com
Satz: Eberl & Kœsel Studio GmbH, Krugzell
Gesetzt aus der Minion
Druck und Bindung: CPI books GmbH, Leck
Printed in the EU

Für Erdmann und seine Erdfrau

MITTWOCH, 9. JUNI

Was, um alles in der Welt, hatte dieser alte, schäbige Schuhkarton auf dem edlen Marmor der Küchentheke zu suchen?

Diese Frage stellte sich Steffen Horndeich seit nunmehr zwei Minuten.

Vor ihm stand eine dampfende Tasse Espresso. Ihm gegenüber eine weitere, allerdings derzeit herrenlose. Denn der Eigner des zweiten Espressos und Herr des Hauses versuchte gerade, telefonisch eine größere Katastrophe für seine Firma abzuwenden.

Frank Schröder leitete eine Malermeister-Firma – obwohl dieser Begriff nicht mehr angemessen war. In den vergangenen 20 Jahren hatte der Mann daraus einen Betrieb für die komplette Innenausstattung von Wohnhäusern und auch für jene von Gewerbeimmobilien geformt.

Den heutigen Vormittag hatte sich Frank Schröder freigenommen. Denn er wollte Steffen Horndeich um Rat bitten. Der sollte für ihn ein Konzept erarbeiten, wie Schröder das Einfamilienhaus, in dem er mit seiner Familie wohnte, sicherer machen könne. Einige Einbrüche in der Nachbarschaft im Darmstädter Komponistenviertel während der vergangenen Wochen hatten ihn zu diesem Schritt bewogen.

Kaum hatte Schröder die Espressi zubereitet, hatte sein Handy geklingelt. Er hatte auf das Display gesehen, die Augenbraue hochgezogen, dann die Schultern, und verkündet: »Sorry, da muss ich rangehen.«

Im Erdgeschoss des Hauses breitete sich eine großzügige Wohnküche in Richtung Flur aus – dorthin war Schröder verschwunden. Vom Flur aus führte eine Treppe in das Souterrain. Hier befand sich das Homeoffice von Frank Schröder, ähnlich wie bei Steffen Horndeich. Dessen Haus lag keine fünf Gehminuten von Schröders Domizil entfernt. Auch er hatte sein komplettes Souterrain seinem Geschäft gewidmet: zwei großzügige Räume, in denen sich die Detektei »Steffen Horndeich. Private Ermittlungen« befand.

Horndeich hörte Schröders Stimme trotz einer geschlossenen Tür und eines ganzen Stockwerks Abstand. Der Mann war außer sich und brüllte ins Telefon. Das wird sicher noch ein Weilchen dauern, dachte Horndeich. Und wenn er etwas in den vergangenen zwei Jahren gelernt hatte, dann, dass er eine solche Zeit des unverschuldeten Leerlaufs gnadenlos abrechnete.

Die Wohnküche war nach Horndeichs Geschmack eingerichtet: luftig, weit, sodass auch der massive Esstisch den Raum nicht erdrückte. Sofagarnitur und Couchtisch kamen, ebenso wie die Sessel, eher leichtfüßig daher. Ein paar Kunstdrucke zierten die Wände, eine jedoch war fast nahtlos bedeckt mit Familienfotos. Auf einem der Bilder war sogar Horndeichs Tochter Stefanie dabei, denn die ging mit Schröders Tochter Ilona in dieselbe Klasse.

Küche, Wohnbereich, Essbereich – alles war ausnehmend stilvoll eingerichtet. Nur diese Schuhschachtel auf der Küchentheke passte so überhaupt nicht ins Bild. Sie wirkte, als habe sie bereits ein beschwerliches Leben hinter sich. Sie hatte etwas aufopfernd aufbewahrt, bis ihre Seitenwände ausgebeult waren und die Ecken abgerundet, bis die Seitenflächen Knitterfalten aufwiesen und der Deckel an einer Kante leicht eingerissen war. Patina überzog die Pappe. Und die auf der Querseite aufgedruckten High Heels in einem faden Grau, das einmal silbern gewesen sein mochte, wirkten auf diesem Untergrund völlig deplatziert.

Horndeich schlurfte am Espresso. Erstens konnte er ihn jetzt noch genießen, bevor er kalt wurde. Zum anderen, und das war ein nicht zu unterschätzender Effekt, beschäftigte er seine Finger. Denn die musste er nachdrücklich im Zaum halten. Sie drängten in Richtung Schachtel, wollten den Deckel anheben, wollten ihr ihr süßes Geheimnis entreißen. Nur ganz kurz. Nur einen halben Zentimeter, nur mal eben reinlinsen.

Neugier war eine Berufskrankheit. Bis vor zwei Jahren hatte Steffen Horndeich bei der Mordkommission in Darmstadt gearbeitet – und er war gut gewesen in seinem Job. Zunächst gemeinsam mit seiner Kollegin Margot Hesgart, später dann mit ihrer Nachfolgerin Leah Gabriely, hatte er dafür gesorgt, dass die bösen Jungs und Mädels hinter Gittern landeten. Zweimal hatte er sich in dieser Zeit eine Kugel eingefangen. Beide Male hatte nur wenig gefehlt, um seine Frau Sandra zur Witwe und seine Kinder Stefanie, Alexander und die kleine Antje zu Halbwaisen zu machen. Danach hatte er beschlossen, sich einen Job in ruhigeren Gefilden zu suchen. Seine frühere Kollegin Margot hatte sich vor wenigen Jahren selbstständig gemacht, gemeinsam mit ihrem Lebensgefährten Nick. Die beiden betrieben seither eine Beratungsfirma für Sicherheitstechnik. Margot hatte Horndeich darauf angesprochen, dass einige ihrer Kunden auch nach Privatermittlern fragten. Und so hatte Horndeich den Sprung in die Selbstständigkeit gewagt.

Die Espressotasse war leer, doch aus dem Souterrain tönte immer noch Schröders Stimme. Der Mann blaffte unablässig. Es handelte sich bei dem Telefonat eher um einen Monolog als um einen Dialog mit dem Ziel einer konstruktiven Problemlösung …

Horndeich sah sich abermals um. Schaute aus dem Fenster. Hätte es in dem Raum ein Bücherregal gegeben oder eines mit CDs, wäre er jetzt aufgestanden und hätte die literarischen und musikalischen Schätze begutachtet. Aber außer einem großen Flachbildschirm und ein paar Hi-Fi-Komponenten gab es nichts zu bestaunen. Horndeich hatte sein Smartphone nicht mitgenommen. Und so war ihm –

langweilig. Ein Zustand, den er kaum kannte und den er, wenn er denn einmal eintrat, nicht mochte. Und der der Zurückhaltung in Sachen Schuhkarton nicht eben förderlich war.

Schröders Stimme klang immer noch aus der Unterwelt, und so warf Horndeich einen schnellen, kurzen Blick unter den Deckel. Der Karton war prall gefüllt mit Kontoauszügen der Sparkasse Darmstadt. Ab und an ragte ein kleines Pappkärtchen heraus, auf dem eine Jahreszahl vermerkt war. Es waren elf an der Zahl, beschriftet von 2003 bis 2013. Horndeichs rechter Zeigefinger konnte nicht umhin, eines der Kärtchen zu sich heranzuziehen und den Namen des Kontoinhabers auf dem dahinterliegenden Auszug zu lesen. Es war eine Kontoinhaberin: Maria Jimenez.

Horndeich bemerkte, dass er nichts mehr hörte. Er zog die Hand aus dem Schuhkarton und platzierte den Deckel wieder in der ursprünglichen Position.

Horndeich überlegte: Jimenez – den Namen hatte er schon einmal gelesen oder gehört. Er erinnerte sich, dass es zu der Zeit gewesen sein musste, als er noch gemeinsam mit Margot bei der Darmstädter Polizei gearbeitet hatte. Jimenez – da klingelte ein Glöckchen, aber nur ganz leise und aus weiter Ferne.

Eine Stimme riss ihn aus seinen Gedanken: »Entschuldigen Sie, Herr Horndeich, es ist so schwer, heute gutes Fachpersonal zu bekommen.« Schröder sah auf seine Armbanduhr, eine Smartwatch.

Horndeich hatte sich nie dazu durchringen können, dem flachen digitalen Quälgeist in der Innentasche des Jacketts noch einen weiteren am Armgelenk hinzuzufügen. Sein linkes Handgelenk zierte eine Omega Speedmaster, die ihm seine Frau vor Jahren geschenkt hatte und die er fast so sehr liebte wie die ihn Beschenkende.

»Gehen wir durchs Haus. In 30 Minuten kommt der Vermieter, dann kann ich mit ihm gleich besprechen, was ich hier installieren möchte. Also, lassen Sie mich an Ihrem Fachwissen teilhaben.«

Horndeich schätzte eine effiziente Arbeitsweise durchaus. Aber wie ein Reitpferd mit Sporen durchs Haus getrieben zu werden und innerhalb von Minuten ein fundiertes Konzept zu entwickeln oder zumindest solide Ratschläge zu geben, das war eher nicht sein Ding. Aber: Der Kunde war König.

Und so führte Schröder ihn im Schnelldurchlauf durch das Souterrain mit zwei Keller- und zwei Büroräumen, dann durch das Erdgeschoss, dessen Wohnküche er ja schon kannte, aber die beiden weiteren Zimmer noch nicht. Das eine war Abstellkammer und Bügelraum, das andere Lese- und Gästezimmer. Hier fanden sich die zuvor vermissten Regale voller Bücher. Zudem befand sich gleich neben der Eingangstür noch ein Gäste-WC mit Dusche. Das Stockwerk darüber lag bereits unterm Dach. Die beiden Kinderzimmer, das Schlafzimmer und auch das sehr großzügige Badezimmer waren in der Raumhöhe zum Teil durch die Dachschragen begrenzt.

»Und?«, wollte Frank Schröder bereits an dieser Stelle ein Fazit kredenzt bekommen.

»Ich muss mir noch die Außenbereiche ansehen«, antwortete Horndeich.

Schröder führte ihn einmal um das Haus herum, durch die Garage und wieder zur Haustür.

»Wollen Sie das Gartenhäuschen auch besonders sichern?«

Schröder verneinte. »Da ist nur Gerümpel drin. Wer das klaut, ist selbst dran schuld. Ich habe nicht mal ein Schloss davor, damit potenzielle Diebe nicht die Tür aufbrechen müssen«.

Nun war es Horndeich, der auf die Uhr sah. Keine 15 Minuten hatten sie für den Rundgang benötigt. Aber die gröbsten Schwachstellen hatte er auf den ersten Blick erkannt. Schließlich hatte er solche Beratungen auch im Auftrag von Margots

Firma mehrfach durchgeführt, nachdem er selbst ein paar Fortbildungen auf dem Gebiet absolviert hatte.

Als sie das Haus betraten, steuerte Schröder direkt auf die Küchentheke zu. »Auch noch einen Espresso?«, wollte er wissen, als er seinen, der inzwischen kalt sein musste, in die Spüle kippte.

Horndeich lehnte dankend ab.

Schröder ließ die Espressomaschine brummen, dann setzte er sich an die Theke, schlug sein Tablet auf, tippte mit einem Stift ein paarmal auf dem Glas herum und sagte: »Ich höre.«

Und Horndeich ratterte seine Vorschläge herunter. Sowohl die Fenster als auch die Haustür, die Terrassentür und ebenso der Durchgang zur Garage sollten künftig besser über Mehrfachverriegelungen verfügen. Desgleichen die Fenster. Die Gitter über den Souterrainfenstern waren nicht gesichert. Eine Kamera statt eines Türspions in der Haustür würde zudem auch den Kindern ermöglichen, zu sehen, wer vor der Tür stand. Horndeich schwadronierte kurz über den Vorteil von Pilzkopfzapfen gegenüber Rollzapfen, erörterte noch den Nutzen von Alarmanlagen, einer Außenbeleuchtung, die durch Bewegungssensoren ausgelöst würde, und von Kameras im Außenbereich.

Schröder schrieb mit, und soweit Horndeich das erkennen konnte, gliederte er all das, was Horndeich ihm mitteilte, gleich in Überschriften und Stichworte mit Punkten davor. Dann rekapitulierte Schröder seine Liste und wollte von Horndeich wissen, wie teuer die einzelnen Maßnahmen werden würden.

»Das hängt natürlich auch von der Qualität der Bauteile ab. Hier sollten Sie unbedingt auf Gütesiegel achten, etwa auf das der ›vds‹ oder auf die gute alte DIN.«

Schröder blickte auf, sah Horndeich unverständig an und sagte: »Welchen Sinn macht es, wenn ich Geld in die Sicherheit meines Hauses investieren will und dann billigen Mist kaufe, den ein Nachwuchskrimineller in wenigen Minuten kleinkriegt?«

Das wäre eigentlich Horndeichs Satz gewesen, denn meist musste er den Menschen erst mal klarmachen, dass »Geiz ist geil« bei Sicherheitstechnik diese letztlich völlig überflüssig machte.

Also nannte Horndeich ihm Posten für Posten die entsprechenden Summen.

Schröders »Perfekt!« und die Türglocke erklangen im selben Moment.

ROCIO I

Mein Name ist Rocío García. Und ich bin eine zufriedene Frau.

Ich darf mich nicht beklagen.

Und ich beklage mich auch nicht. Jetzt, da alles zu Ende geht. Es wird mir wohl nicht vergönnt sein, meinen 60. Geburtstag zu feiern. Der Krebs ist nicht mehr heilbar.

Soll ich weinen?

Nein, ich glaube nicht. Felipe ist ja auch schon von mir gegangen. Dieselbe Krankheit. Bei ihm ging es zum Schluss ganz schnell. Ich hoffe, dass, wenn mein Ende naht, ich ebenfalls nicht lange auf dasselbe warten muss.

Manchmal habe ich Schmerzen. Nicht oft. Und wenn, dann sind da diese Tabletten, die meine Tochter mir besorgt hat.

Nein, ich habe mein Leben gelebt.

Ich hatte einen zärtlichen und gütigen Mann. Einen, mit dem mich nicht nur gegenseitige Liebe verbunden hat, sondern auch die gemeinsame Liebe zur Musik, zum Wandern, zur Literatur.

Wir haben eine bezaubernde Tochter, und sogar eine Enkelin ist mir noch geschenkt worden. Wenn ich nicht mehr bin, lebe ich in meiner Tochter und der Kleinen ein Stück weiter. Was will man mehr?

Meine Enkelin ist jetzt drei Jahre alt, und sie erinnert mich ein wenig daran, wie ich in diesem Alter gewesen bin.

Mit 19 habe ich Felipe García kennengelernt, mit 21 habe ich ihn geheiratet. Er war Architekt – damals natürlich nicht, da hatte er noch studiert –, und er hat sein Leben der Sagrada Família gewidmet. Jener fantastischen Kirche des Genies

Antoni Gaudí in meiner Stadt, an der seit über 100 Jahren gebaut wird und die immer noch nicht vollendet ist. Nun werde auch ich nicht mehr erleben, dass sie fertiggestellt wird.

Ja, ich bin mein Leben lang in die Kirche gegangen. Nicht jeden Sonntag, aber doch regelmäßig. Als Kind hatte ich noch ganz naiv an den guten Vater Gott und seinen Sohn Jesus geglaubt. In meiner Vorstellung sah Gott meinem Großvater sehr ähnlich: ein großer, breitschultriger Mann mit einem imposanten Rauschebart.

Mit den Tiefschlägen im Leben veränderte sich der Glaube.

Wer weiß, ob es das Jüngste Gericht gibt? Wie dem auch sei, ich habe die – wahrscheinlich ebenfalls sehr naive – Vorstellung, dass ich in wenigen Wochen meinen Felipe wiedersehen werde. In irgendeiner besseren Welt.

Als unsere Tochter größer geworden war, haben Felipe und ich im selben Architekturbüro gearbeitet. Meine Ausbildung zur Sekretärin hatte ich zum Glück abgeschlossen. Und als unser Kind langsam flügge wurde, rückten wir beide durch die gemeinsame Arbeit noch näher zusammen. Und es war für uns beide gut. Diese wundervolle, so seltsame Kirche, sie wurde unser gemeinsamer Ort.

Auch wir hatten unsere Krisen. Natürlich. Nur war Felipe kein Mann, der laut wurde oder gar die Hand erhob. Die roten Lämpchen blinkten bei mir immer dann, wenn er plötzlich ganz leise sprach. Und seine Sätze keine Kommas mehr hatten, sondern nur noch Punkte.

Sehr früh haben wir unsere Rituale entwickelt, um Krisen nicht zur Bedrohung werden zu lassen. Wenn es Dinge zu klären gab, sind wir immer wandern gegangen in die angrenzenden Berge des Montserrats. Wenn man beim Reden gleichzeitig Höhenmeter überwinden und atmen muss, reduzieren sich Wutausbrüche auf das Nötigste. Für uns beide hat es funktioniert – und mit unserer Tochter hat es ebenfalls geklappt. Gab es Familienstreitigkeiten zu klären, die gleichermaßen sie betrafen, wanderten wir zu dritt. Wir starteten oft wütend und enttäuscht. Aber wir kamen immer weniger erbost und weniger niedergeschlagen als Familie zurück. Stets mit ein paar Kompromissen im Gepäck, die jeder von uns zuzugestehen bereit war.

Felipe und mich hatte von Anfang an auch der Humor verbunden. Wir konnten über vieles lachen, auch über uns selbst. Das hat einigen Streits die Schärfe genommen. Unsere Tochter ist in diesem Bereich ganz nach uns geraten. Und so hat es unterm Strich für uns alle funktioniert.

Der Arzt hat gesagt, ich habe vielleicht noch ein halbes Jahr. Das kann heißen: nur noch drei Monate. Das kann heißen: ein Dreivierteljahr. Dass es bedeutet, dass ich den Herbst in einem Jahr auf keinen Fall mehr erleben werde, hat er so nicht gesagt. Aber wir sind gut genug in Mathe.

Ich liebe meine Enkelin.

Ich liebe sie sehr.

Seit ich sie zum ersten Mal in den Armen gehalten habe.

Jedes Baby hat seinen ganz eigenen, unverwechselbaren Geruch. Ich bin keine Biologin, aber ich bin ziemlich sicher, dass dieser Duft in der Mutter etwas auslöst, was den Muttertrieb weckt und verstärkt.

Als ich meine Enkelin zum ersten Mal im Arm gehabt habe, nahm ich diesen Geruch an ihr wahr. Ich musste weinen und habe mich kaum mehr beruhigen können.

Meine Tochter hatte mir das Baby abgenommen, voller Unverständnis, ja, geängstigt. Was mit mir los sei, fragte sie.

Ich konnte es ihr nicht sagen, da ich es selbst nicht wusste.

Da ich es damals nicht gewusst habe …

Ich liebe meine Enkelin, doch ich habe sie als Baby nur dieses eine Mal auf dem Arm gehabt.

Es hat gedauert, bis ich mir selbst erklären konnte, warum ich sie in meinen Armen hasste, obwohl ich sie doch so liebte.

Es war der Geruch.

(IMMER NOCH ...) MITTWOCH, 9. JUNI

Ja, das war eine nette Hütte, vor der sie gerade standen und darauf warteten, dass der Eigner die Haustür öffnen würde. Jana Welzers Blick glitt über den Außenputz bis zum Dachfirst. Alles befand sich in bestem Zustand.

Die Tür öffnete sich, im Rahmen stand ein attraktiver Mittvierziger, sonnengebräunte Haut, durchtrainierter Körper. Die Geheimratsecken und die Grautöne im Haar fielen nicht auf, da der Mann einen Bundeswehrhaarschnitt bevorzugte. Jana hatte diesen Herrn noch nie gesehen, sie kannte nur seinen Namen: Frank Schröder. Der sah sie irritiert an.

Janas Begleiter, Alfredo Jimenez, stellte Jana vor: »Herr Schröder, das ist Jana Welzer, die neue Abwesenheitspflegerin. Frau Welzer, das ist Herr Schröder, der Mieter dieses Hauses.«

»Schön, Sie kennenzulernen«, sagte Schröder und reichte Jana die Hand. Der Händedruck passte zum Mann: kantig. Er grüßte auch Jimenez, dann bat er sie ins Haus. Vom Flur aus steuerte der Hausherr direkt in die Wohnküche und dort an einen an beiden Seiten offenen Tresen mit Marmorplatte. Nobel, dachte Jana. Am Tresen saß ein Mann auf einem Barhocker. Er erhob sich. »Jana?«

Gegen das helle Außenlicht hatte sie ihn zunächst nur als Schatten wahrgenommen. »Horndeich?« Was machte der denn hier?

»Ah, Sie kennen sich bereits! Das ist ja wunderbar. Einen Espresso, die Dame, der Herr?«, fragte der Hausherr.

Jimenez bejahte.

Jana schüttelte den Kopf. Horndeich war Privatdetektiv.

Oder privater Ermittler, wie die korrekte Bezeichnung eigentlich lautete. Ihre eigene Profession nannte sich Nachlasspflegerin. Sie regelte den Nachlass von Verstorbenen, bei denen es auf den ersten Blick keine erbberechtigten Hinterbliebenen gab. Auch für diese Menschen musste das Ende ihres Lebens abgewickelt werden: Eventuelles Vermögen wurde gesichert, Versicherungen wurden gekündigt, Hausrate aufgelöst – natürlich stets unter der Aufsicht des Amtsgerichts in Form ihrer Person.

Immer wieder kam es vor, dass reichlich Hab und Gut vorhanden war, aber auf den ersten und auch auf den zweiten Blick keine Erben zu finden waren. Das war der Moment, in dem Jana auf private Ermittler zurückgriff. Fanden diese Erben, bekamen sie eine Provision. Fanden sie niemanden, arbeiteten sie umsonst. Auch sonst gab es immer wieder Rechercheaufträge, die sie allein nicht bewältigen konnte – dann nutzte sie ebenfalls die Dienste von privaten Ermittlern.

Eine gemeinsame Bekannte hatte Jana den Namen des privaten Ermittlers Steffen Horndeich gesteckt. Seitdem hatte sie ihn immer wieder mal mit ihren Rechercheaufträgen versorgt. Der Mann war gut, und sie war froh, dass sie zusammenarbeiteten. »Was machst du hier?«, fragte sie ihn.

»Schröders Tochter und meine besuchen dieselbe Klasse. Und ich habe Herrn Schröder gerade beraten, wie er sein Haus besser gegen Einbruch schützen kann.«

Startschuss für Schröder, wieder zu übernehmen: »Und Herr Horndeich hat mir gute Tipps gegeben! Da müssen wir gleich drüber sprechen, denn ich würde gern einiges davon umsetzen. Und da Herr Lopez ja leider von uns gegangen ist – « Schröder beendete den Satz nicht, dafür tat dies Jana in Gedanken: … muss ich halt mit Ihnen vorliebnehmen. Die Durchtrainierten sind oft auch die Machos, fiel Jana noch ein.

Das Ableben von Diego Lopez war der Grund dafür, dass Jana heute hier war. Der Mann, mit dem sie das Haus betreten hatte, Alfredo Jimenez, war der Bruder von Maria Jimenez. Der gehörte dieses Anwesen. Aber sie war seit acht Jahren verschwunden. Da der Bruder Alfredo Jimenez fast an der polnischen Grenze in Mecklenburg-Vorpommern lebte und von dort aus den Besitz der Schwester nicht verwalten konnte oder wollte, hatte er über das Amtsgericht einen Abwesenheitspfleger bestellen lassen. Das fiel in Janas Kompetenz, denn ein Abwesenheitspfleger war quasi ein Nachlasspfleger für Menschen, die verschwunden, also nur eventuell tot waren. Aber auch bei solch verschwundenen Menschen musste deren Besitz verwaltet werden, von den Konten bis zu den Immobilien. Ein bisschen makaber fand Jana das schon, doch selbstverständlich nahm sie auch solche Aufträge an. Diego Lopez, ein Cousin von Alfredo und Maria Jimenez, war vom Amtsgericht seinerzeit als Marias Abwesenheitspfleger bestellt worden. Vor drei Wochen war er jedoch plötzlich verstorben. Herzinfarkt. Das Amtsgericht Darmstadt hatte ihr nun diesen Fall übertragen. Deshalb war Jana jetzt quasi die Vermieterin von Frank Schröder.

Frank Schröder hatte für Alfredo den Espresso zubereitet, vor ihm abgestellt und dann zeitgleich verkündet: »Lassen Sie uns doch bitte durchs Haus gehen, damit Sie, Frau – wie war der Name doch gleich?«

Alfredo Jimenez sprang helfend ein: »Welzer.«

»… Frau Welzer, das Haus kennenlernen.«

Das war Jana nur recht. Sie hatte in ihrem Büro bereits die Unterlagen ihres Vorgängers Diego Lopez in Regale sortiert, sich gestern auch die Dokumente zu dieser Immobilie genau angeschaut, dennoch wollte sie den Bau ebenfalls in Augenschein nehmen. Und je eher sie wieder in ihrem Büro saß, desto lieber war es ihr.

Jana hatte den Eindruck, dass Horndeich gerade dazu ansetzte, sich zu verabschieden, doch Schröder sagte nur: »Herr Horndeich, vielleicht gehen Sie einfach noch einmal mit.« Es klang mehr wie ein Befehl denn wie eine Bitte. Lopez kam nicht einmal mehr dazu, den Espresso zu trinken, da das Quartett schon zur Besichtigung aufbrach.

Das Haus war nicht nur von außen in einem guten Zustand. Die letzte Renovierung lag sicher nicht mehr als zwei Jahre zurück. Das passte, denn Schröder und seine Familie wohnten seit genau zwei Jahren hier.

Die Tapeten lösten sich in keiner Ecke, auch um die Bilderrahmen herum sah Jana keine Schatten. Ebenso wenig zeigten sich irgendwo in den Wänden sichtbare Risse. Das Gebäude war 1980 gebaut worden. Ein kleines Haus von vielleicht 90 Quadratmetern Grundfläche.

Im Schlafzimmer hielt Schröder inne und zeigte auf das Nachtschränkchen, das neben der rechten Bettseite stand. »Da ist uns vor ein paar Wochen ein Missgeschick passiert – ich weiß nicht, ob Herr Lopez Ihnen davon berichtet hat?«, wandte sich Schröder an Alfredo Jimenez.

Der schüttelte nur den Kopf.

»Ist ja auch schon alles wieder behoben. Die Kinder haben getobt, der Kleine hat die Große geschubst, und die ist gegen den Nachttisch geflogen. Hatte zwei dicke blaue Flecke auf dem Rücken.« Schröder sah Horndeich an: »Vielleicht hat Ilona das ja Stefanie erzählt.«

Auch Horndeich schüttelte nur den Kopf.

»Na ja, Sie wissen ja, das hier ist ein Haus in Fertigbauweise, also mit vielen Holzbalken und dazwischen Rigipsplatten und Dämmung. Das Nachtschränkchen ist umgekippt und hat die dahinterliegende Gipsplatte zerschmettert. Dahinter ist ja ein Hohlraum wegen der Dachschräge. Wir haben gleich die Handwerker geholt und das richten lassen. Das Seltsame aber war: Hinter dieser Platte haben wir einen Schuhkarton gefunden.«

Hatte Horndeich gerade eine Augenbraue hochgezogen, fragte sich Jana.

»Einen Schuhkarton?«, echote Jimenez.

»Ja«, lachte Schröder auf. »Ein alter, vergilbter Schuhkarton.

Ich hab mir erlaubt, kurz reinzuschauen. Da waren irgendwelche Kontoauszüge drin. Ich hab den Deckel wieder draufgemacht. Ich gebe ihn Ihnen nachher mit«, wandte sich Schröder an Jimenez.

»So einfach läuft das nicht«, warf Jana ein. Schröder wie auch Jimenez hatten Fragezeichen in den Augen, als ihr Blick den von Jana traf.

War sich Jana nicht ganz sicher gewesen, ob Horndeich wenige Sekunden zuvor tatsächlich die Augenbraue bewegt hatte, so war das Grinsen in seinem Gesicht nun ohne jeden Zweifel zu identifizieren.

Nach der Führung durch das Haus setzte Schröder die Begutachtung des Grundstücks fort. Durch die überschaubare Grundfläche des Hauses wirkten die 500 Quadratmeter des Gartens umso weitläufiger.

Zwar war neben dem Haus noch eine Garage angebaut und im hinteren Teil ein Schuppen errichtet worden, aber der Rest des Grundstücks bestand aus gepflegtem Rasen und hohen Hecken, die ein wenig von Gefängnismauern aus Naturgrün hatten. Aber das bot natürlich auch die Möglichkeit, sich einmal textilfrei zu sonnen. Vielleicht hatte Maria Jimenez, als sie noch hier gewohnt hatte, davon Gebrauch gemacht.

»Meine Kinder lieben den Garten«, sagte Schröder mit einem Lächeln im Gesicht. »Deshalb sind sie auch stinksauer, dass es am Wochenende mal wieder zur Oma nach Hamburg geht. Da schlafen wir dann alle zu viert in einem Raum. Und ins Grüne bringt uns da nur unser Auto.«

»Ja, das kenne ich. Meine Kids haben mir auch schon mehrfach gesagt, dass sie froh sind, so ganz im Grünen zu wohnen«, stimmte Alfredo Jimenez dem Mieter zu.

Schröder grinste Jimenez an: »Freitag hin, Montag zurück – das sollte auszuhalten sein. Da müssen sie einfach durch.«

Nachdem die kleine Gruppe wieder die Wohnküche erreicht hatte, schritt Schröder stante pede auf den Karton zu.

Er hob ihn an und ging in Richtung Alfredo: »Hier ist der Karton für Sie. Mit den Kontoauszügen Ihrer Schwester.«

Er trug die Pappkiste in einer Hand, die andere lag oben auf dem Deckel. Es wirkte, als ob er einen Schrein mit heiligen Knochen übergeben wollte.

Jana war schnell genug. Sie preschte in den Laufweg und streckte Schröder die Hände entgegen. »Ich werde sie mit bestem Wissen und Gewissen treuhänderisch verwalten«, sagte sie. »Denn als Abwesenheitspflegerin denke ich, dass ich dies zu den anderen eingelagerten Gegenständen von Maria Jimenez packen sollte, nachdem ich es sauber archiviert habe.«

Sowohl Frank Schröder als auch Alfredo Jimenez wirkten ein wenig irritiert, aber keiner wagte es, sich ihr in den Weg zu stellen. Sie nahm Schröder die Kiste ab. Zu oft hatte Jana es erlebt, dass Erben unlautere Wege gingen und sich noch ein paar Euro mehr sichern wollten, als ihnen zustand. Und je öfter sie das erlebt hatte, desto öfter war sie entschieden eingeschritten. Es gab schließlich ein ganz klar geregeltes Erbrecht. Und da hatte niemand die Ermächtigung, sich persönlich zu bereichern. Auch nicht an Kontoauszügen.

Horndeich verabschiedete sich von ihnen.

Schröder brachte ihn zur Tür, kam dann zurück: »Könnten wir gerade durchsprechen, welche Sicherheitsmaßnahmen ich im Haus ergreifen möchte?«

Es war nicht das erste Gespräch, das Jana mit dem Mieter einer von ihr verwalteten Wohnung führte. Und sie hatte leider auch die Erfahrung gemacht, dass sie als Verwalterin oft nicht so ernst genommen wurde wie ein Vermieter. Was sich meist darin zeigte, dass viele glaubten, sie über den Tisch ziehen zu können. Da waren sie bei ihr allerdings an der falschen Adresse. Selbstverständlich würde eine Investition in Sicherheitstechnik den Wert dieser Immobilie steigern. Aber allein Schröders Tonfall ließ erahnen, dass es harte Verhandlungen werden würden.

Horndeich saß in seinem Büro. Er schrieb eine Rechnung an Frank Schröder für die Beratungsleistung dieses Tages. Er war davon ausgegangen, dass sie sich einen halben Tag lang das Haus in allen Ecken anschauen würden, aber Frank Schröder hatte sich ja als ein Typ der Marke »Express-Manager« entpuppt. Sollte ihm recht sein. Der Mann war ihm ohnehin nicht sympathisch. Was jedoch keinen Einfluss darauf hatte, dass ihre Töchter sich gut verstanden.

Horndeich hatte ein wenig in sein Geschäft investiert, in Rechner-Equipment, in einen rasend schnellen Internetzugang. Das war von Vorteil, wenn man Videos nicht nur herunterladen, sondern auch hochladen musste. Da machte es dann schon einen Unterschied, ob man für den Upload eines Films zehn Minuten oder 90 Minuten brauchte.

Neben der Beratung von Frank Schröder hatte Horndeich natürlich noch weitere Klienten zu versorgen.

»Kommst du zum Abendessen, Papa?«, wollte sein Sohn Alexander von ihm wissen. »Mama hat alles fertig gemacht!«, erzählte der Sechsjährige nicht ohne Stolz, als ob er derjenige gewesen wäre, der nicht nur die Nachricht überbrachte, sondern selbst für die Mahlzeit gesorgt hätte.

Alexander besuchte inzwischen die erste Klasse. Und wie seine große Schwester Stefanie, die jetzt am Ende ihres vierten Schuljahrs war, war Alexander unglaublich wissbegierig, neugierig, und er erkannte Zusammenhänge genauso schnell wie seine große Schwester. Was dieser nicht immer gefiel.

Aber Alexander hatte noch eine weitere Gabe: Er war sehr musikalisch. Vor zwei Jahren hatte er zum ersten Mal an einem Klavier gesessen, hatte eine Gitarre in der Hand gehabt und nach der Begegnung mit diesen Instrumenten Tränen in den Augen, weil seine Finger noch zu klein waren. Horndeichs Frau Sandra hatte eine Kindergeige für ihn besorgt – und Alexander war ein Wunderkind, auch wenn niemand in der Familie dieses Wort benutzte.

Seine Tochter Stefanie hatte jedoch sofort begriffen, dass

der jüngere Bruder hier auf einem Feld aktiv war, auf dem sie bislang keine Glanzleistungen hatte zeigen können. Horndeich hätte es nicht für nötig befunden, dass Stefanie, die in der Schule kaum eine Zwei schrieb, weil alles nur Einsen waren, auch noch ein Instrument lernte. Aber die junge Dame bestand darauf. Cello. Ebenfalls ein Musikinstrument mit Saiten, aber eines, das größer war als das von Alexander. Seine Frau spielte Orgel. Oder Keyboard, wie man das heute nannte. Und tatsächlich wurde in ihrer Familie Hausmusik praktiziert – ein Wort, das Horndeich ebenfalls auf dem Scherbenhaufen der Geschichte verortet hätte. Stefanie wollte auch das Notenlesen lernen, nachdem es Alexander irgendwie zugeflogen zu sein schien.

Unterm Strich: Seine Frau, seine Tochter und sein Sohn musizierten gemeinsam. Kammermusik, wie es in gehobenen Kreisen hieß. Er, Horndeich, musste das nicht verstehen. Er spielte leidlich Akkordeon – hatte er jedenfalls gespielt. Aber das gute Stück lag unterm Dach. Da lag es gut. Alles hatte seine Zeit. Er ließ lieber musizieren. Vor zwei Abenden hatte sein Familientrio ein paar der methodischen Sonaten von Telemann gespielt. Nicht alle, aber die achte, die er so sehr mochte.

»Papa! Abendessen!«

Minuten später saßen sie am gemeinsamen Esstisch. Sandra hatte es sich nicht nehmen lassen, noch einen Salat zuzubereiten. Und Horndeich war immer wieder erstaunt, dass seine zwei Ältesten darauf bestanden. Natürlich mochten die Kids auch Schokolade und Kekse, aber abends musste ein Salat auf dem Tisch stehen.

Sie hatten als Familie ein Ritual entwickelt: Bei jedem Abendessen erzählten sie sich, was an diesem Tag besonders schön gewesen war. Natürlich, es gab auch Tage, die man einfach nur abhaken konnte. Und so hatte jeder das Recht, nichts zu sagen. Aber für die negativen Erfahrungen war am Abendesstisch kein Platz. Nur für die guten.

Antje, inzwischen knapp eineinhalb Jahre alt, saß in ihrem Hochstuhl und klopfte mit ihrem Löffel auf dem Tisch herum. Sandra eröffnete ungerührt die Runde: »Und? Was war heute schön?«

Wie immer schaltete sich Stefanie sofort ein: »Ich war heute Gassi mit Ilona.« Sie unterbrach sich selbst, giggelnd: »Also mit Bello. Ilona war nicht an der Leine. Und Bello hat die ganze Zeit auf uns gehört. Und auch nicht auf dem Bürgersteig gekackt. Das macht er sonst immer gern.« Eine weitere Regel war, dass die positiven Schilderungen nicht kommentiert wurden …

»Ich habe heute ganz viel Musik gemacht. Und das meiste hat geklappt.« Alexander. Er war ein besserer Musiker als Wortjongleur.

Horndeich sah seine Frau an. Ihr Part. Irgendwie war es eine unausgesprochene Vereinbarung, dass sie vor ihm das Positive des Tages benannte.

»Wir sind heute einem bösen Mann auf die Schliche gekommen. Er hat auf seinem Computer Spuren hinterlassen, mit denen wir beweisen können, dass er ein böser Mann ist. Und dass er Schlechtes getan hat. Und dass ein Gericht ihn ins Gefängnis schicken kann.«

Sie hatten auch vereinbart, dass niemand klatschen würde. Denn sie wollten nicht, dass irgendeine positive Erfahrung mehr wert war als eine andere.

Nun richteten sich alle Augen auf ihn. »Und du, Papa?«, fragte Stefanie.

Tja, was war das Positivste des Tages? Es war verpönt, und dennoch brachte Horndeich es immer wieder: »Das Schönste an diesem Tag ist, dass ich mit euch allen hier zusammen zu Abend essen kann.«

Stefanie rollte die Augen, Alexander übte sich im Augenrollen, Antje krähte, und seine Frau warf ihm eine Kusshand zu. Na also! War das Fazit des Tages doch nicht wirklich schlecht.

Horndeich hatte sich gerade eine Schüssel Salat aufgetan, als das Handy, wenn auch leise, davon zeugte, dass irgendjemand genau in diesem Moment Horndeich sprechen wollte.

Sie hatten in der Familie eine Vereinbarung, an die er sich eisern hielt: Wenn das Handy beim Essen klingelte, dann drückte man ohne nachzuschauen auf den Button »Ich kann gerade nicht sprechen«. Ihm war es wichtig. Sandra war es wichtig. Ihre Kinder sollten von Beginn an lernen, dass ein Anruf von außen kein Grund war, die Zusammenkunft der Familie zu stören.

Horndeich wusste, dass er in wenigen Minuten zurückrufen würde.

Die Besprechung mit Schröder hatte sich genauso entwickelt, wie Jana es befürchtet hatte. So schnell er beim Gang durchs Haus die Peitsche geschwungen hatte, so genüsslich zelebrierte er das Feilschen um jeden Euro der Eigenbeteiligung für die sicherheitstechnische Ertüchtigung des Wohnhauses.

Schröder war sicher davon ausgegangen, dass diese Verhandlungen wesentlich weniger Zeit in Anspruch nehmen würden als die Hausbesichtigung. Aber Jana hatte den Auftrag, das Vermögen von Maria Jimenez so zu verwalten, dass es nicht schrumpfte. Und Schröder verfügte ebenfalls über eine nicht unerhebliche Habschaft, wie Jana annahm.

Zwei Stunden später hatten Jana und Schröder sich geeinigt. Jana hatte sich daraufhin in ihrer Wohnung im Lucasweg 13 schnell etwas zu essen zubereitet, war dann über die Mathildenhöhe in Richtung ihres Büros gegangen, den schäbigen Pappkarton voller Auszüge unterm Arm. Ihr Büro befand sich im Erdgeschoss eines mehrgeschossigen Klinkerbaus aus den Fünfzigerjahren in der Pützerstraße. Seinerzeit war das sogenannte Ernst-Neufert-Haus wegweisend in der Architektur gewesen.

Janas Geschäftsräume erstreckten sich über rund sechzig Quadratmeter und bestanden aus einem großen Raum mit zwei Schreibtischen und einem Besprechungstisch, dann ihrem eigenen, kleinen Büroraum, einer Küche, einer Toilette und einem größeren Archivraum.

Sie stellte den Schuhkarton auf dem Besprechungstisch ab. Und betrat das Archiv. Vier Regalbretter waren bereits mit Unterlagen von Maria Jimenez belegt.

Ihr Bruder Alfredo Jimenez war am Samstag vor fünf Tagen nach Darmstadt gekommen. Er hatte sich mit seiner Frau in einem Hotel einquartiert. Ihr Wohnsitz lag in Mecklenburg-Vorpommern, nahe der polnischen Grenze in Pasewalk. Jimenez besaß eine eigene Landwirtschaft und hatte Jana bereits zuvor am Telefon wortreich erklärt, dass er von dort aus nicht auch noch die Güter seiner Schwester verwalten wollte und konnte. Nachdem diese verschwunden war und auch die Polizei in der darauffolgenden Zeit keinen Hinweis auf ihren Verbleib hatte entdecken können, aber ebenso wenig Hinweise auf ein Gewaltverbrechen hatte, hatte er sich an das Amtsgericht gewandt. Seine Schwester besaß drei Immobilien, zwei davon waren vermietet. In einem der Häuser hatte es einen Kurzschluss gegeben. Elektriker hatten bestellt werden müssen. Und Alfredo hatte keine Lust gehabt, das aus seiner eigenen Kasse zu bezahlen. Und auf Konten der Schwester hatte er keinen Zugriff. Also hatte er sich an das Amtsgericht gewandt, die dann einen Abwesenheitspfleger bestellten. Alfredo hatte seinen Cousin Diego Lopez vorgeschlagen, da dieser bei einer Hausverwaltung arbeitete und sich daher im Metier auskannte. Und er wohnte auch noch in Darmstadt. Daher hatte er das Mandat erhalten.

Nachdem Diego Lopez drei Wochen zuvor plötzlich an einem Herzinfarkt verstorben war, wollte Jimenez das Mandat auf jeden Fall von einer anderen Person weiterführen lassen. Das Amtsgericht hatte sie, Jana Welzer, dazu bestimmt. Und Alfredo Jimenez sowie auch Diego Lopez' Witwe Barbara hatten sich Jana gegenüber von Anfang an sehr kooperativ gezeigt.

Sie rechnete es Alfredo hoch an, dass er nach Darmstadt gekommen war, um sie dabei zu unterstützen, die Übergabe der Abwesenheitspflege von seinem verstorbenen Cousin auf sie reibungslos durchführen zu können. Alfredo war gemeinsam mit Jana zur Witwe gefahren, hatte sie einander bekannt gemacht, hatte all die Unterlagen, die Diego in seinem heimischen Büro aufbewahrt hatte, im eigenen Wagen zu Janas Geschäftsräumen transportiert.

Jana holte aus dem Archivraum zwei leere Ordner und trug sie zum Besprechungstisch. In diese Ordner würde sie die Kontoauszüge aus dem Schuhkarton umsiedeln. Während sie die einzelnen Auszüge in die Ordner sortierte, überflog sie bereits das monetäre Tagebuch. Aber sie konnte nichts Ungewöhnliches erkennen. Keine außergewöhnlichen Einnahmen, keine exorbitanten Ausgaben. Alles im Rahmen.

Jana hatte auch alle anderen Ordner bereits überflogen. Und sie war ebenfalls auf Unterlagen zu diesem Konto bei der Sparkasse gestoßen. Aber in den Heftern befanden sich eben nicht die Originalauszüge, sondern DIN-A4-Ausdrucke, die die Bank angefertigt hatte. Indem Diego Lopez die Dokumentation aller Geldbewegungen von Maria Jimenez bei dem Geldinstitut angefordert hatte, hatte der Cousin aus der Sicht eines Abwesenheitspflegers alles richtig gemacht. Das sprach für ihn.

Während Jana die Kontoauszüge in den Ordnern abheftete, war ihr die Frage mit dem Schuhkarton nicht aus dem Kopf gegangen. Welchen Sinn macht es, solche Unterlagen hinter einer Rigipswand quasi einzumauern? Hätte Maria Jimenez die Auszüge loswerden wollen, wäre Verbrennen sicher die sinnvollere Lösung gewesen. Oder auch ein simples Entsorgen in der Mülltonne. Deren Inhalt wurde schließlich im Müllheizkraftwerk bei über 850 Grad Celsius final vernichtet. Oder war Maria Jimenez schlichtweg nur ein Missgeschick passiert? Hatte der blöde Schuhkarton einfach auf der falschen Seite der Demarkationslinie gestanden, als sie eine der Rigipsplatten ausgetauscht hatte? Aber wie sollte er dorthin gekommen sein? Wahrscheinlicher war hingegen, dass irgendjemand ihn dort bewusst abgestellt hatte.

All diese Gedanken kreisten in Ihrem Kopfkarussell, während sie die etwas eintönige Arbeit verrichtete. Es war bereits nach 19:00 Uhr, als ihr einfiel, dass noch niemand nach der Post geschaut hatte. Was daran lag, dass ihre Kollegin Irina sich drei Tage freigenommen hatte. Sie arbeitete halbtags in Janas Büro, kümmerte sich um die komplette Buchhaltung, nein, eigentlich um die gesamte Büroorganisation – inklusive des Leerens des Postkastens.

Jana stand auf, ging zur innen liegenden Seite des Briefkastens, schloss das Türchen auf. Tatsächlich war der Briefträger heute fleißig gewesen: zwei Rechnungen, drei Werbepostsendungen und ein Brief.

Der Brief war jedoch nicht an sie adressiert, sondern an Diego Lopez in der Darmstraße in Darmstadt. Zunächst hatte Jana keine Ahnung, wie dieser Brief in ihrem Briefkasten gelandet war. Sie nahm das Kuvert unter die Lupe. Es schien nicht geöffnet worden zu sein. Die Adresse war auf ein Etikett aufgedruckt. Ein Absender war nicht vermerkt. Die Briefmarke war eine aktuelle, 80 Cent wert, mit dem Motiv »50 Jahre Sendung mit der Maus«. Jana musste das Kuvert direkt unter die Schreibtischlampe halten, um den Stempel lesen zu können: »Briefzentrum Köln«. Er war am vorigen Tag abgestempelt worden.

Die erste Erklärung, die ihr einfiel, war, dass Barbara Lopez, die Witwe, diesen Brief in ihren Briefkasten geworfen hatte. Das würde sich schnell klären lassen. Sie griff zu ihrem Handy, aber noch während sie das Gerät entsperrte, fiel ihr ein, dass sie die Telefonnummer noch nicht unter ihren Kontakten abgespeichert hatte. Jana mochte es nicht, wenn die Adressdatenbank im eigenen Mobiltelefon mehr Einträge aufwies als die Anzahl der Abgeordneten im Deutschen Bundestag: Das waren inzwischen über 700. Und so übertrug sie Kontaktdaten von Personen für ihre Tätigkeit als Nachlass- und Abwesenheitspfleger immer erst dann auf ihre Geräte, wenn sie sie wirklich benötigte.

Sie klickte sich durch die Ordner in ihrem Rechner, bis sie bei Maria Jimenez landete. Dort hatte sie eine Worddatei mit Adressen angelegt. Tatsächlich befand sich da auch schon die Handynummer von Barbara Lopez. Sie übertrug sie auf ihr Gerät, dann wählte sie den Anschluss.

»Lopez, ja bitte?«, vernahm Jana die helle Stimme der Witwe von Diego Lopez.

»Guten Abend, Frau Lopez. Hier spricht Jana Welzer. Die Abwesenheitspflegerin, die das Mandat Ihres Mannes übernommen hat.«

»Ja, ich weiß, wer Sie sind. Und Sie rufen sicher wegen des Briefes an.«

Na also! Das hatte sich schon geklärt. »Ja. Gehe ich recht in der Annahme, dass Sie ihn bei mir eingeworfen haben?«

»Ja. Er lag heute in meinem Briefkasten. Und ich bin spazieren gegangen und habe die Runde an Ihrem Haus entlang gemacht. Da habe ich ihn einfach eingeworfen. Ich weiß ja nicht, wie dringend das immer ist.«

»Sie haben ihn gar nicht geöffnet?« Das war eigentlich eine überflüssige Frage, denn der Brief war fest verschlossen. Wäre er tatsächlich geöffnet worden, hätte Barbara Lopez dies derart unsichtbar nur mit Stasimethoden erreichen können. Wovon Jana nicht ausging.

»Nein. Ich habe niemals einen an meinen Mann adressierten Brief geöffnet.«

»Und wieso haben Sie ihn mir vorbeigebracht? Es kann doch auch ein privater Brief sein.«

Barbara Lopez zögerte nur kurz, dann sagte sie: »Mein Mann hat immer nur Post bekommen, wenn es um die Sachen seiner Cousine ging. Die wenigen privaten Briefe, die uns erreichten, waren außerdem immer mit der Hand beschriftet. Machen Sie ihn einfach auf. Wenn es tatsächlich ein privater Brief ist, geben Sie ihn mir einfach zurück.«

»Haben Sie denn eine Ahnung davon, wer ihn geschickt hat? Ich habe nur sehen können, dass er in Köln abgestempelt worden ist.«

»Nein. Ich habe mich nie um die Geschäfte meines Mannes gekümmert.« Sie pausierte kurz, dann fuhr sie fort: »Was soll ich mit künftigen Briefen machen, die mich erreichen?«

Jana überlegte kurz. Sie ging nicht davon aus, dass noch viele Briefe an den Abwesenheitspfleger Diego Lopez geschickt würden. Der erste Schritt, als sie die Abwesenheitspflegschaft übernommen hatte, war gewesen, dass Irina die Ordner ausschließlich nach relevanten Ansprechpartnern durchsucht hatte. Irina hatte diese danach per Mail oder Telefonat vom Wechsel der Abwesenheitspflegschaft für Maria Jimenez informiert. Jana machte sich eine mentale Notiz, Irina zu fragen, ob sie irgendjemanden in Köln kontaktiert hatte.

Zu Barbara Lopez sagte sie: »Ich glaube nicht, dass Sie noch viele Briefe für Ihren Mann erhalten werden. Zumindest keine, die seine Verwaltung der Dinge von seiner Cousine angehen. Ich habe bereits alle notwendigen Stellen informiert. Sollte tatsächlich noch Post bei Ihnen landen, können Sie die Briefe gern öffnen und nachschauen, ob sie für mich relevant sind. Oder Sie sammeln sie, und ich komme sie einfach abholen. Sie müssen auf jeden Fall nicht für jeden einzelnen Brief bei mir vorbeikommen. Aber haben Sie herzlichen Dank, dass Sie mir diesen Brief gebracht haben.«

Die beiden Frauen verabschiedeten sich voneinander. Und Jana widmete sich der seltsamen Post. Wenn ein Brief keinen Absender trug, machte das Jana stets misstrauisch. Es gab einfach keinen Grund, einen Empfänger nicht wissen zu lassen, wer der Verfasser des Briefes war. Zumindest gab es keinen lauteren Grund. Jana entnahm ihrer Schreibtischschublade einen Brieföffner und schlitzte das Kuvert an der oberen

Seite auf. Dann legte sie den Umschlag auf die Schreibtischunterlage, stand auf, verließ ihr Büro, ging ans andere Ende der Räume in den Toilettenraum. In einem Schrank bewahrte sie nicht nur Putzutensilien auf, sondern auch eine Box mit Einweghandschuhen.

Während sie zurück in ihr Büro ging, fummelte sie den Handschuh über ihre Hand. Sie hasste diese Art von Fingerkleidung, die nicht sanft über die Haut glitt, wie es jede Art von Kleidung eigentlich tun sollte. Sie setzte sich wieder auf ihren Bürostuhl, dann fingerte sie ein Blatt Papier aus dem Briefumschlag. Sie entfaltete den Bogen im DIN-A4-Format und las den Text. Die Länge des Briefinhalts hätte jedem Post auf Twitter alle Ehre gemacht: Er bestand aus einem einzigen Satz mit insgesamt sieben Worten und 38 Zeichen inklusive Satzzeichen, wie Jana fast automatisch berechnete. »Maria Jimenez ist nicht mehr am Leben.« Ausgedruckt mit einem Laserdrucker, keine Unterschrift.

Seltsam.

Irritierend.

Der Schuhkarton voll mit Kontoauszügen hinter einer Wand in einem Haus, das war schon seltsam genug. Aber jetzt auch noch solch ein anonymer Brief, adressiert an den verstorbenen Abwesenheitspfleger? Wer immer diesen Brief gesendet hatte, er hatte offenbar noch nichts von Diego Lopez' Tod mitbekommen. Was sollte dieser Brief? Ein Brief ohne jeden Hinweis darauf, wie der Absender zu dieser Einschätzung gekommen war. Und wieso anonym?

Wahrscheinlich handelte es sich einfach um einen blöden Scherz.

Einen blöden Scherz aus Köln?

Sie seufzte.

Sie könnte diesen Brief zerknüllen und in den Papierkorb werfen.

Dann die Abwesenheitspflege für Maria Jimenez einfach weiter professionell handhaben.

Den Schuhkarton Schuhkarton sein lassen.
Den Brief Brief sein lassen.
Ja, das könnte sie machen …

Horndeich saß in seinem Wagen und fuhr auf der B 38 durch den Odenwald. Nach wie vor tat sein auberginefarbener Mazda Xedos 9 treu seinen Dienst und kutschierte ihn seidenweich durch die Gegend.

Nach dem Abendessen hatte Horndeich mit seinen beiden älteren Kindern den Tisch ab- und die Spülmaschine eingeräumt. Die Aufgabenverteilung war ganz klar geregelt: Wer das Essen zubereitete, musste nicht abräumen und abwaschen. Was bislang in der Praxis hieß: Sandra kochte, er, Stefanie und inzwischen auch Alexander kümmerten sich um Küchen- und Geschirrreinigung. Seine Frau mochte das Kochen, Horndeichs Ding war es eher nicht. Stefanie hatte ein paarmal versucht, der Mutter nachzueifern, aber, Horndeich schmunzelte bei dem Gedanken in sich hinein, sie war mit ihren neun Jahren definitiv eine bessere Cellospielerin als Köchin.

Es war Margot Hesgart gewesen, die ihn während des Essens versucht hatte zu erreichen. Als er das Gespräch nicht angenommen hatte, hatte sie ihm eine Whatsapp-Nachricht geschickt: »Hätte kurzfristig einen Auftrag für dich. Interessiert? Dann müsste ich dich heute Abend aber noch briefen. Der Kunde ist ein bisschen eigen. Gruß, Margot.«

Seine ehemalige Kollegin bei der Mordkommission in Darmstadt lebte inzwischen in Lichtenberg im Odenwald, rund 30 km von Darmstadt entfernt. Er erreichte das Haus, in dem sie gemeinsam mit ihrem Lebensgefährten Nick wohnte. Ein Teil beherbergte die Geschäftsräume, der andere Teil das private Domizil.

Margot öffnete die Tür zu ihren Privaträumen, nachdem sie Horndeich begrüßt hatte. »Ist ja schön, dass es geklappt hat. Wie geht's dir?«

Horndeich nickte nur, entledigte sich seiner Jacke, die sie sofort an der Garderobe platzierte.

Wenig später saßen sie in Margots Wohnzimmer. Horndeich mochte das lederne Sofa, auf dem er saß. Auch wenn er es für seine eigenen Räume als zu wuchtig empfunden hätte. Zumal Margot zwei davon im Neunzig-Grad-Winkel aufgestellt hatte. Sie saß auf dem zweiten Kanapee.

»Wo ist Nick?«, erkundigte er sich.

Margot griente. »Ist mit seinen Jungs unterwegs. Männerabend. Ich bin ja froh, dass er hier über die Jahre richtig Anschluss gefunden hat. Magst du was trinken?«

Horndeich nickte. Zwei Minuten später stand vor ihm ein Glas Hefeweizen, alkoholfrei, mit zwei halben Zitronenscheiben. Margot wusste, dass er bei solchen Außentemperaturen gern Hefe mit Südfrucht trank, obwohl dort keine Zitrone hineingehörte. Sie selbst hatte sich ein Glas Rotwein eingeschenkt. »Es ist gut, dass wir heute noch mal miteinander sprechen. Denn ich habe auch eine Frage an dich. Aber lass uns erst mal das Geschäftliche klären«, sagte Horndeich.

»Na, da machst du mich aber neugierig. Aber gut, erst das Business: Nick und ich betreuen schon seit einem halben Jahr eine Firma in Hirschhorn.«

Horndeich runzelte kurz die Stirn, überlegte und ordnete den Ort ein: am Neckar gelegen, rund 80 km von Darmstadt entfernt und der südlichste Zipfel ihres Bundeslands Hessen.

»Sie heißen Zinker und sind so Verbindungsteilespezialisten für die Autoindustrie. Schrauben, Nieten und noch anderes Spezialzeug, das ich nicht wirklich durchschaue. Vor einem Dreivierteljahr sind sie Opfer eines Hackerangriffs geworden. Dabei wurde klar, dass den Cyberkriminellen irgendjemand innerhalb der Firma geholfen haben muss. Und zwar jemand, der von außen in die Firma eingebrochen ist. Da kamen wir dann ins Spiel und haben für das gesamte

Unternehmen ein neues Sicherheitskonzept erstellt. Feller hat uns dabei sehr geholfen.«

Horndeich kannte Richard Feller. Er hatte als Kommissar über Jahre mit dem IT-Experten zusammengearbeitet. Man sagte Feller nach, dass er eine Festplatte nur in seine Hand legen müsse, um ihre Geheimnisse zu ergründen. Das war natürlich übertrieben, aber Horndeich kannte keinen Menschen, der besser in der Lage gewesen wäre, irgendwelchen digitalen Datenträgern ihre Mysterien zu entlocken.

Horndeich unterbrach sie. »Wie geht es ihm eigentlich?« Er korrigierte sich selbst: »Wie geht es ihnen?« Sofort wollte er sich wieder korrigieren: Nur weil Richard Feller seit nunmehr zwei Jahren mit der Kommissarin Leah Gabriely liiert war, konnte man sie dennoch als zwei getrennte Persönlichkeiten wahrnehmen, oder? Er fragte sich kurz, ob die Leute, wenn sie sich nach seinem Wohlbefinden erkundigten, auch immer ihn und Sandra vermengten.

Margot bekam von dem kleinen gedanklichen Exkurs nichts mit und antwortete: »Ihm geht es gut. Er genießt die Freiberuflichkeit. Mit der Rente im Rücken klappt das ganz gut. Und deshalb geht es den beiden zusammen wohl auch ganz gut, denn Leah im Kommissariat und Richard Däumchen drehend zu Hause – das würde ganz bestimmt nicht gut laufen.«

Margot machte eine kurze Pause, dann sprach sie weiter: »Nachdem Nick und Richard und ich das Gelände und auch die Computer-Infrastruktur gesichert hatten, rief der Geschäftsführer heute an und fragte mich, ob ich nicht vielleicht jemanden kennen würde, der für ihn verdächtige Mitarbeiter überwachen könne. Alles im Rahmen des Legalen, aber er wolle verhindern, dass er noch mal Opfer solch eines Coups wie jenem von vor neun Monaten würde. Er hatte begriffen, dass ein Privatdetektiv deutlich billiger ist als ein Angriff auf seine Firma. Der Geschäftsführer Norbert Zinker – Firmenchef in der vierten Generation – ist nicht ganz einfach zu nehmen. Freundlich formuliert: alte Schule. Nicht ganz so wohlwollend: cholerischer Macho. Wenn das was für dich wäre, müsstest du morgen Nachmittag bereits dorthin fahren, und ich würde dich jetzt in die wichtigsten Dinge einweihen.«

Horndeich musste nicht lange überlegen. Denn er hatte sehr schnell herausgefunden, dass der geringste Teil der Arbeit eines Privatermittlers jener war, untreuen Ehepartnern nachzustellen. Das waren die Fälle, die im Fernsehen Furore machten: der Privatdetektiv, der das außereheliche Verhältnis dokumentierte. Ja, hatte er auch schon zweimal gemacht. Aber das Problem bei diesen Fällen war: Der vermeintlich betrogene Ehepartner betrat sein Büro, wollte Gewissheit, schickte den Detektiv los. Der lag zwei Tage auf der Lauer, dokumentierte die Untreue der Gattin oder des Gatten, druckte die Bilder aus, übergab sie, stellte eine Rechnung – und der Auftraggeber ward nie mehr gesehen. Mit der Bestätigung des Fehlverhaltens war das Geschäftsverhältnis zwischen Klient und ihm beendet. Das war sicher befriedigend für den Mandanten. Aber was daraus definitiv nicht folgte, war ein Folgeauftrag. Denn zumeist waren die Menschen nur einmal miteinander verheiratet.

Geschäftskunden hingegen sicherten das eigene Einkommen nachhaltiger. Am besten mit Rahmenverträgen. Den Unternehmen war daran gelegen, herauszufinden, ob der vom Orthopäden für kaum gehfähig beurteilte Mitarbeiter nicht doch jeden Tag zwei Stunden seine Runden mit dem Hund drehte. Und ob Krankgemeldete nicht die Motorradtour mit den Freunden machten. Oder ob sich der leitende Angestellte nicht mit seinem Kollegen von der konkurrierenden Firma heimlich im Nachtklub traf. Deshalb kam Horndeichs Antwort, ohne zu zögern: »Klar, danke! Habe ein bisschen Luft im Moment und mache das gern. Und mit cholerischen Machos kann ich umgehen.«

In den folgenden zwei Stunden lernte Horndeich alles

über die Firma inklusive Sicherheitskonzept und Firmenhistorie. Während dieser Zeit war Margot auch auf Wasser als begleitendes Getränk umgestiegen. Zum Schluss drückte sie Horndeich einen USB-Stick in die Hand: »Da ist all das drauf, was ich dir eben gezeigt habe. Und du weißt: vertraulich.«

Horndeich nahm den Stick und ließ ihn in der Hosentasche verschwinden.

»So, mein Guter, jetzt will ich aber wissen, worüber du mit mir sprechen möchtest.« Der Satz wurde begleitet durch das Geräusch des Weines, den sie nun doch wieder in ihr Glas schenkte.

»Erinnerst du dich noch an den Namen Maria Jimenez?«

Margot antwortete zunächst nicht. Andere hätten es als »zappeln lassen« empfunden, aber sowohl Horndeich als auch Margot wussten, dass die Verankerung im Gehirn immer stärker war, wenn man sich selbst an etwas erinnerte, als wenn man es einfach mitgeteilt bekam. »Unsere Abteilung? Mord?«

Horndeich erwiderte nichts. Sie sollte von selbst darauf kommen.

Nach ein paar Sekunden sagte seine ehemalige Kollegin: »Nein, kein Mordfall. Keine Zeugin. Aber der Name sagt mir was. Ich meine, klingt spanisch. Mit solch einem Namen hatten wir es nicht jeden Tag zu tun. Wann?«

»Vor acht Jahren.«

Margot nippte an ihrem Glas, schaute an die Decke, legte die Stirn in Falten und sagte dann: »Maria Jimenez ist 2013 verschwunden.«

»Ja. Ganz genau.«

»Und was hast du damit zu tun? Ich meine, das war ja nicht mal unser Fall. Vermisstenanzeigen laufen ja nicht über die Mordkommission.«

Horndeich berichtete kurz vom Rundgang durch das Haus, das Maria Jimenez gehört hatte. Also genau genommen noch gehörte. Und dass eine Abwesenheitspflegerin sich um die Immobilie kümmerte.

»Und warum fragst du mich jetzt nach dieser Maria Jimenez?«, wollte Margot wissen.

Horndeich berichtete auch über den Schuhkarton voller Kontoauszüge hinter einer Rigipswand.

»Verstehe ich das richtig? Frau Jimenez hatte einen Schuhkarton mit Kontoauszügen von ihrem eigenen Konto hinter einer Gipswand …« Sie macht eine Pause. »Mir fällt kein richtiges Verb ein – versteckt? Oder – eingemauert? Oder war sie einfach nur ein bisschen verpeilt?«

»Genau das lässt mir keine Ruhe«, sagte Horndeich. »Wie kann man so zerstreut sein, dass man nicht merkt, dass der Schuhkarton mit den Kontoauszügen genau auf dem Platz steht, vor dem ich jetzt eine Wand anbringe. Das kann kein Versehen sein. Aber gleichzeitig ist es so sinnlos. Hast du noch mal irgendetwas über Maria Jimenez gehört?« Horndeich wusste selbst, dass diese Frage eigentlich ziemlich dusselig war. Er hatte den Polizeidienst vor zwei Jahren quittiert, Margot jedoch bereits vor sieben Jahren, also nur ein Jahr nach dem Verschwinden von Maria Jimenez.

Es folgte die Antwort, die er erwartet hatte: »Nein. Wieso? Willst du da jetzt nachbohren?«

»Will ich nicht«, antwortete Horndeich und wusste in diesem Moment bereits, dass er damit nicht nur Margot, sondern auch sich selbst anschwindelte. Auf der anderen Seite war er nicht mehr bei der Polizei. Und ein Schuhkarton hinter einer Wand war zwar seltsam, aber nun auch kein Hinweis auf irgendein Verbrechen. Dennoch fragte er: »Da müsste es doch noch eine Akte geben, oder?«

Margot zuckte mit den Schultern. »Klar. Er gibt sicher noch eine Akte. Aber, mal ganz nüchtern: Ein Schuhkarton hinter einer Rigipswand ist zwar seltsam, aber nun auch kein Hinweis auf irgendein Verbrechen.«

Horndeich zuckte ein klein wenig zusammen, als Margot

den Satz, den er kaum eine Sekunde vorher gedacht hatte, fast wörtlich aussprach.

Ja. Sie waren schon ein verdammt gutes Team gewesen.

Und genau genommen waren sie es ja heute immer noch.

ROCIO II

Ich war ein glückliches Kind.

Ich war von meinen Eltern gewollt. Sie hatten sich über mich gefreut, als ich vor nun mehr als 58 Jahren zur Welt gekommen war.

Ich war das erste Kind und sollte das einzige bleiben. Ich war Mamas Liebling. Und ich war Papas Liebling. Er hat es mir immer hoch angerechnet, dass ich zwei Tage vor dem Großen Preis von Spanien das Licht der Welt erblickte. So konnte er mit seinen Freunden das letzte Formel-1-Rennen live sehen, das auf der Rennstrecke neben unserer Heimatstadt ausgetragen worden war. Wie oft hatte er mir erzählt, dass er es persönlich miterlebte, als Alberto Ascari das Rennen auf seinem Lancia gewann. Noch vor Fango auf Mercedes. Ich hatte Papas Formel-1-Leidenschaft nie geteilt, mich aber immer darüber gefreut, wenn er mich in den Arm genommen und geknuddelt hatte, während er die Geschichte erzählte – als hätte ich damals irgendeinen Einfluss auf das Geschehen gehabt.

Meine Zeitrechnung als Kind bemaß sich nach den Wochenenden. Die verbrachten wir bei meinen Großeltern. Sie besaßen ein großes Haus in San Juan de Vilasar, damals 60 Busminuten von unserer Wohnung in der Stadt entfernt. Meine Eltern und ich hatten in dem Gebäude zwei Zimmer ganz für uns allein. Und das Haus lag keine zehn Minuten vom Strand entfernt. Damals noch mit Platz ohne Ende, bevor die Touristen das Land in den darauffolgenden Jahren Stück für Stück kaperten.

Ich war ein Strandkind.

Ich liebte den Sand, das Meer, die Wellen, die Wogen.

Unvergleichlich.

Unbezahlbar.

Ich war das kleine Mädchen, das Sandburgen baute.

Ich war das kleine Mädchen, dem alle applaudierten, wenn es Sandburgen gebaut hatte.

Ich war das kleine Mädchen, das Muscheln sammelte.

Ich war das kleine Mädchen, dem alle applaudierten, wenn es Muscheln gesammelt hatte.

Ich war die Prinzessin.

Nein, eigentlich war ich Königin. Wenn nicht sogar die Kaiserin in jenem Gebäude, das für meine Großeltern ein Haus war, für mich jedoch ein Palast.

Wenn wir nicht am Strand waren, spielte ich im Garten. Hinter den fünf Olivenbäumen war mein Versteck. Mein Papa hatte dort einen kleinen Unterstand für mich gebaut. Und mir ein altes Nachtschränkchen überlassen. Und Opa hat mir den Kinderstuhl aus Holz gezimmert. Als ich sieben war, passte ich kaum mehr hinein. Zu Weihnachten bekam ich den gleichen Stuhl, nur einfach an meine Körpergröße angepasst. Auf dem nun zu klein gewordenen Thron durfte meine Lieblingspuppe Platz nehmen, wenn wir beide »hinter die Oliven« gingen, wie ich mein Refugium nannte.

Im Nachtschränkchen waren die wichtigen Dinge versteckt: ein Taschentuch meines Großvaters, mit filigraner Seidenstickerei, das meine Großmutter ihm geschenkt hatte. Nein, sie war nicht begeistert, dass er es so bereitwillig an mich weitergegeben hatte – aber so richtig böse sein konnte sie ihm auch nicht, denn schließlich war sie es, die mir, ganz entgegen der Anweisung meiner Mutter, stets Zuckerplätzchen zusteckte.

Ebenfalls versteckt hatte ich dort drei Exemplare der Zeitschrift *¡Hola!*. Mit vielen tollen Bildern drin. Von Königen und Königinnen, Schauspielern und Schauspielerinnen. Für meine Großmutter war es einfach nur eine Illustrierte, für mich ein Schatz. Besonders die Ausgabe vom November 1962 – mit einer deutschen Schauspielerin auf der Titelseite: Christine Kaufmann. In Farbe! Und ich wusste, wenn ich mal groß wäre, wollte ich genauso wie sie aussehen. Woran man sich auf seine alten Tage noch erinnert …

Meine Mutter konnte gut kochen. Meine Großmutter hingegen hätte in jedem Sterne-Restaurant als Köchin anfangen können. Gerade an den Wochenenden und auch in den Ferien, die ich oft allein bei meinen Großeltern verbrachte, war der Garten das Zentrum – wenn schon nicht der ganzen Stadt, so doch der nahen und auch der ein wenig weiter entfernten Nachbarschaft.

Bänke und Tische wurden im Garten aufgebaut, meine Großmutter kochte, die Gäste brachten ihrerseits Leckereien mit und jeder ein paar Flaschen Wein. Meine Großmutter bereitete für die Kinder literweise Limonade – die den Ergebnissen ihrer Kochkünste in nichts nachstand.

Meine beste Freundin – und die einzige, die ich überhaupt in meinem kleinen Reich hinter den Oliven duldete, war Alba. Obwohl sie mehr als ein Jahr älter war als ich, war doch ich die Tonangebende in unserer Freundschaft. Ich zeigte ihr, welche Frisuren ihre Puppe tragen sollte, und bestand darauf, dass dies kein Vorschlag, sondern eher ein Befehl war. Ebenso sagte ich ihr, welche Strümpfe sie tragen sollte, befahl, ob sie die Orangen- oder Zitronenlimonade trank, und stellte unumstößlich fest, dass eine Unterhose in weißer Farbe wohl das Allerhässlichste der Welt war – nachdem mir meine Oma die in Blau, Gelb und Rosa geschenkt hatte. Erst viel später sollte ich verstehen, was meine Mutter meinte, wenn sie mir vorwarf, ich wäre keine Prinzessin, sondern eine Tyrannin. Eines Tages befahl ich Alba, ihrer Puppe die Haare zu einer modischen Kurzhaarfrisur zu schneiden. Sonst wollte ich nicht mehr ihre Freundin sein, hatte ich gedroht. Und ich hatte gewusst, dass ich das auch durchgezogen hätte. Es war die erste und einzige Ohrfeige, die ich je von meiner Mutter kassiert hatte, nachdem Alba vor ihr, schluchzend und in Tränen aufgelöst, die Puppe mit der missratenen Frisur in der Hand, um Luft gerungen hatte.

Heute weiß ich, dass ich als kleines Mädchen ziemlich unausstehlich gewesen sein musste. Die Rocío von heute wäre damals auf jeden Fall nicht mit mir befreundet gewesen.

All das änderte sich bereits am folgenden Wochenende. Ich hatte mich bereits so darauf gefreut, ganz besonders, als mein Vater mir eine neue Puppe geschenkt hatte. Ich wollte sie Alba zeigen. Ja, und ich freute mich auf ihren neidischen Blick. Und darauf, dass ich sie ihr gönnerhaft für sieben Minuten zum Spielen überlassen würde. Denn ein halbes Jahr zuvor hatte ich gelernt, die Uhr zu lesen. Und immer, wenn wir bei den Großeltern waren, hat Opa mir seine alte Armbanduhr geliehen, die er an einem Band um meinen Hals hängte, natürlich frisch aufgezogen und korrekt eingestellt. Ein weiteres Objekt des Terrors Alba gegenüber.

Doch etwas war anders an diesem Wochenende. Für mich das Einschneidendste: Alba war nicht da. Auch ihre Mutter nicht. Nur ihr Vater. Herr Blanxart. Das, was mir am meisten Angst gemacht hatte, war, dass niemand auf meine Frage antworten wollte, wo denn Alba und ihre Mutter wären. Es war ja möglich, dass Alba sich den Magen verdorben hatte. Und zu Hause bleiben musste. Und ihre Mutter sie pflegte. Und deshalb nur ihr Vater bei uns im Garten saß. Aber nein, man sagte mir nicht, dass Alba oder ihre Mutter krank wären. In meiner kindlichen Fantasie malte ich mir alle möglichen Gründe aus. Vielleicht war Albas Großmutter zu Besuch gekommen. Vielleicht war ihnen ein kleiner Hund zugelaufen, um den sie sich kümmern mussten. Ich unterbreitete all diese Ideen meinen Eltern, aber ich bekam keine Antwort. Auch von meiner Großmutter nicht. Und auch nicht von meinem Großvater, dem Menschen in meinem Leben, dem ich wirklich jede Frage stellen konnte. Nicht mal er gab mir eine Antwort – es war unbegreiflich für mich.

Je schweigsamer die Erwachsenen waren, umso mehr stieg in mir Panik auf. Ich saß sicher eine halbe Stunde weinend hinter den Oliven, bevor meine Mutter mich fand. »Alba ist tot. Und ihre Mutter auch«, schluchzte ich.

Meine Mutter nahm mich in den Arm und erklärte mir: »Nein, niemand ist gestorben. Alba und ihre Mutter mussten einfach verreisen. Sie kommen bald wieder.«

Meine Eltern hatten mich nie belogen. Wenn sie mir etwas nicht sagen wollten, schwiegen sie. Ein Nicht-darüber-Reden war ein Nicht-darüber-Reden. Das war für mich eine nicht zu überwindende Mauer. Ich hatte schnell begriffen, dass es dann keinen Sinn mehr machte, weiter zu fragen. Aber ich wusste auch, dass alles, was sie mir sagten, wahr war. Sie schwiegen vielleicht, aber sie logen mich nie an. Also lebte Alba. Und ihre Mutter lebte. Doch auf die Frage, wohin sie denn verreist wären, warum sie verreist wären und wann sie denn wiederkämen – darauf bekam ich keine Antwort.

An diesem Nachmittag und am frühen Abend habe ich nicht mit den anderen Kindern gespielt. Ich saß am Erwachsenen-Tisch, hielt meine neue Puppe im Arm – die in diesem Moment den Namen Alba bekommen hatte –, lehnte mich mal an meine Mutter, mal an meinen Papa und spürte, dass irgendetwas überhaupt nicht in Ordnung war.

Ich verstand nicht, worüber die Erwachsenen redeten. Aber ich hörte, dass ihre Stimmen leiser waren. So, als ob man den Lautstärkeregler am Radio nach links gedreht hätte. Und das Lachen fehlte. Gerade Albas Papa, ein rundlicher Bär von Mann, er konnte so laut lachen, dass man Angst um die Fensterscheiben haben musste. Wenn er grölte, konnte ich, wenn ich einen Meter entfernt stand, das Beben des Bodens spüren. Aber an diesem Tag? Es war ein in Watte gepackter Nachmittag.

Und es fehlte eine Sprache. Gerade wenn der Alkohol reichlich geflossen war, sprachen einige in einer Sprache, die ich kaum verstand. Meine Mama hatte mir mal erklärt, es wäre »Katalanisch«. Aber ich müsse sie nicht kennen. Spanisch wäre die richtige Sprache. Ich war noch ein kleines Kind, hatte aber schon damals gespürt, dass sich der Tonfall meiner Mutter verändert hatte, als sie mir das gesagt hatte. Verstanden habe ich es nicht. Aber wichtig war es auch nicht.

Katalanisch wurde für mich erst wichtig, als ich merkte, dass Alba diese Sprache beherrschte. Sie hat mir dann ein paar Worte beigebracht. Irgendwie hatte der Gebrauch dieser Worte etwas Verruchtes, etwas Ungehöriges. An diesem Wochenende sprach keiner ein Wort Katalanisch. Und als wir im Familienkreis am nächsten Morgen frühstückten, war die Watte immer noch da.

Am darauffolgenden Wochenende war ich wieder bei meinen Großeltern. Ich hatte mir fest vorgenommen, Alba zu sagen, dass meine Puppe nun ihren Namen trug. Und ich hatte mir auch vorgenommen, sie nicht nur sieben, sondern neun Minuten mit der Puppe spielen zu lassen. Und ich hatte schon geplant, dass, wenn Alba nach neun Minuten fragen würde, ob sie vielleicht noch drei Minuten länger mit der Puppe spielen dürfe, ich ihr sogar sechs weitere Minuten zugestehen würde.

Aber Alba war nicht da. Und ihre Mutter war nicht da. Und auch ihr Vater nicht mehr. Und es war noch mehr Watte in der Luft. Und ich wusste jetzt ganz sicher, warum Alba und ihre Eltern verreist waren. Ich hatte sie vertrieben. Niemals hätte ich Alba drängen dürfen, ihrer Puppe die Haare abzuschneiden. Alba hatte einfach genug von mir und hatte ihre Eltern überredet, auch nicht mehr zu ihren Großeltern zu gehen. Auch die Wochenenden danach waren leise. Und es kamen weniger Menschen in den Garten meiner Großeltern. Etwas hatte sich tiefgreifend verändert. Und ich war schuld daran.

In den ganzen Jahren habe ich meine Mutter noch zweimal gefragt, warum Alba und ihre Familie nicht mehr da waren. Sie hat mir keine Antwort gegeben. Aber in ihren

Augen konnte ich lesen, dass es sie quälte, mir nicht zu antworten. Und ich wollte meine Mutter nicht quälen. Nach dem Wochenende, an dem Alba verschwunden war aus meinem Leben, wurde ich tatsächlich ein besserer Mensch. Anfangs nur ein bisschen, aber mit Alba war auch die Tyrannin in mir gegangen.

Ich hatte nie mit jemandem darüber geredet. Bis ich 16 war. Und mich Oriol darüber aufklärte, dass es keineswegs meine Schuld gewesen war, dass Alba damals verschwunden war. Der mir stattdessen eine ganz andere Erklärung gab. Dass Albas Vater ins Gefängnis gesteckt worden war, weil sie katalanisch gesprochen hatten. Dass er als Aufwiegler gegolten hatte. Dass Alba und ihre Mutter geflüchtet waren. Und dass Jordi Blanxart, Albas Vater, in den Knast gegangen war. Nur weil er sich geweigert hatte, nicht katalanisch zu sprechen. Zur damaligen Zeit keine gute Idee, wenn man bei der Stadt angestellt war.

DONNERSTAG, 10. JUNI

Horndeich hatte sich eine Kanne Tee zubereitet und saß auf dem Sofa des Besprechungsraums seiner Detektei. Vom Sofa aus schaute er direkt in seinen Garten. Leise erklang aus den Boxen »Willow Tree« von Diana Jones. Der zweite Raum, sein Büro, war deutlich dunkler, musste aber für Schreibtischarbeit auch nicht heller sein. Er genoss den Earl-Grey-Tee und die Musik, noch ein kleiner Moment der Entspannung, bevor er sich im Büro nochmals die Unterlagen der Firma aus Hirschhorn zu Gemüte führen würde.

Die Souterrainwohnung verfügte zum Glück auch über eine Küche und sogar ein Bad. Schließlich hatte Margot Hesgarts Vater Sebastian Rossberg mit seiner Lebensgefährtin Chloe hier viele Jahre lang gewohnt. Horndeich und Sandra hatten Margot das Haus abgekauft, als diese vor sieben Jahren das Land verlassen hatte, um ihrem amerikanischen Freund Nick in dessen Heimat zu folgen. Es war abgemacht gewesen, dass Margots Vater und Chloe Mietrecht auf Lebenszeit bekamen. Woran sich Horndeich überhaupt nicht gestört hatte: Er hatte sich stets gut mit dem alten Herrn verstanden, der ihnen durchaus bei einigen Fällen hatte helfen können. Und sei es nur dadurch, dass er noch einen alten Betamax-Videorecorder besaß, den die junge Generation heute eher in der Steinzeit verortet hätte. Nachdem Chloe zunehmend Schwierigkeiten hatte, Treppenstufen zu bewältigen, waren beide in die nicht weit entfernte Seniorenresidenz Goldenstern gezogen.

Das hatte sich gut getroffen, denn Horndeich hatte zunächst in der Innenstadt ein kleines Büro in einem Gebäude angemietet, dessen Bausubstanz sich als Katastrophe entpuppte. Immer wieder war die Elektrik ausgefallen, das hieß, Rechnerabsturz inmitten einer Recherche, dann kroch Feuchtigkeit in die Wände. Als Sebastian Rossberg und Chloe aus der Wohnung auszogen, war Horndeich sich mit Sandra sofort einig gewesen, dort sein neues Büro einzurichten. Was auch den Vorteil hatte, dass er, wenn mal ein Kind krank war, einfach da sein konnte.

Er nahm den letzten Schluck und dachte, dass er mit seinem Leben ganz schön zufrieden sein konnte. Ein heller elektronischer Klingelton riss ihn aus seinen Gedanken. Sein Büro verfügte über zwei Klingeln. Einen seriösen, sonoren Gong und das Gefiepe für Arme, das er gerade hörte. Neben dem Eingang zu seinen Geschäftsräumen war eine messingfarbene Klingel angebracht. Sie löste den Gong aus. Sie war auch von außen zu hören und sollte durch ihren tiefen Klang sofort Vertrauen einflößen. Das Problem dabei war, dass der Eingang zum Büro an der Seitenwand des Hauses lag und man um das Haus herumgehen musste, um zu dieser Eingangstür zu gelangen. Horndeich hatte den Weg vom Gartentor aus gepflastert, zudem ein großes Hinweisschild neben der heimischen Haustür angebracht inklusive Pfeil. Doch manchmal war das Offensichtliche zu irritierend. Nachdem er zum dritten Mal den Anruf eines potenziellen Klienten angenommen hatte, in dem dieser sich erkundigte, wie er denn bitte zum Eingang fände, hatte sich Horndeich dann für eine ganz pragmatische Lösung entschieden: Neben dem Schild hatte er einfach noch einen Druckknopf für eine Funkklingel angebracht. Wenn diese, so wie jetzt, ertönte, konnte er vom Souterrain über das Treppenhaus ins Erdgeschoss gehen, um den Gast an der Haustür zu empfangen. Oder er verließ sein Büro durch den Büroeingang und folgte selbst dem gepflasterten Weg bis zu dem meist verdutzt dreinschauenden Klienten. Er wählte die letztere Option, den Weg durch den Sonnenschein. Vor der Haustür stand – Jana Welzer. Er war schon öfters in ihren Büroräumen zu Gast gewesen, aber sie hatte ihn bislang noch nie aufgesucht.

»Oh!«, rief sie erstaunt, als ihr Blick auf ihn fiel. »Ich hätte gedacht, gleich würde sich die Tür vor mir öffnen.«

»Nein«, sagte Horndeich, »der Eingang zum Büro ist um die Ecke.« Er verkniff sich, auf Schild und Pfeil hinzuweisen.

Jana folgte ihm in den Besucherraum.

Horndeich hatte die Wohnung komplett renovieren lassen, dabei gleichzeitig noch für ein paar Steckdosenanschlüsse mehr gesorgt sowie für mehrere Netzwerkdosen in der Wand. Danach hatte er die neuen Geschäftsräume auch neu eingerichtet. Im Besucherzimmer sollte man sich einfach nur wohlfühlen. Er hatte ein Sofa, zwei Sessel und einen massiven, hölzernen Wohnzimmertisch zum Zentrum des Raums gemacht. Zwei Sideboards schenkten dem Ambiente noch ein wenig Wohnlichkeit, ebenso zwei Yucca-Palmen und einige Pflanzen auf der Fensterbank. Die Musik drang aus einem Drahtloslautsprecher und wurde von Horndeichs Handy gespeist.

Horndeich bot Jana Platz an und holte aus der Küche noch eine Tasse, eine Zuckerdose und Milch. Er selbst trank seit einiger Zeit Tee nur noch schwarz. Als er mit dem Tablett in den Raum zurückkehrte, lag ein DIN-A4-Blatt auf dem Couchtisch. Es war in eine Klarsichthülle eingeschoben.

»Was ist das?«, wollte er wissen, während er Jana Tee einschenkte.

»Das ist ein Brief, den ich gestern in meinem Briefkasten gefunden habe.« Sie griff in ihre kleine, aber schicke Aktentasche und entnahm ihr eine weitere Klarsichthülle. Sie beherbergte einen Briefumschlag.

Horndeich setzte sich, nahm den Brief auf und las den Satz: »Maria Jimenez ist nicht mehr am Leben.« Kein Datum, keine Anrede, keine Unterschrift. Einfach nur ein Computerausdruck. Er legte den Brief zurück, griff nach dem Briefumschlag. Der Brief war abgestempelt in Köln, die Adresse war jene von Diego Lopez, auf ein Etikett gedruckt. Kein Absender.

Er legte auch den Brief zurück. »Wie kommst du zu diesem Brief?«

»Den hat mir Lopez' Witwe in meinen Briefkasten geworfen, nachdem der Postbote ihn zunächst in ihren gesteckt hatte.«

»Und wieso bringst du ihn zu mir?«

»Na ja. Ich habe mich gefragt, was du dazu sagst. Geheimnisse zu lüften ist ja nun dein Beruf. Dein jetziger wie auch dein voriger.«

Eine verschwundene Frau. Ein Schuhkarton, eingemauert hinter einer Hauswand. Und jetzt ein anonymer Brief, adressiert an den Abwesenheitspfleger von Maria Jimenez. War das ein Geheimnis? Während der Schuhkarton vielleicht ein Geheimnis, nein, vielleicht eher ein Rätsel war, so war er doch zumindest eines nicht: ein Hinweis auf ein Verbrechen. Den Brief hingegen konnte man in dieser Richtung interpretieren. Horndeich spielte die Frage zurück: »Was meinst du denn dazu?«

»Ich habe das Mandat für die Abwesenheitspflegschaft vor 14 Tagen bekommen. Habe mich zunächst an die Witwe von Diego Lopez gewandt. Da war aber kein zielführendes Gespräch möglich, denn Frau Lopez fing sofort an zu weinen. Das Einzige, was ich zwischen den Schluchzern entnehmen konnte, war die Bitte, mich an Alfredo Jimenez zu wenden. Das habe ich dann auch getan. Heute am Telefon wirkte Barbara Lopez aber deutlich gefasster.

Natürlich habe ich Alfredo Jimenez gefragt, wie lange Diego Lopez sich schon um die finanziellen Dinge seiner Cousine gekümmert hatte. Und ob denn die Polizei nie ermittelt habe? Die Kurzfassung war: Vor acht Jahren hätte sich seine Schwester nach Spanien abgesetzt – nach Barcelona, von wo die Familie stammte. Er glaube, sie wäre dem bürgerlichen, spießigen Leben entflohen. Im Grunde ihres Lebens wäre sie immer ein Hippie gewesen. Er habe dann eine Vermisstenanzeige aufgegeben. Die Polizei habe auch ein paar Nachforschungen angestellt. Er selbst auf eigene Rechnung ebenfalls. Aber unterm Strich habe nichts darauf hingewiesen, dass Maria Jimenez das Land nicht freiwillig verlassen habe. Und damit war die Sache für mich erledigt.«

»Bis gestern«, sagte Horndeich, eigentlich mehr zu sich selbst.

»Genau. Bis gestern. Ich fand das mit dem Schuhkarton schon ziemlich schräg.«

»Fehlte denn etwas in den Unterlagen? Also, hatte dein Vorgänger keine Unterlagen über die Kontobewegungen dieses Kontos aus dem Schuhkarton?«

»Doch, er hatte alle Informationen. Er hat sich von der Bank die fehlenden Jahre einfach ausdrucken lassen.«

Horndeich nippte an der Teetasse, die er wieder aufgefüllt hatte. Dann sah er Jana direkt in die Augen. »Okay. Aber was möchtest du von mir?«

Jana zögerte nur kurz. »Du hast doch direkten Zugang zur Polizei. Du könntest doch einfach mal fragen, ob auf diesem Brief Fingerabdrücke zu finden sind. Der Briefumschlag macht da weniger Sinn, denn den habe ich selbst schon angefasst, Barbara Lopez, der Briefträger sowie die Mitarbeiter der Post. Wenn auf dem Brief selbst jedoch welche drauf wären, könnte man sie doch durch eure Datenbank laufen lassen.«

Hatte er das gerade richtig gehört? »*Eure* Datenbank? Sorry, ich gehöre nicht mehr zu dem Verein.«

»Nein, du nicht. Aber deine Frau.«

»Sandra? Vergiss es.« Er kannte sie gut, seine Sandra. Und er wusste genau, dass sie ganz gewiss keine Aktion am Dienstweg vorbei in Angriff nehmen würde, wenn es nicht darum ging, jemandem das Leben zu retten. Und das traf hier mit Sicherheit nicht zu. Horndeich drehte den Spieß um: »Warum gehst du nicht direkt mit diesem Brief zur Polizei?«

»Ich? Ich kenne doch dort niemanden.«

Diese Argumentation konnte Horndeich nicht so ganz nachvollziehen. »Jana, die Polizei hat verteilt über die Stadt mehrere Empfangstheken, wo sie sogar mit Fremden sprechen, die unangemeldet zu ihnen kommen.«

Jana rollte mit den Augen. »Wenn ich mit diesem Brief da reinspaziere, steht dort ein freundlicher junger Polizist vor mir, lächelt mich an, blinzelt mir vielleicht sogar zu, dann wird er meine Personalien aufnehmen, den Brief in Empfang nehmen – und dann werde ich niemals erfahren, was dahintersteht. Im besten Fall wird der Brief tatsächlich untersucht. Und vielleicht ergibt sich daraus ja eine Ermittlung. Vielleicht auch nicht. Aber wahrscheinlich landet dieser Brief, der ganz bestimmt keine A-Priorität hat, einfach nur zwischen zwei verstaubten Aktendeckeln, in einem verstaubten Regal in einem verstaubten Archiv.«

Horndeich antwortete nicht. Er konnte den Gedankengang jedoch nachvollziehen.

»Das erinnert mich so ein bisschen daran, als ich im Konfirmationsunterricht war«, fuhr Jana fort. »Unser Pfarrer hat uns gesagt, wir sollten für zwei unserer Mitkonfirmanden ein Gebet schreiben, was wir uns Gutes für diese beiden wünschten. Einer von den beiden, für die ich gebetet habe, saß im Rollstuhl. Er hieß Vinzenz. Querschnittslähmung seit einem Fahrradunfall zwei Jahre zuvor. Und ich habe dafür gebetet, dass er wieder laufen kann. Ich habe den Zettel brav gefaltet, in eine kleine Pappschachtel zu den anderen gelegt, und unser Pfarrer hat die Schachtel an sich genommen. Zwei Wochen später sind wir konfirmiert worden. Danach habe ich weder den Pfarrer noch Vinzenz – ach, ich glaube keinen von der ganzen Gruppe – je wiedergesehen.«

»Und was genau willst du mir damit sagen?«

»Na, ist doch klar. Ich habe keine Ahnung, was mit diesem Zettel danach passiert ist. Ich weiß nicht, ob der Pfarrer ihn gelesen hat. Ich weiß nicht, ob Gott ihn gelesen hat. Ich weiß nicht, ob Vinzenz noch im Rollstuhl sitzt oder nicht. Wenn er noch im Rollstuhl sitzt, wofür sowohl die Wahrscheinlichkeit als auch der heutige medizinische Kenntnisstand sprechen, dann ist es trotzdem nicht klar, ob er nicht laufen kann, weil sowohl Wahrscheinlichkeit als auch medizinischer Kenntnisstand dagegen sprechen – oder ob er einfach nicht laufen kann, weil Gott keinen Bock hat, ihn laufen zu lassen und mein Gebet schlichtweg ignoriert hat. Ich gebe einen Zettel ab – und habe überhaupt keine Ahnung, was danach passiert ist, was er bewirkt oder nicht bewirkt hat. Und das ist äußerst unbefriedigend.«

Horndeich schmunzelte. Ein bisschen hinkte der Vergleich, aber er verstand recht gut, was Jana meinte. »Tja, ich glaube, da kann ich dir auch nicht helfen. Sandra wird diesen Brief ganz gewiss nicht an unsere Spurensicherung geben, weil er mit keinem aktuellen Fall zusammenhängt.«

Jana lehrte die Tasse Tee und erhob sich. »Das ist mir schon klar. Aber ich weiß auch, dass du im Präsidium nicht nur deine Frau kennst. Sondern noch ganz viele, viele andere ehemaligen Kollegen.«

Auch Horndeich erhob sich.

»Ich habe dieses kleine Runzeln deiner Stirn gerade gesehen. Genau der oder dem solltest du den Brief zeigen.«

Sie reichte Horndeich die Hand, dann war sie verschwunden.

Und Brief und Briefumschlag blieben auf dem Holztisch liegen.

Es fühlte sich ein wenig seltsam an. Horndeich stand in seinem Büro, das nicht mehr sein Büro war. Er saß mit einer Pobacke auf seinem Schreibtisch, der nicht mehr sein Schreibtisch war. Sein Nachfolger arbeitete wohl ähnlich strukturiert, wie Horndeich es immer getan hatte. Der Platz war aufgeräumt, auf der Tischplatte standen zwei gerahmte Fotos. Eines von einer Frau, ein weiteres zeigte dieselbe Frau, ein kleines Mädchen und einen strahlenden Mann. Der erinnerte Horndeich sofort an den jungen Jürgen Vogel: riesige Lücken zwischen den Zähnen und ausgeprägte Geheimratsecken. Aber ebenso wie bei Vogel wirkte das Lachen sympathisch.

Die Dame am Empfang des Polizeipräsidiums Südhessen in der Klappacher Straße hatte Horndeich sofort erkannt: »Na, Sehnsucht nach der alten Heimat?«, wollte sie wissen.

Horndeich hatte ihr zugezwinkert. »Ich müsste mal meine ehemalige Kollegin Gabriely sprechen.«

Sofort ertönte der Türsummer. »Sie wissen ja, wohin.«

Ja, Horndeich wusste …

Leah war nicht im Raum, der neue Kollege ebenfalls nicht, so hatte Horndeich beschlossen, einfach zu warten.

Leahs Schreibtisch sah aus, wie er stets ausgesehen hatte. Ihr gegenüber hatte Horndeich wie ein Chaot gewirkt: Leah Gabriely war ein Mensch, dem es wichtig war, dass die Stifte nicht nur parallel zueinander auf dem Tisch ausgerichtet lagen, sondern auch von hell nach dunkel sortiert. Sie war sich dessen oft nicht einmal bewusst gewesen. Jahrelang hatte die Kleidung ebenso zum Habitus gepasst: Röcke und Blusen stets in Beige, die Haare zu einem Dutt gesteckt. Das hatte sich verändert, nachdem sie und Richard Feller ein Paar geworden waren. Seitdem trug sie die Haare mit der gleichen Konsequenz offen, mit der sie die Pracht zuvor gebändigt hatte. Die etwas lockerere Leah gefiel Horndeich besser. Schade, dass er mit dieser Version von ihr nicht mehr zusammengearbeitet hatte.

Immer noch stand der riesige Kaffeeautomat von WMF auf einem der Sideboards. Eine Diva, aber eine Diva, die einen hervorragenden Bohnensud zuzubereiten in der Lage war.

Ja, da machte sich ein Kloß in Horndeichs Hals breit. Ein Kloß der Wehmut.

»Hallo, was machst du denn hier?«, wollte Leah wissen, als sie das Büro betrat.

Horndeich drehte sich um. Sie war ihrem Stil, den sie vor zwei Jahren verändert hatte, treu geblieben. Eine rote Bluse, ein blauer Rock, schicke Stiefel, das volle Haar fiel auf ihre Schultern. Sie sah richtig gut aus! »Hallo, Leah!« Mehr vermochte er auf Anhieb nicht zu sagen.

»Sorry, deine Stelle ist seit zwei Jahren wieder besetzt.«

Ihre Worte waren ein kleiner Stich. Nachdem er seinen Abschied von der Polizei verkündet hatte, hatte Leah ihn sich zur Brust genommen. Hatte so offen mit ihm gesprochen, wie sie es nie zuvor getan hatte. Dass sie beide ein gutes Team wären, hatte sie gesagt. Dass sie nicht wolle, dass sich das ändere. Dass er und Richard die Einzigen wären, denen sie vollkommen vertrauen würde. In deren Hand sie ihr Leben legen würde. Ja, zu solchen Höhen hatte sich das Pathos bei ihrem Vortrag gesteigert.

Auch er hatte die Zusammenarbeit mit ihr immer sehr geschätzt. Aber er selbst hatte bereits die Erfahrung gemacht, die Leah nun machen würde: Als Margot in die USA gegangen war, hatte sich Horndeich nicht vorstellen können, ähnlich vertrauensvoll mit einer anderen Kollegin zusammenzuarbeiten. Aber er war positiv enttäuscht worden: Leah und er waren eben auch zu einem richtig guten Gespann zusammengewachsen.

»Wie macht er sich?«, wollte Horndeich wissen und deutete mit dem Kinn in Richtung der beiden Bilderrahmen auf seinem ehemaligen Schreibtisch.

Leah grinste. »Er ist natürlich nicht so brillant wie du, aber Max Wieler macht seinen Job richtig gut. Wir sind ein gutes Team.« Während sie das sagte, sah sie Horndeich an. In ihrer Stimme lag keine Spur von Ironie, kein Hauch von Schärfe, nur Sachlichkeit und Aufrichtigkeit. Was den Kloß im Hals nicht eben kleiner machte.

»Ich frag dich noch mal, was machst du hier? Du willst doch keine Anzeige aufgeben? Und Sandra arbeitet am anderen Ende des Flurs. Also?«

Sie war schon immer eine Freundin klarer Worte gewesen. Und er spürte, dass sie etwas unter Druck stand. Klar, war bei ihnen ja nicht anders gewesen, wenn es galt, Fälle zu lösen und Mörder aufzuspüren.

Horndeich hatte bewusst das Jackett mit der großen Innentasche gewählt. Er zog den Brief in der Klarsichthülle aus der Jackentasche, entrollte ihn.

»Was ist das?«

»Das ist ein Brief, den …« Tja, was sollte er sagen? Wenn er sagte: »… den ich bekommen habe«, dann log er. Wenn er den Satz jedoch mit einem »… den eine Bekannte von mir bekommen hat« beendete, senkte er die Chancen darauf, dass ihm hier jemand einen Gefallen tun würde, deutlich. Er zögerte. Dann entschied er sich für die Wahrheit: »Den hat eine Bekannte von mir zugeschickt bekommen. Eine Abwesenheitspflegerin.« Irgendetwas hielt Horndeich davon zurück, Janas Namen zu nennen. Denn wenn ihm hier jemand helfen würde, dann wäre das – nun, illegal war wohl ein zu großes Wort dafür. Aber so richtig legal war es eben auch nicht.

»Und was ist damit?« Leahs Tonfall hatte sich verändert. Er kannte dieses Timbre. Eine leichte Ungeduld schwang darin mit, die erste Stufe zum Genervtsein. Er hatte diese Tonlage niemals in seinem Leben sich selbst gegenüber hören müssen. Es war ein Tonfall, den Leah für Verhöre reserviert hatte. Tja, und genauso fühlte sich Horndeich jetzt auch. Wie jemand, der bei einer Untat ertappt worden war. Oder ertappt werden würde, wenn er sein Anliegen vorbrächte.

»Könntest du …« Horndeich vollendete den Satz nicht. Er kannte die Antwort. Er kannte Leah ja fast genauso gut, wie er seine Frau kannte. Und er wusste, keine von beiden würde den Auftrag erteilen, diesen Brief auf Fingerspuren untersuchen zu lassen. Er fühlte sich wie ein Idiot.

Er war ein Idiot.

»Vergiss es, Leah. Ist gar nichts. Ich mach mich mal wieder

vom Acker.« Er versuchte, locker zu klingen, was ihm ungefähr so gut gelang, wie durch das Essen von Kreide die Stimmlage zu erhöhen.

»Horndeich?«

Er hörte ihre Stimme, als er den Türrahmen schon durchschritten hatte.

Wie bescheuert konnte man eigentlich sein?

Während er die Treppe ins Erdgeschoss hinunterstieg, schaute er auf seine Uhr. Er würde jetzt noch eine Dönerbude aufsuchen und dann nach Hirschhorn fahren.

Als er die Eingangstreppe erreicht hatte, hörte er abermals, wie jemand seinen Namen rief. »Horndeich?« Er drehte sich in die Richtung, aus der die Stimme gekommen war.

»Na, das ist ja eine Überraschung! Was machst du denn hier?«

Ja, es nervte, dass er immer mit dieser Frage begrüßt wurde, die deutlich machte, dass er nicht mehr dazugehörte. Silvia Rauch trat auf ihn zu. Sie war die Leiterin der Spurensicherung. Auch mit ihr hatte sich Horndeich immer gut verstanden. Abermals überlegte er, ob er dieser Mitarbeiterin im Präsidium den Brief zeigen sollte. Während der eine Teil seines Gehirns noch darüber sinnierte, übernahm die pragmatische andere Hälfte das Ruder.

»Ich habe hier einen Brief«, sagte Horndeich. »Ist einer Bekannten zugeschickt worden. Könnte relevant sein in einem Vermisstenfall von vor acht Jahren. Wobei es wohl so zu sein scheint, dass die Dame freiwillig den Wohnsitz gewechselt hat.«

»Und was hast du damit zu tun?«, wollte Silvia wissen.

Das musste er wohl beantworten, wenn er die Chance haben wollte, dass eine ehemalige Kollegin vielleicht einen näheren Blick auf diesen Brief werfen würde. Auch wenn Sandra oder Leah einer Untersuchung zugestimmt hätten, so wäre der Brief auf jeden Fall auf Silvias Tisch gelandet. »Ich arbeite manchmal für diese Bekannte.«

»Okay. Und du möchtest, dass ich ihn untersuche? Auf was? Fingerabdrücke?«

»Ja. Genau darauf.«

»Ich verstehe das aber richtig: Dieser Brief hat nichts mit irgendeinem aktuellen offenen Fall von uns zu tun.«

»Genau. Aber wenn da Fingerabdrücke drauf sind und wenn diese Fingerabdrücke bei uns im System sind, dann könnte es vielleicht wieder zu einem offenen Fall werden. Und das würde ich gerne heute wissen. Und nicht erst in ein paar Wochen.«

Silvia musterte ihn. Du weißt, dass ich das gar nicht darf, sprachen nur ihre Augen.

Ja, antwortete er ebenso stumm.

»Na, dann komm mal mit nach oben«, sagte Silvia und zog ihn zurück in Richtung des Haupteingangs.

Horndeich begleitete sie in das Untersuchungslabor. Diesen Weg hätte er nachts bei Stromausfall ohne Taschenlampe gefunden. Auf dem Weg dorthin nickte er einigen ehemaligen Kollegen zu, blieb aber nicht mehr stehen, weil er die Frage »Was machst du denn hier?« heute einfach nicht noch einmal hören wollte.

Im Labor legte Silvia ihre Jacke ab, bot Horndeich Platz an und holte die notwendigen Utensilien aus dem Schrank.

Sie stellte alles auf der Arbeitsfläche ab. »Also, ich mach das jetzt für dich. Sollte aber bei der Aktion hier etwas rauskommen, dann brauche ich alle Informationen, die du hast. Und auch die Akte, der dieser Brief dann korrekt zugeordnet werden kann. Gibt doch eine Akte, oder?«

Wenigstens das konnte Horndeich ohne schlechtes Gewissen beantworten: »Es gab eine Vermisstenanzeige in Darmstadt vor acht Jahren. Die dann aber nicht weiterverfolgt wurde, weil es so aussah, als wäre die Vermisste aus freien Stücken gegangen.«

»Na, das sind ja dann perfekte Voraussetzungen.«

Silvia Rauch nahm den Brief mit Handschuhen aus der

Hülle und legte ihn auf die Arbeitsfläche des Labors. Dann griff sie zu einer Sprühflasche und sprühte sowohl die Vorder- als auch die Rückseite ein.

Horndeich wusste, was sich in der Plastikflasche befand: eine zweiprozentige Lösung von Ninhydrin. Er hatte sich immer für die Arbeit der Spurensicherung interessiert. Und dieses seltsame Wort hatte sich in seinem Gehirn festgehakt, wobei Horndeich keinen Schimmer davon hatte, wieso eigentlich. Auf jeden Fall wusste er, dass diese Substanz Fingerabdrücke auf Papier sichtbar machen konnte. Silvia legte den besprühten Brief jetzt auf den Gitterrost eines Geräts, das aussah wie ein Backofen. Sie schloss dessen Tür, drehte an einem Schalter. Was aussah wie Siemens' Bester, war eine spezielle Klimakammer. Sie brachte die Luft auf die perfekte Mischung von 80 Prozent Luftfeuchtigkeit und 30 Grad Celsius Temperatur. Horndeich erinnerte sich auch daran, dass es mehrere Stunden dauern konnte, bis tatsächlich Fingerabdrücke, dann in rötlichvioletter Tönung, sichtbar wurden.

»Du weißt ja, dass das jetzt ein bisschen dauern kann.«

Horndeich nickte.

»Dann machen wir es doch einfach so: Ich ruf dich in vier Stunden an, dann wissen wir mehr.«

Horndeich bedankte sich herzlich.

Dann verließ er das Labor, das Stockwerk, das Präsidium. Und fühlte sich tatsächlich ein wenig beschwingt. Er hatte doch noch Freunde hier im Haus, so fühlte sich das an. Und nicht alle hatten ihn mental verbannt. Er wusste selbst, dass das eine sehr verzerrte Wahrnehmung war. Trotzdem freute er sich wie ein kleines Kind, das den großen Kindern einen Streich gespielt hatte.

Zeit, was zu essen und nach Hirschhorn zu fahren.

Nachdem ihm das Navi offenbarte, dass es auf der A 5 einen Unfall gegeben hatte und der Stau inzwischen schon sieben Kilometer lang war, entschloss sich Horndeich, über die

Landstraße zurück nach Darmstadt zu fahren. Er war ein Stück am Neckar entlanggefahren, dann nach links auf die B 45 abgebogen, in Richtung Beerfelden.

Kurz vor dem Ortsschild war der erste Blitz vom Himmel gezuckt, gefolgt von einem ohrenbetäubenden Donnerschlag. Das hatte zu Horndeichs Stimmung gepasst. Denn der Besuch bei der Firma Zinker in Hirschhorn war gänzlich anders verlaufen, als er sich das vorgestellt hatte.

Margot hatte ihn ja bereits vorgewarnt: Den Inhaber und Geschäftsführer Norbert Zinker hatte sie als cholerischen Macho beschrieben. So, wie Horndeich den Mann erlebt hatte, war das die Untertreibung des Tages gewesen.

Als Horndeich noch allein mit dem Herrn in dessen Büro saß, rezitierte der die gesamte Firmenhistorie. Ein Mensch, der sich selbst gern reden hörte. Nein, vielleicht eher einer, der ausschließlich sich selbst gern reden hörte. Rund 200 Mitarbeiter waren an dem Standort in Hirschhorn beschäftigt. Zinker hatte Horndeich dann durch die Produktionshallen geführt. Horndeich war sofort aufgefallen, dass jeder augenblicklich registrierte, dass der Chef sich persönlich in den heiligen Hallen die Ehre gab. Gleichzeitig erkannte er auch Ablehnung oder sogar Furcht in einigen Gesichtern.

Zinker hatte jeden zweiten Mitarbeiter angesprochen, nein, eher angebellt. »Geht doch sicher auch schneller?«, hatte er geblafft. Einen anderen Mitarbeiter schob er von der Bedieneinheit der Maschine zur Seite, bediente sie selbst mit der aufmunternden Bemerkung: »Hast du keine Ahnung, wie man das hier richtig macht?« Zwischen den Anpfiffen an seine Mitarbeiter erklärte er wortreich den gesamten Produktionsprozess.

Von der Produktion führte der Weg in den Verwaltungstrakt, und dort änderte sich die Art der Sprüche, aber nicht der Tonfall. Hinter den Schreibtischen saßen vornehmlich Frauen. Und der Satz: »Frau Müller, Sie sollten vielleicht mal etwas aus dem vorderen Teil Ihres Kleiderschranks anziehen«, war noch einer der freundlicheren.

Vom Verwaltungstrakt ging es direkt wieder zum Büro des Chefs. Der hatte Horndeich die Tür aufgehalten: »So, dann kommen wir jetzt mal zum Geschäftlichen.«

Horndeich war stehen geblieben.

»Treten Sie doch ein!«, hatte er angeordnet.

Horndeich hatte nur den Kopf geschüttelt und gesagt: »Herr Zinker, ich denke, ich werde nicht für Sie tätig werden.« Damit hatte er sich umgedreht, das Gebäude verlassen, an der Pforte das Besucherkärtchen abgegeben und war in seinen Wagen gestiegen.

Er hatte sich absolut nicht vorstellen können, einem der Menschen nachzustellen, die von ihrem Boss offensichtlich nur beleidigt wurden. Gab es welche, die sich ungerechtfertigt krankmeldeten? Vielleicht war dem so. Vielleicht war es aber auch so, dass der Urlaub nicht genehmigt wurde und es danach keinen Urlaubsübertrag ins kommende Jahr gab.

Horndeich hegte allerdings die Besorgnis, ob er nicht vielleicht gerade auch die Geschäftsbeziehung zwischen Margot und Zinker torpediert hatte. Darüber hatte er im Moment seines Abgangs nicht nachgedacht. Er würde sie heute Abend anrufen.

Das Gewitter machte keine Anstalten, etwas von seiner Wucht abzulassen. Der Donner krachte, und der Starkregen prasselte auf Horndeichs Mazda nieder. Er schlich jetzt mit 30 Stundenkilometern über die Landstraße.

Wieder zuckte ein Blitz nieder, als sein Handy klingelte. Margot. Da hatte Herr Zinker sich ja keine Pause gegönnt. Er nahm das Gespräch an. Und er hoffte, dass Margot ihm jetzt nicht jene Leviten lesen würde, die Zinker ihm gerne gelesen hätte.

»Ich hab's befürchtet«, eröffnete sie das Gespräch.

»Mein Gott, was für ein überhebliches Arschloch«, konnte

sich Horndeich nicht verkneifen zu sagen. Und fügte an: »Ich hoffe, ich hab dir jetzt nicht dein Geschäft kaputt gemacht.«

Er hörte Margot auflachen. »Nein. Ich habe mit Zinker auch nur einmal zu tun gehabt. Nick hält den Kontakt zu diesem Mann. Und irgendwie weiß er ihn zu nehmen. Liegt vielleicht daran, dass Zinker über die mütterliche Seite seiner Familie Wurzeln in den USA in Indiana hat – von wo ja auch Nick kommt.«

Horndeich konnte sich kaum vorstellen, wie Nick mit diesem Typ klarkam, aber zunächst einmal war er froh, dass sich Margot nicht darüber beklagte, dass Horndeich sich nach ihrer persönlichen Empfehlung doch etwas diplomatischer hätte geben können.

»Von unserer Seite her ist das Projekt Zinker auch abgeschlossen. Natürlich hat er mich gerade gefragt, wie ich ihm ein so überhebliches Arschloch hätte empfehlen können.«

Na, da sind wir uns in unserer gegenseitigen Einschätzung ja ziemlich einig, dachte Horndeich.

»Was hast du geantwortet?«, wollte Horndeich wissen.

»Ich habe ihm gesagt, dass ich seine Wortwahl nicht für angebracht hielte, und das Gespräch beendet.«

Horndeich entspannte sich etwas. Das war noch einmal gut gegangen. Margot und er plauderten noch ein paar Minuten, dann beendete Horndeich das Gespräch.

Er hätte den Auftrag gut brauchen können. Es gab immer wieder Wochen, in denen das Geschäft nicht ganz so rundlief. Aber er war nicht bereit, seine Seele zu verkaufen. Und konnte sich diesen Standpunkt momentan auch noch leisten.

Da das Wetter sich nicht besserte, beschloss Horndeich, den etwas längeren Weg über die gut ausgebauten Bundesstraßen zu fahren. Er hatte Michelstadt hinter sich gelassen, als das Telefon abermals klingelte. Er hatte die alten Nummern immer noch in seinem Handy eingespeichert, und so erschien der Name Silvia Rauch auf dem Display.

»Und, hast du etwas rausbekommen?«, eröffnete er das

Gespräch, zu neugierig, um mit Begrüßungsfloskeln anzufangen.

»Hallo, Horndeich. Ja. Es gibt eine gute und eine schlechte Nachricht.«

Sie brauchte eigentlich gar nicht weiterzusprechen. Die gute wäre wohl, dass sie auf dem Briefpapier tatsächlich Fingerabdrücke hatte sichtbar machen können. Und die schlechte würde sein, dass sie nicht im System waren. Er formulierte diesen Gedanken laut.

»Ja. Genau so ist es.«

»Ich danke dir«, sagte Horndeich. »War auf jeden Fall einen Versuch wert. Sehr nett, dass du das für mich gemacht hast.«

»Passt schon«, antwortete Silvia. »Willst du den Brief wieder zurückhaben?«

»Ja. Ich bin mir noch nicht sicher, ob ich noch ein bisschen tiefer grabe oder an dieser Stelle aufgebe. Bitte, schick ihn doch einfach an meine Adresse.«

Horndeich wusste, dass diesem Brief jetzt nichts mehr passieren konnte, denn unmittelbar nachdem er getrocknet war, war er sofort in eine dünne Folie eingeschweißt worden. Silvia Rauch hatte den Brief und die einzelnen Fingerspuren fotografiert – konnte also bei Bedarf darauf zugreifen. Und er, Horndeich, würde jetzt seine eigene Akte zu diesem Fall anlegen. Wenn es denn ein Fall war.

Horndeich dankte Silvia Rauch nochmals, dann verabschiedete er sich von ihr.

Als er Groß-Umstadt erreichte, brach der Himmel plötzlich auf, und die Sonne brannte wieder auf die Erde herab. Die nasse Straße spiegelte, Dampf stieg von ihr auf. Auf den restlichen Kilometern gen Heimat überlegte er, wie er nun weiter vorgehen würde.

Alles auf Eis legen?

Er hätte sich gern ein eigenes Bild gemacht. Und er wusste nun genau, was er dazu brauchte: die Akte über das Verschwinden von Maria Jimenez. Er hatte eine Idee, wie er da rankommen könnte. Aber ihm war klar, dass das nur gemeinsam mit Jana Welzer funktionieren würde.

Er hatte seinen Teil geleistet. Er hat es geschafft, den Brief untersuchen zu lassen.

Nun musste sie bereit sein, auch ihren Teil beizutragen.

Wenn sie es nicht tat, würde er Brief und Schuhkarton auf sich beruhen lassen.

Wenn sie mitzog, hatte sie vielleicht eine Chance, ein wenig Licht unter den Deckel des Schuhkartons und in den Inhalt des Briefkuverts zu bringen.

Er rief Jana Welzer an.

Rituale waren ihm wichtig. Und Horndeich hatte es sehr zu schätzen gelernt, dass er in seinem jetzigen Job deutlich freier über seine Zeit entscheiden konnte, als es in den Jahren als Mörderjäger möglich gewesen war. Gerade die Abendstunden waren jetzt unantastbar. Besonders die am Montag und am Donnerstag. Das waren die Leseabende. Präzise: die Vorleserabende. Jene, an denen Horndeich seinen Kindern lange vorlas.

Für Alexander war die Schlafenszeit auf neunzehn Uhr festgesetzt. Und Horndeich las danach eine halbe Stunde vor. Derzeit ein Buch, das er selbst als Kind geliebt hatte und über das er immer hatte lachen können: *Sechs Bärenbrüder* von Josephine Siebe.

Stefanie war es freigestellt, an dieser Vorlesestunde ebenfalls teilzunehmen. Aber es war eben ein Buch für den kleinen Bruder. Sie bevorzugte Bücher, die dieser noch nicht so ganz verstand.

Nach den sechs Bärenbrüdern sagte Horndeich seinem Sohn gute Nacht, dann begleitete er Stefanie in deren Zimmer. Ihr las er derzeit aus dem Buch *Die Buchspringer* vor. Ihre Freundin, Schröders Tochter Ilona, hatte diese Lektüre ebenfalls angefangen. Und auch Stefanie war begeistert von der Idee, dass jemand in ein Buch hineinspringen und den Inhalt verändern kann. Das tat die Heldin des Buches und lernte so viele der Figuren in den Büchern kennen. Sir Kahn aus dem Dschungelbuch kannte sie schon. Aber Goethes Werther sagte ihr nichts. Stefanie hatte sich deshalb auch dagegen entschieden, das Buch selbst zu lesen. Denn sie wollte nicht nur das Buch lesen, sondern auch die Bücher zumindest kennenlernen, die in diesem Buch vorkamen. Und so musste Papa Horndeich ihr von jenen Büchern, die sie nicht kannte, zumindest erzählen. Für Horndeich war das seinerseits ein Parforceritt durch die Literaturgeschichte, aber er musste sich eingestehen: Er genoss es.

Sandra hatte während dieser Zeit bereits die kleine Antje schlafen gelegt. Als der Nachwuchs schließlich eingeschlafen war, saßen Sandra und Horndeich im Wohnzimmer. Er hatte eine gute Flasche Wein geöffnet, ihnen beiden eingeschenkt.

»Wollen wir uns noch einen Film anschauen?«, wollte Sandra wissen.

Horndeich hob das Glas, Sandra tat es ihm nach. »Prost, meine Liebe«, sagte Horndeich. Nachdem sie die Gläser abgesetzt hatten, antwortete er: »Ich muss etwas mit dir besprechen. Ich brauche deine Hilfe.«

Seine Frau runzelte die Stirn. Es kam nicht oft vor, dass Horndeich sie um Hilfe bat. Zumindest nicht direkt. »Womit kann ich dir helfen? Was soll ich für dich recherchieren?«

Es war ein offenes Geheimnis und ein Running Gag zwischen ihnen, dass Sandra bei allem, was Computer und ihre Anwendung betraf, sehr viel schneller, besser und effizienter arbeitete als Horndeich. Während seiner Zeit als aktiver Polizist hatte stets Richard Feller jedes computertechnische Schloss geknackt – aber Horndeich war ja nicht mehr bei der Polizei.

»Ich möchte dich um etwas bitten.«

Die Falten auf Sandras Stirn vertieften sich. Sie kannte ihren Mann. Für gewöhnlich war Horndeich sehr direkt und kam stets sofort auf den Punkt. Wenn er jetzt bereits die zweite Einleitungsfloskel verwendete, dessen war sich Horndeich auch selbst bewusst, dann lockte er Sandras Argwohn hervor. Sie tat ihm nicht den Gefallen, eine weitere Gegenfrage zu stellen.

»Sagt dir der Name Maria Jimenez etwas?«

Sandra schüttelte nur den Kopf, wandte aber den Blick nicht von Horndeichs Augen.

»Sie ist vor acht Jahren verschwunden. Hat sich angeblich nach Spanien abgesetzt.«

Immer noch reagierte Sandra nicht. Was nicht verwunderlich war: Horndeich hatte nur ein paar Informationen fallen lassen, aber noch nicht klargemacht, womit Sandra ihn unterstützen sollte. Horndeich seufzte innerlich. Er wusste nicht, wie er fortfahren sollte.

»Du willst, dass ich nach ihr recherchiere?«

Horndeich trank einen Schluck Wein, ließ ihn den Rachen hinabrinnen, dann entschied er, alles auf Zahl zu setzen und nicht mehr mit Platzwetten auf dem Roulettetisch herumzulavieren. Er erzählte Sandra von der seltsamen Begegnung bei Schröder am vorigen Tag, vom Schuhkarton, schließlich von dem anonymen Brief, adressiert an den früheren Abwesenheitspfleger von Maria, dann davon, dass Silvia Rauch diesen Brief untersucht habe und dabei Fingerspuren habe sicherstellen können, die aber nicht im Polizeisystem registriert waren.

»Na, legal war das nicht.«

»Deswegen habe ich mich auch gar nicht erst getraut, dich zu fragen. Aber ich würde mir gern die Vermisstenakte von vor acht Jahren anschauen. Sehen, ob da vielleicht jemand aus Köln auftaucht. Wenn da niemand ist, dann sei's drum. Und ich weiß auch, dass der Satz, dass Maria Jimenez nicht mehr am Leben sei, auch nicht bedeutet, dass der Grund dafür ein Verbrechen gewesen sein müsste, aber …« Horndeich sprach nicht weiter.

»Dein Bauchgefühl. Es sagt dir, dass da was nicht stimmt.«

Horndeich lächelte schief. »Nenn es doch besser meinen langjährigen Instinkt.«

»Und du erwartest jetzt von mir, dass ich die Akte aus dem Archiv hole, aus dem Polizeipräsidium rausschmuggle und dir gebe. Was natürlich ebenfalls absolut illegal wäre.«

»Nein, das erwarte ich überhaupt nicht«, tat Horndeich verblüfft. »Ich bitte dich darum, die Akte einfach nur zu kopieren. Und mir die Kopien zu geben.«

Die Runzeln auf Sandras Stirn verdichteten sich nochmals und zeigten nun keine Irritation, sondern hundertprozentige Missbilligung. »Warum ist deine Frau Welzer mit dem Brief nicht gleich zur Polizei gegangen?«

Das besitzanzeigende Fürwort vor »Frau Welzer« irritierte Horndeich etwas, aber er ging nicht darauf ein. Und wiederholte Jana Welzers Befürchtung, dass der Brief dann einfach in der verstaubten Akte verschwinden würde. Nicht aus Böswilligkeit, sondern aufgrund mangelnder Priorität. »Ich habe mit Jana gesprochen. Wir machen das mit dem Brief offiziell. Jana kommt zu euch ins Präsidium, sie wird ihre Aussage machen – am besten bei dir. Denn dann kannst du den Brief offiziell Silvia übergeben. Sie wird die Fingerabdrücke erneut finden. Und dann können deine Kollegen die Ermittlungen aufnehmen oder eben auch nicht.«

»Meine Kollegen«, flüsterte Sandra. Offensichtlich irritierte sie diesmal die Verwendung des Personalpronomens. Aber es stimmte ja. Er gehörte nicht mehr dazu. Dadurch, dass er Sandra nun in den Kreis ihrer Kollegen einreihte, rückte er sie auch ein klein wenig auf die andere Seite einer Grenzlinie zwischen ihnen. Die natürlich privat überhaupt nicht bestand. Er wusste genau, warum er es so hasste, Berufliches und Privates zu vermischen. Dann landete man genau in solchen Situationen wie dieser hier …

Horndeich griff nach Sandras Hand, die sie ihm nicht entzog. »Sandra, mein Schatz, ich möchte herausfinden, ob mit dem Verschwinden dieser Maria irgendetwas nicht stimmt. Möchte zumindest noch mal ein, zwei Blicke darauf werfen. Und das kann ich nur, wenn ich Einblick in die Akte erhalte.«

»Und wenn nicht?« Jetzt zog Sandra ihre Hand zurück.

Horndeich seufzte. Nicht als theatralische Geste, sondern es kam tief aus ihm. »Dann kann es sein, dass Maria Jimenez Unrecht geschehen ist und es nicht aufgeklärt wird.« Klar, das war jetzt die ganz große moralische Keule. Doch Horndeich schwang sie nicht, um gegenüber seiner Frau das letzte Wort zu haben. Er schwang sie, weil er davon wirklich überzeugt war.

ROCIO III

Ich war eine unglückliche Jugendliche.

Die ganze Unbekümmertheit, Leichtigkeit, ja, auch meine zeitweilige Überheblichkeit, ich verlor sie, als ich elf Jahre alt war.

Ich war das, was Erwachsene als frühreif bezeichnen. Aber ausschließlich körperlich. Ich war erst neun, als ich bemerkte, dass sich die Formen auf meinem Brustkorb zu verändern begannen. Natürlich wusste ich bereits damals, dass aus Mädchen Frauen werden, dass sie einen Busen bekommen und Haare unter den Achseln. Ich hatte meine Mutter nie nackt gesehen, deswegen war ich fürchterlich erschrocken, als plötzlich um meine Scham herum Haare zu wachsen begannen. Da war ich noch keine zehn Jahre alt. Ich dachte, ich wäre krank.

Ich hatte stets ein gutes Verhältnis zu meinen Eltern. Aber mein Vertrauter war mein Großvater. Ihn fragte ich, ob ich zum Arzt müsse wegen der Haare. Heute, als Erwachsene, kann ich ihm gar nicht hoch genug anrechnen, wie er sich damals verhalten hat. Er hat mich nicht abgewiesen, etwa mit dem Hinweis, da solle ich doch besser mit meiner Mutter drüber reden. Er hat mich in den Arm genommen und nur zwei Sätze gesagt: »Nein, Rocíolito mio, du musst dir keine Sorgen machen. Du bist nicht krank. Dort wachsen bei jeder Frau Haare. Und auch bei jedem Mann.« Ende des Vortrags. Mehr musste ich damals nicht wissen. Meine Frage war beantwortet.

Natürlich gab es viele weitere Fragen, die aber die vertrackte Eigenschaft hatten, dass ich sie nicht formulieren konnte. Fragen im Nebel, irgendein dunkles Gefühl, das ich nicht einordnen konnte, das manchmal auch ganz hell wurde – und ich es dann noch weniger zuordnen konnte. Wie stellt man eine Frage, wenn man die Worte dafür nicht kennt?

Meine Eltern waren es gewohnt, dass ihre Tochter sie alles fragte, was sie wissen wollte. Die ihrerseits im Umkehrschluss nicht dazu neigten, von sich aus Vorträge zu halten. Es begann eine drückende Zeit. Die Zeit der mangelnden Worte, so würde ich sie heute nennen.

Bereits mit elf Jahren hatte mein Busen seine endgültige Größe erreicht – Körbchengröße C. Ab und zu merkte ich, dass meine Mutter mich mit anderen Augen betrachtete. Da war nichts Böses in ihrem Blick. Im Gegenteil. Ein kaum sichtbares Lächeln und in den Augen so etwas wie Bewunderung. Ich konnte diesen Blick nicht verstehen. Wie ich damals eigentlich gar nichts richtig verstand.

Und dann plötzlich das Blut im Höschen. Wieder dachte ich, ich wäre schwer krank. Es war an einem Sonntagabend. Wir kamen gerade von meinen Großeltern zurück. Also konnte ich meinen Großvater nicht fragen. Aber Blut deutete doch auf eine gewisse Dringlichkeit der Angelegenheit hin. Also fragte ich doch meine Mutter. Der Blick, mit dem sie mich in diesem Moment ansah, war die XXL-Variante der eher verhuschten Blicke, die ich während der vergangenen Monate immer wieder wahrgenommen hatte.

Auch sie erklärte mir, dass ich nicht krank, sondern nun eine Frau sei. Dass ich nicht krank war, das beruhigte mich. Dass ich eine Frau sein sollte, das hielt ich für völligen Quatsch. Meine Mutter war eine Frau. Meine Großmutter war eine Frau. Meine Lehrerinnen waren Frauen. Ich war ein Mädchen. Allenfalls eine junge Dame, wie mich Freunde meiner Eltern inzwischen manchmal nannten.

Wir saßen zwei Stunden in der Küche, meine Mama und ich. Sie verwehrte meinem Vater den Zugang in den Raum. »Frauengespräche«, sagte sie, stand vom Küchentisch auf, ging zum Kühlschrank, entnahm ihm zwei Flaschen Bier, öffnete sie und reichte sie ihm. Sie fasste ihn an den Schultern, drehte ihn um 180 Grad und schob ihn sanft aus dem Raum.

Dann setzte sie sich wieder zu mir. Und erklärte mir, wie das genau war – mit dem Kinderkriegen. Und mit dem Kindermachen. An einem der Wochenenden bei meinem Großvater hatte ich ihn gefragt, woher denn die Kinder kämen. Und er war ein Meister in kindgerechten Antworten: »Wenn Mama und Papa sich sehr lieb haben, dann wächst in Mamas Bauch ein Kind.« Klang für mich völlig einleuchtend, schließlich hatte ich bereits einige hochschwangere Frauen im Garten meiner Großeltern bei unseren Feiern gesehen. Es war für mich damals eine völlig ausreichende Antwort gewesen.

Meine Mutter hielt nun einen Vortrag. Wurde immer wieder rot. Verhaspelte sich. Und schien sich dennoch darüber zu freuen, diesen Vortrag zu halten. Auch so ein Widerspruch, den ich damals überhaupt nicht auflösen konnte.

In der darauffolgenden Nacht hatte ich kaum ein Auge zugetan. Ich war frisch gewaschen, mit frischem Höschen und diesem komischen Ding, dass meine Mama Damenbinde nannte. Hatte das irgendetwas mit dem Begriff »junge Dame« zu tun? Ich fand es einfach nur ekelhaft. Und auch die Vorstellung, das zu tun, was man offensichtlich tun musste, um Kinder zu bekommen – das war einfach undenkbar. Und bei der Vorstellung, dass in letzter Konsequenz auch mein Papa und meine Mama … Das war der Moment, in dem mir wieder die Tränen kamen.

Es folgten Tage, in denen meine Mama mich so sehr behüten wollte, wie sie es meiner Erinnerung nach niemals getan hatte. Ob es mir gut ginge? Ob ich Schmerzen hätte? Ob sie etwas für mich tun könnte? Und auch dabei immer dieses unterschwellige Lächeln. Ich fand es unerträglich.

Hinzu kam, dass sich auch in der Schule alles veränderte. Freundinnen waren keine Freundinnen mehr, weil ich schon wie eine Frau aussah. Andere Mädchen, die auch bereits deutliche weibliche Rundungen aufwiesen, wollten nun meine Freundinnen sein. Und ständig mit mir über all dieses ekelhafte Zeug reden, über das ich schon mit meiner Mutter nicht hatte reden wollen.

Und ich hatte auch keine Freunde mehr. Die Jungs, die noch aussahen wie kleine Jungs, wollten mit mir nichts mehr zu tun haben. Und die Jungs, deren Stimmen tiefer wurden, schienen auch nicht mehr ganz zurechnungsfähig zu sein. Ich hasste es, wenn sie mir über den Arm strichen, im besten Fall … Ich war 13, als ich gar keine Freundinnen mehr hatte. Die, die immer noch mädchenhaft waren, interessierten sich für Pferde und Puppen. Beides nicht mein Ding. Die Freundinnen, die auch schon »zur Frau geworden waren« – sie hatten alle plötzlich Freunde. Ebendie Jungs mit den tiefen Stimmen. Als ich sah, dass sie sich gegenseitig die Zungen in den Mund steckten, fand ich das nur abstoßend. Und der Sinn erschloss sich mir überhaupt nicht. Denn zum Kindermachen brauchte man definitiv keine Zunge, so viel wusste ich ja inzwischen ganz genau.

Ich war sehr einsam in dieser Zeit. Und ich war eine Leseratte. Meine Note in Spanisch war immer eine Zehn – eben die beste Note. Mein Vater empfahl mir Bücher, ebenso mein Großvater. Mich interessierte alles, was in längst vergangenen Zeiten spielte oder in anderen Teilen der Welt. Und ja, ich mochte die Geschichten um Liebe, um den einen, den Richtigen. Aber zu dieser Zeit war Liebesglück für mich ein rein platonisches.

Das änderte sich dann von einem Tag auf den anderen mit meinem 15. Geburtstag.

FREITAG, 11. JUNI

Horndeich stand in der Küche, bereitete das Mittagessen zu. Da er nicht so der große Koch war, gab es bei ihm immer Eintopf: Hühnerbrühe als Basis, frisches Hühnchenfleisch dazu und dann noch Reis, Blattspinat und ein paar Möhrenscheiben, ebenso wie ein bisschen gepressten Ingwer.

Während er mit dem Kochlöffel im Topf rührte, klingelte sein Handy. Es lag am äußersten Rand der Arbeitsfläche. Schröder. Horndeich nahm das Gespräch an, stellte aber auf Freisprechen. »Herr Schröder. Was kann ich noch für Sie tun?«

»Hallo, Herr Horndeich. Ich brauche nochmals Ihren Rat.«

Horndeich schaute reflexartig auf die Uhr. Es war zehn vor zwei. Horndeich beriet Menschen gern. Im Freundeskreis auch mit Freude mal nur gegen ein Glas Wein. Aber Schröder war sicher ein Mann, der seinen eigenen Kunden jegliche Dienstleistung in Rechnung stellte – und genau das gedachte Horndeich ebenfalls zu tun. »Schießen Sie los«, forderte Horndeich Schröder auf.

»Heute sind meine Frau und die Kinder zu Besuch bei der Oma in Hamburg. Da nutze ich die Zeit, schon mal einen großen Teil des Equipments einzubauen, das ich bereits besorgt habe. Ich habe beschlossen, wenn ich hier schon alles ummodele, dass ich das Haus dann gleich auf Smarthome umstellen werde.«

Mit dieser Technik war Horndeich selbst noch nicht so warm geworden. Heute war es ja möglich, Licht, Heizung, Klimaanlagen und sogar die Fensterverriegelung im eigenen Haus vom Smartphone oder Tablet aus per App zu steuern, obendrein aus 5000 km Entfernung via Internet, wenn man es denn mochte … Was Horndeich nicht tat.

Sandra hatte unlängst darauf bestanden, wenigstens die Beleuchtung im Wohnzimmer fernsteuern zu können. Und hatte auch auf Leuchtmitteln beharrt, bei denen man die Farben verändern konnte. Horndeich hatte es akzeptiert, wobei ihm selbst nicht klar war, worin der Vorzug einer lilafarbenen Beleuchtung gegenüber einer warmweißen, dimmbaren LED liegen sollte.

»Das mit den Steckdosen und der Beleuchtung habe ich alles schon hinbekommen. Für die Heizung lasse ich einen Techniker kommen. Und jetzt habe ich für jeden Raum Rauchmelder gekauft, die ich ins Heimnetz integrieren will.«

Natürlich waren Horndeich diese Art von Meldern vertraut. Mit entsprechenden Programmen konnte man etwa dafür sorgen, dass, wenn einer der Melder auf Rauch reagierte, er nicht nur laut zu fiepen begann, sondern im ganzen Haus das Licht eingeschaltet wurde und sich automatisch die Jalousien öffneten. Zwar lösten sie keinen Alarm bei der Feuerwehr aus, aber sie weckten die Menschen. Schließlich war die größte Gefahr bei einem Brand nicht die, zu verbrennen, sondern die, im Rauch zu ersticken.

»Und wie kann ich Ihnen helfen?«, hakte Horndeich erneut nach.

»Tja, ich hab da so ein paar Probleme, die Dinger einzubinden. Irgendwie lassen sie sich nicht mit dem Router verknüpfen. Können Sie mir da helfen? «

Horndeich seufzte innerlich. Schröders Angabe war ungefähr so präzise wie die Frage: »Mein Auto springt nicht an. Können Sie es wieder zum Fahren bringen?« Darauf gab es dann nur eine Antwort: »Grundsätzlich schon.« Dazu musste man sowohl Experte als auch vor Ort sein. Beides war Horndeich nicht, und Letzteres gedachte er auch nicht zu ändern.

»Herr Schröder, da kann ich Ihnen leider nicht weiterhelfen. Ich kenne mich sehr gut aus mit den einzelnen Produkten und was sie zu leisten oder nicht zu leisten in der Lage sind. Die technische Umsetzung überlasse ich lieber Leuten, die darin tieferen Einblick haben. Mit ein bisschen Glück erreichen Sie Margot Hesgart von *Hesgart & Peckhard*. Die sind spezialisiert auf genau solche Fragestellungen. Ich kann Ihnen die Kontaktdaten aufs Handy schicken.«

Schröder wirkte nicht begeistert. Nachdem Horndeich zwei Tage zuvor akustischer Zeuge seiner Tiraden geworden war, ging er davon aus, dass Schröder wohl kaum mit einem Nein seinerseits gerechnet hatte.

»Gut. Aber auf diese Firma kann ich mich verlassen?« Natürlich musste Schröder noch mal sticheln und heraushängen, dass er der Kunde war.

»Ja, absolut.« Damit lehnte sich Horndeich nicht zu weit aus dem Fenster.

Er verabschiedete sich von Schröder, schickte die Kontaktdaten von Margots Firma noch an dessen Handy, dann wandte er sich wieder ganz dem Essen zu. Die Uhr zeigte fünf vor zwei. Jede angefangene halbe Stunde wurde berechnet.

Bereits zwei Minuten später kam Sandra von der Arbeit zurück.

Horndeich registrierte sofort, dass ihre Aktentasche ein wenig dicker war als sonst. Sandra grinste ihn an. Kam auf ihn zu, schmiegte sich von hinten an ihn. »Ich war ein böses Mädchen heute«, gurrte sie. Und ihre Hände wanderten über den Stoff in Richtung seiner Körpermitte. Die Körpermitte blieb daraufhin nicht untätig und grüßte von ihrer Seite des Stoffes aus.

Horndeich rekapitulierte blitzschnell, solange noch genug Blut im Gehirn für Denkvorgänge zur Verfügung stand: Der Eintopf war fertig, Stefanie und Alexander spielten in ihren Zimmern im ersten Stock. Das Babyfon zeigte, dass Antje friedlich im Wohnzimmer schlief – dann würde das Mittagessen auch noch ein paar Minuten warten können. Horndeich drehte sich um, küsste seine Frau, und wortlos erklommen sie die Treppe ins Dachgeschoss. Wie sehr eine kriminelle Verschwörung doch auch Aphrodisiakum sein konnte, dachte Horndeich, während seine Hände sich daranmachten, Knöpfe aufzuknöpfen und Reißverschlüsse zu öffnen. Vielleicht sollte er seine Frau öfters zu illegalen Aktionen verführen.

Natürlich hatten die Kinder ihr Eheleben verändert. Und so gab es hin und wieder auch nur einen kurzen Rausch statt Leidenschaft über ganze Nächte verteilt. Doch dieser hier war elektrisierend und besonders intensiv. Was zur Folge hatte, dass die sonst eher anvisierte Geräuschlosigkeit diesmal von beiden gleichzeitig analog vor der Lust kapitulierte.

Keine zehn Sekunden später hörten beide die vertraute Stimme von Stefanie: »Mama? Papa? Alles okay?«

Als sie die Tür aufriss, hatten sie es zumindest noch unter die Bettdecke geschafft.

»Oh. Ihr seid müde? Macht ihr Mittagsschlaf? Könnt ihr den nicht nach dem Essen machen? Ich hab Hunger.«

Es klopfte an Janas Wohnungstür. Sie öffnete. Vor ihr stand Horndeich. Als sie nach dem Klingeln den Türsummer für die Haustür betätigt hatte, war sie nochmals kurz ins Bad gesprungen und hatte die Haare durchgekämmt. Männer dachten manchmal, Frauen würden dies tun, um ihnen zu gefallen. Dabei war es einfach nur eine Geste, die zeigte, was man sich selbst wert war. Frisch gekämmt, so sollte die Welt Jana Welzer wahrnehmen.

»Komm rein«, bat sie ihn in die Wohnung. »Du hast sie tatsächlich?«

»Ja. Sandra hat sie mir besorgt.«

Mit einer Geste bot sie Horndeich Platz im Wohnzimmer an und setzte sich selbst. »Wo hast du sie?«

Horndeich trug keine Tasche und keinen Rucksack bei sich, sondern nur ein Jackett. Aus dessen Innentasche zog er einen Schnellhefter. Er legte ihn auf den Wohnzimmertisch.

»Das ist alles?« Jana sah Horndeich irritiert an.

»Ja. Das ist alles. Womit hast du gerechnet?«

Tja, womit hatte sie gerechnet? Wenn Polizisten in Filmen Akten zu irgendeinem Fall aus dem Archiv holten, waren das selten weniger als fünfzehn Ordner oder, in amerikanischen Filmen, mindestens fünf fette Pappkisten.

»Der Fall blieb ja offen. Und so viele Indizien hat es auch nicht gegeben. Auch nur ein paar Befragungen.«

»Das ist nicht das Original, oder?«

Horndeich grinste. »Das ist eine ganz persönliche, nur für dich angefertigte Kopie.«

»Du hast schon reingelesen?«

»Ich hab kurz reingeschaut, während ich sie für dich kopiert hab.«

»Und? Was meinst du?«

Horndeich sah auf seine Armbanduhr. »Im Moment meine ich nur, dass meine Frau und ich auf ein Konzert eingeladen sind. Ich wollte dir die Akte nur kurz vorbeibringen. Jetzt ist erst mal Wochenende, dann werde ich sie mir auch gründlich durchlesen. Vielleicht können wir uns ja am Montag dazu kurzschließen. Bin gespannt, wie du die Dinge siehst.«

Mit diesen Worten erhob sich Horndeich auch schon wieder. Jana stand ebenfalls auf und begleitete ihn zur Wohnungstür.

»Danke«, sagte sie, als sie sich von Horndeich verabschiedete.

In ihrem Flur stand ein Vertiko, ein kleiner antiker Schrank mit zwei Türen und einer Schublade darüber. Darauf befand sich eine ebenso alte wie zierliche Tischuhr. Sie hatte sie schräg ausgerichtet, sodass sie sie gleich beim Eintreten in die Wohnung ablesen konnte. Die Uhr war in ihr Morgenritual eingebunden: aufstehen, in der Küche den Kaffeeautomat einschalten, Toilette, Zähne putzen, Uhr aufziehen, ersten Kaffee machen. Was danach kam, darüber konnte man diskutieren.

Die Ziffern zeigten neunzehn Uhr. Es war immer noch sehr warm draußen, aber nicht mehr unerträglich heiß. Janas Wohnung bot den Luxus zweier Balkone. Der größere ging nach Westen, der kleinere nach Osten. Bei diesen Temperaturen war Letzterer für die Abendstunden definitiv die bessere Wahl. Auch wenn auf ihm nur ein Stuhl und ein kleiner Tisch Platz fanden.

Jana nahm sich aus der Küche eine Flasche Wein, einen Lugana. Seit einer Reise in Darmstadts italienische Partnerstadt Brescia, in deren Nähe der Wein angebaut wurde, hatte sie diesen Wein zu ihrem Lieblingswein erkoren. Sie entnahm dem Schrank im Wohnzimmer ein Weinglas, las auf dem Weg zum Balkon noch die Akte vom Tisch auf und machte es sich auf dem Stuhl im Freien bequem.

Horndeich hatte sich sogar die Zeit genommen, vorne ein loses Einlegeblatt beizulegen, das den Inhalt der Akte auflistete. Zunächst fand sich das Aufnahmeprotokoll der Vermisstenanzeige vom 3. Juni 2013 – einem Montag –, aufgegeben von Alfredo Jimenez. Es folgten Befragungen seiner Frau, nochmals eine von Alfredo selbst, ebenso jene von Cousin Diego Lopez und seiner Frau Barbara.

Dann fand sich ein Protokoll über die Befragung der Nachbarn von Maria Jimenez. Dabei gab es nur eine ausführlichere Aussage.

Ebenso war ein Bericht über die Kontenbewegungen von Maria Jimenez' Privat- und ihrem Geschäftskonto abgeheftet und eine Auflistung über die Ausgaben via Kreditkarte.

Schließlich lag noch ein Verbindungsnachweis für ihr deutsches Handy bei.

Dem folgte ein Bericht über ein Telefonat mit spanischen Polizei-Kollegen. Und zum Schluss war noch eine Postkarte abgeheftet.

Jana beschloss, die Akte Stück für Stück durchzulesen.

Zunächst nahm sie sich das Protokoll der Vermisstenanzeige vor. Viele Informationen enthielt es nicht. Am Montag, dem 3. Juni vor acht Jahren, war Alfredo Jimenez auf dem ersten Polizeirevier in Darmstadt erschienen und hatte eine Vermisstenanzeige für seine Schwester Maria Jimenez aufgegeben. Er machte Angaben zu seiner Person, war damals 54 Jahre alt, wohnhaft in Pasewalk. Er sagte aus, dass seine Schwester ihn am Mittwoch zuvor in Pasewalk hatte besuchen wollen, aber nicht angekommen sei. Sie sei auch nicht ans Telefon oder ans Handy gegangen. Offensichtlich sei Letzteres abgeschaltet gewesen, denn bereits nach dem ersten Freizeichen sei die Mailbox angesprungen. Am kommenden Tag, donnerstags, habe er sich ins Auto gesetzt und sei nach Darmstadt gefahren. Er hatte einen Schlüssel zu Marias Haus, aber sie sei nicht zu Hause gewesen. Ihr Smart habe in der Garage gestanden, doch Maria habe ihn mit dem Zug besuchen wollen. Den Wagen habe sie eigentlich nur für den Monatseinkauf benutzt, sonst sei sie eher Fahrrad gefahren. Am Freitag habe er die Mieter in den beiden Häusern aufgesucht, die seiner Schwester gehörten. Aber dort wusste ebenfalls niemand etwas über ihren Verbleib. Er habe auch die Krankenhäuser im Umland abtelefoniert – ohne Erfolg.

Samstags habe er dann bei seiner Frau angerufen, in Pasewalk, aber Maria war in der Zwischenzeit nicht aufgetaucht. Er habe den Sonntag noch abgewartet, danach habe er sich entschlossen, zur Polizei zu gehen.

Es fand sich eine weitere Befragung von Alfredo in der Akte, die Jana als Nächstes durchlas. Zunächst wiederholte er alle Fakten, die er bereits bei der Aufgabe der Vermisstenanzeige aufgeführt hatte. Auf die Frage, ob er eine Vorstellung habe, wo sich seine Schwester aufhalten könnte, antwortete Alfredo, er ginge davon aus, dass sie endgültig nach Spanien gegangen wäre. Auf die Frage, wie er darauf käme, hatte er dann geantwortet, sowohl er als auch seine Schwester wären in Barcelona geboren. Die Eltern wären 1972 nach Darmstadt umgezogen. Familienurlaube hätten stets in die alte Heimat geführt. Während er selbst, Alfredo, sich in Spanien viel mehr als Tourist gefühlt habe, habe seine Schwester immer eine gewisse Zerrissenheit verspürt. Auch als Erwachsene wäre sie jedes Jahr mindestens vier Wochen nach Spanien gereist.

Wäre es nicht ungewöhnlich, dass Maria ihm nicht von ihrer Ausreise erzählt hatte? Nein, hatte Alfredo darauf geantwortet, ihr Verhältnis wäre zwar ein vertrauensvolles, aber kein enges gewesen. Natürlich bestünde auch die Möglichkeit, dass ihr etwas passiert sei – aber um dies festzustellen, da habe die Polizei doch deutlich bessere Mittel als er.

Die Frage, ob Alfredo denn von Bekannten oder Freunden seiner Schwester in Spanien wisse, verneinte er. Auch von Bekanntschaften hier in Darmstadt wisse er nichts. Und dass es einen festen Lebensgefährten gäbe, das halte er eher für unwahrscheinlich. Seine Schwester sei immer ein Wildfang, ein Freigeist gewesen.

Jana gönnte sich einen Schluck Wein. Wirklich eng konnte das Verhältnis der beiden Geschwister nicht sein, wenn Alfredo keinen Freund und keine Bekannte kannte, weder hier in Darmstadt noch in Spanien.

Als der Beamte nach weiteren Verwandten fragte, nannte Alfredo den gemeinsamen Cousin Diego Lopez, Sohn der einzigen Schwester ihres Vaters. Diego lebe mit seiner Frau Barbara ebenfalls in Darmstadt.

Es folgten die Befragungen des Cousins und seiner Frau. Jana überflog sie. Der Informationsgehalt ließ sich in drei Sätzen zusammenfassen: Beide hatten losen Kontakt zu Alfredo Jimenez und dessen Frau, jedoch nicht zu Maria. Maria habe an der Familie wenig Interesse gehabt. Und über ihr Privatleben, über Freunde und Bekannte – da wüssten beide schlichtweg gar nichts.

Noch ein Schluck Wein. Und während die Flüssigkeit durch den Rachen rann, fragte sich Jana, was Polizisten wohl als Antwort erhalten würden, wenn sie ihre Bekannten nach ihr befragen würden. Gesetzt den Fall, mit ihr wäre auch ihr

Handy verschwunden, würden sich die Beamten wohl zunächst an ihre Eltern wenden, die auch in Darmstadt lebten – übrigens nur wenige Häuser von Horndeichs Domizil entfernt. Mit ihrem Vater hatte sie seit Jahren kein Wort mehr gewechselt. Eine lange, unangenehme Geschichte. Ihre Mutter hatte immer versucht, zwischen Vater und Tochter zu vermitteln, woran sie aber stets gescheitert war. Es war nicht so, dass Janas Vater ihr jemals zu nahe getreten wäre. Ganz im Gegenteil, als Kind und als Jugendliche war sie immer ein Papakind gewesen. Er war ein Mensch, zu dem sie aufgeschaut hatte, der in ihrer persönlichen Hierarchie höchstens drei Sprossen unterhalb des lieben Gottes gestanden hatte. Ihr Vater hatte eine internationale Spedition geleitet – und war dann als Schmuggler aufgeflogen. Der strahlende Heiligenschein, stets befeuert von seinen Worten über Ehre und Aufrichtigkeit, hatte angefangen zu flackern, als die Polizei ihn in Gewahrsam genommen hatte. Er war völlig erloschen, als der Richter sein Urteil gesprochen hatte. Sie hatte jeden Tag im Gerichtssaal gesessen und war entsetzt gewesen, wie perfekt organisiert ihr Vater siebenstellige Summen durch Verbrechen eingestrichen hatte.

Ihr Vater fiel also als Informant für die Polizisten aus, wenn sie, Jana, einmal verschwinden sollte. Und ihre Mutter? Viele Namen würde auch sie nicht nennen können. Was nicht daran lag, dass ihre Mutter sich nicht für ihr Leben interessierte, wie Jana sich selbst eingestehen musste. Es lag vielleicht viel mehr daran, dass sich ihre Mutter zu sehr für ihr Leben interessierte und Jana deshalb mit privaten Informationen eher hinterm Berg hielt. Sie ging mit ihrer Mutter regelmäßig einmal in der Woche essen. Und sie fanden immer genügend Gesprächsthemen. Wobei ihre Mutter es liebte, Jana, wenn sie schon nicht über ihr privates Leben sprechen wollte, zumindest über das berufliche auszufragen. Sie würde der Polizei also sicher die letzten fünfzehn Klienten von Jana auswendig herunterbeten können. Das war nicht übertrieben. Jana kannte niemanden sonst, der sich Namen und Daten so gut merken konnte wie ihre Mutter. In der Serie *The Mentalist*, die sie liebte, hatte der Protagonist von der Methode des Gedankenpalasts erzählt, der komplexen Variante von Eselsbrücken. Ihre Mutter hatte sicher keine Ahnung, was das war, aber sie nutzte die Methode offenbar intuitiv.

Dann würde ihre Mutter sicher den Namen Ben Lorenz erwähnen. Als Jana in Berlin studiert hatte, hatte sie ihn beim Technischen Hilfswerk kennengelernt, bei dem sich beide ehrenamtlich engagierten. Ben hatte sich sofort in Jana verliebt – und ihre Mutter in Ben als dem idealen zukünftigen Schwiegersohn. Der Traum war jedoch ausgeträumt, inzwischen zum Glück auch von Bens Seite aus. Vor gut einem Jahr war der nach Amerika geflogen, für eine diffizile Operation am Rückenmark, die ihm die Kontrolle über sein Bein zurückgeben sollte. Nicht nur die OP, auch die Reha hatte er dort erfolgreich absolviert. Zu erfolgreich ... Er hatte sich in seine Physiotherapeutin Jane verliebt, die sich in ihn – und er war einfach dortgeblieben. Was Jana nach wie vor einen kleinen Stich versetzte. Aber immerhin konnte Ben nach der OP wieder problemlos laufen.

Ansonsten? Jana tanzte gern Salsa. Und sie suchte sich hin und wieder einen Begleiter aus, der sie dann nicht nur übers Parkett führte, sondern auch zu körperlichen Genüssen. Für eine Nacht. Das musste genügen.

Manchmal wünschte sie sich, dass es auch eine zweite oder dritte Nacht gäbe, und ganz manchmal wünschte sie sich, dass es auch in den wachen Stunden dazwischen ein gemeinsames Leben gäbe. Aber ihre Erfahrungen mit dem anderen Geschlecht – gerade wenn sie tatsächlich einmal bereit für eine enge Bindung gewesen wäre – waren stets, nun, schlecht wäre ähnlich untertrieben wie die Aussage, Atlantis hätte unter einem Wasserproblem gelitten.

Sie griff wieder zur Polizeiakte. Dort folgte nun eine Liste der Nachbarn, die man befragt hatte. Tatsächlich schien Maria Jimenez auch in ihrer Nachbarschaft nicht wirklich vernetzt gewesen zu sein. Es gab nur ein Protokoll, in dem sich eine Dame etwas ausführlicher geäußert hatte: Petra Brückner, damals 42, hatte im Haus auf dem Grundstück gegenüber gewohnt. Am Sonntag, dem 26. Mai, war sie zur Nachbarin gegangen, weil sie sich hatte beschweren wollen: Ausgerechnet am Sonntag um vierzehn Uhr hatte ihre Nachbarin beschlossen, den Rasen ihres Grundstücks zu mähen. An sich hätte sie nichts dagegen, sie selbst würde ihren Garten auch pflegen. Doch der Rasenmäher von Frau Jimenez war ein knatterndes und stinkendes Ungetüm, lauter als jedes frisierte Mofa. Das eiserne Tor, das das Grundstück vom Bordstein trennte, wäre abgeschlossen gewesen. Es war zu hoch, um rüberzuklettern, genauso wie die Hecken. Sie habe Jimenez sogar sehen können, aber die Frau habe ihr den Rücken zugewandt. Und ihr Schreien sei im Kreischen des Zweitakters untergegangen. Sie habe dann die Polizei gerufen. Die sei auch eine halbe Stunde später erschienen, aber da hätte Frau Jimenez ihr Werk bereits vollendet.

Danach habe Petra Brückner ihre Nachbarin nicht mehr gesehen. Und auch nicht vermisst, wie sie als letzten Satz hinzugefügt und darauf bestanden hatte, dass das im Protokoll genauso aufgenommen würde.

Weitere Personen, die Aussagen zu Maria Jimenez hätten machen können, hatten die Ermittler damals nicht auftun können.

Es folgte ein weiterer, kurzer Bericht von der Begehung des Hauses. Dort fand sich nichts, was auf eine Gewalttat hindeutete. Aber auch keine klaren Indizien dafür, dass Maria Jimenez freiwillig auf große Reise gegangen war. Alfredo Jimenez wies die Beamten jedoch darauf hin, dass der alte Koffer fehle. Der Koffer, den sein Vater aus Spanien nach Deutschland mitgenommen hatte. Massiv und beigefarben, mit Holzleisten und Ledergriff. Seine Schwester habe diesen

Koffer geliebt, gepflegt und seit Jahren für ihre Urlaubsreisen benutzt.

Jana blätterte weiter. Nun folgten drei Berichte zu Maria Jimenez' Finanzen. Der erste widmete sich ihrem Bankkonto bei der Sparkasse. Jana stand auf, verließ den Balkon, kam kurz darauf mit ihrem Laptop wieder zurück. Sie verglich die Kontonummer, die im Bericht genannt wurde, und jene, die auf den Kontoauszügen der Schuhschachtel verzeichnet war. Sie waren identisch. Es handelte sich dabei um das Privatkonto. Abbuchungen der laufenden Posten für den Unterhalt ihres Hauses: Gas, Strom, Telefon, GEZ – nichts Außergewöhnliches. Ansonsten schien Maria Jimenez stets mit Bargeld zu bezahlen, denn sie hob mehrmals im Monat durchaus beträchtliche Summen ab. Und von Rewe und Co. fanden sich keinerlei Abbuchungen. Maria Jimenez hatte offenbar ein sehr analoges monetäres Leben geführt. Die letzten Abbuchungen waren allerdings in Spanien erfolgt: Am Donnerstag, dem 30. Mai 2013, einen Tag nachdem Maria Jimenez eigentlich bei ihrem Bruder in Pasewalk hatte erscheinen wollen. Sie hatte das Tageslimit ausgereizt. Auch am darauf folgenden Freitag, Samstag und Sonntag hatte sie sich am Automaten Bargeld besorgt.

Das Geschäftskonto, so der Polizeibericht, wies auch keinerlei Auffälligkeiten auf. Mieteinnahmen, Nebenkosteneinnahmen, Kosten für Reparaturen und Handwerker, Kosten für die Hausverwaltung mit dem Namen Semrod Hausverwaltungs-GmbH. Dann gab es noch ein drittes Konto für die Kreditkarte von Maria Jimenez. Eine Mastercard, ausgestellt über die Sparkasse. Die Karte wies kaum Belastungen auf. Doch am Donnerstag, dem 30. Mai 2013, war in Barcelona eine Übernachtung damit bezahlt worden. Ebenso ein Essen in einem Restaurant. Am Dienstag, dem 4. Juni 2013, war die Karte zum letzten Mal benutzt worden. Also einen Tag nachdem ihr Bruder Alfredo Maria als vermisst gemeldet hatte.

Nach den Bankdaten folgten noch der Bericht über die

Verbindungsdaten von Maria Jimenez' Mobiltelefon. Es enthielt die Prepaid-SIM-Karte eines großen deutschen Telekommunikationsbetreibers, der zum Schutz des Farbtons Magenta, präziser der RAL-Farbe 4010, keinen unwesentlichen Prozentsatz seines Einkommens an Anwälte bezahlte. Die Verbindungsdaten-Liste zeigte, wann das Handy von Maria Jimenez angerufen worden war oder wann mit ihm ein Anruf getätigt worden war. Gleichzeitig war eine Funkzellenabfrage ausgedruckt. Diese zeigte, in welchen Funkzellen das Handy sich eingeloggt hatte. Jana überflog die beiden Listen, die als Anhang angefügt waren, erst dann las sie den Bericht. Der fasste zusammen: Das Handy war zumeist ausgeschaltet gewesen. Drei Monate vor ihrem Verschwinden war es in Deutschland nur zweimal benutzt worden. Beide Male hatte Maria Jimenez ein Schnellrestaurant angerufen, Asia Dang Dragon in der Dieburger Straße in Darmstadt. Jana kannte das Restaurant, denn es lag keine fünf Gehminuten von ihrem Büro entfernt. Sie selbst aß dort des Öfteren, und immer wieder holte sie auch bestelltes Essen dort ab. Am liebsten die Nummer 52. Hühnchen, Curry, Gemüse und Reis. Sollte sie sich mal wieder gönnen, dachte sie in diesem Moment. Interessanter waren jedoch die Gespräche nach dem 29. Mai. Denn ab Donnerstag war das Handy nur noch in Spanien aktiv: Funkzelle innerhalb von Barcelona, Gesprächspartner ebenfalls ein Restaurant. Vielleicht hatte Maria Jimenez einen Platz reserviert. Jana blätterte zurück: Es war dasselbe Lokal, in dem danach mit Kreditkarte bezahlt worden war. Es war der vorletzte Anruf, den Maria getätigt hatte. Zum letzten Mal hatte Maria Jimenez mit diesem Handy drei Tage später, am Sonntag, dem 2. Juni, telefoniert. Es war die Nummer eines Taxiunternehmens in Barcelona. Zwischen den Telefonaten war das Handy immer komplett vom Netz getrennt gewesen, also ausgeschaltet – die Erklärung dafür, dass Marias Bruder Alfredo sie nicht hatte erreichen können.

Jana hatte das nachvollziehen können. Zu dieser Zeit hatten Mobilfunkanbieter noch Mondpreise für das Roaming verlangt, für Anrufe an eine deutsche SIM-Karte, wenn diese sich im Ausland befand. Für den Anrufer fielen nur die Standardkosten an – den Aufschlag für die Auslandsverbindung durfte der Empfänger tragen. Jana erinnerte sich aus eigener schlechter Erfahrung genau daran.

Sie war fast am Ende der Akte angelangt. Es folgten nur noch drei Blätter. Die bezogen sich auf eine Postkarte. Knapp drei Wochen nachdem Alfredo Jimenez seine Schwester als vermisst gemeldet hatte, war er nochmals im ersten Revier der Darmstädter Polizei erschienen. Er habe eine Postkarte von seiner Schwester bekommen. Abgestempelt in Barcelona. Die Vorderseite zeigte – anscheinend – eine Kirche. Auf dem Bild wirkte sie jedenfalls wie die Lego-Technik-Version einer Kirche. Jana kannte das Gebäude nicht.

Auf der Rückseite der Postkarte konnte sie die Beschriftung lesen: »Basílica i Temple Expiatori de la Sagrada Família 2009«. Was immer das hieß, würde Jana später herausfinden. Viel interessanter waren die Zeilen, die dort geschrieben standen: »Lieber Alfredo, ich breche meine Zelte endgültig ab. Ich bleibe hier. In der alten Heimat. Maria.«

Die Postkarte bestätigte, was die anderen Ermittlungen bereits nahegelegt hatten: Maria Jimenez hatte sich Ende Mai 2013 in ihre alte Heimat nach Barcelona begeben und beschlossen, dortzubleiben.

Jana klappte die Akte zu.

Ebenso den Laptop.

Horndeich hatte einen guten Job gemacht. Es war ihm tatsächlich gelungen, an diese Akte heranzukommen. Jana wusste nicht, was sie davon halten sollte. Ohne Zweifel war Maria Jimenez nach Barcelona gereist. Hatte ihre Kreditkarte benutzt, ihre Euroscheckkarte, ihr Handy. Hatte noch einen Abschiedsgruß an ihren Bruder geschickt und hatte dann in ihrer alten Heimat ein neues Leben begonnen.

Das war eine Lesart.

Die andere: Jemand hatte Maria Jimenez ermordet, ihre Kreditkarte, ihre Euroscheckkarte und ihr Handy an sich genommen, war nach Barcelona gereist, hatte ein Weiterleben inszeniert, eine Abschiedspostkarte geschickt – und somit den perfekten Abgang auf die Beine gestellt. Dagegen sprach jedoch, dass dieser Jemand Zugriff auf die Geheimnummern für das Handy, die Kreditkarte und die Euroscheckkarte gehabt haben musste. Ein eher unwahrscheinliches Szenario.

Was sprach dafür? Jana war immer gut darin gewesen, Argumente gegeneinander abzuwägen. *Dafür* sprach ein Schuhkarton voller Kontoauszüge hinter einer Gipswand. *Dafür* sprach auch ein anonymer Brief aus Köln, in dem jemand nahelegte, dass Maria Jimenez nicht mehr lebte.

Jana schenkte sich noch ein Glas des deliziösen Weines ein.

Unterm Strich musste sie zugeben, dass die Indizien, die für einen gewaltsamen Tod von Maria Jimenez sprachen, eher dünn waren. Nichts, was sie etwas anginge. Sie würde ihren Job machen als Abwesenheitspflegerin. Den hätte sie zumindest noch für zwei Jahre. Dann würde man die Frau für tot erklären können, zehn Jahre nach ihrem Verschwinden.

Auf jeden Fall würde sie Horndeich noch eine Flasche Sekt vorbeibringen, als kleines Dankeschön dafür, dass er die Akte besorgt hatte.

Alles in allem waren die Umstände von Maria Jimenez' Verschwinden schon ein wenig seltsam. Ebenso der Schuhkarton mit den Auszügen. Und auch der Brief. Vielleicht könnte sie bei Letzterem noch mal nachhaken. Oder nachhaken lassen. Sie hatte sich inzwischen einen fundierten Überblick über Maria Jimenez' Finanzen und Immobilien verschaffen können. Die Frau verfügte über ein stattliches Vermögen. Oder hatte verfügt, wie man es nahm. Da konnte sie es sicher auch verantworten, dass ein Privatdetektiv sich nochmals an diesem Brief aus Köln versuchte. Vielleicht gab es ja doch irgendwelche Freunde oder Bekannte von Maria Jimenez, die in der Domstadt wohnten. Morgen würde sie Horndeich darauf ansprechen. Vielleicht hätte er Lust, auch diesen Auftrag anzunehmen. Wenn er nichts herausfand, dann war der Brief wohl nur eine Nebelkerze, auch wenn Jana nicht verstand, wer sie warum hätte zünden sollen. Und wenn Horndeich etwas über den Absender des Briefes herausfand – umso besser.

Aber damit man das Verschwinden von Maria Jimenez wirklich als Mord oder Totschlag werten konnte, musste schon ein bisschen mehr an Indizien auf dem Tisch liegen.

Jana stand auf. Im Glas war noch ein letzter Schluck.

Von diesem kleinen, steinernen Balkon aus konnte sie den Hochzeitsturm sehen. Wahrzeichen ihrer Stadt. Und irgendwie auch ihr Anker. Sie war schon ein wenig herumgekommen in der Welt, hatte in Berlin studiert und sich an einer Weltreise versucht. Diese hatte damals in New Orleans ihr Ende gefunden, als sie dort auf Mitarbeiter des Technischen Hilfswerks gestoßen war, die gerade versuchten, ihren Teil dazu beizutragen, dass die von dem Hurrikan Katrina fast weggespülte Stadt nicht unterging. Obwohl sie gerade untergegangen war. Und auf Haiti war sie gewesen, nach dem großen Erdbeben vor elf Jahren.

Es war eine Zeit gewesen, als sie sich eher als Weltenbürger gesehen hatte denn als Tochter eines Ortes. Und doch war ihr Darmstadt in den Jahren seit ihrer Rückkehr immer mehr zur Heimat geworden. Und dieser beeindruckende Turm, mit frischer Goldverzierung der Uhr und perfekt eingestellten Strahlern, die dieses Gold zur Geltung brachten, ja, dieser verdammte Turm hatte dazu beigetragen, dass sie hier so etwas wie Wurzeln auszubilden schien.

Weshalb sie gerade aufgestanden war. Und dem Turm zuprostete. Wie sie es immer tat, wenn sie einen Abend auf diesem Balkon gesessen hatte.

ROCIO IV

Ich war eine glückliche junge Frau.

Von dem Tag an, an dem ich Oriol gesehen hatte.

Am Tag nach meinem 15. Geburtstag.

Den hatte ich mit der Familie gefeiert. Mit Kuchen. Kerzen ausblasen. Mit meiner Großmutter, meinem Großvater – alles perfekt. Der Bücherstapel in meinem Zimmer hatte sich um fünf Exemplare erhöht. Meine Familie wusste, womit sie mir eine Freude machen konnte. Ich würde all diese Bücher lesen. Aber eben nicht nur in meinem Zimmer.

Ich erinnere mich genau daran, welches ich an jenem Tag gelesen habe. *Disculpa mi timidez* – Entschuldigen Sie meine Schüchternheit – von Corín Tellado. Wieder ein Tag, an dem ich diese bescheuerten Binden benutzen musste. An dem ich einen dicken Wollrock trug, weil ich die Peinlichkeit, dass jemand Blut im Schritt meiner Jeans sehen könnte, nicht ein weiteres Mal riskieren wollte. Einmal hatte ich das erlebt. Und das hatte gereicht für den Rest des Lebens. Ich saß, wie so oft, im Parc Güell, dem schönsten Park in Barcelona. Der steinernen Variante von »Hinter den Oliven« mitten in Barcelona. Unser Haus lag keine fünf Minuten vom Eingang zum Park im Stadtteil Gràcia entfernt. Heute Weltkulturerbe. Damals mein Refugium.

Ich sah ihn, sicher zwei Minuten bevor er mich bemerkte. Diese markanten Züge, die hohen Wangenknochen, die dunklen Augen unter buschigen Brauen. Die eher schmalen Lippen. Ein feines Grübchen am Kinn, das den Ernst seines Blicks zu brechen schien. Ich betrachtete ihn. Ich, von der mein Körper sagte, dass sie eine Frau wäre. Ich, deren Geist bislang überhaupt keinen Ausflug gemacht hatte in Richtung »Amor«.

Du saßest da. Auf der Freitreppe, am mittleren der drei Brunnen. Mit deinen Freunden. Ich weiß nicht, ob ihr schon früher dort gewesen wart und ich euch an diesem Tag nur zum ersten Mal bewusst wahrgenommen hatte. Oder ob ihr euch zum ersten Mal an diesem Platz traft.

Es war einerlei.

Ich sah dich.

Und zum ersten Mal seit Jahren waren mein Körper und ich eins.

Ich spürte die Wärme, die diesen Körper jetzt durchflutete. Ein bislang fremdes Gefühl, das ich zwar zuvor schon manchmal gespürt hatte, das aber erst jetzt, zu diesem Zeitpunkt und an diesem Ort, richtig erschien. Und plötzlich, zum ersten Mal in meinem Leben, durchfuhr mich die Erkenntnis, dass eine Zunge im Mund vielleicht doch etwas ganz anderes sein konnte als eklig.

Nein, du hast mich damals nicht wahrgenommen. Und du hattest keine Ahnung davon, dass ich dich gesehen hatte Aber ich saß von jenem Tag an jeden Tag um diese Uhrzeit im Parc Güell auf der Treppe. Unweit des mittleren Brunnens. Er gefiel mir ohnehin am besten mit seinem wasserspeienden Schlangenkopf. Ihr kamt wieder. Du und deine Kumpels. Und zum ersten Mal in meinem Leben wollte ich die Aufmerksamkeit eines Jungen auf mich ziehen. Ich, die sich bislang eher immer eine Tarnkappe gewünscht hatte.

Du warst bereits Mann. Ich schätzte dich auf knapp über 20. Und ich sollte nicht ganz falschliegen. Du warst der junge Mann, von dem ich mir wünschte, dass er mich in seine Arme nähme. Dass er mein Haar streichelte, mit seinen Händen über meine Wangen fuhr. Dass er mich streichelte, über meinen Rücken. Dass er mich – küsste. Und, ja, mit der Zunge …

Irgendwo, tief in meinem Inneren, waren all diese Wünsche gespeichert gewesen. Ganz tief hinten und unten. So tief, dass ich darauf keinen unmittelbaren Zugriff hatte. Bis zu dem Moment, in dem der Richtige erschien. Ihr traft euch fortwährend am Brunnen dienstags und freitags. Und ich war immer da. Und es war dieser Freitag, an dem ich das rote T-Shirt angezogen hatte. Das, das meine Mutter versehentlich zu heiß gewaschen hatte. Es hatte lange ganz hinten im Schrank gelegen. Ich hatte es nie wieder anziehen wollen. Es war mir zu peinlich gewesen, wie es meinen Busen betonte. Aber dieser Tag war der Tag der zweiten Chance für dieses T-Shirt.

Nicht du kamst auf mich zu. Sondern Thomas, dein Kumpel. Dass er dein Kumpel war, war wirklich keine Auszeichnung für deinen Charakter. Denn Thomas war ein Armleuchter. Er sprach kaum ein Wort, grüßte knapp und versuchte sofort, mich zu küssen. Während seine rechte Hand meinen Busen betatschte.

Du warst es, der ihn wegzog.

Du warst es, dem ich dafür dankte.

Du warst es, von dem ich mir wünschte, dass er mich küssen würde.

Du warst es, dessen Hand ich auf meinem Busen wünschte.

Alles Theorie.

Du hast dich entschuldigt, wortreich, für den Idioten von Kumpel. Und schon warst du wieder weg. Wie auch deine Freunde.

Ich saß weiterhin am Brunnen, jeden Tag. Aber deine Clique hatte sich offensichtlich einen anderen Treffpunkt auserkoren. Ich sah dich nicht mehr wieder. Für vier lange Wochen. Oder sagen wir besser: mehr als 30 Tage, mehr als 720 Stunden. So kam es mir vor.

Dann warst du da. Nur mit zwei deiner Bekannten. Der eine spielte Gitarre, der andere den Bass. Und du hast gesungen.

»Bella ciao.« Die Zeilen eher traurig. Sie gipfelten in der letzten Strophe: Esta es la historia de un guerrillero muerto por la libertad!

Dies ist die Geschichte eines Guerilla-Kämpfers, der für die Freiheit getötet wurde.

Ich hatte das Lied nie zuvor gehört. Und jetzt saugte ich jede Silbe auf.

Und ich applaudierte – wegen dir, nicht wegen des Textes.

Und da waren nicht viele andere, die applaudierten – wegen des Textes.

Und du hast mich angesehen.

Und kamst auf mich zu.

»Bella«, sagtest du.

»Und wie heißt du?«, wollte ich wissen.

Oriol. Sagtest du.

»Ihr habt toll gesungen!«, sagte ich.

»Du hast den Text verstanden?«, fragtest du mich mit leuchtenden Augen.

»Ja!«, erwiderte ich, der irgendein Text in diesem Moment völlig egal war.

Deine beiden Freunde nickten in meine Richtung. Und viel schneller als du hatten die kapiert, dass da etwas passiert war, zwischen dir und mir, in diesen Sekunden. Dass auch du mich endlich wahrgenommen hattest. Obwohl ich gerade an diesem Tag fast in Sack und Asche ging. Kein rotes, enges T-Shirt, kein schicker Rock, keine perfekte Frisur.

Und dennoch waren deine Freunde und die Instrumente wie von Zauberhand verschwunden. Wir spazierten durch die Nacht, durch Gràcia, durch die Altstadt.

Ich hatte mich bei dir untergehakt.

Nicht das Zeichen einer emanzipierten, jungen Frau. Wobei emanzipiert zu diesen Zeiten wohl eher noch eine exklusive Auszeichnung war.

Wir landeten schließlich am Hafen, dann am Strand.

Du sagtest, dein liebstes Buch sei *Don Quijote* von Cervantes. Und, o ja, wie sehr konnte ich das nachvollziehen. In all den rein platonischen Ideen der idealen Liebe.

Zwei Stunden haben wir am Meer gesessen. Und auch die Musik gehört, von einer der kleinen Buden, die ihre Anlage einfach zu laut aufgedreht hatten. Es lief *Historia de un Amor*, als du mich geküsst hast.

Danach?

Wir waren ein Paar.

Nein, wir waren ein unzertrennliches Paar. Im Geiste wie im Körper.

Jener Moment, in dem du mich geküsst hast, das war der Moment, in dem mein Körper sich geöffnet hatte. Für dich.

Ich spürte, wie meine Scham sich öffnete. Ich spürte, wie meine Scham feucht wurde. Und zum allerersten Mal in meinem Leben war der Gedanke an »Kindermachen« alles andere als eklig. Du solltest es sein. Du solltest jener sein, der in mir Kinder machte.

SAMSTAG, 12. JUNI

Ein ganzer Löschzug raste mit Blaulicht und Martinshorn durch Horndeichs Traum. Er selbst stand mit dem Rücken an ein Haus gepresst. Der Bürgersteig war keine 30 cm breit. Horndeich wusste nicht, ob er sich im Stadtteil Eberstadt oder in Bessungen befand, der spielte aber auch keine Rolle – an beiden Orten gab es beängstigend enge Bürgersteige neben Straßenbahnschienen. Der Löschzug mit circa 50 Fahrzeugen raste an ihm vorbei, und er krallte sich am Fallrohr einer Dachrinne fest, um nicht vom Fahrtwind oder gar von den Wagen selbst fortgerissen zu werden.

Dann wachte er auf – schweißgebadet. Aber der Klang der Martinshörner war nicht verschwunden. Und blaue Lichtfetzen huschten rhythmisch durchs Zimmer.

»Was ist denn da los?«, hörte er die Stimme seiner Frau neben sich. Er sah auf die Uhr. Die Leuchtziffern zeigten 3:23 Uhr. Dann knipste er die Nachttischlampe an.

Schon flog die Schlafzimmertür auf. Stefanie stürmte herein: »Papa, was ist da los? Sind wir in Gefahr?« Sie stürmte auf ihn zu, fiel in seine Arme.

Fünf Sekunden später folgte Alexander, rannte zu seiner Mutter, stellte eine ähnliche Frage. Nur Antje ließ sich nicht in ihrer Nachtruhe stören. Sie schlief den Schlaf der Gerechten.

Der Löschzug hatte ihr Haus bereits passiert. Aber er hielt nicht weit entfernt. »Ich geh nachsehen«, sagte Horndeich, schlug die Decke zurück, entstieg dem Bett ,und seine Füße fuhren automatisch in seine Schlappen. Margot hatte vor ein paar Jahren das Haus um ein Stockwerk aufgestockt. Davon profitierte Horndeichs Familie natürlich. An ihr Schlafzimmer unterm Dach hatte Margot eine großzügige Gaube mit Dachterrasse bauen lassen. Die Balkontür und das Fenster wiesen nach Norden. Und aus dieser Richtung zuckten die Blaulichter. Die Martinshörner waren inzwischen abgestellt.

Horndeich betrat die Dachterrasse. Die Nacht war sternenklar, und so konnte er den Rauch sehen, ebenso das Orange der Flammen. Und er erkannte genau, welches Haus dort brannte. Das Haus von Frank Schröder!

Sofort ploppte in seinem Gehirn die Erinnerung an das Telefonat auf, das er mittags mit Schröder noch geführt hatte. Er hatte neue Rauchmelder gekauft, die aber noch nicht in sein Smarthome-System integriert waren. Margot hatte dann am Nachmittag mitgeteilt, dass Richard Feller sich morgen darum kümmern würde. Sofort schoss Horndeich die Frage in den Kopf, ob Schröder die alten Rauchmelder vielleicht schon abmontiert haben könnte.

Noch während er das dachte, drehte er sich um, zog sich Jogginghose und Hemd über. »Das ist das Haus von Schröders. Ich muss da hin«, sagte er nur und spurtete bereits die Treppen hinab, während er sich das Hemd zuknöpfte. Er griff nicht einmal mehr nach dem Schlüssel, sondern verließ das Haus und versuchte, die 200 Meter bis zu Schröders Grundstück ebenfalls zu rennen, was ihm in den Schlappen nur leidlich gelang. Wäre ich schneller gewesen, wenn ich die paar Sekunden geopfert hätte, um mir meine Turnschuhe anzuziehen?, fragte sich Horndeichs blödsinniges Gedankenkarussell beim Rennen.

Kaum bog Horndeich um die Ecke in den Löwensternweg, sah er die Fahrzeuge des Löschzugs: zwei Tanklöschfahrzeuge, das mächtige dreiachsige Drehleiterfahrzeug und das Einsatzleitfahrzeug. Zudem bereits zwei Polizeifahrzeuge und zwei Rettungswagen.

Da die hohen Hecken das Haus fast auf ganzer Höhe verbargen, schimmerte der Feuerschein nur blass durch das

Grün. Nach wie vor stieg unglaublich viel Rauch nach oben. Er sah die Feuerwehrmänner routiniert ihren Job erledigen. Horndeich wollte noch näher an die Szenerie herantreten, doch ein Polizist in Uniform hielt ihn davon ab. »Sie können hier nicht weiter«, sagte er höflich, aber bestimmt.

Horndeich erkannte den ehemaligen Kollegen sofort, was allein schon daran lag, dass er ihn von unten ansehen musste. Bernd Süllmeier war deutlich über ein Meter neunzig groß.

»Bernd, ich bin's.«

»Horndeich?«

Okay, den Dreitagebart hatte er früher nicht getragen. Und seine Haare waren auch deutlich länger geworden. Trotzdem war Horndeich ein wenig enttäuscht, dass ihn der ehemalige Kollege nicht gleich erkannt hatte. Doch er stellte seine Befindlichkeiten hintenan: »Haben sie den Mieter schon geborgen?«

»Horndeich, da ist niemand drin. Die Nachbarin hat gesagt, dass die ganze Familie übers Wochenende fortgefahren ist.«

Horndeich trat wieder einen Schritt auf den ehemaligen Kollegen zu. »Nein, das stimmt nicht. Frank Schröders Frau und seine Kinder sind fortgefahren. Aber er ist nicht mitgefahren. Ich habe mit ihm heute Mittag telefoniert.«

Der Polizist überlegte nur kurz, dann sagte er: »Komm mit.«

Horndeich ging mit ihm direkt zum Einsatzfahrzeug der Feuerwehr. Süllmeier wandte sich an den daneben stehenden Feuerwehrmann. »Herr Rubinsky, das ist Steffen Horndeich, ein ehemaliger Kollege. Er sagt, da wäre noch eine Person im Haus.«

Rubinsky hatte die 50 sicher überschritten. Er reichte Horndeich die Hand. »Wie kommen Sie darauf? Eine Nachbarin hat uns gesagt, die Familie wäre über das Wochenende verreist. Und sie hat sogar den Wagen abfahren sehen.«

»Herrn Schröders Frau ist mit den Kindern nach Hamburg gefahren, das stimmt. Aber er selbst nicht. Ich habe mit ihm heute Mittag telefoniert. Und er hat auch morgen noch einen Termin mit jemandem, den ich kenne. Er ist ganz bestimmt im Haus.«

»Kennen Sie das Haus?«

»Ja. Was wollen Sie wissen?«

»Wo ist das Schlafzimmer von Herrn Schröder?«

Horndeich wandte sich von dem Mann ab und dem Haus zu. »Dachgeschoss, von uns aus gesehen links hinten.«

»Okay«, antwortete Rubinsky, nickte Horndeich zu und griff zum Mikrofon. Horndeich hörte, was er sagte, verstand aber die Kürzel und Nummerncodes nicht. Das Substantiv »Atemschutz« war ihm hingegen geläufig.

»Sonst noch irgendetwas, was Sie uns mitteilen können?«

»Ja. Bei dem Haus handelt es sich um Fertigbauweise. Im Wesentlichen Holzbalken, Dämmmaterial und Rigipsplatten.«

»Das erklärt einiges«, sagte Rubinsky zu sich selbst. Laut fügte er in Richtung Süllmeier hinzu: »Bringen Sie den Mann aus der Gefahrenzone.«

Bernd Süllmeier geleitete Horndeich wieder an den Rand des Geschehens.

»Wisst ihr schon, was passiert ist?«

»Nicht genau. Aber als wir ankamen, schlug Feuer aus allen unteren Fenstern.«

Horndeich war sicher kein Brandexperte, aber solch ein Bild sprach wohl eher dafür, dass jemand an mehreren Stellen gleichzeitig Feuer gelegt hatte, als dass in der Küche die Makkaroni angebrannt waren.

Horndeich sah zwei Feuerwehrmänner auf eines der Löschwasserfahrzeuge zugehen. Sie legten die Atemschutzausrüstung an und verschwanden wieder in den von der Hecke verdeckten Bereich.

Keine Minute später setzte sich die Drehleiter in Bewegung, darin ebenfalls zwei Feuerwehrmänner mit Atemschutzausrüstung. Das Fenster, das die Drehleiter ansteuerte, war jenes, das Horndeich sehen konnte. Viel mehr erahnen konnte, denn die Rauchschwaden verbargen es vollständig wie ein Theatervorhang die Bühne.

»Au, verdammt«, murmelte Süllmeier neben ihm.

»Was meinst du?«, wollte Horndeich wissen.

»Na ja, ich war eine Weile bei der freiwilligen Feuerwehr. Wenn die unten mit dem Atemschutz rein sind und eine Minute später die Drehleiter ans Dachfenster fährt, kann das nur heißen, dass vom Treppenhaus offensichtlich nicht mehr genug übrig ist, um hochzugehen.«

Horndeich schluckte.

Indessen schoben zwei Rettungssanitäter eine Trage aus dem Rettungswagen in Richtung des Drehleiterfahrzeugs. Die hatte inzwischen ihre Bewegungen eingestellt.

Horndeich hoffte, dass es den beiden Floriansjüngern gelingen würde, Frank Schröder lebend aus den Flammen zu bergen.

Dass jede Minute aus 60 einzelnen Sekunden besteht und diese nochmals feiner unterteilt werden konnten und sich manchmal nur quälend langsam zu dieser Minute addierten, das hatte Horndeich schon mehrfach in seinem Leben erlebt. Etwa, als einmal ein Kollege angeschossen worden war. Und es einen Moment gedauert hatte, bis er den Arm leicht anhob und signalisierte, dass er noch lebte und die Schutzweste ihren Job getan hatte. Das waren dann eher ein Dutzend mal ein Dutzend einzelner Hundertstelsekunden gewesen, bis Horndeich die Bewegung wahrgenommen hatte.

Hier erging es ihm ähnlich. Die Leiter, deren Kopfgestell vollständig im Rauch verschwunden war, wollte und wollte sich nicht bewegen.

»Macht schon«, hörte er Süllmeier neben sich flüstern.

Dann ging ein Ruck durch die Leiter. Und sie fuhr langsam zurück. Der äußere Rand des Korbs erschien, dann wurde der erste Feuerwehrmann sichtbar. Den nächsten Mann im Korb hielt Horndeich zunächst für dessen Kollegen. Doch dann wurde er einer dritten Gestalt gewahr, und er erkannte, dass das, was er beim zweiten Mann für eine Uniform gehalten hatte, nur eine sogenannte Brandfluchthaube gewesen war: eine flexible, textile Maske mit Sichtfenster und einer Filtereinheit vor dem Mund.

»Sie haben's geschafft!«, rief Süllmeier aus und klopfte Horndeich mit seiner Pranke auf die Schulter.

Die Leiter fuhr weiter zusammen und wurde dann unweit der Rettungssanitäter und der Trage nach unten gelassen. Die Feuerwehrleute nahmen Frank Schröder die Maske ab. Horndeich konnte sehen, dass Schröder auf eigenen Beinen stand. Zum Glück. Sie legten ihn auf das Traggestell.

Horndeich lief zu ihnen.

»Gehen Sie zur Seite!«, blaffte ihn einer der Sanitäter an.

Frank Schröder hustete, dann sagte er: »Herr Horndeich. Was machen Sie denn hier?«

Horndeich wandte sich an den Sanitäter: »Kann ich mitfahren ins Krankenhaus?«

Kaum hatte Horndeich den Satz ausgesprochen, dröhnte eine akustische Welle zu ihnen herüber, ähnlich einem Gewittergrollen, wenn auch nicht ganz so laut.

Horndeich riss den Kopf herum, sah in Richtung Haus. Ein Funkenregen stieg nach oben, gefolgt von einer weiteren Rauchwolke. Da, wo vorher noch das Dachfenster zu sehen gewesen war, war jetzt – nichts mehr.

Das Haus war in sich zusammengefallen.

Jana beendete das Telefongespräch.

Horndeich hatte sie angerufen. Er war Augenzeuge gewesen, als das Haus von Frank Schröder, in dem sie sich vor drei Tagen noch begegnet waren, in Flammen gestanden hatte und schließlich eingestürzt war.

Jana starrte aus dem Fenster. Ein Schuhkarton hinter einer Wand. Ein anonymer Brief, der besagte, dass Maria Jimenez nicht mehr lebte. Und nun fackelte auch noch ihr Haus ab.

Wenn Jana eine Nachlasspflegschaft übernahm, galt es zum einen, alle geschäftlichen Unterlagen zu sichern und in ihr Büro zu transportieren. Nicht zuletzt deshalb hatte sie sich den Jaguar-Kombi gegönnt. In Knallrot mit einem Drei-Liter-Sechszylinder. In den Wagen konnte man viel reinpacken – und trotzdem auf der Autobahn die Zweihunderter-Marke überschreiten. Ihr Schätzchen war ein Leasing-Rückkauf gewesen – und daher finanzierbar.

Doch neben den Ordnern und digitalen Speichermedien bargen die Häuser oder Wohnungen der Verstorbenen oder, wie in diesem Fall, der Vermissten auch noch einen ganzen Hausrat. Dieser musste aus der Unterkunft herausgeschafft werden.

Jana arbeitete diesbezüglich seit Jahren mit einem Bekannten zusammen: Jörn Großeimer. Der hatte vor vielen Jahren sein Unternehmen als Kammerjäger begonnen. Doch immer wieder war der Grund für Ungeziefer in der Wohnung, dass dort ein Leichnam lag. Wenn er dann, nachdem das Bestattungsinstitut seinen Job gemacht hatte, den krabbelnden und fliegenden Viechern zu Leibe rückte, folgte meist stante pede die Frage, ob er nicht gleich die ganze Wohnung entrümpeln könne. Woraufhin er seine Firma auch um diese Dienstleistung ergänzt hatte. Vor einem halben Jahr schließlich hatte er – nicht zuletzt aufgrund von Janas Drängen – ein eigenes Lagergebäude errichtet. Mit Unterstellmöglichkeiten von der Größe einer halben Garage bis hin zu Vierzig-Quadratmeter-Räumen.

Zumeist überließ es Jana Jörn und seinen Mitarbeitern, den kompletten Umzug von dem Inhalt der Wohnung eines Verstorbenen in solch ein Lager abzuwickeln. Alle losen Gegenstände wurden in Möbelkisten gepackt und zusammen mit den Möbelstücken ins Lager gefahren. Worauf Jana großen Wert legte: Die Lager waren absolut trocken. Jörn hatte extra eine Fläche etwas außerhalb von Darmstadt gepachtet, die auf einem Hügel lag. Auch bei schwerstem Gewitterregen würde so kein Wasser aus Gullys nach oben drücken.

Vor gut einem Jahr hatte Jana die Nachlasspflegschaft für einen Selbstmörder übernommen: Der Mann war aus dem sechsten Stock vom Balkon gesprungen. Erst später hatte sich herausgestellt, dass das nicht ganz freiwillig geschehen war. Die Wohnung dieses Mannes war die eines Messies: bis auf einen schmalen Pfad war die gesamte Unterkunft mit randvoll gefüllten Umzugskartons vollgestellt gewesen. Jörn hatte selbst mit seinem großen Lastwagen zweimal fahren müssen, bevor die Wohnung leer gewesen war.

Jana hatte damals ihrem Bauchgefühl getraut, das ihr gesagt hatte, dass irgendetwas mit dem Ableben und dem seltsam inszenierten Messietum nicht hatte stimmen können. Daher hatte sie ein paar Studenten engagiert, die den gesamten Inhalt aus Schränken und Kisten Stück für Stück in die Hand genommen hatten, um zu prüfen, ob sie auf irgendetwas Ungewöhnliches stoßen würden. Janas Ahnung hatte sich damals als richtig erwiesen.

Eine ähnliche Intuition regte sich bei ihr auch diesmal. Natürlich waren aus dem jetzt abgebrannten Haus Maria Jimenez' Einrichtung und deren Inhalt bereits vor sechs Jahren ausgeräumt worden. Alfredo Jimenez hatte ihr gesagt, wo die Möbel und Umzugskisten gelagert waren. Er hatte Jana inzwischen auch den Schlüssel zum Lager überreicht.

Jana hatte ohnehin vorgehabt, den Inhalt des Depots in eines von Jörn Großeimer zu transferieren. Nun dachte sie darüber nach, ob es nicht vielleicht sinnvoll wäre, diesen Nachlass ebenfalls genau in Augenschein zu nehmen. Stück für Stück, wie damals, vor einem Jahr.

Alfredo Jimenez hatte ihr gesagt, dass der Inhalt des Lagers im Wesentlichen aus den Möbeln und Hinterlassenschaften seines und Marias Vater bestanden hatte. Maria hatte die alten Möbel nicht entsorgt und auch keine neuen angeschafft. Sie hatte zuvor eher bescheiden in einer Zweizimmerwohnung gewohnt. Aber sie habe nie viele Dinge besessen, darauf habe sie keinen Wert gelegt, so Alfredo.

Dennoch fragte sich Jana, ob sich in der Hinterlassenschaft vielleicht doch noch irgendwelche persönlichen Dokumente finden ließen, die einen Hinweis darauf gaben, wohin genau Maria Jimenez vor acht Jahren gegangen war. Oder eventuell sogar darauf, wo sie sich niedergelassen hatte.

Also nahm sie ihr Handy wieder in die Hand und wählte nacheinander ein paar Nummern.

Frank Schröder lag in einem Einzelzimmer.

Es war kurz nach Mittag. »Sie haben mir offensichtlich das Leben gerettet, Herr Horndeich. Ich schulde Ihnen etwas.«

»Na ja, ich war zur rechten Zeit am rechten Ort. Wieso sind Sie nicht mehr aus dem Haus gekommen?«

Schröder lachte kurz auf, gefolgt von einem Hustenanfall, wodurch die Sauerstoffsonde unter der Nase verrutschte. Er richtete sie wieder gerade. »Weil ich blöd war. Sie können sicher sein, dass ich das in meinem Leben nicht oft gesagt habe. Aber gestern war ich einfach nur bescheuert. Ich hatte die alten Rauchmelder alle abgeschraubt, die neuen aber noch nicht installiert. Ich kam mit den Internet-Dingern einfach nicht zurecht. Und es bestand die Möglichkeit, dass ich mit diesem Spezialisten, diesem Herrn Feller, heute vielleicht irgendwelche kleinen Schiebeschalter auf einem Mäuseklavier vor der Installation hin und her hätte rücken müssen, um sie auf die richtige Frequenz zu schalten oder sonst irgendwas. Deshalb habe ich sie nicht an die Decke geschraubt. Na, und da lagen sie dann. Alle unten im Souterrain auf dem Arbeitstisch. Neben einer Tüte mit den alten. Aus denen ich die Batterien bereits entfernt hatte. Wer kommt schon darauf, dass ausgerechnet in der Nacht, in der ausnahmsweise einmal alle Rauchmelder ausgeschaltet sind, das Feuer kommt.«

Also ungefähr genau das Szenario, das Horndeich bereits auf seinem Weg zur Brandstelle befürchtet hatte.

»Ich bin von dem Geräusch der Martinshörner wach geworden, die immer näher kamen. Aber ich konnte überhaupt nichts mehr sehen vor lauter Rauch. Ich bin aufgestanden, hingefallen, wieder aufgestanden – ich hatte völlig die Orientierung verloren. Und ich habe immer schlechter Luft bekommen. Dann muss ich wohl ohnmächtig geworden sein. Das Nächste, was ich mitbekommen habe, war, dass mir irgendjemand ein Mundstück in den Mund presste und ich endlich wieder atmen konnte. Na ja, den Rest haben Sie, glaube ich, selbst gesehen. Die haben mir diese Maske übergestülpt. Durch die habe ich auch nichts gesehen, nur Rauch, aber ich habe wenigstens wieder Luft bekommen. Sie haben mich gestützt, durch die Rauchschwaden geführt, irgendwie meine Bewegungen so gelenkt, dass ich in dem Tragekorb der Leiter gelandet bin. Und dann irgendwie von Geisterhand endlich aus diesem Rauch raus.«

Horndeich erinnerte sich sehr gut an den letzten Fall, den er vor seiner Kündigung bei der Polizei gemeinsam mit Leah Gabriely gelöst hatte. Mehrere Morde, begangen von einer Frau, die Rache genommen hatte für den Tod ihrer Tochter bei einem Brand. Auch diese junge Dame war nicht verbrannt, sondern durch Rauch getötet worden. Ein Feuerwehrmann hatte ihm damals erklärt, dass mehr als 80 Prozent der Feuertoten nicht durch Flammen starben, sondern durch den Qualm.

»Wissen Sie, wie es passiert ist?«, wollte Schröder von Horndeich wissen.

»Nein. Als ich bei Ihrem Haus ankam, stand es schon lichterloh in Flammen. Aber mir ist aufgefallen, dass die Flammen aus den unteren Fenstern schlugen. Also gehe ich nicht davon aus, dass Sie im Bett geraucht haben. Haben Sie eine Ahnung, was das Feuer verursacht haben könnte?«, gab Horndeich die Frage zurück.

Schröder schüttelte leicht den Kopf. »Nein. Ich habe keine Vorstellung. An der Elektrik im Haus kann es nicht liegen.

Die ist ja erst vor sechs Jahren komplett neu gemacht worden, als das Haus renoviert worden ist. Und ich habe auch keine Herdplatte angelassen, weil ich mir nichts gekocht habe. Ich weiß es nicht.«

»Da werden sich jetzt die Brandermittler von K10 drum kümmern.«

»K – was?«

»Meine ehemaligen Kollegen«, schmunzelte Horndeich.

Schröder schwieg. Sah Horndeich an. Dann sagte er: »Darf ich Sie noch um einen Gefallen bitten?«

»Ja, natürlich.« Was man halt so sagt, wenn einem so eine Frage gestellt wird von einem, der gerade sein Leben zum zweiten Mal geschenkt bekommen hatte.

»Ich nehme an, dass mein Handy und mein Rechner ebenfalls verbrannt sind. Könnten Sie vielleicht meine Schwiegermutter anrufen? Ich habe die Mobilnummer meiner Frau nicht im Kopf. Im Handy, auf dem Rechner, überall steht nur Sabine. Meine Schwiegermutter heißt Daniela Kosparanek. Den Namen gibt es nur einmal in Hamburg. Sie müssten es im Netz oder über die Auskunft schnell herauskriegen. Bitten Sie meine Frau, dass sie mich hier anruft. Und sagen Sie ihr, dass alles in Ordnung ist.« Wieder lachte er kurz auf, bitter diesmal. »Also, dass *ich* in Ordnung bin. Für alles andere trifft das wohl nicht zu.«

Schröder griff zu einem Zettel und zu einem Stift und schrieb den Namen darauf.

»Klar, mache ich.« Er verabschiedete sich, und als er die Türklinke schon in der Hand hatte, hörte er, wie Schröder nochmals seinen Namen sagte. Er drehte sich um.

»Danke, Herr Horndeich. Danke.«

»Da ist ja gar nichts mehr!«, stieß seine Tochter Stefanie entsetzt aus, als sie von der Dachterrasse in Richtung des ehemaligen Domizils ihrer Freundin Ilona schaute.

Am Vormittag war Horndeich an der Einsturzstelle vorbeigegangen. Feuerwehrmänner hatten immer noch Glutnester gefunden und gelöscht. Auch Feuerwehrwagen standen nach wie vor in der Straße. Doch bald würden sie die Brandwache beenden und mit ihren Fahrzeugen wieder Richtung Wache fahren.

»Ja, das Haus ist eingestürzt«, erklärte er.

»Kann ein Haus komplett einstürzen? Wegen Feuer?«

Horndeich registrierte den ängstlichen Unterton in der Stimme seiner ältesten Tochter. Und wusste, dass er jetzt dagegenhalten musste, wollte er verhindern, dass Stefanie in den Panikmodus schaltete. Denn er konnte in ihren Kopf gucken: Sie dachte gerade darüber nach, ob ihr eigenes Haus ebenfalls einstürzen könnte. Und er wusste: Wenn das der Fall war, würde er sie nur schwer wieder beruhigen können.

»Unser Haus auf jeden Fall nicht«, sagte er in ruhigem Ton.

Seine Tochter sah zu ihm hinauf. »Und warum nicht?«

»Unser Haus ist aus Stein gebaut. Das Haus, in dem Schröders gewohnt haben, war aus Holz gebaut. Und Stein kann nicht brennen.« Er wusste, dass er hier natürlich ein wenig vereinfachte. Und dass er jetzt besser nicht erwähnte, dass die Decken zwischen ihren Stockwerken natürlich ebenfalls aus Holz gefertigt waren. »Aber dann ist das doch dumm, Häuser aus Holz zu bauen.«

»Es hat auch Vorteile, Holz zu benutzen.« Sollte er vielleicht doch die Zwischendecken erwähnen? Horndeich konnte sich lebhaft vorstellen, wie Stefanie ihre Freundin anfuhr, wie blöd ihre Eltern doch gewesen sein müssten, in ein Haus aus Holz zu ziehen. Horndeich versuchte es auf einem anderen Weg: »Brennen kann immer irgendwo irgendetwas. Wichtig ist, dass das Haus so lange stehen bleibt, bis die Feuerwehr alle gerettet hat. Und das hat ja auch bei Herrn Schröder geklappt.« Wie knapp das gewesen war, darüber wollte sich Horndeich seiner Tochter gegenüber nicht auslassen. Er überlegte, ob er noch auf das Thema Rauchmelder eingehen sollte, aber er war sicher, dass Stefanie das ihrer Freundin ebenfalls unter die Nase reiben würde, dass im Haus alle Rauchmelder abmontiert gewesen waren. Es war gar nicht so einfach, der Tochter aufrichtige Antworten zu geben, ohne ihre, ja, doch manchmal vorhandene Überheblichkeit oder, freundlich formuliert, Altklugheit zu befeuern.

Aber Stefanie hangelte sich schon zum nächsten Gedankensprung. »Ich geh mal in mein Zimmer. Es sind ja auch alle Sachen von Ilona verbrannt. Und sie ist doch so groß wie ich. Vielleicht kann ich ihr ein paar von meinen Kleidern geben. Und auch von meinen Puppen.«

Sie hielt kurz inne, dann umarmte sie ihren Vater, und er spürte, dass sie ihre Tränen nicht mehr zurückhalten konnte. »Mein Gott, das ist doch schlimm, wenn alles, was man hat, verbrennt. Wenn etwa August verbrennen würde. Oder mein Tagebuch. Da muss ja gar nicht das ganze Haus einstürzen. Aber wenn das alles verbrennt – das wär ja fürchterlich.«

Horndeich strich ihr übers Haar.

August war ihr Lebensbegleiter, seit sie Kleinkind war. Ein Bär, dem die kindliche Liebe über die Jahre doch einige Blessuren hatte zukommen lassen. Sandra hatte einmal angeboten, ihn mit einem neuen Fell auszukleiden. Aber Stefanie hatte sich empört geweigert.

»Ich will nicht, dass mein August verbrennt. Und ich will auch nicht, dass mein Tagebuch verbrennt.« Das Weinen schüttelte sie regelrecht.

Irgendwie musste Horndeich diesem Mädchen jetzt die Angst nehmen. Also war es doch Zeit für den Hinweis auf die Rauchmelder. Horndeich löste sich aus Stefanies Umarmung, die vielmehr eine Umklammerung war, und deutete auf den Rauchmelder an der Decke des Schlafzimmers. »Schau mal, Stefanie: In jedem Zimmer hängt bei uns so ein kleines Kästchen. Auch in deinem. Und wenn irgendwas anfängt zu brennen, dann sind da niemals gleich Flammen. Was aber sofort da ist, das ist Rauch. Und wenn an so einen

Rauchmelder Rauch kommt, dann fängt der sofort an, fürchterlich laut zu piepen. Und alle werden wach. Und man kann das Feuer löschen, wenn es noch ganz klein ist.« Er nahm Stefanie an der Hand und führte sie auf den Flur. »Und hier hängt der Feuerlöscher. Und du weißt ja, dass wir in jedem Flur einen Feuerlöscher haben. Du musst also keine Angst haben. Weder um August noch um dein Tagebuch.«

Stefanie hielt nur kurz inne. »Und die Schröders, die hatten keine Rauchmelder? Und auch keine Feuerlöscher?« Bevor Horndeich auf diese Frage antworten musste, klang aus dem Erdgeschoss die Stimme von Sandra: »Die Spaghetti sind fertig. Essen!«

Das Ausrufezeichen hing noch in der Luft, als Stefanie bereits die Hälfte des Weges nach unten gepoltert war. Nun wusste Horndeich, dass er noch etwas Zeit gewonnen hatte.

Zumindest bis zum Abendessen.

Nach dem Essen hatte Horndeich sich eine Stunde hingelegt. Die Nacht war definitiv zu kurz für ihn gewesen. Als er morgens vom Krankenhaus zurückgekommen war, war er zu aufgekratzt, um sich noch einmal hinzulegen. Jetzt, nach einem späten Mittagessen, hatte er eine Stunde geschlafen und fühlte sich fit, als er aufstand. Automatisch wanderte sein Blick aus dem großen Fenster. Er öffnete die Tür und trat auf die Dachterrasse. Die Feuerwehrfahrzeuge waren verschwunden. Aber er erkannte den Sprinter der Spurensicherung.

Er ging davon aus, dass einer der Brandermittler gemeinsam mit Silvia Rauch und vielleicht noch ein oder zwei Helfern in den Überresten dessen, was einmal ein Haus gewesen war, nach Spuren suchten. Spuren, die erklärten, wieso das Gebäude in Flammen aufgegangen war. Und eventuell fand Silvia ja auch noch ein paar Wertgegenstände. Sollte Schröder eine Münzsammlung gehabt haben, so hatte er jetzt vielleicht zumindest noch eine kleine Sammlung von Goldnuggets.

Stefanie war inzwischen zu einer Schulfreundin aufgebrochen, auch Alexander besuchte seinen besten Kumpel, der sogar direkt im Haus gegenüber wohnte. Antje schlief in ihrem Kinderbettchen, und seine Frau saß mit einer Illustrierten in der Hand auf dem Sofa im Wohnzimmer.

»Ich geh noch mal rüber zu Schröders Grundstück. Silvia ist jetzt dort. Vielleicht erzählt sie mir ja schon ein bisschen.«

Sandra nickte ihm zu.

Fünf Minuten später lief er bereits entlang der Hecke, die Schröders Grundstück zum Bürgersteig hin abschirmte. Die Tür zur Garagenzufahrt war nicht verschlossen. Horndeich öffnete sie und ging auf das Gelände zu. Wo er vor vier Tagen noch durch Räume in hervorragendem Zustand geführt worden war, war jetzt nur ein Trümmerhaufen. Silvia Rauch sah ihn und kam auf ihn zu.

Sie sparte sich die Floskel »Was machst du denn hier?«. Dafür war Horndeich ihr sehr dankbar.

»Ganz allein hier?«, wollte Horndeich wissen.

»Ja. Ditzi macht gerade Mittagspause – sprich: Er besorgt uns zwei Pizzen.«

Dieser Satz beinhaltete für Horndeich zwei Informationen: Die erste war jene, dass Dieter Zimmer, der, kurz bevor Horndeich dem Polizeipräsidium den Rücken gekehrt hatte, in ihrer Abteilung eingestiegen war, sich offensichtlich als Brandermittler weitergebildet hatte. Den Spitznamen hatte er sofort weggehabt. Zumal seine Statur eher jener eines Rumpelstilzchens entsprach und gleichzeitig seine Stimme ziemlich hoch war. Natürlich konnte man, wenn man einen Spitznamen nicht mochte, sich dagegen wehren. Vielleicht zum Betriebsrat gehen. Aber das stärkte die eigene Position nur bedingt. Den Spottnamen, wenn auch zähneknirschend, zu akzeptieren war die weitaus klügere Einstellung.

Die zweite Information, die Horndeich dem Satz entnahm, war jene, dass der ihm unsympathische Mann nicht vor Ort war. Und offensichtlich auch keine weiteren Kolleginnen oder Kollegen von Silvia. Die Gelegenheit war also günstig. »Na, was hast du herausgefunden?«, fragte Horndeich ungeniert.

Wieder führten sie einen stummen Dialog: Du gehörst nicht mehr dazu.

Ich weiß, aber du hast mitgekriegt, dass mir das Haus von Maria Jimenez nicht ganz gleichgültig ist.

Dann noch drei Sekunden das Spiel »Wer-schaut-zuerst-weg?«.

Horndeich gewann, Silvia seufzte. »Komm mit«, sagte sie. »Ein paar interessante Dinge haben wir wirklich entdeckt.«

Sie führte ihn an eine Stelle, an der früher eine Hauswand gestanden hatte. Mit Fenster.

»Vorsicht«, mahnte sie Horndeich, als sie ihn durch den Schutt führte. An einer Stelle waren schon einige Reste zur Seite geräumt worden.

Dann zeigte sie auf den Boden. »Hier siehst du Glassplitter. Fensterglas. Was sagt dir das?«

Horndeich war sich nicht ganz sicher, ob das eine rhetorische Frage war oder ob Silvia so tat, als ob er noch zum Team gehörte. Zumindest mental. Wie dem auch war, er sagte: »Fensterglas im Inneren des Hauses zeigt, dass die Fenster wohl nicht aufgrund der Hitze im Haus zersprungen sind, denn sonst lägen auch vor dem Haus Splitter.«

»So ist es. Und wenn du hier genau hinschaust, siehst du, dass auch unter der Glasscherbe kein Ruß zu sehen ist. Allerdings im Umfeld. Ebenfalls ein Beleg dafür, dass die Scheibe auf dem Boden gelandet ist, bevor der Brand gewütet hat.«

»Woraus man wohl schließen darf, dass es sich um Brandstiftung handelt, oder?«

»Ja. Ganz besonders, als wir auf Höhe von allen Außenfenstern innen liegende Glasscherben gefunden haben. Ditzi ist sich ganz sicher, dass es Brandstiftung war. Und er hofft, heute Nachmittag vielleicht sogar noch zumindest an ein oder zwei Stellen ein paar Hinweise auf den Ausbruch des

Feuers zu finden. Ein paar weitere Indizien wären nett, aber an der grundsätzlichen Feststellung, dass jemand dieses Haus mutwillig angezündet hat, besteht kein Zweifel.«

»Irgendeine Vorstellung davon, wer das gewesen sein könnte?«

Silvia rollte mit den Augen. »Horndeich, normalerweise würde ich jetzt sagen: Das ist ja wohl euer Job! In diesem Fall sage ich: Das müssen dann Leah und ihre Jungs rauskriegen.«

»Gar nichts? Keine Vermutung?«

»Nein. DNA oder Ähnliches aus dem Inneren des Hauses – das kannst du völlig vergessen. Ich habe versucht, auf dem Rasen rund ums Haus Fußabdrücke zu sichern. Aber auch das ist hoffnungslos. Hier ist heute Nacht mehr Wasser niedergegangen als nach fünf Gewitterstürmen. Der Boden ist völlig aufgeweicht, und auch die Feuerwehrleute sind um das Haus rumgestapft – da ist nichts mehr zu holen.«

»Sonst noch etwas?«

»Ja. Dieser Schröder hat zumindest in einem Punkt Glück gehabt. Wenn das jetzt natürlich auch eher relativ ist. Sein Tresor hat den Brand überlebt.«

Von einem Tresor hatte Schröder ihm bei der Begehung des Hauses gar nichts gesagt. Er selbst hatte auch keinen solchen gesehen. Aber, na gut, meistens standen Panzerschränke ja nicht mitten im Wohnzimmer herum, sondern waren eher versteckt.

Silvia lotste ihn zu einer anderen Ecke des Hauses. Horndeich konnte den Tresor erkennen, der aus dem Schutt herausragte. Er trat näher, um ihn genauer anzusehen.

»Da hat Schröder richtig Geld in die Hand genommen. Ich habe das Typenschild lesen können. Der Tresor entspricht der Norm C2F. Die Premiumklasse. Und der war auf jeden Fall im Fußboden verschraubt gewesen. Bei dem Gewicht gehe ich davon aus, dass der Tresor schon beim Hausbau integriert worden ist. Der stand im ersten Stock. Da mussten ein paar zusätzliche Stützbalken installiert werden. Das Teil wiegt mindestens eine halbe Tonne.«

»Du meinst, der Tresor gehörte zum Haus?«

»Ja, wenn du es so willst.«

»Aber Schröder ist doch da erst vor ein paar Jahren eingezogen.«

»Na, dann werden sie den Tresor wohl mitvermietet haben. Wer auch immer ihn eingebaut hat, hat durchaus auch ein mögliches Feuer in Betracht gezogen. Der Schrank hat die Güteklasse S 120 P. Kann also 120 Minuten bei über 1000 Grad Celsius aushalten. Ich hoffe mal, dass Schröder seine wichtigsten Unterlagen dort wirklich eingeschlossen hat. Dann hat er eine reelle Chance, dass davon noch was übrig ist.«

Horndeich war irritiert. Da hatte er mit Schröder alle Aspekte der Sicherheit dieses Hauses durchgesprochen. Aber einen Tresor hatte Schröder nicht erwähnt. Das machte keinen Sinn.

Zeit für einen Krankenbesuch.

Sie standen vor dem Lagerhaus von Jörn Großeimer. Es befand sich im Norden von Ober-Ramstadt, unweit des Farbenherstellers Caparol. »Sie« – das waren Jörn Großeimer und drei seiner Helfer, die bis vor wenigen Minuten den Inhalt von Jörns Kastenwagen in einen der Lagerräume umgepackt hatten. Der Raum hatte die Größe einer Garage. Darin standen jetzt alle Möbel, die einstmals das Haus von Maria Jimenez wohnlich gemacht hatten. Neben Jörn Großeimer und seiner Crew arbeitete bereits ein Grüppchen von vier Studenten im etwas kleineren, unmittelbar angrenzenden Lagerraum. Jana hatte sie kurzfristig engagiert. Meist gelang es ihr, solche temporären Mitarbeiter auch Knall auf Fall zu engagieren, denn viele Studenten waren für ein paar schnelle Euro durchaus bereit, umgehend einen halben oder einen ganzen Tag einzuspringen. Chefin des Studi-Quartetts war Katharina Hochnagel. Die Studentin war für Jana immer die erste Ansprechpartnerin, die dann ihrerseits ein paar Freunde und Bekannte aus ihrem Umkreis für solche Aktionen rekrutierte. Da es sich um einen Job am Wochenende handelte, zahlte Jana jedem der vier siebzehn Euro in der Stunde. Und sie war nicht geizig beim Aufrunden der Zeit.

Die Hochschüler hatten einen ganz simplen Job: Sie räumten einfach alles, was sich in einer Umzugskiste befand, in einen anderen, noch leeren Karton um. Gleichzeitig fertigten sie – natürlich via Laptop – eine Tabelle an, die das Inventar auflistete. Jeder Karton bekam eine individuelle Nummer, die auch in der Liste vermerkt war. So konnte Jana im Nachhinein noch gezielt auf die eine oder andere Kiste zugreifen, sollte es nötig sein. Besonderen Wert legte Jana jedoch darauf, dass die Studenten alle persönlichen Dokumente und Aufzeichnungen oder Fotoalben in gesonderten Kisten ablegten. Denn das war ja genau das, worauf Jana setzte: vielleicht durch eben solche privaten Dinge etwas mehr über Maria Jimenez und möglicherweise auch ihren Aufenthaltsort zu erfahren.

Die neu gepackten Umzugskisten sollten die Studenten dann im Lagerraum mit den Möbeln abstellen. Großeimer hatte hier bereits eine ganze Wand freigehalten.

Jana sah auf ihre Uhr. Es war inzwischen halb fünf. »Wir sind dann so weit«, sagte Jörn und zwinkerte Jana zu.

»Danke«, gab sie zurück, ebenfalls mit einem Zwinkern. Sie mochte Jörn. Und Jörn mochte sie. Aber Jörn war nicht nur vergeben, er hatte Familie. Und damit war alles außer Zwinkern tabu. Darin waren sie sich einig.

Jörn und seine Mitstreiter stiegen in den Kastenwagen. Er war knallrot lackiert. Und von seinen Seitenflächen grinste frech Jörns Wappentier in die Welt: ein Marder. Das Logo stammte noch aus seiner Zeit als reiner Kammerjäger. Aber Jörn liebte den Marder, und somit hatte der virtuelle Nager bislang allen Modernisierungsversuchen getrotzt. Jörgs Firma war inzwischen so groß, dass er tatsächlich eine Agentur für seine Öffentlichkeitsarbeit beschäftigte. Und schon öfter waren Grafiker an ihn herangetreten, die meinten, der Marder sei schon ein wenig aus der Zeit gefallen. Jörn hatte daraufhin immer geantwortet, seine roten Autos und der Marder wären inzwischen eine Institution in Darmstadt.

Belegen konnte man das nicht – widerlegen aber ebenso wenig.

Der Laster rollte vom Hof, und Jana ging in den Raum zu den Studenten. »Bei euch so weit alles klar?«

Katharina unterbrach das Beladen einer Kiste, erhob sich aus der Hocke und trat auf Jana zu. »Alles bestens.«

»Du hast das im Griff?«

»Ja, ich hab's im Griff.«

Vor einem Jahr hatte Katharina ein Grüppchen von Studenten zusammengestellt, bei denen sich besonders einer mehr durch Redenschwingen ausgezeichnet hatte als durch seine Fähigkeit, persönliche Dinge von unpersönlichen zu unterscheiden. Vielleicht hatte er auch einfach keinen Bock gehabt. Jana wusste es nicht, Jana interessierte es nicht. Katharina war für ihre jungen Damen und Herren verantwortlich. Das hatte sie ihr damals sehr deutlich zu verstehen gegeben. Seitdem hatte Katharina alle Aufträge – wie schrieb man in einem Zeugnis so schön: »stets zur vollsten Zufriedenheit« ausgeführt. Aber nicht jeder zahlte auch so gut wie Jana.

»Na, dann wünsche ich euch einen schönen Abend. Und auch einen schönen Sonntag – unabhängig davon, ob ihr morgen Vormittag noch mal ranmüsst.«

Die drei Studis schauten nicht einmal auf. Jana versuchte es unter »Arbeitseifer« zu verbuchen und nicht unter »Unhöflichkeit«.

»Das wünschen wir dir auch«, sprach Katharina für alle. Damit konnte Jana leben.

Horndeich klopfte an die Tür des Krankenhauszimmers. Siebzehn Uhr. Samstag. Zum Glück waren die Besuchszeiten in Krankenhäusern nicht mehr so streng getaktet wie zu der Zeit, als er selbst noch Kind gewesen war. Eine Stunde waren die Eltern pro Tag bei ihm gewesen, von Montag bis Freitag. Zu dumm, dass ihm nach einer heftigen Entzündung seine Mandeln an einem Freitag herausgenommen worden waren. Er war gerade sechs Jahre alt gewesen. Er war allein gewesen, als er nach der Narkose erwacht war. Er war allein gewesen über das ganze Wochenende hinweg, wenn man von den nervigen anderen Kindern im Zimmer abgesehen hatte. Als seine Eltern dann montags das erste Mal zu ihm kamen, war es ihm schon wieder besser gegangen … Aus dem Zimmer war kein »Herein« erklungen. Horndeich drückte die Klinke dennoch herunter, öffnete die Tür langsam und spähte in den Raum.

Schröder sah in seine Richtung, winkte ihn heran. »Das geht noch nicht so mit dem lauten Sprechen. Ist aber nett, dass Sie mich heute schon wieder besuchen.« Seine Stimme war leise, aber dennoch sprach er klar und deutlich.

Horndeich zog sich einen Stuhl heran, setzte sich neben das Bett.

»Danke, dass Sie meine Schwiegermutter angerufen haben. Meine Frau und die Kinder kommen heute Abend zurück. Heute Abend gehen sie erst einmal ins Hotel. Aber ich habe zum Glück neben meinem Büro eine Art Notfall-Gästezimmer, sogar mit einem kleinen Bad. Da habe ich auch schon Geschäftsfreunde oder Kunden unterbringen können, wenn zum Beispiel während der Buchmesse auch in Darmstadt kaum mehr ein Bett zu mieten war. Ist nicht luxuriös, aber da kommen sie jetzt erst mal unter. Und Montag ist dann wohl Shopping angesagt. Meine Frau und die Kinder haben nur noch das, was sie in der Reisetasche für Hamburg mitgenommen hatten. Ist ja alles verbrannt. Wissen Sie schon etwas über die Brandursache?«

»Herr Schröder, ich bin nicht mehr bei der Polizei.«

Schröder zog eine Augenbraue nach oben. »Ich bitte Sie! Sie können mir doch nicht erzählen, dass Sie keine Kontakte mehr dorthin haben? Und dass Sie sich nicht selbst für die Brandursache interessieren, oder?«

Mit Letzterem hatte er natürlich recht, Ersteres überschätzte Schröder allerdings ein wenig. Wenn er Schröder jedoch gleich zum Tresor befragen würde, war klar, dass er mit jemandem von der Polizei gesprochen haben musste. »Ja, ich komme gerade von Ihrem Grundstück. Die Spurensicherung und ein Brandermittler haben sich das, was von Ihrem Haus noch übrig ist, genau angeschaut. Vielmehr sind sie noch dabei.«

»Und? Was sagen Sie?«

»Nun, es ist eindeutig, dass jemand Feuer gelegt hat. Der Brand ist nicht von selbst ausgebrochen.«

Schröder lächelte. Horndeich war völlig unverständlich, wie man als Reaktion auf seinen Satz lächeln konnte. Nein, Schröder grinste jetzt breit.

»War das jetzt eine gute Nachricht?«

Schröder lachte auf, das Lachen erstickte in einem Hustenanfall. Horndeich reichte ihm das Glas mit Wasser, das auf dem Nachtschränkchen stand. Es dauerte einige Sekunden, bis Schröder sich wieder im Griff hatte.

»Dass das Haus abgebrannt ist, das ist natürlich keine gute Nachricht. Aber dass ich mich gegenüber meiner Frau durchgesetzt habe und bei der Hausratsversicherung auch ein Kreuzchen bei ›Brandstiftung‹ gesetzt habe – das ist definitiv eine gute Nachricht. Sabine hatte es immer gerne kostengünstig. Ich habe es immer gern so, dass ich im schlimmsten Fall gut abgesichert bin. Hat sich jetzt bezahlt gemacht.«

Horndeich antwortete nicht.

Schröder sah ihn an. »Herr Horndeich, es freut mich natürlich sehr, aber darf ich nach dem Grund für Ihren zweiten Besuch fragen?«

Horndeich schob in seinem Gehirn noch ein paar Einleitungen für Fragesätze hin und her, dann erkundigte er sich rundheraus: »Herr Schröder, Sie haben mit mir überhaupt nicht über Ihren Tresor gesprochen. Das wäre ein wichtiger Aspekt gewesen, als wir über die Sicherheitseinrichtungen für das Haus geredet haben.«

Schröders Reaktion war genau jene, die Horndeich erwartet hatte: »Tresor? Was für ein Tresor? Ich habe keinen Tresor. Also, ich hatte keinen Tresor. Nicht im Haus. Ich habe einen Tresor in der Firma. Meinen Sie den? Was hat der mit den Sicherheitseinrichtungen für mein Haus zu tun?«

»Von Ihrem Haus ist nichts mehr übrig. Nur noch Schutt und Asche. Und ein Tresor. Der im ersten Stock gestanden haben muss. Ein schwerer Tresor. Verschraubt im Fußboden. Ein guter Tresor, auch gegen Feuer gesichert.« Horndeich ließ die Aussage zunächst im Raum stehen. Wie einen rosa Elefanten. Alle standen drum herum, bestaunten das seltsame Wesen, aber niemand konnte sich sein Erscheinen erklären.

»Sie meinen, in dem Haus, das ich gemietet habe, in das ich vor zwei Jahren eingezogen bin, war ein Tresor? Im oberen Geschoss? Unterm Dach?«

»Ja.«

»Da war kein Tresor.« Nun, das glich ungefähr der Aussage: Da steht kein rosa Elefant!, wenn doch genau ein solcher mitten im Raum seinen Rüssel streckt.

»Er liegt dort in den Trümmern. Es gibt ihn. Definitiv.«

»Herr Horndeich, ich lebe seit zwei Jahren in diesem Haus. Also, ich lebte seit zwei Jahren in dem Haus. Als wir eingezogen sind, war da kein Tresor. Und wir haben auch keinen mitgebracht. Was also soll das?«

Tja, das war eine richtig gute Frage. Ein Tresor fiel schließlich nicht einfach vom Himmel. Horndeich hatte bereits vermutet, dass der Geldschrank nicht Frank Schröder gehörte. Natürlich konnte der Tresor von einem Vormieter angebracht worden sein. Horndeich wusste nicht, ob das Haus zuvor schon an andere Personen vermietet worden war. Er machte sich gedanklich eine Notiz, dass er Jana Welzer das fragen musste. Sie hatte schließlich den Überblick, wer wann was mit dieser Immobilie getan hatte.

Hätte der Tresor jedoch einem Vormieter gehört, dann wäre er auch im Haus sichtbar gewesen. Horndeich neigte deshalb zu einer ganz anderen These: Der Tresor war schon immer da gewesen. Schon zu den Zeiten, als das Haus gebaut worden war. Nur war er niemals sichtbar gewesen. Weil er – wie der Schuhkarton – hinter einer Rigipswand platziert gewesen war. Wenn Maria Jimenez hinter einer Rigipsplatte einen Karton mit Kontoauszügen verstaut hatte, konnte man davon ausgehen, dass sie auch von dem Tresor gewusst hatte. Oder ihn vielleicht sogar selbst verwendet hatte. Es machte natürlich wenig Sinn, einen Tresor hinter einer Mauer zu verbergen. Ganz besonders dann, wenn man ihn benutzen wollte. Aber dafür würde es eine Erklärung geben. Und es war die einzige Erklärung dafür, dass der Tresor einem Mieter nicht aufgefallen war. Ein Tresor mitten in einem Haus – der war ebenso unübersehbar wie ein rosafarbener Elefant.

Schröder sah Horndeich immer noch mit vielen Fragezeichen in den Augen an. Deshalb sagte Horndeich: »Wenn der Tresor nicht Ihnen gehört, müssen Sie sich damit auch nicht rumschlagen. Ich habe die Vermutung, dass er, ebenso wie der Schuhkarton mit den Kontoauszügen, hinter einer der Gipsplatten verborgen war.«

Schröder schüttelte den Kopf. Nur ein wenig. Offensichtlich wollte er nicht riskieren, abermals die Sauerstoffsonde zu verlieren. »Keine Ahnung. Mein Tresor ist es auf jeden Fall nicht.«

Damit war diese Frage geklärt. Mehr hatte Horndeich nicht fragen müssen. Der Tresor hatte offensichtlich Maria Jimenez gehört. Punkt. Mehr ging Horndeich nicht an. Aber da schimmerte irgendwo in der Tiefe noch seine Polizistenseele hervor. Jener Drang, zu den Wahrheiten vorzudringen. Dinge zu klären. Aufzuklären.

Und wenn er etwas in seinem Polizistendasein gelernt hatte, dann, dass es oft die nebensächlichsten Äußerungen gewesen waren, die Fällen eine völlig neue Wendung gegeben hatten.

Kurzum – Horndeich gab seinen Instinkten nach. »Herr Schröder, ich frage Sie jetzt etwas, was Sie die Polizei spätestens übermorgen auch fragen wird: Hatten Sie Feinde? Gab es jemand, der Ihnen gegenüber Drohungen ausgesprochen hat? Jemand, der Ihre Familie bedroht hat? Irgendjemand, dem Sie zutrauen würden, Ihr Haus anzuzünden?«

Schröder schwieg.

Horndeich wartete.

Schröder schwieg weiter.

Horndeich wartete weiter.

Dann sprach Schröder. Leise. »Wissen Sie, wenn Sie so eine Firma wie die meine führen, da haben Sie immer Feinde. Das bleibt nicht aus. Ich und meine Leute machen einen guten Job. Meistens einen sehr guten. Ich behalte mir immer vor, bei den Personalgesprächen in den letzten zehn Minuten persönlich mit dabei zu sein. Ich will wissen, wer für mich arbeitet. Und ich habe eine gute Menschenkenntnis.

Ich weiß, dass meine Personalabteilung das nicht mag. Dass sie den ganzen Einstellungsprozess für einen Kandidaten durchgezogen haben, dass sie ihn zum zweiten Gespräch einladen, und dass ich dann in den letzten zehn Minuten dabei bin und ich plötzlich wie der römische Kaiser mit dem Daumen nach unten zeige.

Sie haben mir das schon oft gesagt – nein, vorgehalten. Wie viel Geld wir versenken, dadurch, dass ich jemanden, der richtig fähig zu sein scheint, im letzten Moment mit meinem Veto ablehne. Pfeift drauf, habe ich ihnen gesagt. Dieses Geld haben wir, und dieses Geld ist nötig. Mein Name steht auf dem Firmenschild, auf unserer Internetseite, auf unserer

Facebook-Seite, auf jeder verdammten Visitenkarte. Und da behalte ich mir das Recht vor, Menschen, bei denen ich kein gutes Gefühl habe, nicht einzustellen.«

Schröder machte eine kleine Pause, dann sprach er weiter: »Was ich Ihnen damit sagen will: Ich trage die Verantwortung für jeden meiner Mitarbeiter. Für seine Handlungen. Und für die Scheiße, die er baut. Natürlich gibt es Gesetze, Richtlinien, das ganze Pipapo – aber unterm Strich ist es mein Name, der für Qualität oder Pfusch steht. Und was den Pfusch angeht – darüber lässt sich trefflich streiten. Wissen Sie, wenn meine Firma Mist baut, dann stehe ich dazu. Und dann reiße ich dem Verantwortlichen höchstpersönlich den Arsch auf. Aber Sie glauben gar nicht, wie oft marode Auftraggeber sich durch uns sanieren wollen. Unser Estrich wäre Mist gewesen, die Kacheln hätten unter Spannung gestanden und wären deshalb abgeplatzt – ich höre auf, bevor ich jetzt richtig anfange. Was ich sagen will: Wir haben im Augenblick, glaube ich, drei Gerichtsverfahren laufen, von Idioten, die von uns Schadensersatz fordern, der in keiner, der in überhaupt keiner Weise gerechtfertigt ist.

Schreien wir uns an, diese Idioten und ich? Ja, natürlich. Wollen wir vor Gericht gewinnen? Ja, natürlich. Zündet mir jemand von denen mein Haus an? Herr Horndeich, ich kann mir das nicht vorstellen. Aber ich kann es auch nicht ausschließen.«

»Können Sie mir diese drei Kontrahenten nennen?«

Wieder lachte Schröder kurz auf. Aber diesmal nicht so lang, dass das Lachen durch einen Hustenanfall gekrönt wurde. »Meine Frau kommt hoffentlich heute Abend noch zu mir. Spätestens morgen. Am Montag wird sie mir ein Handy besorgen. Zum Glück habe ich all die wichtigen Daten in der Cloud – sodass ich spätestens Montagmittag wieder mit der Welt kommunizieren kann. Dann nenne ich Ihnen gerne die Namen der Idioten, die mit mir derzeit vor Gericht streiten.«

»Danke«, sagte Horndeich.

»Aber wieso wollen Sie das eigentlich wissen?«

Tja, das war eine berechtigte Frage. Eigentlich gingen Horndeich diese Namen überhaupt nichts an. Und eigentlich war eigentlich ein völlig überflüssiges Wort … Schon in seiner Laufbahn als Kriminalkommissar war er stets darum bemüht gewesen, lieber zu viele Informationen auf dem Tisch zu haben als zu wenige. Und irgendwie konnte er sich nicht davon lossagen. Ganz sicher hatten diese drei Kontrahenten von Schröder nichts mit dem Verschwinden von Maria Jimenez zu tun. Aber wenn sich einer von ihnen als der Brandstifter entpuppte, sollte es Horndeich recht sein.

Doch irgendwie glaubte er nicht so recht daran. Ein Schuhkarton voller Kontoauszüge, eingemauert in einem Haus. Die Besitzerin seit acht Jahren verschwunden. Und jetzt ein Tresor aus dem Nichts, in den Trümmern ebendieses Hauses. Da gab es einiges zu ermitteln.

Ja, er, Horndeich, war nicht mehr bei der Polizei. Aber gleichzeitig hatte er seit Jahren, seit Jahrzehnten dafür gekämpft, dass Unrecht nicht ungesühnt sein sollte und dass sein Bauchgefühl, sorry, sein Instinkt, ein guter Gradmesser dafür war, wann ein Unrecht geschehen war. Er würde sich die Namen und Adressen der drei Kontrahenten von Frank Schubert geben lassen. Und dann konnte man weitersehen.

Horndeich verabschiedete sich von Schröder, bedankte sich für das Gespräch.

»Herr Horndeich, Sie haben bei mir sehr viel gut. Da kann ich auch ein paar Fragen ab.«

Horndeich verließ das Zimmer und ging den Gang entlang in Richtung Aufzug. Eine Frau kam ihm entgegen. Elegant gekleidet, auf schwarzen Acht-Zentimeter-Stilettos der schwarzen Schuhe. Die Nylons ebenfalls schwarz. Sie trug ein Kostüm, der Rock knielang. Dunkles Rot. Dazu einen Blazer. Schwarz. Goldene Kette. Goldene Ohrstecker. Blonde Haare, schulterlang. Blaue Augen, schmales Gesicht, schmale

Lippen. Die Nase ein wenig groß. Schmale Hände. Ein Ring am rechten Ringfinger. Als sie an Horndeich vorbeiging, trafen sich ihre Blicke. Warum, fragte sich Horndeich. Sie hatten nichts miteinander zu tun.

Hatte sie ihn aus dem Zimmer von Schröder kommen sehen? War das das Ereignis gewesen, das ihn als einen Bekannten von Schröder auswies? Wenn sie ihn deshalb ansah, bezeugte das dann nicht, dass sie ihn nicht auch kannte?

Sie ging an ihm vorbei.

Horndeich trat weitere drei Schritte Richtung Aufzug. Dann drehte er sich um.

Genau wie er erwartet hatte: Die Frau in Rot-Schwarz betrat Schröders Zimmer.

Und eines wusste Horndeich sicher: Diese Frau war nicht Schröders Gattin. Denn die kannte er. Vom letzten Elternabend. Als sich die Mutter von Ilona sehr darüber echauffiert hatte, dass der Schularzt sich nur der traditionellen Medizin verpflichtet fühlte und alternative Methoden wie etwa die Homöopathie ablehnte. Horndeich erinnerte sich nicht, wie Ilonas Mutter mit Vornamen hieß. Aber ihr Gesicht hatte sich ihm eingeprägt. Nicht in der Schublade »Besonders sympathisch«. Sondern eher in der Kategorie »Achtung, homöopathiegläubig«.

Horndeich drückte den Knopf neben den Aufzugtüren. Ein dezenter Piepton zeigte an, dass sich Sesams Türen gleich öffnen würden.

Die Frau, die gerade Schröders Zimmer betreten hatte, war sicher nicht homöopathiegläubig …

ROCIO V

Ich war eine sehr glückliche junge Frau.

Wir sahen uns jeden Tag. Meine Mutter hatte mitbekommen, dass ich mich verändert hatte. Auch mein Vater. Aber ich war nicht bereit, mit ihnen über Oriol zu reden. Nicht bereit, darüber zu reden, dass ich kein Mädchen mehr war. Sondern eine Frau. Eine Frau, die zu einem Mann gehörte.

Oh, sosehr meine Mutter sich darüber gefreut hatte, mir das elementare Grundwissen über das Frau-Sein vortragen zu dürfen, so sehr wusste ich, dass sie mit den Konsequenzen des geliebten Frau-Seins meiner Person sicher nicht einverstanden gewesen wäre. Von meinem Vater musste ich da gar nicht reden.

Heute habe ich ein Enkelkind. Heute weiß ich sicher, dass meine Eltern ganz genau wussten, was mit mir los war, gerade weil ich nicht darüber redete. Aber für mich als junge Frau war es völlig undenkbar, dass meine Eltern den Hauch einer Ahnung hatten, was gerade mit mir passierte. So undenkbar, wie es für mich war, dass sie selbst ja Ähnliches schon hatten durchleben müssen. Oder dürfen. Denn auch meine Eltern waren ja einmal eine junge Frau und ein junger Mann gewesen.

Es dauerte acht weitere Wochen nach unserem ersten Kuss am Strand, bevor wir zum ersten Mal miteinander schliefen. An jenem Tag fuhren wir gemeinsam auf dem Motorrad nach Montserrat. Um genau zu sein: auf dem Motorrad deines Vaters, einer Impala 250 Sport, mit das Beste, was es damals gab. Wir fuhren zum Kloster, aber wir machten schon eineinhalb Kilometer zuvor die entscheidende Rast.

Junge Olivenbäume, hinter denen wir uns niederließen. Hinter denen wir uns küssten. Hinter denen deine Hand zu meinem Busen wanderte. Hinter denen ich mich nicht wehrte. Weil ich es wollte. Hinter denen wir uns jeglicher Kleidung entledigten.

Hinter den Oliven …

Du warst vorbereitet. Du hattest tatsächlich Kondome bei dir. Ich war mir nicht sicher, ob das der Tatsache geschuldet war, dass du Verantwortung zu übernehmen bereit warst. Oder ob es eher der Realität gedankt war, dass du stets vorbereitet warst, mit einem Mädchen zu schlafen, mit dem du definitiv kein gemeinsames Kind gezeugt haben wolltest.

Ich liebte Oriol. Ich liebte alles an ihm. Neben seinem schönen Gesicht liebte ich besonders seinen Geruch. Er war ein reinlicher Mann, der sehr auf Körperpflege achtete. Und ich liebte seine schmalen, aber sehr kräftigen Hände und Muskeln, die sich am Bauch und am Brustkorb abzeichneten, auch in den Armen und den Beinen. Nein, er trieb keinen Sport. Er war einfach muskulös.

Doch am meisten liebte ich seine Stimme. Er hatte eine tiefe Stimme, um einiges tiefer, als seine schmale, fast schlaksige Statur hätte vermuten lassen. Und ich mochte es so sehr, wenn er erzählte. Nein, wenn er mir die Welt erklärte. Er sprach von Franco als Diktator, der Spanien in den Abgrund risse, den Arbeitern, die ungerecht behandelt würden, von der Bourgeoisie, von den Banken, von den Fabrikanten und Großgrundbesitzern, die all das Geld einstrichen, das doch eigentlich den Werktätigen gehörte. Er hielt mir Vorträge über Marx und Engels, die er nicht gelesen hatte, aber über die er einiges gelesen hatte.

Er hielt diese Vorträge oft, nachdem wir uns geliebt hatten. Mein Kopf ruhte auf seiner Brust, mein Ohr auf seiner Haut, und ich hörte und fühlte seinen Herzschlag. Das andere Ohr hörte seine Stimme.

»Findest du das nicht auch?« Das war der Satz, der von

mir eine Reaktion erforderte. Meist ein knappes »Ja« und ein kurzes, intensiveres Streicheln über seinen Arm oder über seinen Bauch, je nachdem, wo meine Hand gerade lag.

Seine Vorträge – sie waren für mich eher ein fremdsprachiger Text eines Liedes, dessen Rhythmus durch seinen Herzschlag vorgegeben wurde. Ich verstand die Worte nicht, weil ich nicht richtig zuhörte. Ich achtete nicht auf die Worte. Seine Stimme und sein Herzschlag – das genügte mir zu dieser Zeit.

»Wir dürfen es nicht zulassen, dass das Geld der Kapitalisten bei den Banken bleibt. Wir müssen es ihnen abnehmen, um es den Arbeitern zukommen zu lassen. Findest du das nicht auch?«

Erst sehr viel später war mir klargeworden, wovon er da eigentlich sprach.

In diesen Momenten war es nur wichtig, dass er sprach.

Dass ich sein Herz hörte.

Seine Haut spürte.

Ihn spürte.

Man liebt niemals mehr so tief wie seine erste Liebe.

SONNTAG, 13. JUNI

Sonntagmittag. Zwei Uhr. Jana Welzer erwartete niemanden.

Sie ging durch den Flur zur Gegensprechanlage. »Hallo?«

Sie erkannte die Stimme bereits, nachdem sie nur die erste Silbe vernommen hatte. »Hier ist Katharina.«

Das bedeutete nichts Gutes. Sie hatten sich für achtzehn Uhr am Lager verabredet. Wenn Katharina früher bei ihr auftauchte, musste irgendetwas schiefgelaufen sein. Jana drückte auf den Taster, der die Haustür freigab.

Die Studentin betrat die Wohnung, und ihr Gesicht verriet, dass sie nicht besonders glücklich war.

»Was gibt es, was du mir nicht am Telefon sagen willst? Oder was keine Zeit bis heute Abend um sechs hat?«

Katharina hatte zu Anfang ihres geschäftlichen Verhältnisses dazu geneigt, eine einzige Information in mindestens acht Sätze zu verpacken. Jana fand das unerträglich. Sie mochte eine gepflegte Unterhaltung, gern auch einmal mit ein paar Sätzen zu viel. Aber wenn es um den Job ging, schätzte sie eine direkte, unmittelbare, nicht verzierte Basisinformation sehr. Inzwischen hatte sie Katharina dahin gebracht, ihr gegenüber genau dies zu formulieren: eine Information – ein Satz. »Wir haben keine persönlichen oder privaten Dokumente gefunden.«

»Komm mit«, sagte Jana. »Ich sitze gerade auf dem Balkon. Wir können diese Unterhaltung auch im Freien führen.«

Jana hatte es sich auf dem größeren, nach Westen ausgerichteten Balkon gemütlich gemacht. Ein Sonnenschirm schützte sie gegen potenziellen Sonnenbrand. Auf dem Tisch stand eine Karaffe voller Apfelschorle. Und auch ein Schälchen mit ein paar Waffeln durfte nicht fehlen.

Auf dem Weg zum Balkon machte Jana den Schlenker über die Küche und nahm für Katharina ein Glas mit. Die beiden Frauen setzten sich, Jana schenkte der jungen Frau ein Glas ein.

»So, jetzt die detaillierte Version. Du sagst, dass es in all den Kisten keinen einzigen persönlichen Gegenstand gegeben hat?«

»Nein, das habe ich nicht gesagt. Wir haben ungefähr ein Drittel Umzugskartons voll mit persönlichen Dingen. Außerdem gibt es vier Fotoalben, eine Kiste mit Fotos und, man glaubt es kaum, eine Schatulle für Schmuck. Allerdings kaum gefüllt. Was wir aber nicht gefunden haben, sind irgendwelche privaten oder persönliche Dokumente. Also keine Dokumentenmappe. Keine Briefe, weder private noch offizielle. Gar nichts.« Katharinas Gesichtsausdruck verriet, dass sie jetzt ein Donnerwetter erwartete. Doch Jana konnte dieses Ergebnis durchaus in Einklang mit ihren Erwartungen bringen. »Maria Jimenez hat vielleicht ihre persönlichen Unterlagen mitgenommen. Wenn ich auswandern wollte, würde ich meine Dokumentenmappe ebenfalls mitnehmen. Dass vom Vater oder der Mutter nicht mehr viel da ist – ich kann mir ebenfalls gut vorstellen, dass Alfredo und Diego viel von den persönlichen Dingen an sich genommen oder einfach entsorgt haben.«

»Alfredo? Diego? Maria Jimenez?«

Jana winkte ab. »Nicht so wichtig. Was habt ihr denn in den Umzugskisten gefunden?«

»Ich habe jetzt den Laptop nicht dabei.«

Abermals machte Jana eine wegwerfende Handbewegung. »Es geht mir gar nicht um die genaue Liste. Was ist dein Eindruck, was da alles drin war?«

Katharina griff nach einer Waffel, hielt inne, schaute Jana an. Die nickte nur.

»Also, wir haben den kompletten Inhalt der Kleiderschränke in den Kisten gefunden. Von drei Personen. Die von einem Mann. Er hat sich gut gekleidet. Ein paar Anzüge von der Stange, aber auch ein paar, die ein Schneider angefertigt haben muss.«

Das musste die Kleidung von Maria Jimenez' Vater Pablo sein, dachte Jana.

»Dann die Garderobe von zwei Frauen. Wir waren da ziemlich irritiert, bis wir kapiert hatten, dass es tatsächlich die Garderobe von zwei Frauen war. Die Kleidergröße war identisch. Aber einmal handelte es sich um – ich weiß nicht genau, wie ich es formulieren soll: Altbacken trifft es wohl am besten. Einfach so ein bisschen grau in grau, viel beige, so gar nichts Auffälliges. Und dann die anderen Klamotten. Manches knallbunt, alles viel ausgeflippter. Wie von einer Frau, die in den Sechzigerjahren jung gewesen war. Das war besonders irritierend, weil beide Arten von Klamotten irgendwie aus derselben Zeit stammen mussten. Wobei die Unterwäsche – nun, bei beiden gleich war. Klassisch. Weiße Baumwolle.«

»Das passt. Maria Jimenez, die zuletzt in dem Haus gewohnt hat, wurde vom Bruder als ziemlich Hippie-affin beschrieben. Die anderen Kleidungsstücke werden wohl ihrer Mutter gehört haben, Sofia Jimenez.«

»Und wer ist Alfredo?« Katharina hatte offensichtlich registriert, dass das erwartete Donnerwetter ausbleiben würde. Weshalb sie sich die Gegenfrage traute.

»Alfredo ist der Bruder von Maria Jimenez. Diego der Cousin. Er ist vor drei Wochen gestorben und hat bis dahin die Angelegenheiten seiner Cousine Maria geregelt. Denn die ist vor acht Jahren verschwunden. Oder hat sich vor acht Jahren abgesetzt, was mir im Moment durchaus wahrscheinlicher erscheint. Was war in den anderen Kartons?«

»Na ja, Schallplatten, CDs, Bücher.«

Als Katharina nicht weitersprach, fragte Jana nur: »Ja?«

»Bunte Mischung. Also bei der Musik. Deutscher Schlager, Siebzigerjahre-Rockmusik. Dann auch Pop – zum Beispiel Abba komplett.«

Jana wunderte sich, dass Katharina zu wissen schien, wie viele LPs oder CDs Abba herausgebracht hatte. Aber sie fragte nicht nach.

»Was komplett fehlt: Jazz, Klassik, Folklore. Dann waren da noch ein paar spanische LPs älteren Datums.«

»Und die Bücher? Spanische?«

»Nicht viele Bücher. Ein paar Romane – dann diese unsägliche *Reader's Digest*-Reihe, wo in jedem Buch vier gekürzte Romane drin sind. Literatur im Schnelldurchlauf, sozusagen. Davon, glaube ich, vierzig Stück. Dann ein Lexikon, zwei Atlanten – aber das war's auch schon an Sachbüchern.«

Jana hörte aufmerksam zu. Sie konnte sich die Frage sparen, ob Katharina sicher war, dass ihre drei Kommilitonen ihren Job auch wirklich ernst genommen hatten. Sie wusste, dass Katharina, nachdem sie festgestellt hatte, dass kaum persönliche Dinge zu finden waren, sie den anderen dreien mächtig Dampf gemacht hatte, damit nichts übersehen würde. Für die drei war's ein einmaliger Job, aber Jana zahlte Katharina – und nur Katharina – auch etwas dafür, dass sie Gewehr bei Fuß stand und auch kurzfristig ein paar gute Leute organisieren konnte. Katharina hatte daher ein großes Interesse daran, dass die anderen ihren Job anständig erledigten. »Sonst noch was?«, fragte Jana.

Katharina schüttelte den Kopf. »Nein, wie gesagt, zwei Kisten mit Büchern und Musik, ich glaube, zwölf Kartons mit der gesammelten Kleidung – dann Unmengen Geschirr, Besteck, Küchenutensilien, Bettwäsche, Handtücher, all diese Dinge eben. Und eben der eine, kaum gefüllte Karton mit dem Schmuck und den Fotoalben.«

»Wie lange habt ihr gearbeitet?«

»Wir haben gestern drei Stunden gewühlt und heute noch mal. Ich hab den Kollegen gesagt, sie müssen noch mal durch die ganzen Kisten durchgehen. Ich wollte nicht, dass auch nur ein einzelner Brief übersehen worden wäre. Das musst du nicht zahlen, das geht auf unsere Kappe.«

Jana stand auf, holte ihr Portemonnaie. Dann zückte sie die Scheine, die sieben Stunden pro Person abdeckten. Sie nahm noch einen Fünfziger raus und drückte ihn Katharina in die Hand: »Für den guten Job.«

Katharinas Gesichtsausdruck war das exakte Gegenstück zu jenem, den sie beim Betreten der Wohnung an den Tag gelegt hatte.

Katharina hatte Jana von zu Hause aus die Excel-Liste der Umzugskartons aus Maria Jimenez' Haus geschickt. Jana hatte die Datei auf ihrem Laptop überflogen: Die einzige Kiste, die sie interessierte, trug die Nummer vierundzwanzig.

Sie hatte sich unmittelbar darauf ins Auto gesetzt und war zum Lagerhaus nach Ober-Ramstadt gefahren. Katharina hatte die Kiste vor alle anderen gestellt. Jana hatte sie ins Auto gepackt und war wieder zurückgefahren.

Nun saß sie abermals auf dem Balkon und widmete sich dem Inhalt der Kiste. Sie hatte sich ein Glas Wein auf den Tisch gestellt und die Karaffe mit Mineralwasser daneben. Natürlich konnte man sich eine Weinschorle mischen – doch Jana war der Meinung, dass ein Lugana das einfach nicht verdient hatte.

Die drei Fotoalben hatten alle dieselbe Größe: ungefähr DIN-A4-Querformat. Sie unterschieden sich nur in der Farbe der Umschläge: rot, grün, blau. Jana nahm das grüne Album in die Hand. Es schien das älteste zu sein, die Ecken des Einbands waren schon etwas angeschlagen, die Oberfläche des Kunstleders an einigen Stellen matt.

Sie schlug es auf. Es schien sich um ein Album von Pablo und Sofia Jimenez zu handeln, den Eltern von Maria. Die ersten Seiten zeigten einen geschmückten Tannenbaum, davor ein junges Paar in gestellter Pose. Dieses Bild hätte auch bei einem Fotografen aufgenommen sein können, doch die Umgebung im Raum zeigte, dass es sich um eine Privatwohnung handelte. Entweder war noch eine dritte Person dabei gewesen, oder aber der Fotoapparat war auf einem Stativ montiert gewesen und das Foto durch Selbstauslöser entstanden. Es folgten noch weitere Seiten mit Bildern von diesem Weihnachtsfest. Kinder waren nicht zu sehen. Auch der Tisch war nur für zwei Personen gedeckt.

Weitere Fotografien zeigten dann ein Weihnachtsfest im großen Familienkreis. Dieses Fest war in einer anderen Wohnung gefeiert worden. Pablos Familie? Sofias Familie? Die Fotos gaben darauf keine Antwort.

Es folgten Bilder am Strand, dann wieder eine Familienfeier, diesmal im Sommer.

Dann zeigten einige Bilder die junge Frau mit einem Baby auf dem Arm. Jana tippte auf Sofia und den frisch geborenen Alfredo. Schließlich wieder Familienbilder, eine Feier. Offenbar die Taufe des Babys.

Jana fühlte sich an die fotografische Dokumentation ihrer eigenen Taufe erinnert. Diese unterschied sich besonders in einem Detail von den Fotos, die sie in diesem Album betrachtete: Es waren ausschließlich Frauen verewigt, die das Baby auf dem Arm hielten. Im Fotoalbum über ihre eigene Taufe hingegen sah es so aus, als ob ihr Vater sie gar nicht mehr hatte hergeben wollen. Doch über ihre Tauffeier gab es auch einen Film. Ihr alter Herr hatte sich damals eine nagelneue Videokamera gekauft, die durch die Verwendung der seinerzeit brandneuen kompakten VHS-C-Kassetten auch nicht mehr die Dimensionen eines Schuhkartons aufwies. Bei dem Gedanken an den Film musste Jana schmunzeln: In keiner einzigen Einstellung war ihr Vater zu sehen. Er hatte die Kamera schlicht nicht aus der Hand gelegt. Jana griff zum nächsten Album. Es schien das zweite in der Reihe zu sein, denn der Junge, der auf den Fotografien zu sehen war, war bestimmt bereits sieben oder acht Jahre alt. Das Mädchen schien ungefähr vier zu sein. Also Alfredo und seine Schwester Maria.

Jana legte das Album zu Seite, nahm den dritten Fotoband in die Hand. Doch hier waren die Kinder noch älter. Entweder fehlte ein Album, oder die Eltern von Alfredo und Maria hatten eine lange Fotopause eingelegt. Aber es gab ja auch noch die Schachtel mit den unsortierten Bildern, die sich Jana nach den Alben anschauen würde.

Das zweite Album zeigte wieder ein Weihnachtsfest, dann ein paar Fotografien eines Urlaubs, ganz offensichtlich einer der Spanienurlaube: Bilder vom Strand, mit Sonnenschirm, Liegen, einem aufblasbaren Krokodil und weiteren Badeutensilien. Das Fazit: Die Aufnahmen zeigten eine – zumindest auf den Bildern – glückliche, kleine Familie. Es folgten weitere Serien diverser Familienfeiern.

Das dritte Album präsentierte ebenfalls die Familienbande, aber zu einem zumindest ebenbürtigen Anteil das Entstehen des Hauses am Löwensternweg. Etwas fiel Jana auf: Während das Mädchen ein wandelnder Sonnenschein gewesen zu sein schien, schaute Alfredo stets im besten Falle ernst, in den meisten Fällen jedoch zerknirscht drein. Jana klappte das Album zu und legte es zur Seite.

Dann griff sie nach der Blechdose, in der sich die Fotos befinden mussten. Diese hatte die Form eines Koffers, sogar mit einem blechernen Tragegriff an der Längsseite. Ein knallroter Schriftzug »Vacaciones!« – Ferien! – zog sich über den Deckel. Jana klappte die Dose auf. Wie erwartet, war sie voller Papierabzüge.

Auch hier viele Bilder, die am Strand aufgenommen worden waren. Und auch einige, die einfach nur Gebäude zeigten. Auf einer Fotografie war der Kofferraum eines Autos zu sehen, darauf das internationale Landeskennzeichen »E« – das Bild war in Spanien aufgenommen worden.

Nur wenige Fotos stellten Menschen in den Mittelpunkt. Doch fand Jana auch ein paar Aufnahmen, die die kleine

Maria Jimenez zeigten, etwa aus einer der Weihnachtsserien aus den Fotoalben.

Einige Bilder zeigten junge Menschen, auf ein paar wenigen war auch Maria zu sehen, Arm in Arm mit einer Freundin, im Arm eines jungen Mannes, auf einem weiteren Bild im Arm eines anderen jungen Mannes. Jana schätzte die junge Frau vielleicht auf zwanzig. Auf einem der Fotografien umarmte Maria Jimenez ein Ortsschild: Torremolinos. Ein gemeinsames Merkmal all jener Bilder dieser jungen Frau war ihre sehr bunte Garderobe und ihre Vorliebe für lange Röcke.

Auf keinem Bild in der Blechdose war Maria Jimenez älter als fünfundzwanzig Jahre. Jana wusste nicht, ob dies vielleicht nur eine Dose von mehreren gewesen war. Oder ob Maria aus der jüngeren Vergangenheit keine Bilder mehr aufgehoben hatte. Auch darüber würde sie wohl kaum Weiteres erfahren.

Sie klappte die Kiste zu, legte sie auf den Fotoalben ab, gönnte sich einen Schluck Wein. Dann griff sie zu der Schmuckschatulle. Das Leder war an einigen Stellen abgewetzt, an einem anderen Winkel sogar rissig. Das Kästchen war eindeutig älteren Datums. Zwei Schnappverschlüsse, wovon einer schon ein bisschen Rost angesetzt hatte, verschlossen die Kassette. Sie ließ sich jedoch problemlos öffnen.

In dem Gehäuse befand sich ein herausnehmbarer Einsatz. Sowohl dieser wie auch der fest eingearbeitete Teil waren in violetten Samt gehüllt. Der Einsatz verfügte über sechs Fächer. Im Boden darunter waren weitere Fächer eingearbeitet sowie ein achtreihiger Ringhalter.

Der Inhalt der Box war übersichtlich: vier Ringe, eine Kette, zwei Paar Ohrringe. Jana betrachtete sie. Sie war keine Expertin, was den Wert von Schmuckstücken anging. Aber eines hatte das gesamte Geschmeide dieses Schmuckkastens gemein: Es handelte sich um reinen Modeschmuck. Hübsch gearbeitet, aber wahrscheinlich wertlos.

Was Jana jedoch stutzig machte, war der Zustand der Fächer und auch der Ringhalter: Es war an den Abnutzungsspuren eindeutig zu erkennen, dass er einmal deutlich mehr Schmuck in seinen samtenen Schienen Halt geboten hat. Und auch die anderen Fächer zeigten augenfällige Gebrauchsspuren. Diese Schmuckschatulle war einmal gut gefüllt gewesen.

Blieb die Frage, wo der Schmuck geblieben war. Hatte Maria die Schatulle geplündert, bevor sie nach Spanien gegangen war? Hatte Diego lange Finger gemacht, als er den Auftrag bekommen hatte, Maria Jimenez' Dinge zu verwalten? Oder hatte der Bruder zugelangt, nachdem seine Schwester gegangen war? Oder er und sein Cousin gemeinsam?

Auf diese Fragen hielt die Schatulle jedoch keine Antwort bereit.

Hatte Maria Jimenez den Schmuck mitgenommen, sprach dies wieder für die freiwillige Auswanderung.

Hatten sich jedoch die Männer dran vergriffen, war dies vielleicht ein Motiv, die Schwester verschwinden lassen zu wollen.

Wieder mehr Fragen als Antworten. Jana hatte es befürchtet. Und doch gehofft, dass es anders wäre.

MONTAG, 14. JUNI

»Was soll das werden?«, fragte Leah Gabriely.

Horndeich saß im Befragungsraum im Polizeipräsidium. In seinem Polizeipräsidium. In ehemals seinem Polizeipräsidium. Er kannte den Raum gut. Viel hatte sich nicht verändert in den vergangenen zwei Jahren. Nur ein kleines, winziges Detail: Er saß auf der falschen Seite des Tisches. Er versuchte es auf die dummdreiste Art: »Was soll das werden?« Es war noch sehr ungewohnt, von dieser Tischkante aus zu antworten. Zu antworten! Und nicht selbst zu fragen.

»Horndeich, ich bitte dich!«

In amerikanischen Krimiserien sagten sie an dieser Stelle immer: »Ich sage kein Wort mehr, bis mein Anwalt hier ist.« Oder, auch immer gern genommen: »Nehmen Sie mich fest. Oder haben Sie nichts gegen mich in der Hand? Dann werde ich jetzt gehen.« Dann steht der zumeist doch Schuldige auf und verlässt den Verhörraum. Aber Horndeich war ja keine Figur in irgend so einer verdammten Serie. Er war ein Mensch, und er saß jetzt hier. Und ihm gegenüber seine ehemalige Kollegin. Mit Verlaub, schon eine üble Situation.

»Also?«

Horndeich konnte nicht anders, er seufzte. Wie oft hatte er neben Leah gesessen und mit ihr gemeinsam zwielichtigen Gestalten auf den Zahn gefühlt. Ihnen zuvor mental die Plombe entfernt, sodass es richtig wehtat. Und jetzt saß er hier. Sein Gefühl hatte ihn nicht getrogen. Hätte er vor vier Tagen Leah tatsächlich darum gebeten, mal eben den Brief analysieren zu lassen – er hätte auf Granit gebissen. Im besten Fall.

»Das geht einfach nicht! Du bist nicht mehr bei uns! Du kannst nicht einfach zu Silvia gehen und sie um ein paar Gefallen bitten! Du musst das doch am besten wissen!«

Ja, natürlich wusste er es am besten. Das änderte nichts daran, dass da was zum Himmel stank. So sah er es zumindest, nachdem er gestern die Akte gelesen hatte. Und wenn er sich in seinem Leben auf etwas verlassen konnte, dann war es sein Bauchgefühl.

»Hast du dazu gar nichts zu sagen?«

Noch ein Seufzer. Angriff? Verteidigung? Schweigender Rückzug?

Angriff. »Meine liebe ehemalige Kollegin. Hier ist irgendetwas faul. Ich meine, da hat jemand ein ganzes Haus abgefackelt. Und hat sich keinen Deut darum gekümmert, ob da noch jemand drin war.«

»Dessen bin ich mir sehr wohl bewusst«, erwiderte Leah, aber ihr Tonfall war kein bisschen milder geworden. »Aber auch das ist nicht dein Bier! Was hast du zwischen den Trümmern dieses Hauses zu suchen? Was hast du Silvia indiskrete Fragen zu stellen? Das ist nicht dein Job. Noch mal zum Mitschreiben: Das. Ist. Nicht. Dein. Job! Du bist kein Polizist mehr. Und schon gar nicht bei K10.«

Es tat weh. Es tat wirklich weh. Niemals hätte er sich vorstellen können, dass die Kollegin, mit der er über Jahre zusammengearbeitet hatte, einmal, im wahrsten Sinne des Wortes, auf der anderen Seite des Tisches säße. Dass sie nicht Partner wären, sondern Kontrahenten. Gegenspieler. Er in der Position desjenigen, der Unrecht begangen hatte. Sie in der Position, in der sie immer schon gewesen war: die knallharte Ermittlerin.

Morgens um halb neun hatte sein Handy geklingelt. Leah hatte ihn einbestellt. Anders konnte man es nicht formulieren. Offenbar war Silvias Aktion mit dem Brief doch nicht ganz so geräuschlos über die Bühne gegangen, wie er es sich erhofft hatte. Aber dass Leah jetzt solch ein Theater veranstaltete, das verstand er nicht. Er kannte sie. Er kannte sie gut. Und dieses Verhalten – hätten sie noch das Büro geteilt, hätte Horndeich sofort gewusst, dass ihr an diesem Wochenende offensichtlich eine Laus über die Leber gelaufen war, die mit dem abgebrannten Haus von Maria Jimenez überhaupt nichts zu tun hatte. Was kein bisschen daran änderte, dass sie ihn gerade im Verhörraum traktierte. Und er war nicht mehr in der Position, ihr genau das zu sagen, was er in diesem Moment dachte.

»Wie stellst du dir das also weiterhin vor?«

Der Ball wieder in seinem Spielfeld. Gut. Sie wollte es so: »Ein Schuhkarton voller Kontoauszüge hinter einer Gipsplatte. Parallel dazu ein Brief, der andeutet, dass Maria Jimenez nicht mehr am Leben ist. Dann fackelt ihr Haus ab. Sie ist seit acht Jahren verschwunden. Ich würde jetzt mal vermuten, sie lebt nicht mehr. Und ich würde mich noch ein bisschen weiter aus dem Fenster lehnen und sagen: Sie ist keines natürlichen Todes gestorben. Hier will irgendjemand was vertuschen.«

Es war der Morgen der Seufzer. Jetzt war Leah an der Reihe: »Horndeich, wie hätten wir das früher genannt?«

Oh. Sie rekurrierte auf ein gemeinsames Wir. Interessant. Was Horndeich nur zeigte, dass auch seine ehemalige Kollegin in manchen Momenten das »Kollegin« stärker empfand als das Adjektiv »ehemalig«. Aber was war dann mit ihr los?

Leah fuhr fort: »Einfach nur ein paar schwache Indizien. Ich habe heute früh schon in die Akte geguckt. Die Frau ist nach Spanien gegangen, hat ihr Leben in Deutschland hinter sich gelassen. Ist zurück in die alte Heimat. Hat den Großteil ihres Kontos geräumt und sich dann in Spanien ein neues Leben aufgebaut. Und auch wenn jetzt hinter irgendwelchen Wänden irgendwelche Kontoauszüge auftauchen – mein Gott, das zeugt doch nun wirklich nicht davon, dass ihr etwas passiert ist. Wieso denn?«

Pause.

Horndeich holte gerade Luft, um zu einer Entgegnung anzusetzen, aber Leah war schneller: »Das Zeug ist vor ein paar Tagen aufgetaucht. Und diese komische Schuhschachtel enthält überhaupt nichts, was irgendwie verdächtig wäre. Kontoauszüge halt. Die einen nutzen Aktenordner, die anderen Schuhschachteln.«

Aber nicht hinter einer Wand, dachte Horndeich. »Und der Brief?«

»Maria lebt nicht mehr heißt ja nicht, dass Maria umgebracht worden ist. Und damit ist Maria nicht unser Fall. Also nicht mein Fall. Kein Fall für die Mordkommission. Kein Fall für K10.«

Das war die Steilvorlage, die er benötigt hatte: »K10 muss sich da auch gar nicht drum kümmern. Ich kümmere mich darum. Leah, das ist doch kein Zufall, dass ausgerechnet jetzt dieses Haus in Flammen aufgeht!«

Leah lächelte. Eine Gefühlsäußerung, die Horndeich in dieser Situation eher nicht erwartet hätte. »Mein lieber Ex-Kollege. Wir haben bereits gestern mit Frank Schröder gesprochen. Er hat eine Geliebte. Und der Ehemann der Geliebten, er wusste davon. Er sitzt übrigens jetzt bereits im anderen Verhörraum. Und er macht nicht den Eindruck, als ob ihn der Seitensprung seiner Frau unbeeindruckt ließe. Und dann haben wir bereits mit Schröders Frau gesprochen. Sie hat uns erzählt, dass ihr Mann mit mindestens drei seiner Kunden richtig Stress hatte. Denn der Laden lief nicht mehr ganz so rund, wie Frank Schröder das gerne gehabt hätte. Wir sind noch am Sortieren, aber Frank Schröder beziehungsweise seine Firma ist derzeit in drei Rechtsstreits verwickelt. Das, Horndeich, das sind Gründe dafür, jemandem das Haus unter dem Hintern anzuzünden. Das sind konkrete Gründe. Und denen werden wir nachgehen.«

»Und der Tresor?«, hakte Horndeich nach.

»Der Tresor? Was ist mit dem Tresor?«

Offensichtlich hatte Silvia noch nicht alle ihre Erkenntnisse mit der Leiterin der Brandermittlung geteilt. Zeit für ein kleines Goodie: »In den Überresten des Hauses ist ja dieser Tresor gefunden worden.« Horndeich machte eine kleine Kunstpause. Die wirkte.

»Ja. Das weiß ich. Und?«

»Na ja, Frank Schröder weiß von keinem Tresor.«

Es war das erste Mal, dass Leah irritiert schien. »Was meinst du damit, er weiß nichts davon?«

»Genauso wie ich es gesagt habe. Er wusste nichts davon. Und er lebt seit über zwei Jahren mit seiner Familie in diesem Haus.« Kunstpause. Wenn man lange mit einem Menschen zusammenarbeitete, dann kannte man zwangsläufig auch seine Schwächen. Da man ja stets auf derselben Seite stand, nutzte man diese Schwächen nicht gegen die Kollegin. Aber jetzt? Im Moment war alles anders. Und im Krieg sind Waffen erlaubt.

»Ja, ich weiß, dass Frank Schröder seit zwei Jahren dort wohnt. Und er hat den Tresor – einfach übersehen?«

Es war der richtige Zeitpunkt, um nicht zu antworten.

»Komm schon, Horndeich.«

»Du willst wirklich hören, was ich dazu meine? Ich denke, ich bin nicht mehr bei K10.« Endlich. Endlich ein Patt. Sie beide einander gegenüber wieder auf Augenhöhe.

Leah zögerte. Dann sagte sie: »Du kannst gehen.«

Also doch kein Gespräch auf Augenhöhe. Sondern eine Entlassung von oben herab. Horndeich stand auf. Wenn Leah es so haben wollte … Er erhob sich.

Als er den Raum verließ, hörte er noch Leahs Stimme in seinem Rücken: »Und untersteh dich, in den alten Akten wühlen zu wollen!«

Zum Glück hatte er diesen Teil längst erledigt. Er war sehr froh, dass Sandra ihm die Unterlagen bereits kopiert hatte. Und er war sich sicher: Sie würden sich noch einmal begegnen bei der Sache Maria Jimenez.

Es klingelte an der Bürotür.

Jana öffnete.

Horndeich stand davor. Sie hatten vor 20 Minuten telefoniert. Er wollte sie sprechen. Das war ganz in ihrem Sinne. Denn am Wochenende war sie all die Unterlagen, die Diego Lopez hinterlassen hatte, nochmals durchgegangen.

»Und?« Es war ihre provokante Frage, nachdem Steffen Horndeich ihr von dem Brand des Hauses Schröder berichtet hatte. »Ich hatte gerade eine wenig schmeichelhafte Unterredung mit meiner ehemaligen Kollegin.«

»W...warum überrascht mich das nicht?«, antwortete Jana. Sie konnte sich vorstellen, dass Horndeich mit seinen – nun, Ermittlungen war vielleicht in diesem Fall noch ein wenig zu hoch gegriffen, aber dennoch – neugierigen Interessen seiner ehemaligen Kollegin etwas auf den Schlips trat.

»Jana, das Wetter ist herrlich, wollen wir uns nicht an einem schöneren Ort über diese unschönen Dinge unterhalten?«

Manchmal konnte Steffen Horndeich wahrlich ein Charmeur sein. »Gern. Wo?«

»Platanenhain?«

Hätte sie auch selbst drauf kommen können. Ihr Büro lag am Fuße der Mathildenhöhe, dem Wahrzeichen ihrer Stadt. Umrahmt von einem Jugendstilensemble war der Platanenhain Zeugnis vergangener Gartenkunst – und gleichzeitig gelebte Gegenwart. Wenn die Sonne sich traute, auch nur ein wenig ihre Strahlen Richtung Darmstadt zu senden, trafen sich die Darmstädter Boule-Spieler in dem kleinen Park. Internationale Meisterschaften waren hier schon ausgefochten worden. Und es gab ein kleines Café mit Außenbestuhlung. Perfekt.

Jana griff nach ihrer Jacke, dann gingen sie fünf Minuten bis zum Café schweigend nebeneinander.

Horndeich bestellte einen Cappuccino, sie tat es ihm nach. »Also, was wollte Frau Gabriely von dir?« Natürlich wusste sie um die Polizei-Vergangenheit von Steffen Horndeich. Sie hatte es bislang als Vorteil begriffen, dass er dort tätig gewesen war. Das hieß auch, dass er wusste, wie man ermittelt.

»Nun, sie war nicht wirklich begeistert davon, dass ich mich in die Ermittlungen eingemischt habe. Also, eigentlich habe ich mich gar nicht eingemischt. Alles, was ich getan habe, habe ich getan, bevor das Haus von Frank Schröder – vielmehr von Maria Jimenez – in Flammen aufgegangen ist.« Ihr Gegenüber hielt inne, dann fragte er: »Was hast du aus den Akten gelesen?«

Jana sah in Horndeichs Augen. Und ohne dass sie ein Wort gewechselt hätten, war klar, dass sie diese Akte ähnlich interpretierten. Denn er hatte sie bereits Samstagabend angerufen. Ihr berichtet, dass das Haus von Maria Jimenez abgebrannt war. Es war wohl kaum möglich, aus den Fakten gänzlich unterschiedliche Schlüsse zu ziehen. »Das alles zusammen lässt mich glauben, dass irgendetwas mit dem Verschwinden von Maria Jimenez nicht stimmt.«

Ihr Vis-à-vis nickte nur.

»Horndeich, weißt du noch irgendetwas, was ich noch nicht weiß?«

»Schröder hat eine Geliebte.« Horndeich sagte das in trockenem Tonfall, so trocken, als habe er einen Luftentfeuchter installiert.

»Eine Geliebte?« Jana konnte nicht anders, sie wiederholte einfach das, was Horndeich gesagt hatte. Zeit, in der das Gehirn das Vernommene analysieren konnte.

»Ja. Ich habe sie gesehen, wie sie in Schröders Zimmer gegangen ist. Aufgebrezelt. Nicht die Ehefrau. Aber dennoch mit Ehering. Und sie ging nicht in Schröders Zimmer. Sie huschte hinein. Und Leah hat es mir vor einer Stunde bestätigt.«

»Und was heißt das jetzt für uns?«

Horndeich zuckte nur die Schultern. »Erst mal gar nichts. Ich meine – gibt es denn ein ›uns‹?«

Man hätte diesen Satz anzüglich interpretieren können. Aber Jana wusste, dass er nicht frivol gemeint war. Horndeich hatte recht. Zeit für Jana, Farbe zu bekennen. »Ich habe mir die Akte sehr gründlich durchgelesen, Horndeich. Und ich habe mir am Wochenende auch die persönlichen Dinge aus dem Lager angeschaut.«

»Ist dir irgendetwas aufgefallen?«

»Ja. Dass es kaum etwas gab. Drei Fotoalben, eine Blechkiste mit Fotos, die Maria gehört hat, eine geplünderte Schmuckschatulle von Maria oder ihrer Mutter. Ob sie von Maria Jimenez geleert oder von ihrem Bruder und ihrem Cousin geplündert wurde, das weiß ich natürlich nicht. Aber am erstaunlichsten war, dass es außer diesen paar Dingen überhaupt nichts Persönliches mehr gab. Entweder haben es Bruder und Cousin an sich genommen oder alles beim Ausräumen des Hauses in die Tonne getreten.«

»Okay. Aber ich wiederhole noch mal meine Frage: Gibt es ein ›uns‹? Und wenn, dann in welcher Form?«

Jana fuhr fort: »Der Punkt, der mich am meisten irritiert hat, ist dieser Brief aus Köln. Und ich habe beschlossen, dass du dem nachgehen solltest. Also, wenn du diesen Auftrag annehmen möchtest. Finde heraus, wer aus Köln diesen Brief geschrieben hat – und warum. Diese Antwort hätte ich gern. Um zu wissen, dass Maria Jimenez vor acht Jahren wirklich freiwillig zurück nach Spanien gegangen ist. Oder um zu wissen, dass sie nicht mehr lebt. Wobei das eine das andere ja nicht ausschließt.

Dabei ist sicher auch ein Gespräch mit diesem Bruder sinnvoll. Er schien mir ganz wild auf diesen Schuhkarton gewesen zu sein. Ihm war nicht recht, dass ich ihn an mich genommen habe. Hat er vielleicht etwas mit der Brandstiftung zu tun? Ganz unabhängig davon wäre es vielleicht nicht schlecht, die damalige Geschichte heute nochmals aus seinem Mund zu hören und mit seinen Aussagen von damals zu vergleichen. Ach, so viele Fragen. Wärst du bereit, diesen

Job zu übernehmen und ein wenig Licht ins Dunkel zu bringen?«

Horndeich sah Jana an. Nickte. »Standard-Stundensatz plus Spesen.«

»Klar. Aber alle zwei Tage Update.«

»Klaro.«

Sie saßen zwei Minuten schweigend, dann fragte Horndeich: »Glaubst du, Marias Verschwinden und das Feuer gehören zusammen? Oder meinst du, dass das getrennte Geschichten sind?«

»Du hast die Geliebte mit ins Spiel gebracht. Wenn es sie nicht gäbe, würde ich es für eine Geschichte halten.«

»Aber da sind auch noch ein paar Jungs, die gerade gegen Frank Schröder vor Gericht ziehen. Hat mir Schröder selbst gesagt, und auch Leah verfolgt bereits diese Spur.«

»Kümmere du dich mal um den Bruder und um den Brief aus Köln. Das hat jetzt höchste Priorität.«

»Okay. Dann werde ich zuerst mit Bruder Alfredo sprechen. Könntest du mir seine Kontaktdaten geben?«

»Ja. Die gebe ich dir. Willst du ihn anrufen?«

Horndeich schüttelte den Kopf. »Nein. Ich muss mit ihm reden. Von Angesicht zu Angesicht.«

»Na, das treibt die Recherchekosten aber ziemlich in die Höhe«, sagte Jana.

Horndeich zuckte nur mit den Schultern. »Wir machen es auf meine Weise. Oder wir lassen es.« Er hob die Tasse Cappuccino, als ob es sich um ein Sektglas handelte. Prostete ihr zu.

Sie stießen an. Na gut, dann auf seine Weise. Auch wenn das jetzt ein paar Euro mehr kostete, so war sie sich sicher, dass das den Fall klären würde.

Billig war nicht immer gut. Und »Geiz ist geil« einfach nur eine Parole für die Dummen.

Horndeich hatte sich gründlich überlegt, wie er vorgehen wollte. Natürlich hätte er alle Mieter von Maria Jimenez' Immobilien befragen können. Aber er hatte das Gefühl gehabt, dass er diese Gespräche nicht würde einordnen können, wenn er nicht zuvor mit Marias Bruder persönlich gesprochen hätte.

Er hatte sich überlegt, ob er mit dem Zug fahren sollte oder mit dem Auto. 730 Kilometer lagen Pasewalk und Darmstadt voneinander entfernt. Acht Stunden mit der Bahn. Acht Stunden mit dem Auto. Er entschied sich für Letzteres.

Er hatte mit Alfredo Jimenez telefoniert, nachdem er mit Jana im Platanenhain das grundsätzliche, weitere Vorgehen besprochen hatte. Jetzt hatte er einen Auftrag. Einen Fall. Einen Fall, wie auch Leah Gabriely einen Fall hatte. Sie musste sich um ein abgebranntes Haus kümmern, das vorsätzlich angezündet worden war. Er musste sich um eine Frau kümmern, die vor acht Jahren verschwunden war. Das festzustellen, das war seine Aufgabe.

Alfredo Jimenez hatte sich am Telefon sehr freundlich gegeben. Horndeich solle zu ihm fahren, im Haus gäbe es reichlich Gästezimmer, und sie würden miteinander sprechen können. Als Polizist hätte Horndeich wohl eine Videokonferenz eingerichtet, vom Darmstädter Polizeipräsidium zu jenem in Pasewalk.

Aber er wusste aus langjähriger Erfahrung, dass das persönliche Gespräch viel mehr Informationen preisgab als ein virtuelles Videogame. Ja, die Zeiten änderten sich auch hier. Und er war froh, diesmal nicht als Polizist, sondern einfach nur als Privatmann unterwegs zu sein.

Sein Mazda Xedos 9 glitt über die Autobahn. Horndeich war immer hin- und hergerissen zwischen dem entspannten Fahren mit 90 Stundenkilometern hinter einem Lastwagen und dem aufgeregten Ich-nutze-auch-die-zweite-Spur. Immer mit Blick in den Rückspiegel. Mal siegte die eine Variante, mal die andere.

Was Horndeich sehr schätzte, war, dass das Autofahren ihm die Möglichkeit bot, entweder ein Hörbuch zu hören oder Musik, die er bislang noch nicht kannte.

Auf der Fahrt nach Pasewalk gönnte er sich Letzteres. Irgendeine Zufalls-Playlist, die sein Audio-Anbieter als passend für ihn ausgewählt hatte. Ja, er mochte schöne Frauenstimmen. Ganz besonders, wenn sie etwas zu sagen hatten. Und noch lieber, wenn die Songs auch gut produziert waren.

Tina Dico sang jetzt, zusammen mit ihrem Ehemann Helgi Jónsson. *Ain't no time to go to sleep.*

Natürlich passte der Titel perfekt zu seiner Reise. Knapp 750 Kilometer, da galt es, nicht einzuschlafen. Aber er hörte auch die Zeilen der zweiten Strophe:

Somewhere along the line you gave up asking
When it got a little too complex
But if you don't question what has been
Does it mean that you don't care what's coming next?

Irgendwo auf dem Weg hast du aufgehört zu fragen,
wenn es ein bisschen zu kompliziert wurde.
Aber wenn du nicht hinterfragst, was gewesen ist,
heißt das, du kümmerst dich nicht mehr darum,
was als Nächstes passiert?

Da ist keine Zeit, um zu schlafen. Tina und Helgi, sie meinen es politisch. Aber auch für ihn, für Horndeich, war dies ein Weckruf: »Bleib wach!«, »Schlaf nicht ein!«

Und Horndeich hatte das Gefühl, da sänge nicht Tina. Sondern da sänge Maria Jimenez. Für sie musste er wach bleiben. Es war ein seltsames Gefühl. Aber er hatte es auch in den vergangenen Jahren und Jahrzehnten gespürt, wenn er auf der Suche nach Gerechtigkeit für die Opfer war. Und an einem hatte Horndeich immer weniger Zweifel: Maria Jimenez war ein Opfer.

Und es war sein Job, herauszufinden, wessen Opfer sie gewesen war.

Um Gerechtigkeit herzustellen.

Um das Gleichgewicht wiederherzustellen.

Ain't no time to go to sleep.

Hauptkommissarin Leah Gabriely versetzte der Maus mit einer Bewegung ihrer Finger einen Stoß, der sie an die Tastatur rempeln ließ. Dabei fluchte sie. Dezent in der Wortwahl, wie es ihre Art war, und so leise, dass ihr Kollege Max Wieler am gegenüberliegenden Schreibtisch es kaum verstehen konnte.

»Das Alibi stimmt?«, fragte der Kollege.

Leah nickte. »Das Alibi stimmt. Schau es dir an.«

Gestern hatten sie Robert Hammesfahr befragt. Denn am Tag zuvor hatten sie herausgefunden, dass Frank Schröder eine Affäre hatte. Als ein Beamter Frank Schröder im Krankenhaus besucht hatte, um ihm einige Fragen zu stellen, hatte die unbekannte Schöne an seinem Bett gesessen. Die Röte, die ihr beim Anblick des Polizisten ins Gesicht geschossen war, zeigte, dass es sich nicht um die Ehefrau von Frank Schröder handeln konnte. Der Beamte hatte die Personalien der Dame aufgenommen und sie nach ihrem Verhältnis zu Frank Schröder befragt. Das Rot hatte noch eine Schippe zugelegt, und es war Frank Schröder gewesen, der knapp und präzise geantwortet hatte: »Sie ist meine Geliebte.«

Daraufhin hatten sie ihren Gatten Robert Hammesfahr angerufen und für den gestrigen Morgen ins Präsidium bestellt. Zwei Stunden hatten sie mit ihm geredet. Von Beruf war er Bauunternehmer, und er schien erfolgreich einen mehrwöchigen Kurs absolviert zu haben mit dem Titel »Wie entspreche ich dem billigsten Klischee eines ganzen Kerls?«. Offenes Hemd, Cowboystiefel im Schlangenlook, Goldkettchen, das sich besonders kontrastvoll von der Haut über dem Fettpolster abzeichnete, wenn Hammesfahr vor Zorn rot anlief. Polizeiwillkür, er sei das Opfer, schließlich sei seine Frau die Schlampe und noch ein paar zusätzliche verbale Fäkalienberge abgeschmackter Äußerungen.

Leah hätte ihm ohne Weiteres zugetraut, dass er seine überbordenden Gefühle mit ein paar Kanistern Brandbeschleuniger ausgelebt haben könnte, doch dann hatte Hammesfahr sein Alibi präsentiert: Am Freitagmorgen wäre er mit seiner Sekretärin nach Berlin zu einem Meeting gefahren. In seinem Maserati. Freitagvormittag habe er an der Raststätte Michendorf-Süd getankt. Samstags auf dem Rückweg auf dem Rasthof Wetterau-West. Er habe zudem die Rechnung vom Hotel und die Rechnung aus dem Restaurant des Hotels, die beide mit seiner Firmenkreditkarte beglichen worden wären. Leah hatte daraufhin bei den Autobahnraststätten angerufen. Beide hatten ihr nach wenigen Stunden bereits Videoaufzeichnungen aus dem Bereich der Zapfanlagen zugeschickt: Hammesfahr hatte dort seinen Wagen betankt. Blieb immer noch die Option, dass er die Brandstiftung lange vorher geplant hatte. Dann hätte er sowohl das Tanken als auch das Zündeln zeitlich unter einen Hut bringen können.

Doch auch das Hotel hatte die Anwesenheit von Robert Hammesfahr bestätigt. Ebenfalls unterstrichen durch Überwachungsvideos, die auf der Etage vor Hammesfahrs Zimmer aufgenommen worden waren. Die Quittung des Restaurants hatte belegt, dass kurz nach zweiundzwanzig Uhr mit Hammesfahrs Kreditkarte bezahlt worden war. Und zweiundzwanzig Uhr zwölf torkelte ein sichtlich beschwipster Robert Hammesfahr den Gang entlang, im Arm eine Blondine. Die definitiv nicht seine eigene Frau war. Kurz nach Mitternacht verließ das Pärchen Hammesfahrs Zimmer. Eineinhalb Stunden später erschien es wieder, jetzt nicht mehr beschwipst, sondern richtig betrunken. Beide. Als Leah Gabriely dieses Video angeschaut hatte, hatte die Maus ihren unsanften Hieb abbekommen.

Kollege Wieler war um den Tisch herumgetreten, und Leah hatte ihm das Video ebenfalls gezeigt.

»Da führt dieser Ochse so einen Tanz auf, weil seine Frau ihn betrogen hat, während er selbst mit seiner Sekretärin in die Kiste steigt«, echauffierte sich Leah.

»Así es la vida«, summte Wieler vor sich hin. Seit er vor ein paar Monaten angefangen hatte, Salsa zu tanzen, hatte er immer und überall irgendein spanisches Zitat auf den Lippen. So ist das Leben, übersetzte Leah im Stillen. So weit reichten ihre Spanischkenntnisse noch.

»Damit ist er von der Verdächtigenliste gestrichen.« Wieler sprach es aus. Und Leah fluchte zum zweiten Mal, dieses Mal jedoch völlig tonlos. Und auch der Maus blieb eine weitere Misshandlung erspart.

»Dann werden wir uns jetzt diese drei Rechtsstreits vornehmen.« Leah seufzte. »Es wäre auch zu schön gewesen, wenn wir den Fall heute schon gelöst hätten und diese aufgeblasene Pappnase Hammesfahr unser Täter gewesen wäre.«

»Ich hab mir die Akten zu den Verfahren kommen lassen«, sagte Wieler. Und am Tonfall erkannte Leah bereits, dass ihr das, was er gleich sagen würde, nicht gefallen würde. Sie sollte recht behalten. »Ich kann mir kaum vorstellen, dass jemand wegen zehntausend Euro das Haus seines juristischen Gegners abfackelt.«

»Okay, für zehntausend Euro vielleicht nicht. Wie hoch ist denn der Streitwert bei den anderen beiden?«

Leah hatte die Mimik ihres Kollegen Horndeich nach wenigen Monaten sehr gut lesen und dechiffrieren können. Inzwischen hatte sie das bei Wieler auch ziemlich gut drauf. Und noch bevor der Kollege sein etwas schiefes Grinsen aufgab, um zum Sprechen anzusetzen, wusste sie genau, wie seine Antwort lauten würde. Max Wieler war ein Mensch, der knappe und präzise Informationen sehr schätzte. Deshalb sagte er wie erwartet: »Fünftausend Euro und achttausend Euro.«

»Damit sind die wohl erst recht aus dem Rennen.«

Wieler zuckte mit den Schultern. »Ich denke schon, dass wir den dreien mal auf den Zahn fühlen sollten. Aber ich mache mir keine großen Hoffnungen, dass einer von ihnen Mister Schwefelholz ist.«

»Dann stehen wir wieder bei Punkt null.«

»Nicht ganz«, sagte Wieler.

Leah runzelte die Stirn.

»Vielleicht geht es hier ja auch um etwas ganz anderes. Du hast mir doch vorhin erzählt, dass dein ehemaliger Kollege Horndeich einen Zusammenhang der Brandstiftung mit dem Verschwinden von Maria Jimenez für möglich hält.«

Nun hatte sie schon an diesem Morgen Horndeich unmissverständlich klargemacht, dass er sich gefälligst raushalten sollte aus der Brandermittlung. Weil sie eben definitiv nichts mit Maria Jimenez zu tun hatte. Dafür gab es kein einziges Indiz. Und kaum hatte sie ihren ehemaligen Kollegen aus ihrem Büro verbannt, fing Wieler mit demselben Blödsinn an.

»Ja, ich sehe schon, du bist nicht amused. Was ich nur sagen will: So, wie du mir die Geschichte erzählt hast, sollten wir einen Blick in diesen Tresor werfen. Schadet ja nichts. Vielleicht sind da irgendwelche alten Dokumente drin, und die Einäscherung des Hauses erscheint plötzlich in einem ganz neuen Licht. Oder auch das Verschwinden von Maria Jimenez.«

»Wie, bitte, kommst du denn jetzt darauf?«

»Na ja, während du Robert Hammesfahr zerpflückt hast, habe ich mal einen Blick in die Akte Jimenez geworfen. Spricht alles dafür, dass sie tatsächlich nach Spanien gegangen ist vor acht Jahren. Vielleicht finden wir in dem Tresor Hinweise darauf, wo sie steckt. Vielleicht gibt es ja noch irgendeine Ferienwohnung oder eine Finca im Nirgendwo, von der wir bislang keine Ahnung haben. Ich denke, wir sollten den Tresor hierherschaffen lassen und reinschauen. Vielleicht finden wir was, dann hat es sich gelohnt. Vielleicht finden wir nichts, dann haben wir halt ein paar Stunden in den Sand gesetzt.«

Auch wenn es Leah Gabriely nicht gefiel, aber Wieler hatte recht. Sie sollten sich das Stahlmonster zur Brust nehmen.

Nachdem sie Horndeich verabschiedet hatte, hatte Jana Welzer sich noch einmal dem Tresor-Problem zugewandt. Dass Frank Schröder nichts von dem Tresor gewusst hatte, sprach dafür, dass er ebenfalls nicht auf den ersten Blick sichtbar gewesen war. Doch Frank Schröder war erst vor zwei Jahren in das Haus eingezogen. Sie hatte die Unterlagen von Diego Lopez bislang nur einmal quergelesen. Aber sie hatte sich erinnert, dass Schröder der zweite Mieter des Hauses gewesen war. Sie war in ihr Archiv gegangen und hatte den entsprechenden Ordner hervorgezogen. Nun saß sie im bequemen Fernsehsessel. So einer, bei dem man die Lehne zurückstellen konnte und gleichzeitig die Fußablage hochklappen konnte. Im Haus ihrer Eltern stand ein solcher Sessel, den sie schätzte, aber gleichzeitig auch als unglaublich spießig empfand. Unterm Strich hatte die Bequemlichkeit gesiegt: Vor drei Monaten hatte sie ein ähnliches Monster in ihrem Büro installiert. Natürlich in der Dekadenz-Variante mit sieben Massageprogrammen. Den dritten Schreibtisch, der ohnehin kaum genutzt worden war, hatte sie verschenkt. Und der gewonnene Platz war sogleich vom Sessel okkupiert worden.

Sie hatte sich noch eine schicke Leselampe gegönnt – so machte es Spaß, Akten zu studieren. Fehlte nur noch der Beistelltisch mit einem Cocktail. Auch wenn sie Cocktails genau genommen nur wenig abgewinnen konnte.

Sie hatte die Rückenlehne ein Stück nach hinten gestellt und die Lampe angeknipst.

Sie musste nicht lange blättern. Diego Lopez hatte die Unterlagen seiner Cousine perfekt in Ordnung gehalten. Man fand auf Anhieb, was man suchte. Und so las Jana nun von einem Ehepaar, Willi und Mathilda Ullrich, das vor Frank Schröder und dessen Familie in dem Haus gewohnt hatte. Sie überflog den Mietvertrag und die Selbstauskunft, die die beiden gegeben hatten. Willi war 76, seine Frau 61. Ein deutlicher Altersunterschied. Willi war pensionierter Ingenieur, bei seiner Frau war kein Beruf angegeben. Vier Jahre lang waren sie die Herren des Hauses gewesen. Bei den Kontaktdaten fand sich ein Festnetzanschluss. Jana bezweifelte, dass der noch aktiv war. Denn dann müssten die Ullrichs diese Nummer in das Haus im Löwensternweg mitgenommen haben und von dort aus auch in das Domizil danach.

Es war an der Zeit, herauszufinden, ob sie den Tresor genutzt hatten. Und getarnt, sodass Schröder nicht auf ihn gestoßen war. Jana drückte den Sessel mit ihren Beinen in die Neutralstellung, stand auf und ging zum Schreibtisch in ihr Büro.

Zunächst wählte sie die angegebene Telefonnummer, doch eine elektronische Stimme verkündete sofort: »Kein Anschluss unter dieser Nummer.«

Sie erweckte ihren Rechner zum Leben und googelte nach Willi Ullrich, Darmstadt. Zwar wurde ihr keine Adresse offeriert, aber eine Todesanzeige. Und die Gattin des Verstorbenen hieß Mathilda. Willi Ullrich war im März 2019 verstorben. Einen Monat danach war Mathilda Ullrich ausgezogen.

Nun suchte Jana im Netz nach Mathilda Ullrich, Darmstadt.

Am vielversprechendsten erschien ein Eintrag in einem der Darmstädter Repair-Cafés im Martinsviertel. Initiativen, die sich zum Ziel gesetzt hatten, dass man Dinge nicht wegschmeißen musste, sondern sie auch reparieren konnte. Zwar fand sich dort keine Telefonnummer und keine Privatadresse, aber ein Forum. Darin konnten Nutzer Fragen stellen, und die Mitarbeiter des Repair-Cafés gaben Antwort. Da Mathilda Ullrich im Forum dasselbe Bild benutzte wie auf der Internetpräsenz des Cafés unter der Rubrik »Das Team«, war klar, dass sich hinter dem Alias »Tilda« dieselbe Frau verbarg. Jana filterte ihre Beiträge, und schwups!, fand sie eine Antwort, in der Tilda schrieb: »Ruf mich an, dann kann ich dir besser sagen, ob du das Radio noch reparieren kannst oder nicht. Aber dazu muss ich dir ein paar Fragen stellen.« Dahinter stand eine Handynummer, die Jana jetzt wählte.

Das Freizeichen ertönte nur vier Mal, dann hörte sie die Stimme der Dame: »Ullrich. Mit wem spreche ich bitte?«

Jana stellte sich vor, erklärte, dass sie die Abwesenheitspflegerin von Maria Jimenez sei, dass sie die Unterlagen von ihrem Vorgänger Diego Lopez übernommen habe und nun noch ein paar Fragen hätte. Sie fragte Mathilda Ullrich, ob sie sich nicht persönlich sehen könnten. Die Dame konnte nicht weit vom Büro entfernt wohnen, wenn sie sich beim Repair-Café im Martinsviertel engagierte.

Mathilda Ullrich gab ihr ihre Adresse in der Heinheimer Straße. Die Uhrzeit? Am besten sofort.

Jana machte sich auf den Weg. Mathilda Ullrichs Wohnung war nur gut einen halben Kilometer vom Büro entfernt. Das Haus lag auf der Höhe des Riegerplatzes, ein schönes Gebäude aus der Gründerzeit. Auf dem Klingelschild stand der Name Ullrich ganz unten – offensichtlich wohnte sie im Erdgeschoss. Jana klingelte.

Keine Minute später saß sie im Wohnzimmer der Wohnung. Mathilda Ullrich war eine kleine, korpulente Frau, die sich jedoch zu kleiden wusste. Sie trug einen Anzug, der der Geschäftsführerin einer Bank ebenfalls gut gestanden hätte. Die Haare waren makellos frisiert, das Gesicht dezent geschminkt – genauso viel, um eine positive Wirkung zu erzielen, aber auch kein Hundertstel Gramm Make-up mehr.

Jana ließ ihren Blick durch den Raum schweifen, während Frau Ullrich in der Küche einen Kaffee zubereitete. Die Möbel waren durch die Bank neu. Und edel. Wenn auch alles andere als protzig. Hier bewies jemand Stil. Und einen gut gefüllten Geldbeutel. Aber keinen Hang zur Selbstdarstellung. Es schien, als habe Mathilda Ullrich sich nach dem Tod ihres Mannes eine komplett neue Einrichtung gegönnt.

Frau Ullrich kam ins Wohnzimmer, stellte das Tablett auf dem Tisch ab, drapierte Tassen, Zuckerschale, Milchkännchen und Kaffeekanne. Schenkte Jana ein. Fragte nach Milch und Zucker.

»Frau Ullrich, Sie haben vier Jahre lang im Haus am Löwensternweg gewohnt?« Natürlich kannte Jana die Antwort, aber es galt, überhaupt erst einmal ins Gespräch zu kommen.

»Das wissen Sie doch bereits, oder?«

Jana setzte ihr hübschestes Lächeln auf: »Ja. Sie sind im April 2015 eingezogen und im April 2019 ausgezogen.«

»Na, warum fragen Sie mich das dann?«

Gut. Auf diese Tour kam Jana nicht weiter. »Natürlich weiß ich das. Ich habe aber eine ganz konkrete Frage.«

»Weil das Haus abgebrannt ist. Nicht wahr?«

Die Buschtrommeln in Darmstadt funktionierten. Aber natürlich, der Brand hatte es bereits in die lokale Tageszeitung *Darmstädter Echo* geschafft. Und auch wenn die genaue Adresse im Artikel nicht genannt worden war, hatte es Mathilda Ullrich wohl nur weniger Fantasie bedurft, um zu erkennen, dass es sich um ihr ehemaliges Zuhause gehandelt hatte. »Ja. Ich frage, weil das Haus abgebrannt ist. Die Besitzerin des Hauses ist Maria Jimenez. Sie ist seit acht Jahren verschwunden. Seit dieser Zeit hat ihr Cousin Diego Lopez dafür gesorgt, dass ihr Vermögen zusammengehalten wurde. Aber wem erzähle ich das? Sie selbst haben den Mietvertrag ja mit Herrn Lopez abgeschlossen.«

»Genau. Aber Sie sagten, Sie hätten eine Frage?«

»In dem Haus gab es einen Tresor. Meine Frage ist, ob er Bestandteil des Mietverhältnisses war. Also ob Sie diesen Tresor benutzt haben.«

»Ein Tresor? Nein. In dem Haus war kein Tresor.«

Damit war Janas Frage bereits beantwortet. Schröder hatte

von dem Tresor nichts gewusst. Und auch die Witwe Ullrich nicht. Das bedeutete, dass der Tresor an einer nicht zugänglichen Stelle montiert gewesen war. Nein, nicht montiert, sondern versteckt. Und wenn weder die Schröders noch die Ullrichs den Tresor benutzt hatten, dann musste er wohl aus der Zeit stammen, in der Maria Jimenez ihn verwendet hatte. Das wiederum war für Jana von großer Bedeutung, denn sie war im Moment Maria Jimenez. Und dann würde sie auch bei der Polizei dafür sorgen, dass Maria Jimenez in Gestalt von ihr, Jana Welzer, bei der Öffnung des Tresors dabei war. Denn im Tresor konnten dann nur Unterlagen, Geld oder Schmuck von Maria lagern. Oder vielleicht sogar von ihren Eltern? Doch das war zweitrangig, denn was immer im Tresor war, gehörte weder den Schröders noch den Ullrichs.

»Haben Sie gern in dem Haus gewohnt?«

Mathilda Ullrich sah Jana mit stechendem Blick an. »Frau Welzer, ich verstehe Sie nicht ganz. Was wollen Sie hier? Die Frage nach dem Tresor, die hätten Sie doch auch am Telefon klären können.«

Wieder versuchte sich Jana in ihrer Version des unwiderstehlichen Lächelns. »Hätten Sie mir am Telefon geantwortet?« Sie hatte Mathilda Ullrich beim Eintreten in ihre Wohnung ungefragt die Beauftragung des Amtsgerichts gezeigt. Doch Mathilda Ullrich hatte den Wisch kaum eines Blicks gewürdigt.

Frau Ullrich zuckte mit den Schultern. »Vielleicht. Vielleicht auch nicht. Der Punkt geht an Sie. Aber Sie haben es ja nicht einmal am Telefon versucht. Und deshalb frage ich mich, warum sind Sie hier?«

Dieser Punkt ging jetzt an Frau Ullrich.

Noch bevor Jana antworten konnte, meldete sich Mathilda Ullrich wieder zu Wort. »Irgendetwas stimmte nicht mit dem Haus. Das haben auch Sie gespürt.«

Jana antwortete nicht, sondern wartete ab.

»Nun, was Sie mir erzählen, bestätigt mir nur meine Wahrnehmung. Etwas stimmte nicht mit dem Haus. Und schon gar nicht, da es jetzt offensichtlich abgefackelt worden ist. ›Die Polizei konnte zur Brandursache noch nichts sagen‹ war nichts anderes als die freundliche Umschreibung von ›Jemand hat das Haus angezündet, aber wir haben noch nicht den Schimmer einer Ahnung davon, wer und weshalb.‹ Also, was wollen Sie wissen? Was wollen Sie wirklich wissen?«

Jana trank einen Schluck des Kaffees. Sie stellte die Tasse ab, sah Frau Ullrich in die Augen und sagte: »Mich interessiert alles, was Sie hat aufhorchen lassen. Was – seltsam war.«

Mathilda Ullrich holte Luft. »Seltsam. Zunächst: Der Mietzins lag deutlich unter dem Darmstädter Mietspiegel. Das war das Erste, was meinem Mann und mir aufgefallen war. Aber natürlich beklagten wir uns nicht darüber. Wir hatten zuvor eine schöne Maisonettewohnung in Bessungen. Aber ständig Ärger mit Feuchtigkeit. Und wir wollten ein Häuschen ohne andere Mietparteien. Also haben wir uns auf das Haus beworben. Herr Lopez war ein sehr netter Mann. Und wir wohl das ideale Paar: keine Kinder, keine Hunde, keine Katzen, keine Raten, keine Zigaretten. Solvent. Wir haben die sechs Monatsmieten Kaution mit einem Lächeln bezahlt, wohl wissend, dass das dem Gesetz widersprach. Darüber haben wir unsere Solvenz bewiesen.«

»Und war das Haus in Ordnung, als Sie eingezogen sind?«

»Ja. Aber da gab es gleich die nächste Merkwürdigkeit. Das Haus war leer, und es war frisch renoviert. Konnte man überhaupt nicht meckern. Sogar der Rasen war perfekt gestutzt. Aber da gibt es ja auch diese kleine Gartenhütte. Die hatte niemand renoviert. Die hatte nicht mal jemand ausgeräumt. Schon seltsam.«

»Was war in der Hütte?«

»Die Hütte war aufgeräumt. Eine Wand, an der Werkzeuge hingen. Nur von den besten Herstellern. Ich kenne mich da aus. Sie glauben es vielleicht nicht, aber ich bin eine Virtuosin am Lötkolben. Sie haben mich sicher über das Repair-

Café aufgespürt. Ich bin die, die noch jeden kaputten Widerstand ausgelötet hat und den neuen am neuen Platz fixierte. Na ja, Sie wollen jetzt nicht meinen Lebenslauf hören, aber an der Wand hingen locker fünftausend Euro an gutem Werkzeug. Und ein E-Bike stand dort. Von Riese und Müller. Und in der Hütte waren nicht nur drei Steckdosen installiert, sondern auch ein Ladegerät für dieses E-Bike.

Und das war genauso seltsam wie der Blick in die Garage. Die Garage war leer, bis auf eine Ladestation für Elektroautos mit zweiundzwanzig Kilowatt. Und einem knallroten Elektro-Smart.«

Maria Jimenez als Vorzeigefrau der Elektromobilität? Jana musste sich eingestehen, dass sie über die verschwundene Frau eigentlich überhaupt nichts wusste. »Was haben Sie gemacht mit dem E-Bike und dem Smart?«

»Nun, zuerst haben mein Mann und ich Herrn Lopez darauf hingewiesen, dass das Grundstück wohl noch nicht ganz geräumt wäre. Herrn Lopez war das fürchterlich peinlich. Dann sagte er, dass wir die Hütte und auch ihren Inhalt einfach nutzen könnten. Und wenn wir Interesse an dem Elektro-Smart hätten, würde er uns einen guten Preis machen.«

»Er hat Ihnen die Sachen verkauft?«

»Ja. Ich habe mich darüber auch gewundert. Denn das zeugte davon, dass vor uns jemand dort gelebt haben musste. Und dass Herr Lopez die Sachen verkaufen wollte – ja, fast verschenken, wenn wir von dem Werkzeug und dem E-Bike im Schuppen ausgehen –, das hat auch uns stutzig gemacht. Aber Lopez hat dann gesagt, dass seine Schwester ausgewandert wäre. Ihr gehörten die Dinge. Und sie hätte das Auto ohnehin verkaufen wollen. Er hat uns einen guten Preis gemacht. Einen sehr guten Preis. Und ich war glücklich. Für meinen Radius war dieser Smart perfekt. Jedes Wochenende der größere Einkauf, ab und zu mal eine Spritztour durch den Odenwald – und die eigene Tankstelle in der Garage. Es war ideal. Und wir reden jetzt von einer Zeit, als Elektromobilität es definitiv noch nicht in den Spiegel geschafft hatte. Und schon gar nicht in die Parteiprogramme der etablierten deutschen Parteien.«

»Und nachdem Sie ausgezogen waren?«

Der Gesichtsausdruck von Mathilda Ullrich veränderte sich. Das Feine, ein wenig Aristokratische schwamm mit einer Träne aus ihren Augen davon. »Wissen Sie, mein Mann war ein guter Ingenieur. Hatte sogar drei Semester Kernphysik studiert. Zu einer Zeit, als die Atomkraft noch als die große Lösung und nicht als das große Problem galt. Wir haben uns an der Uni kennengelernt. Auch ich hatte gerade angefangen, Elektrotechnik zu studieren. Er war damals wissenschaftlicher Mitarbeiter. Ich fand ihn zu alt, er fand mich zu jung. Und trotzdem haben wir uns getroffen. Und uns nach ein paar Monaten eingestanden, dass es völliger Blödsinn wäre, nicht zusammen durchs Leben zu gehen. Auch nach seiner Pensionierung war er immer noch als Berater aktiv. Ich habe in meinem Leben nie gearbeitet. Aber mich immer sozial engagiert. Am besten in Projekten, wo ich eben auch mal den Lötkolben schwingen konnte. Dieses Repair-Café – ja, das war ganz mein Ding.

Willi ist gestorben, wie man es sich nicht besser wünschen kann. Abends eingeschlafen, morgens nicht mehr aufgewacht. Mit vierundsiebzig Jahren. Kann man sich drüber streiten, ob das zu wenige Lebensjahre waren? Aber es war definitiv ein Abgang, wie er ihn sich gewünscht hätte.

Frau Welzer, er hat mich finanziell abgesichert. Aber ich konnte in diesem Haus, in dem er gestorben war, in diesem Bett, in dem er gestorben war – da konnte ich einfach nicht bleiben. Deshalb bin ich ausgezogen. Deshalb habe ich alle Möbel verkauft und mich hier komplett neu eingerichtet. Den Smart hätte ich mitnehmen können, aber hier gibt es keine Garage mit eigener Ladestation. Also habe ich ihn verkauft.

Das E-Bike habe ich mitgenommen. Herr Lopez hatte es

mir quasi geschenkt. Es fährt mich heute noch durch Darmstadt. Und ich bin inzwischen froh, dass es neben der ersten Unterstützungsstufe noch vier weitere hat.«

Mathilda Ullrich schwieg. Und auch Jana sagte nichts.

Beide nippten an ihrem Kaffee, immer die perfekte Aktivität, um den Mund zu öffnen, aber nichts zu sagen.

»Sie erzählten mir jetzt von einem Tresor, der in den Trümmern des Hauses gefunden worden ist. Das kann ich mir nicht erklären. Das finde ich seltsam. Er muss ja da gewesen sein. Aber dann irgendwo hinter den Wänden. Das ist für mich genauso seltsam wie ein knallroter Elektro-Smart in einer Garage, ein E-Bike in einer Hütte und Werkzeug für fünftausend Euro. Ich habe keine Erklärung dafür. Aber wenn ich Ihnen eines sagen kann: Maria Jimenez, die zuvor in dem Haus gewohnt hatte, sie war ihrer Zeit offenbar ziemlich voraus. Aber warum sie ausgewandert ist und diese Dinge dagelassen hat – keine Ahnung. Das erscheint mir wirklich seltsam.«

Als Jana wieder in ihrem Büro angekommen war, tippte sie zunächst ein kurzes Protokoll des Gesprächs mit Mathilda Ullrich in den Rechner.

Eines war nun erwiesen: Weder Frank Schröder noch Mathilda und Willi Ullrich hatten den Tresor genutzt. Beide Mietparteien hatten ihn noch nicht einmal wahrgenommen. Also stand der Inhalt des Tresors zweifelsfrei der Besitzerin des Hauses zu: Maria Jimenez.

Jana wählte die Nummer der Polizei in Darmstadt und ließ sich mit Leah Gabriely verbinden.

»Gabriely?«

»Frau Gabriely, hier spricht Jana Welzer. Die Abwesenheitspflegerin von Maria Jimenez. Sie haben in den Trümmern des Hauses, das Maria Jimenez gehört, einen Tresor gefunden.«

Schweigen am anderen Ende der Leitung. Jana hatte es nicht anders erwartet.

»Ich nehme an, dass Sie diesen Tresor auf das Gelände des Polizeipräsidiums Südhessens gebracht haben? Oder befindet er sich noch auf dem Gelände des Hauses?«

Immer noch keine Reaktion. Dann, Sekunden später, doch Leah Gabrielys Stimme: »Ich wüsste nicht, was Sie das angeht?«

»Oh, Frau Gabriely, das geht mich eine Menge an. Denn ich bin quasi Maria Jimenez. Und damit ist das mein Tresor. Und deswegen habe ich ein großes Interesse daran, zu wissen, was in meinem Tresor lagert.«

Erneutes Schweigen. Jana konnte sich gut vorstellen, dass die Kommissarin am anderen Ende der Leitung irritiert war und ihren nächsten Kommentar sorgfältig abwog.

»Der Tresor und damit auch sein Inhalt ist ein Beweisstück in einer Brandermittlung. Ich wüsste nicht, was Sie der Inhalt anginge.«

Jana schmunzelte. »Ich wiederhole es gern noch einmal. Ich bin Maria Jimenez. Zumindest rechtlich. Und damit ist es mein Tresor. Er wurde auch von keinem der Mieter nach Maria Jimenez' Verschwinden genutzt, geschweige denn gesehen. Vielleicht sind auch noch Unterlagen von ihren Eltern darin, aber das lässt sich nur herausfinden, wenn ich bei der Öffnung dabei bin.«

»Nun gut, wenn das Ihr Recht ist ... Aber wir haben ihn sowieso noch nicht hierher transportieren können. Er ist zu massiv. Wir haben Hilfe beim technischen Hilfswerk angefordert. Übermorgen werden sie ihn auf das Gelände des Präsidiums bringen. Es ist geplant, dass sie ihn dann gegen elf Uhr öffnen werden. Melden Sie sich um Viertel vor elf an der Pforte. Oder, wenn Sie auf Nummer sicher gehen wollen, besser bereits um halb elf. Dann können Sie bei der Öffnung dabei sein.«

Na, geht doch. Das war genau das, was Jana hatte hören wollen.

Sogleich griff sie zum Handy und rief Horndeich an.

»Jana, was gibt's?«

Janas Stimme drang aus den Boxen, als sie sagte: »Ich habe mit Kommissarin Gabriely telefoniert. Sie schaffen den Tresor übermorgen zu eurem Kommissariat in der Klappacher Straße.«

»Hat Leah gesagt, warum sie den Tresor in die Klappacher transportieren?«

»Wieso sollten sie das nicht tun?«

Die Antwort auf diese Frage war ziemlich einfach: »Nun, der Tresor muss als Beweisstück in einem Fall gelten, damit ihn Leah und ihre Truppe untersuchen dürfen.«

»Aber er ist doch ein Beweisstück.«

»Keines, das für die Brandermittlung relevant ist. Schließlich hatte der jetzige Mieter keine Ahnung von seiner Existenz. Damit ist er für die Brandermittlung irrelevant. Die einzige Relevanz könnte sich auf das Verschwinden von Maria Jimenez beziehen. Und heute früh hat mir Leah ziemlich deutlich gemacht, dass sie unsere Schuhschachtel und den Brief als nicht ausreichend betrachtet, um beim Verschwinden von Maria Jimenez noch einmal nachzuhaken.«

»Was schließt du daraus?«

Da musste Horndeich kurz drüber nachdenken. Dann antwortete er: »Ich denke, dass irgendjemand in Leahs Abteilung angedeutet hat, dass er da anderer Meinung ist als seine Chefin. Offensichtlich wollen sie den Inhalt des Tresors doch darauf abklopfen, ob er irgendetwas über das Verschwinden von Frau Jimenez preisgibt.«

»Na, das ist doch perfekt. Übermorgen wollen sie den Tresor öffnen, und ich werde dabei sein.«

»Nimmst du mich mit?«

Jana zögerte nicht. »Klar. Du bist ja derzeit quasi mein Angestellter.«

Als solcher betrachtete sich Horndeich zwar nicht, aber er widersprach nicht. Denn er wollte auf jeden Fall mit von der Partie sein.

Horndeich verabschiedete sich von Jana, dann sah er aufs Navi: Noch knapp hundert Kilometer, bis er an die Adresse von Alfredo Jimenez gelangt sein würde.

Mit jeder Minute, die er fuhr, hatte er zunehmend den Eindruck, er gleite durch Niemandsland. Felder und Wälder wechselten einander ab in bunter Vielfalt. Was es jedoch kaum gab, waren Hinweise auf menschliche Besiedlung. Hätte sein Navi ihm nicht erzählt, dass es nur noch wenige Kilometer bis zur Adresse von Alfredo Jimenez wären, er hätte sich kaum mehr in Deutschland gewähnt.

Einen halben Kilometer bevor er die Zieladresse erreichte, sah er am Straßenrand ein Gut: Im Vorbeifahren erkannte er Gesindehaus, eine Scheune, ein Getreidesilo. Dies schien aber noch nicht Jimenez' Haus zu sein. Bereits zweihundert Meter bevor er es erreichte, entdeckte er dann ein zweigeschossiges Gutshaus, das auf die Distanz Würde und Erhabenheit ausstrahlte. Er bog in den Zufahrtsweg ab, der direkt auf das Gebäude zuführte. Je näher sein Mazda in Richtung der Mauern rollte, desto deutlicher erkannte Horndeich, dass die Außenfassade des Hauses ziemlich dringend eines neuen Anstrichs bedurft hätte.

Vor dem Domizil war ein Rondell angelegt, auf dessen rechter Seite ein großzügiger Parkplatz für sicher zwanzig Pkw asphaltiert war. Drei der Plätze waren als Carport überdacht. Darunter stand ein alter Mercedes, den auch nur wenige Jahre vom H-Kennzeichen trennten, und ein ebenfalls betagter Range-Rover aus jener Ära, als der Begriff SUV noch gar nicht existiert hatte und das Design noch so rechteckig war, als wäre das Auto aus Lego gebaut worden.

Als Horndeich den Motor abstellte, trat Alfredo Jimenez bereits aus dem Haus auf ihn zu. »Herr Horndeich, schön, dass Sie den Weg zu uns gefunden haben.«

Horndeich begrüßte den Mann mit Handschlag, dann entnahm er dem Kofferraum einen kleinen Koffer. Es fühlte sich ein wenig seltsam an, dort, wo er ein Gespräch führte, auch zu übernachten. Es widersprach seinem Polizisten-Gen. Schließlich war Alfredo Jimenez das, was man als Zeugen bezeichnete. Und jegliche persönliche Nähe zu den Protagonisten eines Falls wären einfach nur unprofessionell gewesen. Aber er war ja kein Polizist mehr.

Während Sie zum Haupteingang des Hauses gingen, sagte Jimenez von sich aus: »Dem Kasten müsste man ganz sicher mal wieder einen frischen Anstrich gönnen.« Er lachte kurz auf. »Wenn man einen Fremden zum Haupteingang begleitet, nimmt man das eigene Heim ganz automatisch aus dessen Perspektive wahr. Nach Monaten habe ich es erst in diesem Moment wieder mit diesem objektiven Blick gesehen. Na ja, ist vielleicht bald wieder drin.«

Als sie das Haus betraten, fühlte sich Horndeich hundert Jahre zurückversetzt: Obwohl die Sonne noch schien, wirkte die Eingangshalle wie der Studioaufbau für einen Vampirfilm: Eine breite hölzerne Treppe führte am Ende der Halle nach oben. Alle Wände waren dunkel vertäfelt, analog zum Farbton des Parkettbodens. Rechts und links stachen jeweils zwei Geweihe in den Raum.

»Wir haben das Haus vor fünfundzwanzig Jahren komplett renoviert. Wollten damals ein schickes Hotel draus machen. Hat leider nicht ganz so funktioniert, wie wir uns das gedacht hatten. Aber wir haben immer noch ein paar schöne Gästezimmer. Ich führe Sie zur Hochzeitssuite.« Er grinste Horndeich an. »Die hat das komfortabelste Badezimmer.«

Sie erklommen die Treppe in den ersten Stock, bogen nach rechts ab. Die Suite befand sich am Ende des Flügels. Ein Schlüssel steckte in der Tür. Jimenez öffnete sie, ging voraus. »Voilà!«

Horndeich trat ein und staunte nicht schlecht: Vor ihm tat sich ein Vierzig-Quadratmeter-Raum auf. Natürlich, um dem Namen gerecht zu werden, mit riesigem Doppelbett inklusive Baldachin. Zwei alte Ledersofas, die einfach nur Bequemlichkeit ausstrahlten, und ein Kamin zierten den Raum. Daneben war fein säuberlich Holz gestapelt, auch wenn diese Vorsorge bei den derzeitigen sommerlichen Temperaturen nicht nötig war. Im Gegensatz zur Eingangshalle war dieser Raum in hellem Holz gehalten, die Wandtapete aus feinem Stoff. Aber das Highlight des Zimmers war der Ausblick: Wald am Horizont, dazwischen Felder in den unterschiedlichsten Farben und am rechten Rand des Panoramas sogar noch ein See. Horndeich war beeindruckt.

»Vielleicht wollen Sie sich ein wenig frisch machen? Ich schlage vor, ich hole Sie in einer halben Stunde zum Abendessen ab. Dann lernen Sie auch den Rest meiner Familie kennen.«

Horndeich bedankte sich, und Jimenez verließ die Suite. Eine Dusche und frische Klamotten wirkten Wunder: Die Anstrengung der langen Fahrt war quasi von ihm abgespült worden.

Wenig später holte Jimenez ihn ab und führte ihn im Erdgeschoss in den anderen Flügel des Gebäudes: Dort öffnete er eine massive Holztür, auf der ein Messingschild mit der Aufschrift »Privat« angebracht war. »Hier haben wir unsere Räume.«

Er führte Horndeich in eine große Wohnküche, die ihn ein wenig an jene im Haus von Frank Schröder erinnerte. Doch sie war weit rustikaler eingerichtet – und auch diesem Raum sah man an, dass er sich über ein paar Eimer frische Farbe gefreut hätte. Dennoch wirkte er schon auf den ersten Blick sehr gemütlich.

Jimenez' Frau trat auf ihn zu. Sie war ein wenig kleiner als ihr Gatte, zierlich. Sie hatte ihr schwarzes Haar zu einem kräftigen Zopf geflochten.

»Herr Horndeich, schön, Sie bei uns begrüßen zu dürfen.« Urplötzlich aufgetaucht, wie aus einem versteckten Zugang einer Theaterkulisse, standen plötzlich auch drei Kinder im Raum: drei Jungs, aufgereiht wie die Orgelpfeifen.

»Das sind Jonas, Michael und Matthias.«

Auch die Jungen schüttelten Horndeich die Hand. Er schätzte den Jüngsten auf fünf, den Mittleren auf zwölf und den Ältesten auf siebzehn. »Wir haben mit den Kindern schon vorhin zu Abend gegessen.« Zu den Jungs sagte er: »Ihr könnt auf eure Zimmer.« Und genauso schnell, wie sie auf der Bildfläche erschienen waren, waren sie auch verschwunden.

Minuten später hatten sie am massiven Esstisch Platz genommen. Die Dame des Hauses servierte zunächst eine Gemüsebrühe, danach Schweinelendchen mit Kroketten und Spinat.

Das Fleisch schmeckte ausgezeichnet. Was Horndeich auch laut sagte.

Zwischen Alfredo Jimenez und seiner Frau Paula entspannte sich kurz ein schnelles Pingpongspiel von Blicken, das parallel dazu beiden ein Lächeln ins Gesicht zauberte. Paula Jimenez sagte: »Das Fleisch, dass Sie gerade essen, sprang bis vor zweiundsiebzig Stunden noch über die Weide.« Dabei deutete sie mit dem Kopf in die Richtung, in der sich diese Weide wohl befand. Ihr ganzer Stolz lag in dieser Aussage.

Gemeinhin verdrängte man die Vorstellung, woher der Braten eigentlich kam, während man der kulinarischen Fleischeslust frönte. Wobei Horndeich die Vorstellung eines über die Weide tollenden Schweins etwas irritierte. Schwein gleich Stall, das war die Formel, die sich in seinem Gehirn automatisch auftat.

»Wir haben komplett auf Freilandhaltung umgestellt. Sowohl bei unseren Schweinen als auch bei den Rindern und den Hühnern«, ergänzte Frau Jimenez.

Horndeich nickte anerkennend. Nicht weil er wusste, was hinter dieser Aussage konkret stand, sondern weil auch Alfredo Jimenez auf diese Aussage offensichtlich unglaublich stolz war. Aber Horndeich war nicht nach Mecklenburg-Vorpommern gekommen, um lecker zu essen und irgendetwas über Landwirtschaft zu erfahren. Sondern er wollte mehr über die verschwundene Maria Jimenez wissen. Er holte gerade Luft, um zu einer Frage anzusetzen, als Paula Jimenez wieder sprach: »Das mit den Tieren, das hat uns gerettet. Am Anfang hatten wir hier überhaupt kein Vieh. Keine Landwirtschaft. Nur das Gutshaus. Und das war schon ziemlich heruntergekommen.«

Horndeich nickte. Unbewusst. Was Paula Jimenez als Aufforderung verstand: »Ich wollte schon immer was mit Tieren machen«, fuhr sie fort. »Aber Alfredo war anfangs nicht dazu zu bewegen. Nicht wahr, Schatz?« Sie knuffte ihn in die Seite.

Er lächelte immer noch, wenn auch ein wenig gequält.

Horndeich kapitulierte innerlich. »Wie sind Sie denn zu den Tieren gekommen?«

Nun übernahm Alfredo: »Ich sagte Ihnen ja schon, unser erster Plan war es, ein feines Hotel hochzuziehen. Wir haben da auch richtig Geld reingesteckt. Aber wir liegen hier am Ende der Welt. So toll wir das Gebäude auch hergerichtet hatten, so viel wir auch ins Marketing investierten, Gäste blieben aus. In der Mitte der Neunziger gab es im Westen zwar fleißig Ostalgie, jede Großstadt wollte Ampelmännchen in den Fußgängerampeln. Das war aber noch lange kein Grund, im Osten Urlaub zu machen. Oder Tagungen anzuberaumen. Keine Chance. Wir sind einfach ausgeblutet.«

»Aber dann haben wir den Hannes Stieglitz kennengelernt. Vielmehr – er hat uns kennengelernt.«

»Ja. Stand einfach vor der Tür. Vierter Juli ′98 war das.«

Paula Jimenez sah die Fragezeichen, die über Horndeichs Kopf schwebten: »Das war der Tag, an dem Kroatien Deutschland aus der Weltmeisterschaft gekickt hat. Im Viertelfinale.«

»Drei zu null«, sagte Alfredo Jimenez und schüttelte den Kopf.

Da Horndeichs Fußballleidenschaft sich in Grenzen hielt,

war dieses Datum in seinem mentalen Gedächtnis auch nicht mit einem roten Kringel markiert.

»Er stand vor unserer Tür und hat gesagt, dass sein Fernseher kaputtgegangen wäre. Ob er das Spiel bei uns schauen könnte«, erklärte Frau Jimenez.

Sie sah ihren Mann an, und wie Horndeich es bei langjährigen Paaren schon oft erlebt hatte, verständigten sich die beiden einfach nur mit kurzen Blicken. Unmittelbar darauf erhob sie sich und räumte das leere Geschirr vom Tisch. Alfredo Jimenez stand ebenfalls auf mit den Worten: »Ich hole uns mal was Leckeres zur Stärkung.«

Horndeich saß für kurze Zeit allein am Tisch. Sollten die beiden ihre Geschichte erzählen. Er würde ohnehin erst morgen nach einem Frühstück zurückfahren. Hatte also alle Zeit der Welt.

Jimenez kehrte mit drei Schnapsgläsern und einer dunklen Flasche zurück. »Kaland Kümmel«, las Horndeich.

»Ist was Regionales. Probieren Sie's. Wenn's Ihnen nicht schmeckt, dürfen Sie's gerne stehen lassen.« Er füllte die klare Flüssigkeit in die Gläser.

Dann hob er das seine. »Prost. Ich bin Alfredo.«

Seine Frau tat es ihm nach: »Paula.«

Auch Horndeich erhob sein Glas. Und zögerte für den Bruchteil einer Sekunde. Zum einen war es doch recht ungewohnt, sich mit potenziellen Zeugen zu duzen. Und zum Zweiten nannte ihn niemand bei seinem Vornamen Steffen. Jeder, außer seiner Frau und seinen Kindern, nannte ihn bei seinem Nachnamen. Horndeich. Fast ein Markenzeichen. Und so sagte er: »Horndeich. Ohne Steffen davor.«

Horndeich setzte an und leerte das Glas in einem Zug. Brannte. Schmeckte vielleicht nicht schlecht. Wenn man denn auf Kümmelschnaps stand. Was Horndeich nicht tat. Alfredo setzte nahtlos zur Weiterführung der Tier-Historie an. »Stieglitz wohnte einen Kilometer weiter im Norden. Wir kannten uns als Nachbarn, grüßten uns. Wussten aber nicht wirklich viel voneinander. Und nach dem Spiel, da kam er zur Sache.«

»Ich frag mich wirklich, warum er so lange damit gewartet hatte. Schließlich wohnten wir da ja schon drei Jahre lang hier«, ergänzte Paula.

»Er erzählte uns, dass er früher hier auf unserem Gut gearbeitet hatte. Als das in der DDR noch eine Landwirtschaftliche Produktionsgenossenschaft gewesen war, eine sogenannte LPG – Sie wissen schon. '91 hatten die den Betrieb eingestellt. Ein Jahr später hat mein Vater dann das Gutshaus gekauft. Dachte ich. Aber er hatte nicht nur das Gutshaus gekauft, sondern das gesamte Land, das damals zu dieser LPG gehört hat. Du bist ja an dem Gehöft vorbeigefahren. Ist heute unser Gehöft.«

»Und ihr wusstet nicht, dass das Land zum Gutshaus gehört?«

Wieder ein kurzer Blickwechsel zwischen dem vertrauten Ehepaar. Dann übernahm Paula wieder das Reden. Gleichzeitig legte sie ihre Hand auf den Arm ihres Gatten: »Alfredo und sein Vater hatten nicht das beste Verhältnis.«

»Nein, Schatz, so kann man das nicht sagen. Wir hatten ein gutes Verhältnis. Nur zu dieser Zeit war es etwas angespannt.«

Paula erwiderte daraufhin nichts.

»Nun, Stieglitz hat uns ein Angebot gemacht: Er war seit seiner Jugend Landwirt und wusste, wie man eine Tierzucht aufbaut. Er kenne noch ein paar Männer aus den umliegenden Dörfern, sagte er, und die wären froh, wenn sie wieder auf einem Bauernhof arbeiten könnten. Er schlug uns also den Deal vor: Sie würden das Gehöft wieder auf Vordermann bringen und Schweine züchten.«

»Hattet ihr denn irgendeine Ahnung von Landwirtschaft?«

»Klar«, antwortete Paula blitzschnell. »Meine Eltern haben im Odenwald eine Landwirtschaft. Da haben wir uns auch kennengelernt.«

Alfredo und Landwirtschaft? Das passte in Horndeichs Kopf nun so gar nicht zusammen.

»Ich war der heiße Spanier auf dem Motorrad. Und sie das hübscheste Mädchen im ganzen Odenwald. Wir haben uns in Groß-Umstadt in der Eisdiele getroffen – und es hat uns in der Eisdiele getroffen.«

Paula giggelte, errötete. Sie erinnerte sich offensichtlich daran, was an diesem ersten Tag noch alles geschehen war.

»Maria ist aber nicht mit euch hier nach MeckPomm gegangen?« Horndeich versuchte Alfredos Schwester wieder ins Gespräch einzubauen.

»Maria? Hierher? Nicht nur aufs Land, sondern ins Niemandsland? Ganz gewiss nicht.«

Das Schweigen füllte den Raum mit schwerem Gewicht. Auch Paula sagte nichts. Griff stattdessen zur Flasche und schenkte allen noch mal ein. Horndeich war nicht schnell genug gewesen, die Hand über das Glas zu halten.

Sie erhob das Glas zuerst. Ihre Stimme war in diesem Moment das Quäntchen zu laut, zu hoch, zu schrill, als sie das »Prost« in den Raum schmetterte. Offensichtlich war es Horndeich mit schlafwandlerischer Sicherheit gelungen, ins Wespennest zu stoßen. Während die beiden anderen den Schnaps wieder in einem Zug hinunterkippten, nippte Horndeich diesmal nur an seinem Glas.

Paula sprach weiter, als ob Horndeich Alfredos Schwester gar nicht erwähnt hätte: »Innerhalb von zwei Jahren war der Hof wieder aufgebaut. Gemeinsam mit Stieglitz habe ich so einen Businessplan aufgestellt – und die Bank hat uns Geld gegeben. Das alles hätte aber nie geklappt, wenn die, die heute zum Teil immer noch da arbeiten, nicht alle tatkräftig zugepackt hätten. Und Stieglitz hat damals einen unglaublichen Weitblick bewiesen: Er hatte gesagt, dass die alte Art, die Tiere zu halten, bald die Zukunft sein würde. Von Anfang an waren unsere Tiere im Freien. Es gab ja eine Unmenge an Land. Wir haben damals mit ein paar Schweinen angefangen, die jeden Tag über die Wiese tollten. Und haben ein paar Hektar Getreide angebaut. Und das an unsere Tiere verfüttert. In Franken gibt es einen großen Hof, die machen das auch so. Seit drei Jahren. Das ging damals mit allem Tamtam durch die Presse. Wir machen das schon seit über zwanzig Jahren. Aber uns ist erst vor fünfzehn Jahren bewusst geworden, dass das, was wir da machen, ja ›Bio‹ ist. Und seit das Etikett draufklebt – seitdem trägt sich das hier. Wir sind nicht reich, aber es wird auch kein Problem sein, im kommenden Sommer das Gutshaus zu streichen.«

Wieder entstand eine Pause. Dann sagte Alfredo: »Sie wollten mit mir über meine Schwester reden, nicht wahr?«

Horndeich nickte. Alfredo hatte nur das Offensichtliche benannt. Der Hausherr sah zu seiner Frau, dann sagte er, wieder an Horndeich gerichtet: »Lassen Sie uns einen kleinen Spaziergang machen.«

Obwohl es schon nach neun Uhr war, war es noch hell draußen. Hinter dem Herrenhaus führte ein Pfad durch die Felder.

»Also, Horndeich, was wollen Sie wissen über meine Schwester?«

Alles, dachte Horndeich, sagte es aber nicht. Alfredo war wieder zum Sie übergegangen. War schon eine komische Sache mit dieser Höflichkeitsform in der deutschen Sprache. Nun, da statt rein privater Themen plötzlich quasi dienstliche auf dem Tisch lagen, hatten diese das Du von der Tischplatte gekegelt. Horndeich war nicht traurig darüber. Laut sagte er zu Alfredo Jimenez: »Ich habe die Polizeiakte gelesen. Sie waren damals überzeugt davon, dass Ihre Schwester zurück nach Spanien gegangen wäre. Was hat Sie davon überzeugt?«

»Sie haben ja sicher gelesen, dass meine Eltern vor knapp fünfzig Jahren aus Barcelona nach Darmstadt gezogen sind. Ich war damals drei Jahre alt, Maria nur ein paar Monate. Wir sind oft in die alte Heimat gefahren, einmal im Jahr, vier

Wochen mindestens. Für meinen Vater war es wichtig, Heimatluft zu schnuppern. Ich glaube, für meine Mutter nicht. Aber wer die allermeisten Tränen vergoss, wenn es von der Costa del Maresme wieder nach Hause ging, also nach Darmstadt, das war Maria. Schon immer.

Meiner Mutter ist es sehr viel schwerer gefallen, in Deutschland Fuß zu fassen, als meinem Vater. Sie tat sich auch viel schwerer mit der Sprache. Mit Maria sprach sie nur spanisch, und auch Maria sprach mit ihr nur spanisch. Mein Vater versuchte das zu unterbinden, aber er hatte immer den ganzen Tag gearbeitet. Nur beim Abendessen, da wurde dann konsequent deutsch gesprochen.

Ich war fünfzehn, als ich zum ersten Mal gemeutert habe und nicht mitfahren wollte in den Urlaub. Mit sechzehn haben mir meine Eltern dann tatsächlich erlaubt, allein zu Hause zu bleiben. Wobei ich wusste: Wenn ich in diesen vier Wochen Mist bauen würde, dann würden sie mich einkerkern, bis ich volljährig wäre. Also waren das, glaube ich, die tugendhaftesten vier Wochen meines Jugendlichendaseins.

Irgendwann war es für meinen Vater nicht mehr so wichtig, nach Spanien zu reisen. Aber Maria, sie bestand darauf. Meine Eltern wollten sie nicht allein fahren lassen, deshalb dauerte es, bis sie achtzehn war. Aber dann war sie weg. Und gleich für ein ganzes halbes Jahr.«

»Und wo war sie?«

»Sie schickte ein paar Karten. Aus Torremolinos. Kennen Sie den Ort?«

»Nein.« Horndeich musste sich eingestehen, dass er außer den Städtenamen Madrid, Barcelona und vielleicht noch Sevilla eigentlich gar nichts in Spanien kannte. Doch. Er wusste, dass Mallorca auch zu dem Land gehörte.

»Torremolinos – das war in den Sechziger- und auch noch in den Siebzigerjahren das Hippie-Paradies. Der amerikanische Schriftsteller James A. Mitchener hat Anfang der Siebziger ein Buch darüber geschrieben: *Die Kinder von Torre-*

molinos. Meine Schwester hatte das Buch damals gerade gelesen und wollte unbedingt dorthin. Und offensichtlich hat sie da unten etwas gefunden, nach dem sie gesucht hatte. Auf jeden Fall war sie erst ein halbes Jahr später wieder hier.«

»Ihre Eltern waren nicht begeistert, oder?«

Alfredo zuckte die Schultern. »Mein Vater konnte toben und schreien. Darin war er gut. Im konsequenten Durchsetzen irgendwelcher Erziehungsmaßnahmen, besonders bei meiner Schwester – dafür war stets meine Mutter zuständig gewesen. Der Trip nach Spanien hat meine Schwester ein Jahr Schule gekostet – aber sie hat dann ihr Abi tatsächlich noch gemacht.«

»Warum sind Ihre Eltern eigentlich nach Deutschland gekommen?«

»So ganz habe ich das auch nie verstanden. Mein Vater war damals in Spanien Immobilienmakler. Er hatte Wirtschaft studiert. Als er damit fertig war, blühte in Spanien gerade der Tourismus auf. Da wurden Bettenburgen hochgezogen, aber auch edelste Ferienhäuser. Er hat, glaube ich, auch ganz gut verdient damals. 1972 sind sie dann nach Darmstadt gezogen. Mein Vater hat bei der Firma Schenck angefangen. Sie kennen die Firma ja sicher, oder?«

Natürlich kannte Horndeich das renommierte Darmstädter Werk. Noch heute genoss das Maschinenbauunternehmen einen exzellenten Ruf, etwa bei Auswuchtmaschinen, mit denen man zum Beispiel die Schaufelräder einer Flugzeugturbine bis aufs letzte Nanogramm auf perfekten Rundlauf trimmte. Soweit sich Horndeich erinnerte, hatte das Unternehmen in den Siebzigerjahren mehrere Tausend Mitarbeiter. All dieses Wissen steckte in dem kurzen »Ja«, mit dem er auf Alfredos Frage antwortete.

»Klar, damals gab es den Gastarbeiterboom. Und mein Vater hat bei Schenck sicher auch nicht schlecht verdient, zumal er unglaublich ehrgeizig war: Innerhalb eines Jahres sprach er perfekt Deutsch, nur mit leichtem spanischem

Akzent. So hat er es auf jeden Fall immer erzählt. Und er ist dann sehr schnell aufgestiegen in der Firmenhierarchie. Aber dann hat er gekündigt.«

»Wieso das denn?«

»Mein Vater war sehr gut verwurzelt in der spanischen Community in Darmstadt. Heute würde man sagen: Er war perfekt vernetzt. Ein Landsmann von ihm, der ebenfalls früher einmal mit Immobilien gehandelt hatte, wollte sich hier in Deutschland, also in Darmstadt, selbstständig machen. Aber er war bei Weitem nicht so sprachgewandt wie mein Vater. Also gründeten beide gemeinsam ein Büro als Immobilienmakler.

Und, was soll ich sagen? Sie waren erfolgreich. Mein Vater war erfolgreich. Nach fünfzehn Jahren hatte er seinen Kompagnon ausbezahlt und die Firma allein betrieben. Er hatte immer einen unglaublich guten Riecher für Immobilien. Und ein deutschlandweites Netzwerk. Deshalb hat er auch zugeschlagen, als dieses Gut zu verkaufen war.« Alfredo drehte sich um und machte eine weit ausladende Geste über das ganze Land, das sie sahen. »Für einen Appel und ein Ei. Keine Ahnung, was er damals im Sinn gehabt hat. Vielleicht dieses Herrenhaus als Altersruhesitz. Aber da wurde ja nichts draus. Mein Vater war keine sechzig Jahre alt, als unsere Mutter starb. Sie war nur fünfundfünfzig Jahre alt geworden.«

»Ihre Schwester besitzt drei Immobilien. Hat sie die selbst gekauft?«

Es war leise, es war im Freien kaum zu hören, und doch nahm Horndeich es wahr: das verächtliche Schnauben, das wie ein unterdrücktes Niesen klang. Oder war es nur ein Niesen gewesen?

»Mein Vater besaß, als er 2012 starb, vier Immobilien: dieses Gutshaus mitsamt dem Land darum. Das Haus im Löwensternweg, das er in den Achtzigerjahren gebaut hat. Und dann die beiden Mietshäuser im Martinsviertel. Gründerzeitbauten, die, so hatte er damals bereits richtig erkannt, in der Preisentwicklung nur einen Weg kannten: nach oben. Diese vier Immobilien hat er uns Kindern vererbt. Meine Mutter war ja schon viel früher verstorben: bereits 1999 an Krebs. Na ja, ich habe das Gut bekommen, Maria unser Elternhaus und die beiden Immobilien im Martinsviertel.«

Horndeich war nun wahrlich kein Immobilienfachmann, aber er konnte sich nicht vorstellen, dass der Vater unter den Kindern gerecht geteilt hatte. Sicher, dieses Gut hier bei Pasewalk – es war sicher wertvoll. Besonders jetzt, mit der Landwirtschaft drum herum. Aber Horndeich konnte schwer glauben, dass dieses Gut 2012 so viel wert gewesen war wie zwei Miettempel im Martinsviertel plus einem, wenn auch kleinem Haus mit passablem Grundstück im Darmstädter Komponistenviertel. Dort reihte sich Villa an Villa. Müsste er wetten, würde er allein dieses Grundstück im Komponistenviertel höher bewerten als das gesamte Gut hier im deutschen Randbezirk.

Als ob Alfredo Jimenez Horndeichs Gedankengänge lesen konnte, sagte er: »Nein, diese Aufteilung war definitiv kein fifty-fifty. Meine Schwester ist deutlich besser weggekommen.«

Horndeich ließ den Satz im Raum schweben. Eigentlich hätte er wie ein Gewitterwölkchen am Himmel stehen müssen, aber die Stimmung, die Jimenez ausstrahlte, empfand Horndeich eher als eine Anreicherung freundlicher Kumuluswolken.

Es dämmerte nun zunehmend, Horndeich nahm das Schulterzucken Alfredos nur schemenhaft wahr. »Herr Horndeich, ich lebe hier seit fünfundzwanzig Jahren. Immer noch mit derselben Frau. Wir haben drei wohlgeratene Kinder. Wir leben in einem wunderschönen Haus, unsere Existenz ist gesichert, auch wenn wir keine großen Sprünge machen können. Aber da gibt es andere, denen geht es schlechter. Ich will da nicht undankbar sein.«

»Kein Groll?«

»Kein Groll. Maria war immer Papas Liebling. Es gibt Menschen, die leiden ein Leben lang darunter, dass die Eltern die Geschwister mehr geliebt haben. Da gehöre ich nicht dazu. Ich habe ein gutes Leben. Alles andere ist irrelevant.« Er hielt kurz inne, dann sagte er: »Vielleicht sollten wir jetzt zurückgehen. Es wird dunkel.«

Zunächst liefen sie den Weg schweigend entlang. Dann fragte Horndeich: »Hat Ihre Schwester Sie öfters besucht?«

»Ab und an, ja. Nicht oft, vielleicht einmal im Jahr, manchmal auch nur alle zwei Jahre.«

»Gab es einen konkreten Grund für Sie, sie damals vor acht Jahren zu besuchen? Gab es irgendetwas zu besprechen?«

»Nein, Herr Horndeich, nichts. Es war einfach nur ein Besuch.«

Wieder ein paar Schritte des Schweigens, dann sagte Alfredo: »Stellen Sie mir doch ganz einfach Ihre Fragen. Auch die unangenehmen. Dann haben wir es hinter uns.«

Horndeich musste nicht lange überlegen. Er beschloss, den Stier bei den Hörnern zu packen: »Haben Sie das Haus angezündet?«

Er rechnete damit, dass Alfredo nun aufbrausen würde. Doch der antwortete nur seelenruhig: »Herr Horndeich, es gibt zwei Argumente, die dagegensprechen, dass ich das Haus meiner Eltern angezündet habe. Das erste ist: Ich war hier. Und meine Frau kann das bezeugen. Ich habe also ein Alibi.« Er machte eine Pause, dann fuhr er fort: »Ich weiß, dass Sie früher einmal Mordermittler waren.«

Horndeich hob eine Augenbraue, was Alfredo nicht sehen konnte. Aber offensichtlich spürte. »Frau Welzer hat mich mit dieser Information versorgt, nachdem wir uns ja im Löwensternweg getroffen hatten. Und weil Sie Mordermittler waren, weiß ich auch, dass Ihnen ein Alibi, das eine Ehefrau gibt, nicht wirklich viel bedeutet. Deshalb möchte ich Argument Nummer zwei ins Spiel bringen: Welchen Grund hätte ich, das Haus abzufackeln? Ich glaube, bei euch Kriminalisten heißt das immer ›cui bono‹ – wer profitiert davon? Ich definitiv nicht. Denn ich werde der Alleinerbe meiner Schwester sein. Sie hat keinen Ehemann, sie hat keine Kinder. Dann bin ich, als das einzige Geschwister, der Alleinerbe. Warum sollte ich also mein Erbe schmälern? Es ist vielmehr so, dass ich Ihnen, wenn Sie herausfinden, wer das Arschloch war, der das Haus abgebrannt hat, gerne eine Belohnung zahle. Sagen wir zehntausend Euro?

Sie könnten jetzt natürlich einwenden, dass meine Schwester nicht tot ist. Da stimme ich Ihnen zu. Aber in zwei Jahren wird sie für tot erklärt. Dann werde ich ihren Besitz erben. Ich wäre schon ziemlich blöd, wenn ich ihn vorher abfackeln würde.«

»Sie würden sie für tot erklären lassen?«

»Glauben Sie denn wirklich, dass sie noch am Leben ist? Ich kann mir das kaum vorstellen. Ich glaube, sie ist damals nach Spanien abgehauen, hat mit ihrem bürgerlichen Leben gebrochen, ist nach Torremolinos oder sonst wohin, wo Hippies glauben, glücklich sein zu können. Und dann hat sie jemand ausgeraubt. Wenn Sie die Akte gelesen haben, dann haben Sie ja gesehen, dass sie eine große Menge Bargeld abgehoben hat. Ich glaube, dass ein paar Tage danach ihr jemand ein Messer in die Rippen gestoßen und sich dann die Kohle gekrallt hat.«

»Wie kommen Sie darauf?«

»Ganz einfach: Sie hat früher immer Kärtchen aus dem Urlaub geschickt – sogar von ihrem ersten Trip nach Torremolinos. Sie hat damit riskiert, dass sich ihr Vater in den nächsten Flieger setzt und nach ihr sucht. Sie hat auch später immer wieder Lebenszeichen von sich gegeben. Deshalb glaube ich, dass ihr in Spanien irgendetwas zugestoßen ist. Was auch der Grund ist, weshalb ich sie in zwei Jahren für tot erklären lassen werde. Ich bin keiner von diesen sentimentalen Glücksrittern, die glauben, dass ein Verschwundener nach fünfzehn Jahren aus dem Nebel zurück ins Leben tritt.«

»Gut, dann schieße ich mit der nächsten unbequemen Frage los: Was ist mit dem Tresor?«

Alfredo blieb stehen. Sah Horndeich unvermittelt an. »Was für ein Tresor?«

Horndeich schilderte kurz die wundersame Entdeckung des verschlossenen Tresors.

»Hm, da würde ich mal von ausgehen, dass entweder Frank Schröder ihn eingebaut hat – oder sein Vorgänger, dieser Ullrich.«

»Nein, die beiden können wir ausschließen. Die hatten auch keinen blassen Schimmer von diesem Tresor.«

Alfredo zögerte. Dann sagte er: »Dann gibt es nur zwei mögliche Erklärungen: Mein Vater hat ihn einbauen lassen. Oder Maria. Nachdem sie 2012 in das Haus eingezogen ist. Sie ist da gleich rein, nachdem mein Vater verstorben ist.«

»Haben Sie den Tresor nie gesehen?«

»Nein. Ich habe nie einen Tresor gesehen. Ich traue meinem Vater zu, dass er einen Tresor ins Haus eingebaut hat. Und dass er ihn so eingebaut hat, dass er auf den ersten Blick nicht zu sehen war. Mein Vater war immer ein wenig paranoid, was seine Finanzen anging. Am liebsten hatte er Bargeld. Möglichst gut versteckt. So gut, dass auch ich – und ich glaube, auch Maria – keine Ahnung hatten, wo. Ich kann mir vorstellen, dass selbst meine Mutter das nicht wusste.«

»Der Tresor war fest im Boden verschraubt. Kaum vorstellbar, dass er nachträglich eingebaut worden ist.«

Alfredo zuckte die Schultern. »Dann hat mein Vater ihn bereits installiert, als er das Haus hat bauen lassen. Kann gut sein.«

»Haben Sie eine Ahnung, was da drin sein könnte?«

»Nein. Überhaupt nicht.«

Viele Fragen hatte er nicht mehr, aber die nächste wäre eine für ihn sehr wichtige. »Hatte Ihre Schwester irgendwelche Kontakte nach Köln?«

»Nach Köln? Wie kommen Sie darauf?«

Horndeich griff in die Innentasche seines Jacketts, das er vor Beginn des Spaziergangs übergezogen hatte. Darin befand sich eine Kopie des Briefes an Diego Lopez, eine von mehreren, die er vorsorglich angefertigt hatte. Er reichte sie Alfredo.

»Herr Horndeich, ich kann das bei dem Licht doch kaum mehr lesen!«

»›Maria Jimenez ist nicht mehr am Leben.‹ Das steht auf diesem Blatt Papier. Nichts weiter. Kam in einem Brief, der in Köln abgestempelt worden ist. Der Brief war an Ihren Cousin Diego Lopez adressiert.«

»Aus Köln? Keine Ahnung. Fällt mir niemand ein. Mein Vater hat ganz bestimmt auch irgendwelche Kontakte nach Köln gehabt, so, wie er in jeder großen deutschen Stadt Kontakte hatte. Aber was das mit Maria zu tun haben könnte? Keine Ahnung.«

»Kein Lover? Oder Ex-Lover?«

»Keinen, den ich kennen würde.«

Wieder gingen sie einige Minuten schweigend nebeneinander. So beredt der Hinweg gewesen war, so leise waren jene schweigenden Minuten zwischen Horndeichs Fragen. Aber eine Frage hatte er noch: »Eins würde mich noch interessieren.«

Alfredo lachte auf. »Sie waren als Cop sicher ein harter Hund!«

Darüber hatte Horndeich bislang niemals nachgedacht. Ein harter Hund? Nein, so hatte er sich nie wahrgenommen. Eher als ein schweigsamer Chihuahua – okay, das war ein Widerspruch in sich –, aber er war mehr der Wadenbeißer gewesen. Und auch wenn der Gebissene zappelte und strampelte, ließ er, Horndeich, sich nicht abschütteln. Er erörterte seine Überlegungen gegenüber Alfredo nicht, sondern fragte: »Ihr Cousin, Diego Lopez, warum hat er das E-Bike und den Smart Ihrer Schwester an die Ullrichs vertickt?«

»Er hat den Smart vertickt?«

»Ja. Frau Ullrich war ganz happy darüber.«

Alfredo seufzte tief. »Das hätte ich von Diego nicht erwartet. Wirklich nicht.«

»Und das heißt?«

»Nachdem meine Schwester verschwunden war, hatte ich ein Problem. Ich war der einzige direkte Verwandte. Meine Schwester hatte die Immobilien geerbt, also, ich rede jetzt besonders von denen, in denen Mieter wohnten. Das war auf dem Grundbuchamt alles beurkundet und so weit in trockenen Tüchern. Sie hat dann eine Hausverwaltung beauftragt, die sich um die Abrechnungen kümmern sollte. Und in dem einen Haus gab es dann einen Kurzschluss. Die Hausverwaltung wollte von mir wissen, wen ich beauftragen wollte, da meine Schwester ja derzeit nicht da sei. Das war der Moment, wo mir klar wurde, dass ich den Besitz meiner Schwester nicht allein verwalten kann. Diego hat damals in Darmstadt gearbeitet, ebenfalls bei einer Hausverwaltung, aber einer anderen. Doch er hatte Ahnung von der Materie. Also habe ich mit ihm gesprochen. Er war bereit, sich ein paar Euro dazuzuverdienen, indem er den Besitz meiner Schwester verwaltete. Und ich habe ihm hundertprozentig vertraut. Und Sie sagen, er hat den Smart einfach an Frau Ullrich verkauft?«

»Sieht so aus.«

»Wir haben das Haus meiner Eltern ja lange leer stehen lassen. Erst als sie nach zwei Jahren immer noch nicht zurückgekommen war, hatten wir beschlossen, das Haus zu vermieten. Ich habe Diego damals noch geholfen, jemanden zu finden, der das Haus ausräumt und all die Sachen einlagert. In einem Lagerraum und einer Garage. Daher bin ich davon ausgegangen, dass der Wagen auch dort untergebracht wurde. Und das E-Bike?«

»Ja, das hat er Frau Ullrich auch überlassen.«

»Sie hatte damals bei dieser E-Bike-Manufaktur gearbeitet. In Weiterstadt. E-Bike, Elektroauto – immer, wenn sie bei uns war, erzählte sie uns, wie Umweltbewusstsein funktioniert. Ökostrom, Elektroauto, Elektrofahrrad, alles ach so sauber. Dass wir auf unserem Hof nur Bio-Produkte erzeugen, das hat sie hingegen kaum wahrgenommen. Sich aber dafür heftig über meinen alten Benz und unsere Familienkutsche, den Range-Rover, mokiert. Sie haben ihn ja gesehen. Dass Ökostrom auch nur in der Menge verkauft werden kann, die auch tatsächlich durch Wind und Wasser und Sonne produziert wird, das hat sie verdrängt. Ökostrom für Maria, und die böse Industrie muss dann den Kohlestrom kaufen. Sie war sehr – verblendet, möchte ich es nennen.«

»Also hat Diego das Auto auf eigene Rechnung verkauft?«

Alfredo zuckte wieder mit den Schultern, wobei Horndeich nur noch den Hauch der Bewegung erkennen konnte. Es war inzwischen fast ganz dunkel geworden. »Kann sein. Ich habe die Bücher nicht geprüft. Er musste vor dem Amtsgericht Rede und Antwort stehen. Wenn er unter der Hand irgendeinen Deal abgeschlossen hat, vielleicht auch mit Bargeld oder auf ein anderes Konto – da hatte ich keinen Zugriff.«

»Der Nachlasspflegerin Jana Welzer ist außerdem aufgefallen, dass bei den eingelagerten Sachen kaum etwas Persönliches ist. Ein paar Fotoalben, eine Fotokiste Ihrer Schwester – und eine Schmuckschatulle, allerdings mit deutlich dezimiertem Inhalt. Hat Ihr Cousin sich vielleicht auch daran vergriffen?«

Alfredo Jimenez zuckte mit den Schultern. »Bevor Diego sich um die Räumung des Hauses gekümmert hat, bin ich noch einmal durchgegangen. Habe mir zwei, drei persönliche Gegenstände mitgenommen. Ein Fotoalbum, das meine Mutter über mich angelegt hat, von der Geburt bis zum achtzehnten Geburtstag. Das war's. Um alles andere hatte sich Diego gekümmert. Und meine Dankbarkeit darüber überwiegt bei Weitem den Groll, wenn er dabei ein paar Scheine eingesteckt hat.«

Horndeich wechselte das Thema. »Hatte Ihre Schwester vielleicht doch einen Lebensgefährten? Einen Freund?«

Jedes Mal, wenn Horndeich nun eine Frage stellte, blieb Alfredo stehen. »Habe ich Ihnen schon mal gesagt, ich habe keine Ahnung. Aber ich glaube es nicht.«

Sie gingen weiter.

»Ganz tief in ihrem Herzen war meine Schwester ein Hippie. Und sie hat in ihrem Leben am meisten darunter gelitten, dass sie dafür zwanzig Jahre zu spät geboren worden war. Meine Schwester hat den genauen Gegenentwurf zu meinem Leben gelebt: Ich habe geheiratet, ich bin strikt monogam, habe drei Kinder in die Welt gesetzt – mit ein und derselben Frau. Diese drei Kinder erziehe ich mit ihr jetzt. Und dafür haben wir ein Nest gebaut: dieses Haus und das dazugehörende Gut, das uns ernährt. Und meine Schwester konnte ihr Hippietum nur ausleben, weil unser Vater sie mit so viel Kohle bedacht hat, dass sie eigentlich nicht mehr hätte arbeiten müssen.«

Wieder ein paar Meter, dann stellte Horndeich die letzte und absolut unprofessionelle Frage. Und doch war er sich sicher, dass sie an dieser Stelle richtig und wichtig war: »Haben Sie Ihre Schwester eigentlich geliebt? Also, eigentlich meine ich, lieben Sie sie?«

»Sie ist jetzt acht Jahre weg. Ich glaube nicht, dass sie wiederkommt. Zu dem Zeitpunkt, als sie fortgegangen ist – ja, da habe ich sie geliebt. Weil sie meine Schwester ist. Aber nicht, weil ich ihren Charakter oder ihre Überzeugungen geliebt habe. Beides war für mich eher befremdlich.«

ROCIO VI

Ich war eine glückliche werdende Mutter.

Nun, eine leidlich glückliche.

Als wir das zweite Mal miteinander schliefen, war das Kondom gerissen. Dies war vor fünf Monaten passiert. Mein Bauch schwoll bereits deutlich an. Es war wie damals mit meinem Busen: Mein Baby wollte wachsen, so schnell es eben ging.

Oriol würde ein guter Vater sein. Immer legte er seine Hand auf meinen Bauch. Er küsste mich. Nicht nur meinen Mund, sondern auch meinen Bauch, meinen Bauchnabel, mich, mich, mich, die ich sein Kind austrug. Und es ließ sich schon sagen, dass es ein großes Kind werden würde. Und eigentlich, auch wenn ich mich das kaum zu sagen traute, wollte ich nur noch eines: Dass dieses Kind endlich auf die Welt kam.

Dabei waren jene vertrauten Momente sehr dünn gesät. Oriol lebte damals mit vier Freunden in einer Altbauwohnung. Alle vier einte ihre politische Überzeugung und jene, dass man nicht nur reden dürfe, sondern zur Tat schreiten müsse. Weshalb, wenn auch nur einer von ihnen gleichzeitig mit Oriol in der Wohnung war, sofort diskutiert wurde. Es fanden sich nur wenige Stunden in einer Woche, in der wir tatsächlich zu zweit auf seiner Matratze lagen.

Oriol und mein Vater waren sich von Beginn an in tiefer Abneigung verbunden. Oriol hielt meinen Vater für einen Bourgeois – einen jener, die kaum eigenes Geld hatten, aber das ihrer Vorfahren gerne anzapften. Die ihr Geld eigentlich den Arbeitern hätten geben müssen. Da kannte er kein Pardon. Und mein Vater hatte seinerseits nicht mit Kritik an Oriol gespart. Er bezeichnete ihn als Tunichtgut, als Mann, der es zu nichts bringen würde. Der niemals in der Lage wäre, eine Familie zu ernähren. Der ebenfalls ausschließlich vom Geld seiner Eltern lebte – allerdings zu faul war, selbst zu arbeiten. Bereits ihre zweite Diskussion endete neben verbalen fast auch mit körperlichen Attacken, wäre meine Mutter nicht beherzt dazwischengegangen. Kaum hatte Oriol die Tür hinter sich zugeschlagen, schrie auch ich meinen Vater an und schlug meinerseits die Tür meines Zimmers zu.

In erster Linie war ich schwanger, ich spürte das Baby bereits. Und meine Hosen passten alle nicht mehr. Ich wollte Harmonie. Dass der Vater meines Kindes und meine Eltern sich verstünden. In zweiter Linie überwog plötzlich der Inhalt der Worte der schönen Stimme meines Freundes. Und es gab Streit. Die schöne Stimme wurde laut – nun auch mir gegenüber. Und war nicht mehr schön. Auch ich wurde laut. Meine Stimme war sicher auch nicht mehr schön.

Und doch denke ich, Oriols Ideen einer gerechten Gesellschaft waren richtig. So empfand ich das. Und wenn unser Kind in eine solche Gesellschaft geboren würde, dann wäre alles richtig.

Ich hatte gehofft, Oriol würde um meine Hand anhalten. Nach dem Streit mit meinem Vater fürchtete ich, er würde sich das jetzt nicht mehr trauen. Also sprach ich das Thema an. Wünschte uns beide als kleine Familie. Und ich war mir sicher, mein Vater würde uns nach Kräften unterstützen. Ja, er hatte Geld gehabt. Nicht so viel, dass er nicht mehr hätte arbeiten müssen. Aber doch so viel, dass wir eine Reserve hatten. Insofern fand ich Oriols Kritik an meinem Vater, irgendwo ganz tief im Inneren, ziemlich ungerecht. Denn Oriol hatte in seinem Leben noch keine Peseta selbst verdient. Auf meine zarte Andeutung hin, wir könnten doch heiraten, hatte er mich angeschaut, als hätte ich ihn gefragt, ob er nicht eine Karriere als Bankkaufmann anstreben wolle.

»Du bist genauso Bourgeois wie deine Eltern!«, herrschte er mich an.

Ja, auch danach haben wir noch miteinander geredet. Aber die harmonische Zeit war definitiv zu Ende. Bella, ciao …

DIENSTAG, 15. JUNI

Wieder saß er in seinem Mazda, wieder fuhr er auf der A 20, diesmal gen Süden.

Paula Jimenez hatte ihm noch ein perfektes Frühstück kredenzt. Käse, Wurst, Marmelade – Weißbrot, Vollkornbrot. Rührei, zubereitet aus den Eiern von den Hühnern keinen halben Kilometer entfernt. Wie natürlich auch die Wurst. Okay, die stammte nicht direkt vom Feld nebenan. Der Metzger ihres Vertrauens war in Pasewalk beheimatet, und das lag rund fünf Kilometer entfernt. Aber Horndeich hatte anerkennend feststellen müssen, dass das Fleisch der Tiere, das er hier aß, nicht Hunderte oder Tausende Kilometer hin- und herkutschiert worden waren. Kein schlechter Ansatz.

Auch die Kinder von Alfredo und Paula hatten sich wohlerzogen von ihm verabschiedet. Ja, Horndeich fühlte sich ein wenig an seine eigene Familie erinnert. Ein Ehepaar, fest zusammengeschweißt. Der Nachwuchs, so erzogen, dass man ihn guten Gewissens auf die Menschheit loslassen konnte. Er wusste nicht, ob er Alfredo mochte. Aber er war sich sicher, dass er die kleine Familie mochte.

Horndeich freute sich darauf, den Abend mit seiner Familie zu verbringen. Gestern war Montag gewesen. Und er hatte seinen Kindern nicht vorgelesen. Okay, das passierte immer mal wieder. Er musste für den Lebensunterhalt seiner Familie sorgen, zumindest zu zwei Dritteln, und das kostete manchmal auch einen Montagabend oder einen Donnerstagabend. Aber er wollte es nicht zur Gewohnheit werden lassen. Und er war sich sicher, dass seine Kinder den Ausgleich für gestern heute einfordern würden.

Was hatte er also an neuen Erkenntnissen gewonnen? Die Schilderungen von Alfredo ließen es wahrscheinlich erscheinen, dass Maria sich acht Jahre zuvor nach Spanien abgesetzt hatte. Und auch die Theorie, dass ihr dort etwas zugestoßen war, konnte Horndeich nicht als gänzlich abwegig in die Tonne treten.

Kurz überlegte er. Dann entschied er, dass er die Witwe von Diego Lopez heute noch aufsuchen würde. Er rief Jana an, damit sie ihm die Kontaktdaten gab. Dann rief er Barbara Lopez an.

Nein, sie war nicht begeistert davon, dass sie heute noch mit ihm reden sollte. Aber wenn Horndeich in seinem Job als Kripobeamter etwas gelernt hatte, dann war es überzeugendes Auftreten und Beharrlichkeit. Natürlich waren diese Eigenschaften bei einem Telefonat, während man mit 130 auf der Autobahn fuhr, etwas schwerer umzusetzen, aber es gelang ihm dennoch. Um sechzehn Uhr würde er bei Barbara Lopez aufschlagen.

Horndeich parkte seinen Mazda direkt vor Barbara Lopez' Haus in der Jahnstraße. Im Darmstädter Paulusviertel waren Parkplätze nur Mangelware. Im Rest von Darmstadt waren sie Raritäten. Ja, er wusste, dass sein Gefährt ein wenig aus der Zeit gefallen war. Fünf Meter lang und siebenundzwanzig Jahre alt. Sechs Zylinder. Er durfte nicht einmal mehr durch den Darmstädter Tunnel unter der Stadt fahren und nach links abbiegen – diese Spur war für alle alten Dieselfahrzeuge gesperrt. Und auch für alle Benziner bis Euro 2. Da zählte es nichts, dass sein Wagen dann halt eineinhalb Kilometer Umweg fahren musste – inklusive Abgase – und dass er fast dreißig Jahre lang fuhr, ohne dass seinetwegen ein Neuwagen hätte gebaut werden müssen. Man konnte Ökobilanzen so oder so rechnen.

Barbara Lopez wohnte im ersten Stock eines wunderschönen Hauses, das sicher mehr als einhundert Jahre alt war.

Wenn auch nicht viel mehr. Mit ihren aristokratischen Zügen und ihrer schlanken, würdevollen Erscheinung fügte Frau Lopez sich perfekt ins Ambiente des Gebäudes. Es war Jahre her, da hatte er einmal eine russischstämmige Freundin gehabt. Die hatte ihm ein Video gezeigt von einer Französin: Marie Laforêt. Die hatte damals in der Sendung »Disco« ein Lied gesungen: *Viens*. Und genau an diese Sängerin erinnerte ihn Barbara Lopez. Eine fragile Frau, die auf Männer so wirkte, als stünde auf ihrer Stirn geschrieben: »Beschütz mich!«

Sie bat ihn ins Wohnzimmer. Wohlfühlatmosphäre pur. Lederne Sitzmöbel, helles Tageslicht, geschmackvolle Schränke und Regale. Aber nicht zu viele.

Und dann stand da noch ein Schloss. Mit viel Glitzer und viel Rosa. Horndeich kannte das Plastikmodell sehr gut. Stefanies Prinzessinnen-Phase und auch ihre Playmobilphase waren nur kurz gewesen. Aber teuer. Sie hatte sich, als sie sechs Jahre alt geworden war, genau dieses Schloss gewünscht. Und bekommen. Woraus Horndeich messerscharf schloss: Auch hier wohnte ein Mädchen, das ebenfalls ungefähr in diesem Alter sein durfte.

Barbara Lopez' Blick folgte Horndeichs. »Gehört unserer Tochter Lydia. Sie ist noch bei einer Freundin. Ich hole sie erst zum Abendessen wieder ab. Möchten Sie vielleicht eine Tasse Kaffee?«

Horndeich lehnte nicht ab. 750 Kilometer auf der Autobahn – selbst mit seinem Mazda war das anstrengend gewesen.

Während Frau Lopez in Richtung Küche verschwand, schaute Horndeich noch mal auf die Spielzeugecke und entdeckte doch ein paar Unterschiede: War Stefanies Schloss von einer Prinzessin und sicher zehn Prinzen bevölkert worden, die selbstverständlich das schicke Cabrio vor dem Gebäude abgestellt hatten, bot sich hier ein anderes Bild: Das Schloss glich eher einem Frauenhaus von Einhorn-Besitzerinnen: Denn in der umzäunten Koppel grasten sicher fünfzehn dieser Fabelwesen inklusive dreier Einhorn-Fohlen.

Horndeich war ein wenig eingedöst, als Barbara Lopez mit dem Tablett in den Raum trat. Sekunden später stand die Tasse Kaffee vor ihm. Beide nahmen ein Schlückchen, dann sagte Frau Lopez: »Herr Horndeich, was genau möchten Sie von mir wissen?«

»Ihr Mann, er hat bei einer Hausverwaltung gearbeitet?«

»Ja. Aber das wissen Sie doch schon.«

Schlagfertig war sie also auch. Hätte er sich etwas schlauer anstellen müssen. 750 Kilometer im Auto waren nicht die beste Vorbereitung auf eine Befragung. »Frau Lopez, Ihr Mann war auch als Abwesenheitspfleger für seine Cousine Maria Jimenez tätig.«

Schweigen.

Klar. Hatte Horndeich wieder verbockt. Jede Aussage ohne Fragezeichen brachte eine Befragung nicht weiter.

»Sie wussten davon?«

Nur ein kurzes Zögern. Dann sagte Barbara Lopez: »Natürlich. Sie war schließlich seine Cousine. Es war schlimm genug, dass sie plötzlich verschwunden war.«

»Haben Sie sie denn gut gekannt?«

Barbara Lopez hob die Tasse. Führte sie an den Mund. Nahm einen Schluck Kaffee. Zwei Finger und der Daumen hielten den Henkel der Tasse, der Ringfinger war unbeschäftigt, der kleine Finger abgespreizt. Barbara Lopez wirkte auf Horndeich wie eine Adlige, die diverse Benimm-Seminare absolviert hatte.

Frau Lopez setzte die Tasse wieder ab.

»Nein. Ich habe sie nicht gut gekannt. Bevor Diego diese Abwesenheitspflegschaft angenommen hat, habe ich sie, glaube ich, zweimal gesehen.«

Erneut schwieg Barbara Lopez.

Wieder hakte Horndeich nach: »Wann war das?«

Barbara Lopez zögerte. »Ich weiß es nicht mehr genau. Mein Mann hatte ja diese Kontakte zur spanischen Gemeinschaft hier in Darmstadt. Ich bin keine Spanierin. Bei solchen

Veranstaltungen war ich nur das Anhängsel. Zumal ich selbst kein Spanisch spreche. Und es gab Veranstaltungen, da sagte er, er müsse sich dort sehen lassen. So ganz habe ich das nie verstanden, aber ich habe mich gefügt.

Eine Veranstaltung fand bei der IHK statt. Keine Ahnung, worum es ging. Aber Maria Jimenez war auch da. Ich nehme mal an, dass es irgendetwas Ökologisches war. Das hat mir zumindest Diego danach gesagt.

Die andere Veranstaltung – da ging es um irgendeine Fotovoltaikanlage, die auf irgendeinem Dach irgendeiner Firma installiert worden war. Das war, glaube ich, 2012, also ein Jahr bevor sie verschwunden ist.«

»Wissen Sie noch, worum es da genau ging?«

Wieder ein Schluck Kaffee. Dann der direkte Blick in Horndeichs Augen. »Nein.«

Horndeich spürte, dass diese Quelle keine sprudelnde war. Aber eine Frage musste er noch loswerden: »Wissen Sie, ob Maria Jimenez irgendwelche Kontakte nach Köln hatte?«

»Nach Köln?« Da zitterte ein Timbre in ihrer Stimme.

»Ja, nach Köln. Da ist ein seltsamer Brief aus Köln gekommen.«

»Der Brief, den ich dieser Jana Welzer in den Briefkasten gesteckt habe?«

»Ja.«

»Was steht denn in dem Brief?«, wollte Barbara Lopez wissen.

Horndeich griff wieder in die Innentasche seines Jacketts. Geübte Bewegung. Der Brief immer an derselben Stelle. Er entfaltete ihn und reichte ihn Barbara Lopez.

Sie nahm das Blatt Papier, las. Sagte nichts.

»Haben Sie eine Vorstellung davon, wer diesen Brief geschrieben haben könnte?«

Sie schüttelte nur den Kopf. Sagte wenige Sekunden später: »Keine Ahnung.«

»So ganz können wir uns nicht erklären, wer diesen Brief

geschickt hat. Und wieso ausgerechnet an Ihren Mann, der ja nun schon mehr als drei Wochen tot ist.«

Bei diesen Worten zuckte Barbara Lopez zusammen. Ja, Horndeich war schon sensibler gewesen. Er hätte vielleicht den Satz mit dem »Beileid« fallen lassen sollen. »Entschuldigen Sie. Das war jetzt etwas unsensibel.«

In Barbara Lopez' Augen glitzerte es. Tränen im Anmarsch. Okay, das hatte er gründlich verbockt. War einen Versuch wert gewesen. Aber er sollte am Drehbuch für solche Versuche noch ein wenig arbeiten.

MITTWOCH, 16. JUNI

»Zehn Uhr dreißig! Du wirst pünktlich da sein?« Janas mahnende Worte.

Selbstverständlich würde Horndeich rechtzeitig auf der Matte stehen. Doch bevor die Tresor-Party im Polizeipräsidium stiege, würde er noch mit einer Mieterin sprechen. Winora Leibholz war die einzige Mieterin, die nicht nur an Diego Lopez ihre Miete bezahlt hatte, sondern bereits zuvor an Maria Jimenez. Und davor an Maria Jimenez' Vater. Er war am Abend noch die Liste durchgegangen, die ihm Jana zugeschickt hatte. Zuvor hatte er die Häuser im Martinsviertel aufgesucht. Fotos von den Klingelschildern gemacht. Um dann das festzustellen, was Jana ja auch in ihren Ordnern dokumentiert hatte: Es gab nur noch diese eine Mieterin in den beiden Häusern im Martinsviertel, die mit Marias Vater einen Mietvertrag abgeschlossen hatte. Alle Mieterwechsel danach hatte Diego Lopez unter seine Fittiche genommen.

Er hatte sie noch angerufen und um ein Treffen am folgenden Tag gebeten. Wenn es ging, bereits um acht Uhr. »Ist Ihnen das nicht zu früh?«, hatte Frau Leibholz am Telefon gefragt.

Horndeich hatte verneint. Pünktlich hatte er an diesem Morgen an ihrer Tür geklingelt.

»Kommen Sie doch herein«, bat Winora Leibholz Horndeich in ihre Wohnung.

Eine schöne Wohnung mit hohen Decken. Man erkannte, dass die Mieterin dort schon lange Zeit lebte. Ein paar Risse in den Tapeten deuteten darauf hin, dass die Wände in den vergangenen Jahren ein wenig gearbeitet hatten.

Das Wohnzimmer zeugte von erloschenen Einrichtungsidealen. Orange war nun wirklich nicht mehr die Farbe der Zeit. Doch die Türen der Möbel waren genau in dieser Färbung gehalten. Eher Siebziger … Auch Frau Leibholz schien wie das Interieur der Wohnung ein wenig aus der Zeit gefallen zu sein. Sie hatte die siebzig sicher überschritten, auch wenn man ihr auf den ersten Blick eher nur ein paar Jahre jenseits der sechzig attestiert hätte. Aber die Haut des Halses war verräterisch, ebenso wie die der Hände.

Winora Leibholz bot ihm einen Kaffee an, den er dankend annahm. Die Fahrt in den Osten der Republik hatte ihn Kraft gekostet, das spürte er immer noch. Jeweils gut 800 Kilometer in eine Richtung. Dann hatte er mit Barbara Lopez gesprochen. Und die Nacht einfach nur durchgeschlafen. Am Morgen hatte ihm Sandra erzählt, dass sie drei Mal in der Nacht wegen der Kinder aufgestanden wäre. Horndeich hatte davon überhaupt nichts mitbekommen. So tief hatte er geschlafen.

»Seit wann haben Sie diese Wohnung gemietet?«, wollte Horndeich wissen.

»Ach, Herr Horndeich, ich wohne hier schon über fünfundzwanzig Jahre. Ich habe die Wohnung gemietet, als Pablo Jimenez das Haus gekauft hatte. War irgendwann in den Neunzigern. Ich wollte die Wohnung damals kaufen, aber genau in dieser Zeit wechselte der Besitzer, ich war zu spät gekommen. Pablo Jimenez war der neue Vermieter, er wollte nicht verkaufen. Aber ich habe die Wohnung bekommen. Wofür ich ihm heute noch dankbar bin.«

»Und Maria Jimenez? Wann wurde sie Ihre Vermieterin?«

»Da erinnere ich mich genau dran. Anfang 2013. Da hat sie mir gesagt, dass sie die Rechtsnachfolgerin ihres Vaters wäre. Und dass die Miete jetzt erst mal nicht steigen würde.«

Das war sicher für jeden Mieter eine gute Nachricht. »Und wie ging es weiter?«

»Wir haben uns gut verstanden. Sie kam immer wieder

mal auf einen Tee zu mir. Oder abends auch mal auf ein Glas Wein.«

Horndeich wurde neugierig. Elektrisiert. Da gab es eine persönliche Beziehung zwischen dieser Mieterin und Maria Jimenez als Vermieterin? Die erste persönliche Beziehung, von der Horndeich erfuhr. »Haben Sie sich öfter getroffen?«

»Ja. Vielleicht einmal die Woche. Bis sie dann verschwand. Von heute auf morgen.«

»Kam Ihnen das nicht seltsam vor?«

Winora Leibholz lächelte, als sie an Horndeich vorbei aus dem Fenster sah. »Natürlich. Ich konnte mir nicht erklären, warum sie plötzlich nicht mehr da war. Aber auf der anderen Seite: Ich konnte es gut verstehen. Immer wieder hat sie von Spanien gesprochen, ihrem Sehnsuchtsort. Wo ihr Vater einmal gelebt hatte. Und, dann ganz im Südwesten, dieses Torremolinos, der Ort, der ihr so viel bedeutete.«

»Hat sie Ihnen gesagt, dass sie dorthin gehen wollte?«

»Ach, Herr Horndeich, gesagt … Ich habe gespürt, wie sehr es sie dorthin zog. Vielleicht war ich die Einzige, die das verstanden hat. Meine Eltern stammen aus Portugal. Und genauso wie Maria war ich hin- und hergerissen zwischen zwei Orten auf der Welt. Nein, nicht nur Orten, zwischen zwei Zentren meines Lebens. Und nie wusste ich, wohin genau ich gehörte. Als Maria davon erzählte, wusste ich, was sie meinte.«

Womit Horndeich schon deutlich mehr an Informationen erhalten hatte als zuvor.

»Können Sie mir etwas dazu sagen, wie Maria Jimenez ökologisch tickte? Wollte sie die Welt verändern?«

Der Blick von Winora Leibholz zeigte Horndeich, dass er genug erfahren hatte. Die Frau war nicht mehr bereit, Weiteres über Maria Jimenez preiszugeben. Zeit, sie aus der Reserve zu locken. Aber wie? »Haben Sie eine Ahnung, was das Ozonloch für mich bedeutete?«

Winora Leibholz sah Horndeich fragend an.

»Als ich ein Teenager war, da war das Ozonloch ein großes Thema. Fluorchlorkohlenwasserstoffe in jedem Kühlschrank, die das Ozonloch wachsen ließen. Jedes Mal ein schlechtes Gewissen, wenn ich nur für einen Joghurt die Tür des Eisschranks öffnete. Ich glaube, ich habe damals vor dem Ozonloch mehr Angst gehabt als vor jeder Tracht Prügel.«

Horndeich nahm das Lächeln im Gesicht von Winora Leibholz wahr. Es deutete auf einen Hauch von Entspannung hin. Und das war gut.

Er sprach weiter: »Hätte ich damals nicht an der Nadel gehangen, ich hätte ganz sicher gegen das Ozonloch und die Fluorchlorkohlenwasserstoffe protestiert und demonstriert.« Zu viel Offenheit gegenüber einer Zeugin? Nein. Nur er selbst, Horndeich, wusste, dass er hier tatsächlich von sich selbst erzählte. »Diese FCKW sind heute kein Thema mehr. Sicher auch, weil wir damals demonstriert haben. Aber ich frage Sie: Wogegen hat Maria Jimenez demonstriert? Wogegen haben Sie demonstriert?«

Schweigen. Frau Leibholz antwortete nicht.

»Sie sagen nichts. Aber ich bin sicher, dass Sie eine Demonstrantin gewesen sind. Genauso wie Maria Jimenez. Ich glaube, dass es genau das war, was Sie beide verband.« Kein Schuss ins Blaue, eher so ins Blau-Grüne.

Winora Leibholz schwieg noch ein paar Sekunden, aber dann sagte sie: »Sie haben recht, Herr Horndeich, wir haben uns privat getroffen. Wir haben uns privat abgesprochen. Wegen Demos. Ihr großes Thema war der Kohlendioxid-Ausstoß. Der Klimawandel. Sie selbst hatte ihren Frieden damit gemacht, indem sie E-Bike fuhr und ein Elektroauto. Damit, so dachte sie, wäre sie auf der sicheren Seite. Wir haben immer wieder diskutiert, weil ich das nicht so gesehen habe. Ich fragte sie immer, wo der Vorteil darin läge, wenn man mit zigtausend Kubikmetern Wasser und Unmengen von Rohstoffen Batterien produzierte, deren Produktion mehr Energie und Rohstoffe fraß als hunderttausend Kilometer mit einem Benzinauto. Sie hatte keine Lösung dafür, ich auch nicht. Und so verstanden wir uns, auch wenn wir in den Details nicht immer einer Meinung waren. Aber wir wurden – Freundinnen.«

»Und Sie sind dann in Marias Elektrosmart herumgefahren?«

»Nein, wir sind spazieren gegangen. Mathildenhöhe, Rosenhöhe, Oberfeld, das war unser Revier. Zumindest für ein Vierteljahr.«

»Und dann?«, wollte Horndeich wissen.

»Dann war sie plötzlich verschwunden. Von einem Tag auf den anderen. Ich hatte ihre Handynummer. Aber das Handy war ausgeschaltet. Und ich wusste nichts von irgendwelchen Verwandten oder Bekannten. Ich hatte niemanden, bei dem ich anrufen konnte. Außer bei den Krankenhäusern. Das habe ich auch getan. Aber dort war sie nicht eingeliefert worden.«

Wieder dieses Schweigen im Raum.

Horndeich kannte es bereits vom Gutshof bei Pasewalk.

Er hielt es aus. Und es war Winora Leibholz, die wieder das Wort ergriff. »Ich war kurz davor, einfach nach Spanien zu fahren, um zu sehen, ob es ihr gut ging. Aber ich hatte ja überhaupt keine Anhaltspunkte, wo sie sich aufhielt. Ob sie sich überhaupt dort aufhielt. Wenig später tauchte dann dieser Diego Lopez auf, ein Cousin. Der ihre Geschäfte in die Hand nahm. Aber zum Glück auch nicht gleich die Miete hochsetzte. Aber er hatte auch keine Ahnung, wo Maria war.«

In Winora Leibholz' Augen sammelten sich Tränen. Und wie auf Kommando rannen sie, der Schwerkraft gehorchend, über ihre Wangen.

Vielleicht die richtige Zeit für Horndeich, noch eine Frage zu stellen: »Frau Leibholz, wissen Sie, ob Maria Jimenez irgendeinen Bezug zu Köln hatte? Kannte sie dort Leute? Hatte sie vielleicht irgendwelche Geschäftsbeziehungen dorthin?«

»Köln?« Das war die einzige Reaktion von Winora Leibholz.

»Köln«, antwortete Horndeich.

»Ich kenne niemanden in Köln. Und Maria hat mir auch niemals von jemandem erzählt, den sie in Köln kennen würde.«

Horndeichs Seufzer war nur leise. Jana hätte ihn vielleicht wahrgenommen. Vielleicht auch seine Frau. Aber sonst niemand.

Die Spur über Winora Leibholz nach Köln existierte nicht.

Es wäre auch zu schön gewesen.

Zehn Uhr dreißig. Um diese Zeit musste Jana am Polizeipräsidium einchecken, sozusagen. War ein bisschen knapp geworden, aber um 10:27 Uhr lenkte sie ihren roten Jaguar XF auf den Parkplatz. Sie erkannte, dass Horndeich seinen Mazda bereits dort abgestellt hatte. Aber ihn selbst sah sie nicht. Sie stieg aus, verriegelte den Wagen, da kam Horndeich schon auf sie zu.

»Einen wunderschönen guten Morgen wünsche ich«, sagte er in ihre Richtung.

Jana nickte ihm zu.

»Der Tresor schon hier?«, wollte Horndeich wissen.

»Keine Ahnung«, erwiderte Jana.

»Na, dann wollen wir mal.« Gemeinsam stiegen sie die Treppen zum Haupteingang empor. Während Horndeich Jana die Tür aufhielt, sagte er: »Ich mach das schon.«

Jana wusste nicht, ob sie sich geschmeichelt fühlen sollte ob der Höflichkeit eines Gentlemans. Denn da grummelte ein wenig Genervtsein in den Untiefen ihres Bewusstseins über sein Sich-nach-vorn-Schieben. Horndeich war schließlich überhaupt nur hier, weil sie ihn mitgenommen hatte.

Sie hörte ihn sagen: »Jana Welzer und Steffen Horndeich. Wir werden erwartet von Leah Gabriely von K10.« Wenigstens nannte er ihren Namen zuerst.

Die Dame hinter der Glasscheibe am Empfang erkannte Horndeich. »Ei, de Ho'nndeisch! Des iss awwä mal schee, dass du disch hiä aach a'mal wi'ddä bligge' lässd!«

Derartigem Dialekt hatte Jana niemals etwas abgewinnen können. Doch Horndeich kostete es nur ein Zwinkern, und schon öffneten sich alle Türen. »Isch ruuf se graad aa', die Leah iss sischä' gleisch bei eusch!«

Tatsächlich öffnete sich die Tür. Sie mussten nicht im Vorraum neben der Pforte verharren. Vielleicht war der Heimvorteil durch Horndeich doch nicht ganz so verkehrt.

Jana setzte sich auf einen der Stühle mit Plastiksitzschalen-Charme. Horndeich blieb stehen. Es dauerte keine zwei Minuten, da trat Leah Gabriely ins Foyer. Jana hatte sie bislang nicht kennengelernt. Sie trug die Haare offen, war gut gekleidet, wirkte auf den ersten Blick ein wenig reserviert. Aber das mochten auch viele Menschen über Jana sagen.

Horndeich machte sie mit der Kommissarin bekannt.

»Der Tresor ist schon da, kommt bitte mit.«

Kommen Sie bitte mit – das wäre die korrekte Form der Anrede gewesen. Aber es gab im Deutschen so eine Grauzone im Plural. Wenn man nur einen in einer Gruppe duzte, war es durchaus möglich, die ganze Gruppe in der Du-Variante anzusprechen. Auch wenn man alle anderen Einzelpersonen tunlichst mit dem Sie bedachte. Manchmal ist unsere Sprache ziemlich seltsam, dachte Jana in diesem Moment.

Leah führte Jana und Horndeich quer durch das Gebäude. Wenig später waren sie wieder im Freien, in einem Innenhof. An dessen Ende stand – der Tresor.

»War gar nicht so einfach gewesen für das THW, dieses Monstrum hierherzubringen. Keine Ahnung, wie dick der Stahl der Außenwände ist – auf jeden Fall hat das Teil mehr gewogen, als wir mit unserer Ausrüstung hätten bewegen können. Gut, dass es da den kleinen Dienstweg zum Technischen Hilfswerk gibt.«

Vielleicht dachte diese Kommissarin, dass sie Jana irgendetwas Neues erzählte. Aber Jana hatte selbst viele Jahre beim THW gearbeitet. Zuerst als Ehrenamtliche in Berlin, während ihres Studiums. Später hatte sie für ein paar Jahre sogar die Regionalstelle Erfurt geleitet. Die Gabriely sollte ihr also besser keine Vorträge über das THW halten.

Neben dem Tresor erkannte Jana auch das Schweißgerät. Und dann den Kollegen in blauer Montur. Er stellte sich vor: »Ich bin der Jörg.« Der Mann war vielleicht fünfzig Jahre alt, und die Nadel seiner Waage zeigte deutlich mehr an als 100 Kilo. Zudem war er mit einem zotteligen Rauschebart gesegnet. »Ich werde jetzt mal versuchen, die Tür dieses Babys so aufzuschweißen, dass der Inhalt nicht beschädigt wird.«

Jana taxierte den Tresor. Definitiv massiv. Sie hatte ja schon erfahren, dass der Panzerschrank die Norm der Klasse C2F erfüllte. Jana schätzte ihn auf ein Gewicht von deutlich mehr als einer halben Tonne. Sie war sich nicht sicher, ob Jörg den Job mit seinem Schweißgerät würde erfüllen können. Dann nahm sie den fragenden Gesichtsausdruck des THW-Mitarbeiters wahr. »Jana?«

Sollte sie den Mann kennen?

»Jana!«

In Janas Gedächtnis rotierten die ihr bekannten Gesichter aus ihrer Zeit beim THW wie ein Rundmagazin in einem Diaprojektor, nur deutlich schneller. Aber diesen untersetzten Mann kannte sie nicht. Oder sie erkannte ihn nicht.

»Sie erkennt mich nicht! Sei froh, dass ich das nicht persönlich nehme!«

Sie erkannte ihn nicht, daran war nicht zu rütteln.

»Jana, mein Mädchen! Haiti! Das Erdbeben damals. Du hast das Ganze geleitet.«

Damit zählte Jörg nur die Fakten auf, die Jana ebenfalls bekannt waren.

»Schon grausam, wenn einem der Blick eines Bekannten so viel deutlicher macht als das eigene Spiegelbild, was für ein alter Sack man geworden ist!« So grausam der Text war, wurde er doch durch das offene Lachen von Jörg etwas abgemildert. »Wir haben uns vor elf Jahren, zwanzig Kilo und 200 Gramm weniger Schurwolle im Gesicht in Haiti kennengelernt. Ich war der, der damals schon geschweißt hat. Zum Beispiel bei den Wasserreservoirs. Die wir in ein paar Metern Höhe installiert haben.«

Das Rundmagazin hielt an. Jetzt kam der Teil mit Photoshop. Bart weg, schlanker, besonders im Gesicht – ja, in diesem Augenblick erkannte sie Jörg. Sie trat auf ihn zu, und er reichte ihr nicht die Hand. Er nahm sie in den Arm und drückte sie fest an sich. Nicht, dass das Jana besonders angenehm gewesen wäre. Sie tendierte eher weniger zu intensiv körperlichen Begrüßungsritualen. Aber doch verschaffte es ihr Leah gegenüber ein oder zwei Sprossen auf der Leiter der Hackordnung. War nicht verkehrt.

»Sie kennen sich. Umso besser. Was ist Ihr Plan, Jörg?« Leah schien von der Bekanntschaft in keiner Weise beeindruckt zu sein.

Jörg wandte sich der Kommissarin zu. »Ich werd jetzt keine Löcher schweißen. Denn dann weiß ich nicht, ob der Inhalt überlebt. Das wird ja nun ziemlich heiß.« Dabei blinzelte er Jana zu. Der Diaprojektor war abgeschaltet, jetzt lief der Filmprojektor: Sie erinnerte sich daran, dass ihr Jörg schon bei dem Einsatz vor elf Jahren unangenehm gewesen war. Immer und überall hatte er die Berührung gesucht. Und es war Jana nicht leichtgefallen, den Abstand zu wahren, ohne diesen Jörg anzuschreien und so ein deutliches Zeichen zu setzen. Damals gab es noch kein Hashtag #MeToo. Und sie hätte eine solche Karte damals auch nicht ausspielen wollen. Zu viel stand auf dem Spiel. Sie wollte, dass die Menschen in ihrem Umfeld mit sauberem Trinkwasser versorgt werden. Sie hatte ihn auch persönlich zur Rede gestellt. Danach hatte er sein Berührungsbemühen von fünf- auf zweimal pro Tag heruntergefahren. Damit konnte sie für die kurze Zeit, die sie noch am selben Ort verbrachten, leben. Aber mehr als das hätte sie nicht toleriert.

»Gut, dann fang ich mal an«, sagte Jörg überflüssigerweise.

Es dauerte eine Weile, bis beide Scharniere der Tür abgeschweißt worden waren. Ein lautes »Dong« markierte den Fall des Letzteren.

»Das glaube ich ja jetzt nicht«, sagte Jörg. Jana wusste sofort, was das bedeutete. Horndeich und Leah hingegen wahrscheinlich nicht. Sie hatte sich in ihrem Leben schon ein wenig mit der Technik von Tresoren beschäftigt, nachdem ihr Vater ihr ein über hundert Jahre altes Modell geschenkt hatte. Das stand in ihrem Büro. Und überragte diesen Tresor vor ihnen deutlich an Größe und Gewicht.

»Er geht nicht auf«, konstatierte Jana nüchtern.

Jörg sah sie entgeistert an. »Ja. Das habe ich so noch nicht erlebt.«

Leah sah Jörg an. Dann Horndeich. Horndeich erwiderte den Blick, schaute zu Jörg. Der zuckte die Schultern.

Jana musste schmunzeln. Das Dreieck des Grauens.

»Was machen wir denn jetzt?« Leahs verzweifelte Stimme.

»Das habe ich so noch nicht erlebt«, wiederholte Jörg Wort für Wort seinen letzten Satz.

Als Horndeichs Blick auf Jana fiel, blaffte er: »Was ist daran denn jetzt so witzig?«

Da erst wurde ihr bewusst, dass sie offensichtlich von einem Ohr zum andern grinste.

Sie hatte sich schon seit dem Telefonat mit dieser Leah Gabriely gefragt, wie sie wohl gedachten, den Tresor zu öffnen. Aber in Leahs Stimme hatte eine solche Selbstsicherheit gelegen, dass Leah diese Aussage nicht kommentiert hatte.

Das Dilemma bei einer Tresoröffnung war immer das Abwägen zwischen der Gewalt, der es bedurfte, um die Tür zu öffnen, und der Dringlichkeit, den Inhalt des Tresors unbeschadet zu lassen. Ganz zu Anfang ihrer Tätigkeit als Nachlasspflegerin hatte Jana in einer Villa einen Safe entdeckt. Er hatte ungefähr die Ausmaße des Geldschranks, der gerade scharnierlos, aber ungeöffnet vor ihnen stand. Sie hatte den Tresor damals ebenfalls mit einem unglaublichen Aufwand aus der Villa transportieren lassen, auf das Grundstück eines Unternehmens, das Lagerfläche vermietete.

Und sie hatte einen Tresoröffner im Internet gesucht. Und gefunden. Der war an- und dem Tresor zu Leibe gerückt. Auch mit einem Schweißgerät. Auf der Habenseite musste man nach der Aktion vermerken, dass der Inhalt desselben danach prinzipiell zugänglich gewesen wäre. Doch leider hatte die Temperatur beim Schweißen solche Gradzahlen erreicht, dass man im Nachhinein nur noch hatte feststellen können, dass es einen Inhalt gegeben hatte. Im Inneren war alles nur noch ein paar Häufchen Asche. Nicht sehr zielführend, hatte Jana damals gedacht.

In der Nacht darauf hatte sie gründlicher recherchiert. Und von kommerziellen Tresorknackern gelesen, die Schlösser ohne Gewalteinwirkung öffnen konnten.

Jana hatte es kaum zu glauben vermocht, aber es gab tatsächlich Spezialisten, die mit den entsprechenden, zumeist selbst gebauten Spezialwerkzeugen fast jeden Tresor zu öffnen in der Lage waren. In Hamburg gab es so eine Firma mit dem passenden Namen »Schlosser«. Die auf ihrer Website und auf YouTube einige Videos zum Thema veröffentlicht hatte.

Drei Monate später hatte Jana in einem anderen Haus vor demselben Problem gestanden: ein in die Mauer einer Wand zementierter Tresor. Verschlossen. Natürlich. Die Stahlkammer befand sich in einer Villa, die inklusive des Grundstücks einen zweistelligen Millionenbetrag wert gewesen war. Da hatte Jana guten Gewissens auch den Tresorknacker in Hamburg anrufen können, ob dieser nicht bereit wäre, sich dem Tresor in der Villa anzunehmen. Mr. Panzerknacker berechnete ein Pauschalhonorar für das Öffnen plus An- und Abfahrt. Das alles unter zweitausend Euro. Jana hatte ihn engagiert.

Was Jana als Erstes beeindruckt hatte: Der Dienstwagen des Panzerknackers war ein simpler Dacia Dokker – ein kleiner Lieferwagen, die Ladefläche allerdings vollgeladen mit Koffern und einem seitlich angebrachten Regal voller Schubladen.

Mit zwei großen Trolleys war er in die Villa gegangen. Hatte über eine Stunde hinweg die verschiedensten Werkzeuge in das Schloss gesteckt. Jana hätte vermutet, er würde ein Stethoskop benutzen, aber Mr. Panzerknacker – der mit Vornamen Heiko hieß – hatte sich ganz auf die Haptik verlassen. Dann hatte er noch ein Spezialwerkzeug aus dem Auto geholt: Sputnik. Es glich einem Planetenmodell ziemlich exakt.

Fünfzehn Minuten später war die Tür geöffnet.

Jana hatte sich seine Visitenkarte geben lassen. Nur ein symbolischer Akt. Schließlich hatte sie ihn ja bereits angerufen. Er hatte ihr die Visitenkarte auch erst beim gemeinsamen Frühstück in seinem Hotel überreicht.

Sie hatte ihn noch zweimal engagiert, dann allerdings nur zum Öffnen von Tresoren. Da hatte er ihr berichtet, dass er in Frankfurt und in München Zweigstellen eingerichtet habe. Und er selbst jetzt von Frankfurt aus agiere. Wenn es mal etwas schneller gehen sollte … Jana fror ihr Grinsen ein, auch wenn es ihr schwerfiel. »Ich hätte da vielleicht noch eine Option.«

Drei Augenpaare starrten sie an.

Das ist mir ein innerer Reichsparteitag, dachte sie in diesem Moment. Wie oft hatte sie als Kind diesen Ausdruck verwendet, ohne ihn überhaupt zu verstehen. Sie wusste nicht mehr, wo sie ihn aufgeschnappt hatte. Bei den Großeltern? Oder tatsächlich noch bei den Eltern?

Sie hatte fünfundzwanzig Jahre alt werden müssen, bevor ihr ein älterer Herr ins Gesicht geschleudert hatte: »Sind Sie Nazi, oder was?« Erst damals hatte sie den Begriff Reichsparteitag gegoogelt. Und die Geschichte hinter dem Begriff zum ersten Mal begriffen. Oh, sie war gut gewesen in Geschichte. Im Abi vierzehn Punkte. Aber natürlich hatte auch sie nicht alle Details des »Tausendjährigen Reiches« in ihrem Kopf gespeichert.

Wie schwer war es, solch gewohnte und eingeübte Redewendungen zu unterlassen? Das Letzte, was Jana Welzer war, war ein Nazi. Und dennoch schossen ihr solche Begriffe in den Kopf, die über Generationen weitergegeben worden waren. Sie war sich dessen bewusst. Das machte es ein bisschen besser. Aber nur ein bisschen.

Gab es eine bessere Entsprechung für das Hochgefühl, das sie gerade empfand? Nein, ihr fiel keine ein.

Die anderen hatten ihr Zögern sicher nicht zu interpretieren gewusst. »Ich kenne jemanden, der Tresorschlösser knackt, ohne den Tresor zu zerstören.«

Klang schon ein wenig witzig, denn vor ihnen stand ein Tresor, der keine Scharniere mehr hatte. Das kam dem Begriff »Zerstörung« schon ziemlich nah. Dennoch ließ sich der Geldschrank bislang nicht öffnen. Offensichtlich verriegelte die Tür nicht nur die Seite, auf der sich das Schloss befand, sondern eben auch jene, an der die Scharniere angebracht waren. Aber das konnte man ja von außen nicht sehen.

»Soll ich ihn anrufen?«

Leah zeigte sich als eine Frau der Tat: »Machen Sie das.« Es musste schon Demütigung genug für sie sein, dass vor ihnen ein angekokelter Tresor stand, dessen Tür dennoch fest im Rahmen steckte. Jana konnte sich nicht verkneifen, noch anzufügen: »Sie übernehmen die Kosten?«

Leah nickte nur. Sagte nichts mehr.

Auch Jörg packte seine Utensilien zusammen. Schweigend. Das Beste daran war, dass er sie zum Abschied ganz gewiss nicht würde umarmen wollen.

Okay, diese Runde war definitiv an Jana gegangen. Zumindest bislang. Sie hatte ihren Tresorzauberer angerufen, und der hatte versichert, innerhalb von zwei Stunden beim Polizeipräsidium aufzuschlagen.

Sie hatten kurz überlegt, ob sie jeweils in ihre Büros fahren sollten. Aber das machte wenig Sinn. Vielleicht schaffte es der Frankfurter Tresorknacker ja auch in anderthalb Stunden.

Leah hatte sie hoch ins K10 gebeten. Sie hatte Jana und Horndeich im kleinen Besprechungsraum untergebracht. Horndeich war der Raum nach wie vor vertraut. Wie viele Besprechungen hatten sie hier absolviert? Wie viele Befragungen und Vernehmungen, bei denen es darauf angekommen war, dass die Gesprächspartner sich in einer angenehmen Umgebung befanden und nicht in der Abgeschlossenheit eines Verhörraums? Fenster statt venezianischer Spiegel. Hatte oft funktioniert.

In der Mitte des Besprechungstischs standen drei Schälchen mit Keksen. Horndeich war sich nicht sicher, ob diese an diesem Tag, am gestrigen Tag oder vielleicht auch schon vor einer Woche dort abgestellt worden waren. Er wollte sie nicht probieren.

Jana griff zu. Ihre Reaktion zeigte, dass er eine Wette auf den heutigen Tag definitiv verloren hätte.

Die Tür zum kleinen Besprechungsraum öffnete sich. Herein trat Ditzi – Dieter Zimmer, der Brandermittler.

Er sah Jana an. Dann Horndeich. »Bist du wieder mit dabei? Ich hab die Ergebnisse vom Löwensternweg.«

»Klar«, sagte Horndeich. »Ich rufe Leah.« Die Telefonnummern des Hauses hatte er nicht auswendig gelernt oder gespeichert. Sie hatten sich über die Jahre in sein Gehirn eingebrannt. Seine Finger glitten blind über die Tastatur des Telefons.

Natürlich würde Leah sie beide gleich hinauskomplimentieren. Aber das war ihm der Spaß wert. »Leah?« So meldete sie sich beim Anblick einer internen Nummer.

»Horndeich. Kleiner Besprechungsraum. Ditzi will uns etwas mitteilen.«

Leah antwortete nicht. Das Knacken in der Leitung sagte alles.

Zehn Sekunden später wirbelte sie in den Raum. »Geht's noch? Horndeich, du bist nicht mehr bei uns!«

Ditzi schien nicht auf Anhieb zu verstehen. Machte nichts. Seinen Job machte er gut, ansonsten war er nicht besonders helle.

Horndeich wollte schon zu einer Erwiderung ansetzen, da grätschte Jana dazwischen: »Ich fände es ziemlich gut, wenn Sie uns an Ihren Erkenntnissen zur Brandstiftung im Löwensternweg teilhaben ließen.«

Die Kommissarin Leah schnappte nach Luft. Bevor sie den frisch getankten Sauerstoff dazu einsetzen konnte, um etwas lautstark zu erwidern, fuhr Jana fort: »Ich kann meinen Panzerknacker aus Frankfurt auch anrufen und sagen, dass wir ihn heute doch nicht brauchen. Das würde er allerdings persönlich nehmen. Und wenn ich ihm riete, die Darmstädter Polizei nicht als zuverlässigen Partner einzustufen – ich bin mir nicht sicher, wann er dann den nächsten Termin für Sie frei hätte.«

Leah sah Horndeich nur kurz an. Aber Horndeich konnte den Blick lesen. Sie beide hatten es gelernt, wortlos zu kommunizieren. Und die Botschaft von Leah war eindeutig: Du kleiner Dreckskerl hast die Seiten gewechselt. Du bist nicht mehr bei mir. Du bist bei ihr. Und du lässt zu, dass sie mich erpresst. Dass sie uns erpresst!

Horndeich blickte genauso kalt zurück: Du wolltest nicht mit mir zusammenarbeiten. Du wolltest dein Ding durchziehen. Allein. Also beklage dich nicht, wenn jetzt nicht alles so läuft, wie du es gern hättest!

»Also, Zimmer, berichten Sie. Was haben Sie herausbekommen?«

Dieter Zimmer setzte sich an den Tisch, stöpselte den

Laptop in den Netzwerk-Hub, schaltete den großen Touch-Monitor an und begann seinen Vortrag. Zunächst präsentierte er einige Fotos der Bereiche des Hauses, in denen die Fenster gewesen waren. Das letzte Foto zeigte Glasscherben.

»Wie Sie hier sehen können, liegen alle Glasscherben nicht vor dem Haus, sondern im Haus. Die Scheiben sind eingeschlagen worden, bevor die Brandbeschleuniger hineingeworfen wurden.«

Er machte eine kurze Pause. »Der oder die Täter wussten ganz genau, was sie taten. Scheiben einschlagen, möglichst viele Brandbeschleuniger nach innen werfen und dann anzünden. Es wurden mehrere Benzinkanister ins Haus geworfen. Wenn es nur ein Täter war, muss er einen Bollerwagen dabeigehabt haben – und das ist kein Scherz, sondern eine wahrscheinliche Möglichkeit. Klingt trivial – ist es leider auch. Da das gesamte Haus zusammengebrochen ist, können wir auch nicht mehr genau sagen, in welcher Reihenfolge der Fenster der Brand gezündet wurde. Ist aber, unterm Strich, auch ziemlich egal.«

Nein, Horndeich war kein Polizist mehr, aber der Impuls, Fragen zu stellen, ließ sich nicht unterdrücken. »Warum ist das Haus komplett abgebrannt? Also, trotz der Feuerwehr, die ja inzwischen angefangen hatte, den Brand zu bekämpfen.«

Ditzi, wie auch Horndeich ihn innerlich nannte, seufzte. »Es war zu spät. Das Haus war einfach zu schlecht brandgeschützt.«

»Aber es gibt doch Brandschutzverordnungen?« Horndeich verstand es einfach nicht.

»Die waren in den Achtzigern bei Weitem noch nicht so weit, wie sie es heute sind. Und, mein persönlicher Tipp, das Haus wurde nach damals besten ökologischen Standards gebaut. Ich sag das mal so: Hatte viel Natur zwischen den Balken. Dichtet gut. Ist ökologisch unbedenklich. Brennt aber höllisch gut. Das, was wir an Überresten von Material haben bergen können, das würde heute kaum mehr zugelassen werden. Aber damals war es okay.«

»Hat der Brandstifter das gewusst?«, wollte Horndeich wissen.

»Das wiederum weiß ich nicht«, antwortete Ditzi.

»Hallo, meine Schöne«, begrüßte Mr. Panzerknacker Heiko Schlosser aus Frankfurt Jana.

Sie reichte ihm die Hand.

»Ich soll hier einen Tresor öffnen?«

Leah trat nach vorn. »Ich zeige Ihnen unser Sorgenkind.«

Wieder gingen sie zu dritt in den Hof. Weder Jana noch Leah, noch er, Horndeich konnten irgendetwas tun. Aber Schlosser bei seinem Werk nicht zuzusehen, das war ebenfalls keine Option.

»Hey, ich fühle mich hier ja wie bei ›Deutschland sucht den Superknacker‹!«

Jana grinste, Leah wusste nicht, wohin mit sich, und Horndeich war ziemlich nah bei Leahs Empfindungen.

Während Heiko Schlosser, wie ihn ein Namensschildchen mit vollem Namen auswies, am Tresor nestelte, kam Max Wieler auf den Hof.

Horndeich hatte ihn sofort erkannt. Schließlich hatte er vor ein paar Tagen das Bild auf seinem Schreibtisch gesehen.

Nur Jana wusste nicht, um wen es sich handelte.

Wieler sah zunächst Jana an, dann Horndeich und sagte: »Max Wieler, K10 – ich bin der, der den Inhalt des Tresors unter seine Fittiche nehmen wird.«

Jana nickte ihm nur kurz zu. Horndeich ebenso. Es dauerte keine weiteren zehn Minuten, da hatte Heiko Schlosser das Schloss geknackt. »Ich brauch da jetzt mal ein wenig Hilfe. Wenn ich die Tür rausziehe, dann knallen mir da drei Zentner auf die Füße.«

Es war Wieler, der zwei Techniker von der Spurensicherung per Funk anforderte. Die brachten ein entsprechendes Handling-Gerät mit, mit dem der Tresor sanft gekippt werden konnte, ohne dass die Tür von selbst herausfiel. Erst als sie den Tresor ebenso sanft wieder in seine ursprüngliche Position rückten, blieb die Tür flach liegen.

Einige Mappen waren herausgerutscht.

Aber das waren nicht die einzigen Gegenstände. Der Tresor war prall gefüllt.

Wieler wollte Jana zur Seite drängen, als er auf den Tresor zuging. Doch sie zischte: »Ich bin Maria Jimenez. Das ist mein Tresor. Das ist mein Inhalt des Tresors.«

Wieler blitzte sie an.

Sie fuhr fort, ein wenig sanfter: »Ich weiß, dass Sie sich den Inhalt dieses Tresors zuerst ansehen werden. Kein Problem. Aber ich wäre trotzdem gern dabei, wenn Sie die Sachen herausnehmen.«

Darauf konnte sich Wieler offensichtlich einlassen.

Horndeich stand ein wenig abseits.

Aber auch er sah, was Wieler aus dem Tresor in eine Plastikwanne bugsierte.

Zunächst waren da einige abgepackte Stapel Bargeld. Horndeich konnte nicht genau erkennen, wie hoch der Wert der Bündel war. Waren es Fünfhunderter, dann lagen da ein paar Millionen. Waren es Fünfziger, waren es ein paar Hunderttausend. Und selbst wenn es kleinere gemischte Scheine waren, war der Betrag sicher noch sechsstellig.

Horndeich erkannte auch eine Ledermappe. Nicht ganz so dick wie ein Leitzordner, aber dennoch stramm gefüllt.

Dann fanden sich ein Leitzordner und mehrere DIN-A4-Briefumschläge im Tresor.

»Ich würde das gern begutachten. Ist das okay für Sie?«, sagte Max Wieler.

»Wann werde ich es bekommen?«, wollte Jana wissen. Plötzlich war der Tonfall doch deutlich freundlicher.

»Morgen? Ich mache eine Nachtschicht.«

»Ist okay für mich. Dann komme ich einfach morgen früh um zehn wieder hierher?«

Wieler nickte.

Damit war das Spektakel auf dem Hof beendet. Heiko Schlosser packte seine Sachen, wandte sich noch an Jana wegen der Rechnung. Die verwies ihn jedoch stante pede an Leah Gabriely.

Zehn Minuten später saßen sie alle in ihren Autos.

Und Horndeich beschloss, einfach direkt nach Hause zu seiner Familie zu fahren.

ROCIO VII

Ich war eine alleinstehende werdende Mutter.

Bereits zwei Wochen nach dem Streit mit meinem Vater verschwand Oriol. Er müsse mit seinen Kameraden nach Frankreich, hatte er mir bei unserem letzten Treffen mitgeteilt. Sie planten eine politische Aktion, und die duldete keinen Aufschub. Dafür müsse ich Verständnis haben. Hatte ich nicht, aber dafür hatte er kein Verständnis. Seine schöne Stimme hatte zuletzt immer radikalere Dinge von sich gegeben, wenn es um die Umverteilung von Geld in der Gesellschaft ging und darum, wie man die Arbeiter dazu bringen könne, endlich aufzuwachen. Er sagte nicht mehr: »Man muss endlich …«, es folgte vielmehr: »Wir sollten endlich …«. Zuletzt fingen die Sätze an mit: »Wir müssen …«

Dann der Banküberfall.

Drei Verletzte.

Aber zumindest kein Toter.

Vier Täter inklusive dem, der das Auto fuhr.

Einer davon festgenommen. Oriol.

Jetzt hatte das Grauen endlich einen Namen. Movimiento Ibérico de Liberación, MIL, das war das Etikett, das sie seiner Bewegung auf die Stirn getackert hatten.

Schon zuvor hatten sie Banken ausgeraubt, Flugblätter gedruckt, Bücher herausgegeben. Geld von den Reichen für die Armen, sozusagen die Robin Hoods Spaniens.

Mein Vater hatte mir die aufgeschlagene Zeitung gereicht. Ich weinte. Der Vater meines Kindes saß im Gefängnis.

Obwohl er in Barcelona inhaftiert war, ließen sie mich nicht zu ihm.

Denn ich war nicht Familie. Ich war nur die Mutter seines Kindes.

Mein Vater versuchte Kontakt mit Oriols Vater aufzunehmen. Aber für Oriols Vater existierte kein Sohn namens Oriol. Denn Oriols Vater war Feldwebel in der spanischen Armee.

Ich hatte mich nie für Politik interessiert. Aber dass die Mutter eines werdenden Kindes nicht den Vater desselben besuchen darf – das konnte nicht richtig sein. Oriols Mutter traf sich mit mir. Im Park. Beim Brunnen. Nicht wissend, dass das der Ort war, an dem wir uns kennengelernt hatten.

Sie hatte ihn im Gefängnis besucht. Oriol hatte nicht gut ausgesehen. Blessuren im Gesicht – sie hatte sich nicht auszumalen getraut, wie der Rest des Körpers malträtiert war.

Sie hat mich angesehen, und da war Wärme in ihrem Blick. Sie würde Großmutter werden. Völlig unabhängig davon, wann Oriol aus dem Gefängnis entlassen würde. Unabhängig davon, ob Oriol und ich heiraten würden. Aber das Kind in meinem Bauch – es würde ihr Enkel sein. Oder ihre Enkelin.

Alle paar Wochen ging ich ins Krankenhaus und ließ mich untersuchen. Das Kind schien kräftig und gesund.

DONNERSTAG, 17. JUNI

»Ich habe mit der Staatsanwaltschaft gesprochen. Wir nehmen uns den Fall noch mal zur Brust«, sagte Leah Gabriely.

Sie saßen wieder in dem kleinen Besprechungsraum, in dem sie am Vortag schon einmal zusammengesessen hatten. Jana, Max Wieler und Leah Gabriely. Horndeich war an diesem Tag nicht mit von der Partie.

Max Wieler übernahm das Wort: »Frau Welzer, ich gebe Ihnen zuerst die Kurzfassung: Der Inhalt dieses Tresors weist zumindest Indizien auf, dass Maria Jimenez nicht aus freien Stücken verschwunden ist.«

Na, da hatte sich ihre Ahnung ja bewahrheitet. Na gut, wenn sie sich selbst gegenüber ehrlich war, war es nur die Hälfte einer Ahnung. Das leere Schmuckkästchen hätte durchaus darauf hinweisen können, dass Maria sich doch einfach nach Spanien abgesetzt hatte.

»Einige Indizien deuten darauf hin, dass Maria Jimenez die Gegenstände, die wir im Tresor gefunden haben, dort kaum zurückgelassen hätte, wenn sie das Land freiwillig verlassen hätte«, ergänzte Leah Gabriely.

»In dem Tresor lagen rund dreihunderttausend Euro Bargeld. Es gehörte offensichtlich Maria Jimenez. Vielleicht auch ihrem Vater«, fuhr Wieler fort. »Diese Fragen dürfen dann Anwälte klären. Ich nehme an, dass Sie für Maria Jimenez ein Treuhandkonto haben? Dorthin können Sie das Geld transferieren.«

Jana nickte nur. Dreihunderttausend Euro. Das war nun wahrlich ein Batzen Geld. Und ganz bestimmt kein Geld, das sie einfach zurückgelassen hätte, wenn sie hätte auswandern wollen. Dreihunderttausend Euro. Natürlich hatte sie ein Treuhandkonto für Maria Jimenez. Sie hatte es von Diego Lopez übernommen. Doch wie sollte sie die Scheine sicher zur Bank bekommen? In einer Plastiktüte? »Wie kommt denn das Geld nun zur Bank?«

Wieler sah Leah an, Leah ihrerseits Jana. »Da es Ihr Geld ist, können Sie es einfach mitnehmen.«

»Ich will es aber nicht einfach mitnehmen. Ich meine, fahren Sie gern mit einer Viertelmillion durch die Stadt?«

Wieder der Blickwechsel zwischen den beiden Beamten. Dann sagte Leah: »In Ordnung. Das ist nicht offiziell. Aber wenn wir hier fertig sind, dann mache ich eine vorgezogene Mittagspause und würde Sie zur Bank begleiten.«

War das ein Friedensangebot? Es war Jana egal. Sie war einfach nur froh, nicht allein mit so einem Batzen Geld durch die Weltgeschichte zu fahren. »Danke«, sagte sie. Um gleich darauf die nächste Frage zu stellen: »Sind Sie sicher, dass Maria Jimenez den Tresor überhaupt genutzt hat?«

Es war wieder Max Wieler, der sprach. »Ja. Ich bin ganz sicher. Denn in dem Tresor befand sich eine Dokumentenmappe. Und es handelte sich um die Dokumentenmappe von Maria Jimenez. Von der Geburtsurkunde über die Schulzeugnisse bis hin zu Ausbildung- und Arbeitszeugnissen – alles ganz vorbildlich an einem Ort abgelegt.«

Eine persönliche Dokumentenmappe und dreihunderttausend Euro im Tresor, nein, das ließ sich wahrlich nicht mit freiwilligem Verschwinden in Einklang bringen.

»Was haben Sie noch gefunden?«

»Neben der Dokumentenmappe und dem Bargeld haben wir noch ein paar Briefumschläge gefunden. Sie beinhalten offensichtlich ältere Dokumente von Maria Jimenez' Vater. Dann war im Tresor noch ein Leitzordner. Auch er enthält persönliche Dokumente von Frau Jimenez. Zu guter Letzt noch ein Adressbuch. Auf den ersten Blick sieht es auch so aus, als ob es Maria Jimenez gehört hat«, sagte Wieler.

Wieder übernahm Leah Gabriely das Gespräch. »Frau Welzer, Sie haben in den vergangenen drei Wochen mit Alfredo Jimenez gesprochen, dem Bruder der Verschwundenen. Sie haben wahrscheinlich auch mit Barbara Lopez gesprochen, der Witwe des bisherigen Abwesenheitspflegers von Maria Jimenez. Können Sie mir irgendetwas sagen, was ein wenig Licht ins Dunkel dieser Vermisstensache bringt?«

»Nein. Ich habe keine weiteren Indizien gefunden, die auf ein unfreiwilliges Verschwinden hingedeutet hätten.« Über den Inhalt des Umzugskartons und der leer geräumten Schmuckschatulle wollte sie zum derzeitigen Zeitpunkt nicht berichten. Zumal gerade die Schmuckschatulle Vermutungen in alle Richtungen offenließ. Wenn man sie tatsächlich auf DNA-Spuren untersuchen wollte, müsste man von ihr, Jana, und auch von Katharina und den drei Kommilitonen Vergleichsproben nehmen. Aber was würde das beweisen? Vielleicht fanden sich unbekannte DNA-Spuren – wie sollten die die Polizei weiterbringen? Oder es fanden sich Spuren von Alfredo Jimenez oder Diego Lopez. Aber was bewies das schon? Nur dass der Sohn und der Neffe das Schmuckkästchen von Sofia Jimenez vielleicht einmal in der Hand hatten. Keine wirklich ergiebige Spur.

Jana erhob sich, als Leah Gabriely noch einmal intervenierte: »Ich weiß, Ihr Job ist es nicht, irgendwelche Ermittlungen zu führen. Wenn Ihnen dennoch irgendeine Information über den Weg läuft oder Ihnen noch irgendetwas einfällt, was hilfreich sein könnte, den Status und den Aufenthaltsort von Maria Jimenez zu klären – bitte melden Sie sich bei mir.«

Den Status zu klären – das war wieder Polizeijargon für: … ob sie noch lebt oder tot ist …

»Ich treffe Sie dann gleich unten auf dem Parkplatz. Max, hast du vielleicht irgendein Köfferchen, in das wir das Geld packen können?«

Max nickte und führte Jana aus dem Besprechungsraum.

Doch, sie war sehr froh darüber, dass sie jetzt nicht allein mit so viel Geld herumfahren musste. Während sie neben Wieler den Gang entlanglief, rief sie bei der Bank an und kündigte ihr Kommen an.

»Dreihunderttausend Euro?« Horndeich hatte die Stimme erhoben. So viel Geld hatte sich in diesem Tresor befunden? In seinen langen Jahren als Mordermittler hatte er feststellen müssen, dass Menschen bereit waren, für sehr viel weniger Geld andere umzubringen. »Und du bist sicher, dass Maria Jimenez von diesem Geld wusste?« Horndeich saß im Büro von Jana Welzer, ihr gegenüber, an dem kleinen Besprechungstisch.

»Ja. Ich bin sicher. Denn im Tresor befand sich außerdem ihre Dokumentenmappe. Von der Geburtsurkunde bis zum Arbeitszeugnis. Wenn sie das dort abgelegt hat, dann wusste sie auch von dem Geld.«

Jana hatte ihm vom Besuch im Polizeipräsidium erzählt. Zwei Stunden war das jetzt her. Sie hatte ihn unmittelbar danach angerufen.

Gemeinsam mit Leah hatte sie das Geld zur Bank gebracht. Und es war irgendwie sehr beruhigend gewesen, jemanden auf dem Beifahrersitz neben sich zu wissen, der eine Pistole trug. Auch wenn sie sie natürlich nicht einsetzen würde.

Nun saßen Jana und Horndeich einander gegenüber. »Wir können also festhalten, dass Maria Jimenez diesen Tresor benutzt hat. Und damit auch von dem Geld wusste. Oder es vielleicht sogar selbst hineingelegt hat.«

»Ja. Genauso weit bin ich bei meinen Überlegungen auch schon gekommen«, antwortete Jana.

Horndeichs Gehirn lief auf Hochtouren. Es gelang ihm nicht, alle Informationen unter einen Hut zu bekommen. Und vor allem gelang es ihm nicht, herauszufinden, warum das mit den Informationen unter dem Hut nicht klappte.

Irgendetwas stimmte nicht. Irgendetwas passte nicht. Dann machte es klick. »Weißt du, was ich nicht verstehe?«, stellte er Jana die eher als rhetorisch einzuordnende Frage.

Diese antwortete auch brav: »Nein.«

»Was ich nicht verstehe, ist, dass Maria Jimenez den Tresor benutzt hat. Und dass Maria Jimenez einen Schuhkarton voller Kontoauszüge hinter einer Wand drapiert hat. Aber dass keiner der Mieter nach ihr diesen Schuhkarton gesehen haben will oder gar den Tresor.«

»Was willst du damit sagen?«

»Ganz einfach: Maria Jimenez musste einen direkten Zugriff auf diesen Tresor gehabt haben. Auf den Tresor, den niemand danach gesehen hat. Das geht doch gar nicht. Ich meine, so ein Tresor, du hast ihn ja gesehen, das ist eine richtige Wuchtbrumme. Der fällt auf.« Horndeich hielt inne.

»Und?«, forderte Jana ihn zum Weitersprechen auf.

»Irgendetwas muss passiert sein zwischen dem Verschwinden von Maria Jimenez und dem Einzug der Nachmieter, das den Tresor versteckt hat. Durch das er nicht mehr zu sehen gewesen ist.«

»Ich verstehe dich nicht ganz. Wie meinst du das?«

»Maria Jimenez hatte einen Schuhkarton mit ihren Kontoauszügen hinter einer der Gipsplatten versteckt. Auf diesen Karton muss sie Zugriff gehabt haben. Maria Jimenez hat ihre wichtigste Unterlage, nämlich ihre Dokumentenmappe, in einem Tresor versteckt. Den niemand je gesehen hat. Und auf den sie doch Zugriff gehabt haben musste.«

»Ja, so weit kann ich dir folgen. Aber ich finde keine Auflösung des Rätsels.«

»Vielleicht können wir uns ja zunächst einmal darauf einigen, dass sowohl der Tresor als auch der Schuhkarton – und was noch immer sonst – hinter Gipsplatten versteckt gewesen waren.«

»Okay.«

»Platz hinter Gipsplatten gab es nur im Obergeschoss. An

den Stellen, wo diese Platten eingezogen worden waren, hätte die Dachschräge sonst bis zum Boden gereicht.«

»Stimmt.«

»Weder die Mieterin Mathilda Ullrich noch Frank Schröder wussten davon, dass sich irgendetwas hinter den Gipsplatten befand.«

»Ja, auch das ist der Stand unserer Information.«

»Daraus schließe ich Folgendes: Maria Jimenez konnte hinter die Gipsplatten schauen. Aber die Ullrichs und Frank Schröder konnten das nicht.«

Jana zögerte. »Was genau meinst du damit?«

»Na, Herr Schröder hat uns an dem Tag, als wir gemeinsam durch sein Haus gegangen sind, berichtet, dass die Gipsplatte in der Seitenwand kaputtgegangen sei, als das Nachtschränkchen umgefallen ist. Und dass er sie sofort habe reparieren lassen.«

»Ja, auch da kann ich dir folgen. Aber worauf willst du hinaus?«

»Ich will darauf hinaus, dass Maria Jimenez ganz gewiss nicht jedes Mal eine Gipsplatte zertrümmert hat, wenn sie an ihre Kontoauszüge wollte. Oder, genau nach demselben Schema, an den Tresor.«

»Und das bedeutet?«

Was Horndeich gleich sagen würde, klang total bescheuert. Aber im Moment schien es ihm die einzige Erklärung zu sein. »Ich glaube, dass die Gipsplatten früher einmal nicht fest installiert gewesen sind. Sondern so, dass man sie leicht herausnehmen oder zur Seite schieben konnte. Und damit gaben sie den Weg frei zum Tresor oder zu einem Ort, an dem man einen Schuhkarton mit Kontoauszügen ablegen konnte.«

»Du meinst, dass sowohl die Orte für den Tresor als auch der Ablageort für diesen Schuhkarton ganz bewusst gewählt worden sind? Weil man irgendeine Geheimwand verschieben konnte, um an den Ort dahinter heranzukommen?«

»Ja, das ist genau das, was ich meine.«

Jana schwieg.

Horndeich schwieg.

Jana schwieg lauter.

»Hast du eine bessere Idee?«

Seine Auftraggeberin schüttelte den Kopf. »Nein. Das klingt schon ziemlich irre. Aber Schröder hat doch gesagt, die Gipsplatte wäre zerschmettert gewesen, als der Nachttisch dagegen gefallen ist. Wenn ich mich richtig an seine Wortwahl erinnere. Er hat jedenfalls nicht gesagt, die Platte wäre nach hinten gekippt.«

»Das ist genau das, was auch mir Kopfzerbrechen bereitet. Und ich habe darauf nur eine einzige Antwort.«

»Und die wäre?«

»Maria Jimenez verschwindet. Das Haus ist fast zwei Jahre unbewohnt. Mal kommt der Cousin, mal kommt der Bruder, um zu verhindern, dass das Haus gänzlich verrottet. Nach zwei Jahren beschließen sie, sie wollen das Haus wieder vermieten. Bringt auch ein bisschen Geld in die Kasse und verhindert, dass im Winter die Wasserrohre zufrieren. Sie rufen eine Spedition, lassen das Haus leer räumen – vom Ergebnis hast du mir ja bereits erzählt. Und jetzt kommt der springende Punkt: Sie lassen das Haus renovieren. Das ist für mich der Moment, wo aus flexiblen Gipswänden starre Gipswände werden könnten. Es ist für mich der einzige Moment. Vorher konnte Maria Jimenez in die letzten Ecken klettern, ihre Dokumentenmappe im Tresor verstauen, ihre Kontoauszüge lagern – und kaum sind die neuen Mieter drin, sind die Wände starr. Was zumindest für die Wand gilt, hinter der die Schachtel mit den Kontoauszügen lag.«

Jana sah Horndeich in die Augen. Ein paar Sekunden. Dann wandte sie den Blick ab und sagte: »Damit könntest du recht haben. Auch wenn es ziemlich schräg klingt. Aber eine bessere Erklärung dafür, dass der gefüllte Tresor über sechs Jahre unentdeckt geblieben war, habe ich auch nicht.«

Jana stand auf, trat zur Kaffeemaschine, bereitete zwei Tassen zu, ohne Horndeich gefragt zu haben, ob er auch eine wolle. So sehr schien sie in Gedanken.

Sie kam mit dem Sud zurück. Stellte die Tasse auf dem Tisch ab. »Was, glaubst du, ist das beste Vorgehen, um dieses Rätsel zu lösen?«

Horndeich griff zur Tasse, pustete, nahm einen Schluck. Dann sagte er: »Du hast doch alle Unterlagen von Diego Lopez. Die müssten bestimmt zehn Jahre zurückreichen. Also wird irgendwo die Firma auftauchen, die vor sechs Jahren das Haus renoviert hat. Haben wir die, kann ich anfangen, nachzuforschen.«

Horndeich hätte nicht geglaubt, dass er tatsächlich noch am selben Tag ans Ziel gelangen würde: Er würde ein Gespräch mit einem der Handwerker führen, die vor sechs Jahren das Haus im Löwensternweg renoviert hatten. Er saß tatsächlich in der Küche der Wohnung des Mannes.

Hendrik Mikaszek, so sein Name, wohnte in Arheilgen, in jenem Ortsteil, in dem die Bausubstanz der Häuser teilweise über 200 Jahre alt war.

Jana hatte tatsächlich innerhalb von einer halben Stunde die Firma ausfindig gemacht, die die Renovierung des Elternhauses von Alfredo Jimenez übernommen hatte. Die erste gute Nachricht war gewesen, dass die Firma noch existierte. Jana hatte dort angerufen, und tatsächlich war man bereit, ihr zu helfen. Das ging so weit, dass man ihr sogar den Subunternehmer nannte, der für den Anstrich der Wände zuständig gewesen war. Mit dem hatte sich dann Horndeich telefonisch in Verbindung gesetzt und gefragt, wer damals auf dieser Baustelle gearbeitet habe.

Der Geschäftsführer hatte in seiner Liste sofort den richtigen Namen gefunden. Dann aber, wegen des Datenschutzes, Horndeich um ein bisschen Geduld gebeten. Der Firmenchef hatte mit dem Vorarbeiter gesprochen, und der hatte seinerseits Horndeich tatsächlich sofort zurückgerufen: Hendrik Mikaszek.

Selbstverständlich würde er mit ihm reden, hatte Mikaszek am Telefon bekräftigt. Jetzt war es noch nicht mal drei Uhr nachmittags, und Horndeich saß in der Küche des Mannes.

»Sie haben wirklich Glück, dass ich Urlaub habe«, hatte er ihn begrüßt. Mikaszek wohnte in dem kleinen Altbauhaus mit seiner Frau und seinen drei Kindern. Frau und Kinder weilten derzeit in Polen bei Mikaszeks Schwiegermutter: »Ist auch nicht schlecht, kann ich mit meinen Kumpels in Ruhe angeln gehen.« Er zwinkerte Horndeich zu, als ob dieser dem zustimmen sollte.

Mikaszek bereitete einen Kaffee zu, auf die polnische Art: Kaffeepulver in die Tasse, heißes Wasser drüber. Horndeich kannte diese Art, einen Kaffee zuzubereiten, und entgegen all seiner Vorurteile hatte er schon vor Jahren festgestellt, dass er Brühkaffee durchaus mochte.

»Sie ermitteln? Sie sind bei der Polizei?« Mikaszek hatte einen leichten Akzent. Aber er formulierte alle Sätze grammatisch fast korrekt.

»Ich ermittle. Aber ich bin nicht bei der Polizei. Ich war einmal bei der Polizei.«

Mikaszek grinste ihn an. »Hat man Sie da rausgeschmissen?«

Horndeich hätte poltern können, aber er grinste zurück. »Nein. Ich bin freiwillig gegangen.«

»Mein Chef hat gesagt, Sie ermitteln wegen diesem Haus im Löwensternweg. Das haben wir damals komplett gestrichen. Mein erster Job als Vorarbeiter. Mein Gott, was hatte ich Schiss, dass ich das verbocken würde. War eine Bewährungsprobe für mich. Erledige ich den Job gut, kriege ich auch weitere Aufträge als Vorarbeiter. Setze ich ihn in den Sand, bleibe ich weiter nur der Maler, der die Rolle schwingt.«

Mikaszek schüttete sich gefühlt ein halbes Kilo Zucker in den Kaffee. Rührte um. Trank.

»Sie erinnern sich also noch an diesen Auftrag?«

Mikaszek strahlte ihn an: »So was von! Ich war das erste Mal Vorarbeiter, und alles ging schief. Aber das müssen Sie meinem Chef nicht sagen. Denn schließlich bin ich inzwischen seit sechs Jahren Vorarbeiter.«

Ein Zwinkern wäre jetzt nicht angebracht gewesen. Aber Horndeich hoffte, allein durch seinen Gesichtsausdruck genügend Vertrauen geschaffen zu haben, damit Mikaszek weitererzählte. »Was ist denn schiefgegangen?«

»Na, zuerst hatte Janosch die falsche Farbe eingepackt. Wir kamen zu dem Haus, und Janosch hatte zehn Eimer Farbe mit Lindgrün dabei. Was habe ich ihn zusammengestaucht! Er fuhr sofort zurück, zusammen mit dem Praktikanten, und eine Stunde später waren sie wieder da, mit der richtigen Farbe: Weiß. Einfach nur Alpina-Weiß.«

Horndeich versuchte die Erzählung ein wenig abzukürzen, die Umwege zu eliminieren: »Was mich interessiert: Gab es Schwierigkeiten mit den Wänden?«

Mikaszek hielt inne. »Mit den Wänden? Was soll gewesen sein mit den Wänden?«

Offenbar fürchtete sein Gegenüber, mit dem Gesetz in Konflikt zu geraten. Deshalb betonte Horndeich noch mal die Zauberworte: »Ich bin nicht von der Polizei. Mich interessiert überhaupt nicht, wie und auf welche Weise Sie den Job in diesem Haus erledigt haben. Das Einzige, was mich interessiert, ist, ob irgendetwas mit den Wänden war.«

Mikaszek taxierte ihn. Versuchte einzuschätzen, ob ihm eine Aussage schaden könnte. Er sah Horndeich in die Augen.

Innerlich seufzte Horndeich. Er würde jetzt gleich zur vertrauensbildendsten Maßnahme greifen, die es überhaupt gab: Er zog aus der Innentasche seines Jacketts sein Portemonnaie und legte einen Hunderteuroschein auf den Küchentisch. »Ich möchte Antworten. Alles andere interessiert mich nicht.«

Ein Geldschein auf dem Tisch, egal in welcher Höhe, hatte

einen großen Vorteil: Wenn das Gegenüber die Kohle annahm, war dieser nicht nur um den Betrag reicher. Der Gebende hingegen hatte sich mitschuldig gemacht. Er kaufte eine Information. Was einer solchen Information vor einem Gericht deutlich weniger Beweiskraft beschied. Und dem Zahlenden so etwas wie Mitschuld unterstellte. Anwälte konnten diesen Vorgang in die eine oder andere Richtung interpretieren, was aber für Horndeich im Moment überhaupt nicht wichtig war. Er zahlte und deutete damit an, dass er ganz auf Mikaszeks Seite war.

Mikaszek steckte den Schein ein, dann sagte er: »Die Wände. Ja, die Wände waren ein Problem.«

Er machte eine Pause.

Horndeich hakte nicht nach. Mikaszek würde schon weitersprechen. Immerhin hatte er gerade hundert Euro eingesteckt. Und Horndeich sollte recht behalten.

»Das mit den Wänden, das war schon seltsam. Ich habe keine Ahnung, wieso Sie mich jetzt danach fragen. Aber wenn ich es recht überlege, will ich es auch gar nicht wissen.«

»Was war mit den Wänden?«

»Wir hatten im Erdgeschoss angefangen. Das ging ratzfatz. Das Haus war komplett ausgeräumt. Wir mussten nicht mal auf den Teppich achten, denn der sollte nach unserer Aktion ohnehin durch einen neuen ersetzt werden. Lief alles bestens. Ich hatte drei Mitarbeiter. Lorek, Marek und Dragan. Die waren alle gut in ihrem Job. Die konnten eine Wand so streichen, dass man zum Schluss echt keine Farbflecken oder Streifen mehr sah. Ich war ganz happy, dass das mit den dreien so gut klappte. Bis wir dann in den ersten Stock rauf sind. In dem einen Zimmer kippte plötzlich eine Wand nach hinten. Bei Marek. Mein Gott, was habe ich ihm für einen Anschiss verpasst! Ein Maler, der so gegen eine Wand drückt, dass sie nach hinten wegfällt – ich konnte mir das zunächst nicht erklären. Denn Marek war wie gesagt eigentlich einer von den Guten.

Marek hat mir auch sofort versichert, dass er einfach nur gestrichen hat. Also habe ich mir das genauer angeschaut. Ich mach den Job schon seit ein paar Jahren. Und ich hab ihn auch vor diesem Auftrag schon viele Jahre gemacht. Ich hab mir die Platte angeschaut. Und da waren ganz klare Spuren, die zeigten, dass diese Platte überhaupt nicht fest fixiert gewesen war. Fingerspuren an der Außenseite zeigten, dass man sie nach hinten gedrückt hatte. Und dann konnte man sie in einer Führungsschiene zur Seite schieben. Man konnte sie auch zurückziehen. Und dann rastete sie in ihrer ursprünglichen Position ein. Aber das war ein sehr fragiles System. Ich hab mir das genau angeschaut. Aber ich habe überhaupt nicht kapiert, was das sollte.«

Mikaszek trank einen großen Schluck seines Kaffees.

»Was haben Sie gemacht?«

»Ich hab Ihnen ja schon gesagt, dass dieser Auftrag mein Test als Vorarbeiter war. Und der Auftrag lautete: Streichen Sie alle Zimmer dieses Hauses. Da war keine Rede von irgendwelchen Geheimtüren, irgendwelchen Gipswänden, die man verschieben konnte. Vielleicht gab es die, aber was heißt vielleicht? Natürlich gab es die. Die Frage war, was ich jetzt daraus machte. Ich hatte zwei Möglichkeiten: meinen Chef anzurufen und ihm von dieser seltsamen Wand zu erzählen. Oder die Platte zu fixieren und zu streichen. Ich habe mich für Letzteres entschieden. Denn nur dann hatte ich eine Chance, bis zum Abend meinen Job zu erledigen. Also habe ich Marek losgeschickt, alle Wände zu checken. Und ich und Dragan haben sie dann fixiert. Ich meine, ich war ja nicht nur ein Pinselschwinger. Mein Vater war Tischler, und da habe ich eine ganze Menge mitbekommen. Und auch Dragan hatte einen ähnlichen Hintergrund. Wir wussten, wie man eine lose Rigipsplatte so fixierte, dass man auf den ersten Blick nichts sah. Und so haben wir es gemacht. Fünf Platten hat Marek gefunden, die nach demselben Schema eingerichtet worden waren. Flexibel, um sie zur Seite zu schieben.

Wir haben nicht geschaut, was dahinter war. Wollten wir gar nicht wissen, hätten ja Leichenteile sein können. Wir haben die Platten einfach festgeschraubt, verkleidet, gestrichen. Und danach hat nie mehr einer gesehen, was ihre vorige Funktion war. Wir waren nur froh, dass wir unseren Job erledigt hatten.«

Horndeich hatte seinen Kaffee inzwischen auch geleert. »Ich habe hier einen Plan des Hauses«, sagte Horndeich. »Können Sie mir zeigen, an welchen Stellen sich die losen Platten befanden?«

Mikaszek nickte. »Dass ich das niemals gesagt habe, das ist in den hundert Euro enthalten, oder?«

Horndeich nickte. Er reichte Mikaszek einen Rotstift. Dann entfaltete er den DIN-A3-Plan. Mikaszek markierte die fünf Stellen. Die eine konnte Horndeich sofort zuordnen: Es war eine Wand im Schlafzimmer von Frank Schröder, hinter der sich der Schuhkarton mit den Kontoauszügen befunden hatte. Eine weitere Stelle konnte Horndeich ungefähr zuordnen: Der Tresor war im hinteren, rechten Bereich des Hauses gefunden worden. Auch da hatte Mikaszek ein Kreuz gemacht.

»Wo befand sich die erste Gipsplatte, die Sie entdeckt hatten?«, wollte Horndeich wissen.

Mikaszek deutete auf eine Stelle des Plans. Horndeich erinnerte sich. Es war dort, wo sich eines der Kinderzimmer befunden hatte.

»Sie haben mir sehr geholfen«, sagte Horndeich.

»Und ich kriege jetzt keinen Ärger?«

Horndeich schüttelte nur den Kopf. »Nein. Gewiss nicht.«

Mikaszek langte in seine Innentasche, fischte daraus den Geldschein. »Ich habe einen guten Job. Den will ich nicht verlieren. Und den will ich auch nicht aufs Spiel setzen, indem ich irgendwelches Geld annehme. Nehmen Sie das wieder zurück. Das Einzige, was ich will, ist, meinen Job zu behalten. Vorarbeiter zu bleiben. Denn das mache ich gut.«

Horndeich nahm das Geld. Steckte es ein. Reichte Mikaszek die Hand. »Danke für Ihre Hilfe. Und von mir wird niemand etwas über diesen Auftrag und wie Sie ihn gelöst haben, erfahren.« Das war natürlich gelogen. Jana würde davon erfahren. Aber außer ihr ganz gewiss niemand. Und das schloss Leah Gabriely mit ein.

Nachdem es am Nachmittag unglaublich schwül geworden war, entlud sich die Spannung nun in einem kräftigen Gewitter. Jana hatte alle Fenster in der Wohnung gekippt, und der Wind brachte endlich frische Luft in ihre Gemächer.

An ein Sitzen auf dem Balkon war nicht zu denken, also hatte sie die Unterlagen aus dem Tresor auf dem Esstisch ausgebreitet. Sie hatte den ganzen Abend dafür reserviert, die Papiere zu sichten. Zum ersten Mal bekam sie einen wirklichen Einblick in das Leben der Person, in deren Rolle sie zumindest rechtlich geschlüpft war.

Zunächst nahm sie die beiden DIN-A4-Briefumschläge zur Hand. Beide waren recht dünn. Im ersten befand sich eine gedruckte Broschüre des Immobilienmaklerbüros Perez & Jimenez. Sie stellte deren Dienstleistungen vor: kompetente Beratung, faire Preise und so weiter – das übliche Werbedeutsch. Jana überflog das Hochglanzpapier nur flüchtig. Auf der Rückseite am unteren rechten Rand war eine Jahreszahl gedruckt: 1975. Es schien das Datum der Firmengründung zu sein. Vielleicht hatte Maria Jimenez aus diesem Grund die Broschüre aufgehoben.

Im zweiten Umschlag fanden sich ein paar auf einer Schreibmaschine getippte Seiten. Die Überschrift lautete: »Urlaub 1980 in der Heimat. Von Pablo Jimenez«

Akribisch hatte Marias Vater beschrieben, was sie wann angeschaut hatten. Zwischen den Zeilen konnte man erahnen, dass seine Frau nicht ganz so begeistert war von der Kulturbeflissenheit des Gatten. Sie las ebenfalls heraus, dass der Herr Papa all die kulturellen Sehenswürdigkeiten insbesondere seinem Sohn nahelegen wollte, der bereits elf Jahre alt war: die Sagrada Família, das Casa Milà, das Museu Picasso, den Standort des Deutschen Pavillons der Weltausstellung 1929, zunächst abgerissen, dann 1986 wieder rekonstruiert. Auch wenn Pablo Jimenez nicht sehr deutlich wurde, so konnte man doch erkennen, dass ihn das Desinteresse seines Sohnes enttäuschte. Entzückt war er jedoch über den Wissensdurst seiner kleinen Tochter. Das war vielleicht auch der Grund, weshalb Maria Jimenez ausgerechnet diese Urlaubsbeschreibung im Tresor aufbewahrt hatte. Oder sie lag noch dort, seit der Vater sie dort drapiert hatte, dem diese Erinnerung wichtig gewesen war.

Jana steckte die Papiere wieder zurück und legte den Umschlag beiseite. Als Nächstes nahm sie sich das kleine Adressbuch vor. Es war nicht viel mehr als ein schmales Oktavheft mit eingedruckten Lettern in alphabetischer Reihenfolge an den oberen Seitenrändern.

Zuerst blätterte sie zum Buchstaben J. Sie dachte, dort würde sie die Einträge zu Jimenez finden. Allerdings stand an jener Stelle kein einziger Eintrag. Jana runzelte die Stirn, dann wanderten ihre Finger zurück zur Seite mit dem A: Hier fand sie den Eintrag zu Alfredo Jimenez mit seiner Adresse in Pasewalk und der Telefonnummer. Maria hatte die Daten nach Vornamen sortiert. Jana kannte das, besonders im weiblichen Teil ihres Bekanntenkreises. Ihr selbst war diese doch sehr intuitive Sortierung völlig wesensfremd.

Sie blätterte das Heft vom Anfang bis zum Ende durch. Nicht bei jedem Namen stand auch eine Adresse vermerkt. Oft nur eine Telefonnummer. Einige Nummern begannen mit der Vorwahl 0034 für Spanien.

Jana sah auf die Uhr. Es war bereits nach neun. Heute würde sie nicht mehr anfangen, diese Nummern abzutelefonieren. Vielleicht sollte sie diese Aufgabe ohnehin delegieren: Sollte sich doch Horndeich darum kümmern. Morgen.

Sie legte auch das Heftchen zur Seite.

Sie öffnete die Dokumentenmappe. Alle Schriftstücke waren in Klarsichthüllen eingeschoben. Zuoberst lag die Geburtsurkunde. Maria Olivia Alejandra Jimenez war am 15. Februar 1972 in Barcelona geboren worden. Neben dem spanischen Original fand sich auch eine beglaubigte Übersetzung aus dem Jahr 1978. Diese war in Darmstadt ausgestellt worden.

Auch ihre Schulzeugnisse hatte Maria fein säuberlich abgeheftet. Jana entnahm das Zeugnisheft, blätterte es durch: Maria hatte die Grundschule mit Bravour absolviert. An den Zeugnissen von dem Gymnasium konnte man genau ablesen, wann die Pubertät eingesetzt hatte: Im Schuljahr 1985/86 wurden die Noten deutlich schlechter. Einzig die Fächer Deutsch und Spanisch schienen der jungen Maria noch Spaß gemacht zu haben. In Spanisch war sie nie unter zwölf Punkte gerutscht, in Deutsch nie unter zehn. Dann folgte das Jahr, das sie für ihren Spanientrip ausgesetzt hatte – Jana erinnerte sich an Horndeichs Bericht von seinem Gespräch mit Alfredo Jimenez. Für das anschließende Abiturzeugnis musste sich Maria gewiss nicht schämen, im letzten Jahr hatte sie sich am Riemen gerissen.

Den Dokumenten nach zu urteilen, hatte sich Maria danach abermals ein Jahr Auszeit gegönnt. Zumindest gab es keine Zeugnisse, Praktika- oder ähnliche Nachweise. Ein Jahr nach ihrem Abi hatte sie in Frankfurt angefangen zu studieren: Spanisch und Deutsch auf Lehramt am Gymnasium.

Ein Mietvertrag für eine Zweizimmeraltbauwohnung im Frankfurter Stadtteil Bockenheim war drei Monate nach Beginn des Studiums datiert. Während der Hochschulausbildung hatte sich Maria Jimenez wahrlich nicht als Streberin geoutet. Im Bereich der modernen Literatur hatte sie ihre besten Ergebnisse erzielt. Ihr erstes Praktikum hatte sie abgebrochen. Krankheitsbedingt, wie es in den Unterlagen verzeichnet war. Auch beim nächsten Versuch war die Bewertung unterdurchschnittlich gewesen. Offenbar schien ihr der Umgang mit der Jugend nicht leichtgefallen zu sein.

Maria Jimenez hatte ihr Studium abgebrochen. Das Wintersemester 1998/99 hatte sie nicht mehr abgeschlossen. Ein Abschlusszeugnis gab es nicht.

1998 hatte sie während der Semesterferien für acht Wochen in einem Unternehmen gejobbt und dafür ein Zeugnis bekommen: Der Fahrradhersteller Riese & Müller, dessen Zentrale zu dieser Zeit noch in Weiterstadt angesiedelt war, hatte ihr bescheinigt, dass sie dort, wie es schien, einen richtig guten Job gemacht hatte: sowohl im Praktischen, wenn es tatsächlich galt, mit Schraubenschlüsseln Hand anzulegen, als auch in der Verwaltung, wo sie offensichtlich ebenfalls eine gute Figur gemacht hatte.

Das nächste und vorletzte Dokument war ein Arbeitsvertrag bei Riese & Müller vom Mai 1999. Dort arbeitete sie fortan als Assistentin der Geschäftsführung.

Sie blätterte um. In einer kleineren Klarsichthülle im Format DIN-A5 war ein Mutterpass eingeschoben.

Sie zog das Dokument mit der blaugrauen Titelseite heraus. Sie klappte es auf. Wie in jedem Mutterpass waren auf der ersten Seite die Daten des Arztes, der betreuenden Hebamme und der Klinik eingestempelt. Dann folgte die Liste mit den kommenden Untersuchungsterminen. Dort war als erster Termin der 19. Mai 2005 eingetragen. Als nächster Stichtag folgte der 2. Juni 2005. In der dritten Zeile war nichts eingetragen. Jana legte den Mutterpass auf dem Tisch ab.

Stand auf.

Ging aus dem Zimmer. Wusste aber nicht, wohin.

Erreichte die Küche.

Setzte sich dort auf den Stuhl am Küchentisch.

Stand wieder auf. Lief Richtung Toilette, öffnete aber die Tür nicht. Ging wieder zurück in die Küche.

Sie bewegte sich völlig ziellos.

Nur diese beiden Termine im Mutterpass. Es gab nur eine

sinnvolle Erklärung dafür. Und Jana kannte sie. Viel besser, als ihr lieb war.

Aus dem Kühlschrank nahm sie die angebrochene Flasche Lugana, fischte in dem Schrank nach einem Glas, kehrte zurück ins Esszimmer. Stellte Glas und Flasche auf eine Serviette. Schenkte sich ein. Nahm einen tiefen Schluck. Und noch einen.

Dann griff sie wieder zum Mutterpass.

Auf der nächsten Seite fand sich der Name Maria Jimenez, eine Adresse, allerdings nicht mehr in Frankfurt, sondern im Martinsviertel. Jana kannte die Adresse. Maria Jimenez war offensichtlich nach dem Studium in eine Wohnung einer der beiden Altbauten ihres Vaters gezogen.

Es folgten die Basisdaten: Blutgruppe AB, Rhesusfaktor negativ, Datum der Untersuchung am 5. Mai 2005. Zwei Impfungen gegen Röteln waren erfolgt, Antikörper gegen die Krankheit existierten. Es folgten die Ergebnisse weiterer medizinischer Grundsatzuntersuchungen. Laut dem Pass hatte es vorher keine Schwangerschaft gegeben. Die Schwangere war auch zu Risiken beraten worden und negativ auf HIV getestet. Auf den kommenden Seiten fand sich eine Checkliste mit vielen Kreuzchen, die unterm Strich nichts anderes besagten, als dass Maria Jimenez kerngesund war. Der errechnete Geburtstermin wäre der 26. Dezember. Marias Kind wäre vielleicht ein Weihnachtskind geworden.

Jana blätterte um und wusste, was sie nun gleich sehen würde: eine Liste der Untersuchungen und ihrer Ergebnisse. Zwei Untersuchungen hatte es gegeben. Die erste in der sechsten Schwangerschaftswoche, die zweite in der zehnten.

Dann folgte nichts mehr.

Jana blätterte zur letzten Seite mit der Überschrift »Abschluss-Untersuchung«. Unter der Rubrik »Geburt« war in der Zeile »Lebendgeburt« das »Nein« angekreuzt. Maria Jimenez hatte in der elften Schwangerschaftswoche eine Fehlgeburt erlitten.

Und Jana wusste genau, wie sie sich gefühlt haben musste.

Abermals ein Schluck Wein. Sie war froh, dass sie nichts Kräftigeres in der Wohnung hatte. Denn die Erinnerung drang ins Gehirn wie eine Flut. Sie selbst hatte genau das Gleiche erlebt.

Im Januar 2010 hatte sie die Leitung der Regionalstelle Erfurt des Technischen Hilfswerks innegehabt. Dann war Haiti von einem Erdbeben der Stärke sieben heimgesucht worden. Gemeinsam mit ihrem Kollegen Ludwig Strezel hatte sie den Einsatz vor Ort koordiniert. Die primäre Aufgabe: Trinkwasser zur Verfügung zu stellen. Kaum angekommen, waren sie durch die Hauptstadt Port-au-Prince geführt worden, um sich einen Überblick über die Lage zu verschaffen. Jana erinnerte sich genau an den unglaublichen Anblick: Die Stadt lag in Trümmern, als ob ein Bombergeschwader sie gezielt vernichtet hätte. Und aus allen Ritzen drang dieser süßlich-eklige Geruch verwesenden Fleisches. Dann hatten sie vor diesem Waisenhaus gestanden, das zum großen Teil eingestürzt war. Der Name hatte sich ihr eingebrannt: »Notre fille de grâce«. Sechsundfünfzig Kinder und eine Erzieherin waren unter den Trümmern begraben worden. Und da war dieses kleine Mädchen gewesen, das sich an ihrem Bein festgeklammert hatte. Jemand hatte die Szene sogar fotografiert. Es war ein Tag gewesen, an dem sie an ihre psychischen Grenzen geführt worden war. Und da war dieser attraktive Kollege gewesen, dessen Namen sie schon nicht mehr wusste. Vielleicht war er auch gar nicht attraktiv gewesen. Doch in dieser Nacht war der Sex auch nur wenig mehr gewesen als eine Ablenkung und ein Abreagieren von all dem Wahnsinn, den man den Tag über gesehen hatte.

Der Einsatz hatte ein paar Wochen gedauert. Und es gab noch zwei Nächte mit anderen Kollegen. Nachdem sie innerlich schon lange zuvor das Thema »Beziehung« abgehakt hatte, waren One-Night-Stands das Mittel der Wahl, wenn ihr Körper sein Recht forderte.

Wenn sie sich in ihrem Leben auf irgendetwas jemals hatte verlassen können, dann war es ihre Monatsblutung gewesen. Alle siebenundzwanzig Tage setzte sie ein, sie hätte einen Kalender danach bemessen können. Und so war ihr bereits am Tag achtundzwanzig klar gewesen, dass etwas nicht stimmte. Es dauerte bis Tag fünfundvierzig, bis sie in Deutschland wieder einen Arzt aufsuchen konnte. Der ihr nur das bestätigte, was sie ohnehin wusste.

Sie hatte sich auch stets selbst um Verhütung gekümmert, Gummi hin, Gummi her. Sie wollte sich einfach nicht darauf verlassen, dass ihr Gegenüber im Umgang damit versiert war und nicht vielleicht doch ein Exemplar aus der Tasche zog, in der er auch die Reißzwecken aufbewahrte.

Was schiefgegangen war? Sie hätte, statt die Pille zu nehmen, besser Lotto gespielt. Sie gehörte zu jenen seltenen Exemplaren der Gattung Homo sapiens, bei denen die regelmäßige Einnahme dieses Verhütungsmittel schlicht nichts gebracht hatte. Und in dieser Beziehung war Jana eisern gewesen. Jeden Morgen beim Zähneputzen.

Trotzdem. Sie war schwanger geworden. Und hatte keine Ahnung, wer der Vater war. Da er aus dem Umfeld des Technischen Hilfswerks stammte, würden sich der vollständige Name und die Adresse wohl herausfinden lassen. Aber Jana wollte die zwölfte Schwangerschaftswoche verstreichen lassen. Aborte kamen davor schließlich immer wieder vor.

Sie hatte gespürt, wie sich ihr Körper verändert hatte. Und vor allem hatte sie gespürt, dass sie dieses Kind hatte zur Welt bringen wollen. Es war ihr zuvor nicht bewusst gewesen. Immer wieder hatte sie mit Freundinnen darüber theoretische Diskussionen geführt, falls sie doch einmal schwanger werden sollte. Aber es waren immer nur genau das gewesen: theoretische Diskussionen.

Sie hatte sich ertappt, wie sie mitten auf der Straße, während sie auf das Grün der Fußgängerampel wartete, lächelnd in die Luft starrte. Hatte sich beobachtet, wie sie die Illustrierte beim Friseur mit ganz anderem Blick gelesen hatte: Die Bilder der Reichen und Schönen waren völlig uninteressant geworden. Das Einzige, dem sie Beachtung schenkte, waren die Vornamen der Protagonisten gewesen. Wäre das ein Name für den Sohn? Wäre das einer für die Tochter?

Auch sie hatte die zweite Untersuchung mit Bravour bestanden, sozusagen. Und hatte ihren Mutterpass stets mit sich in der Handtasche getragen. Bis sie nachts aufgewacht war wegen der Feuchtigkeit. Die kein Urin war. Sondern Blut. So, wie sie sich über alles gern im Voraus informierte, so wusste sie auch, das jetzt möglichst wenig Bewegung das Maß aller Dinge war. Ihr Handy hatte neben dem Bett gelegen, von dort aus hatte sie die 110 gewählt.

Sie war nur aufgestanden, um die Sanitäter einzulassen. Trage, Rettungswagen, Krankenhaus. Aber es hatte nichts genützt. Achtundvierzig Stunden später hatte ihr Kind sie verlassen. Sie hatte nie jemandem davon erzählt.

Nicht einmal ihrer Mutter.

Und sie konnte sehr gut nachvollziehen, wie sich Maria Jimenez gefühlt haben musste: erfüllt von einer Leere, die sich in jedem Quadratmillimeter ihres Körperinneren breitgemacht hatte. Ein Zustand, der nur sehr, sehr langsam wieder abgeebbt war.

Jana steckte den Mutterpass zurück in die Klarsichthülle.

Blätterte weiter.

Das letzte Dokument in dieser Mappe war ein Zeugnis des Arbeitgebers. Datiert vom April 2013. Ein paar Wochen vor ihrem Verschwinden. Dieses Zeugnis war wohl das Beste in der ganzen Mappe: fundiertes Lob in höchsten Tönen. Das Bedauern, dass Maria Jimenez auf eigenen Wunsch das Unternehmen verlassen hatte, klang aufrichtig.

Jana hatte auch den Laptop auf den Tisch gestellt und schrieb eine kurze Notiz auf ihre To-do-Liste: »Riese & Müller anrufen.«

Dann griff sie zu dem Leitzordner. Er war das letzte Relikt aus den Tiefen des Tresors. Sie klappte den Umschlag auf. Und zuerst fielen ihr die vier Trennblätter ins Auge. Jedes von ihnen war beschriftet: Manuel, Peter, Gedichte, Eltern.

Schon mit der Dokumentenmappe war Jana tief in das Leben von Maria Jimenez eingedrungen. Tiefer, als es einem Außenstehenden zustand. Doch war es nicht auch in Maria Jimenez' Sinne, wenn Jana sich mit ihrem Leben bis in die letzten Winkel auseinandersetzte? Barg das nicht die Möglichkeit, herauszufinden, ob sie noch lebte? Wo sie lebte, wenn sie noch lebte? Oder ob sie inzwischen tatsächlich verstorben war? Ja, sie fühlte sich ein bisschen wie James Stewart mit seiner Kamera in dem Film *Fenster zum Hof*. Wie eine Spannerin, eine Stalkerin. Und doch war Jana der Meinung, dass sie das Richtige tat.

In diesem Wissen schlug sie das erste Trennblatt, beschriftet mit Manuel, zur Seite. Auch diese Dokumente waren in Klarsichthüllen geschoben, aber nicht einzeln pro Hülle. Es handelte sich um Briefe, die ein Manuel an Maria geschickt hatte. Sie waren in Spanisch verfasst. Da stieß Jana an ihre Grenzen. Doch die Daten der Briefe stammten eindeutig aus der Zeit, als Jana gerade aus Spanien nach Deutschland zurückgekehrt war, um doch ihr Abitur zu machen.

Jana musste den Text nicht lesen können. Denn spätestens nach jedem vierten Satz hatte Manuel ein Herzchen gemalt. Und den Satz »Te quiero mucho« hatte sie auch schon in diversen Salsa-Songs gehört: »Ich liebe dich sehr.«

In den Hüllen befanden sich ausschließlich die Briefe Manuels, nicht jedoch die Antworten von Maria. Jana steckte sie alle zurück.

Dann blätterte sie das nächste Trennblatt um. Es war beschriftet mit »Peter«. Jana sah das Datum, Mai 2005, und sie wusste, mit wem Maria hier korrespondierte und warum. Peter Schneider, so sein vollständiger Name, fragte bereits im ersten Absatz des ersten Briefes, ob er wirklich der Vater des

Kindes wäre. Jana konnte nicht anders, sie las den Brief Zeile für Zeile. Peter Schneider war verheiratet, fünfzehn Jahre älter als Jana, lebte in München und hatte bereits vier Kinder mit seiner Frau, von der er sich nicht scheiden lassen wollte. Sie hatten sich in Spanien kennengelernt, einige Wochen zuvor, als Maria dort Urlaub gemacht hatte. In ihrem geliebten Torremolinos. Peter Schneider war allein da gewesen, auf Geschäftsreise. Er arbeitete in der Tourismusbranche – da waren Trips nach Torremolinos eher die Regel denn die Ausnahme. Der Brief troff vor lauter Klischees, und doch war es leider Marias ganz persönliche Realität gewesen.

Jana überflog die nachfolgenden Schreiben von Peter Schneider. Es waren insgesamt nur fünf Stück. Also genau genommen sechs. Aber die letzte Mitteilung bestand nur aus einer Postkarte, auf der zwei Worte geschrieben standen: »Fick dich!«

Ja, das war genau die Art von sozialem Beistand, die Maria Jimenez in ihrer Situation zu diesem Zeitpunkt benötigt hatte. Auf der anderen Seite, so konnte sich Jana vorstellen, hatte auch Maria nach ein paar Monaten begriffen, dass Peter Schneider vielleicht der Erzeuger war, aber gewiss kein guter Vater gewesen wäre.

Jana fragte sich dennoch, warum Maria diese Briefe aufgehoben hatte. Da war sie selbst offensichtlich ganz anders gestrickt als Jana. Aber die große Liebe galt schließlich eher selten jenen, die sich als charakterfest erwiesen, wie Jana aus eigener Erfahrung bestätigen konnte.

Das nächste Trennblatt. Die Aufschrift lautete: »Gedichte«

Sie waren handschriftlich verfasst. Das erste Gedicht trug den Titel: »Vorbei?«

Jana las:

»*Was bleibt aus der Vergangenheit sind die Erinnerungen.*
Was bleibt in der Gegenwart sind die Lieder.
Was bleibt in der Zukunft?
Hoffnungen …«

Auweia, dachte Jana.

Und blätterte zur nächsten Seite. Die Gedichte hatten pro Blatt eine eigene Hülle spendiert bekommen.

Das nächste Gedicht trug den Titel: »Wippe.«

»*Du bist*
abgestiegen
als ich gerade
oben war.
Das tat weh.«

Jana hätte nicht unmittelbar vor der Lektüre einen Schluck aus dem Weinglas nehmen sollen. Sie wandte den Kopf gerade noch rechtzeitig nach rechts, bevor sie losprustete. Sämtliche Flüssigkeiten aus Nase und Mund ergossen sich über den Boden.

Sie wusste nicht, wann Maria Jimenez diese Zeilen geschrieben hatte. Die Handschrift wirkte jugendlich, das musste man ihr zugutehalten.

Sie las das nächste Gedicht mit der Überschrift: »Gähn.«

»*Wenn ich an dich denke,*
kann ich nicht einschlafen.
Jetzt weiß ich auch
warum ich in letzter Zeit
so übernächtigt bin.«

Jana blätterte weiter und war fast erleichtert darüber, dass die Zeilen auf dem nächsten Blatt in Spanisch geschrieben waren. Jana erinnerte sich an die Zeit, als sie gemeinsam mit ihren Eltern in deren Haus gewohnt hatte. Sie hatte eine eigene kleine Wohneinheit im Souterrain des Elternhauses. Das stand im Richard-Wagner-Weg, im Komponistenviertel Darmstadts. Keine Gegend, wo die Armen wohnten.

Es muss kurz vor dem Abitur gewesen sein, als sie plötzlich das Bücherregal ihrer Mutter als einen Quell der literarischen Inspiration entdeckt hatte. Aufgefallen waren ihr die Bücher aus einem gewissen »Lucy Körner Verlag«. Ihre Mutter hatte einige Bücher einer Autorin namens Kristiane Allert-

Wybranietz. Jana hatte damals das erste aus dem Regal gezogen. Es trug den Titel *Trotz alledem.*

Sie schlug das Buch wahllos auf einer Seite auf. Dann las sie: »*Trost.*«

Und darunter:

»*Sorgen,*
Schmerzen,
Trauer,
Angst,
Niedergeschlagenheit
sind immer
nur auf
der Durchreise!«

Das war der Moment, in dem ihre Mutter den Raum betreten hatte. Sie hatte das breite Grinsen in Janas Gesicht wahrgenommen.

»Im Ernst? Das hast du gelesen?«, fragte Jana.

Ihre Mama hatte ihr das Buch aus der Hand genommen und es an seinen Platz zurückgestellt. »War meine frauenbewegte Zeit. War und ist ein wichtiges Thema.«

»Echt jetzt, Mama, ist das Zeug nicht ein wenig kontraproduktiv?«

Abermals, ganz souverän, hatte ihre Mutter die Schultern gehoben und gesagt: »Triviale Gedichte schmälern nicht das Ziel.«

Sie sind demselben aber auch nicht besonders förderlich, erinnerte sich Jana, gedacht zu haben. Sie hatte die Bücher von Kristiane Allert-Wybranietz dann tatsächlich alle gelesen. Deren Gedichte waren von einer ernsthaften Diskussion über die Rechte der Frau ungefähr so weit entfernt wie ein Pilcher-Film von Färberböcks *Anonyma* – einem Film über die Vergewaltigungen in Berlin nach dem Ende des Zweiten Weltkriegs.

Jana blätterte weiter. Wieder ein Gedicht von Maria auf Deutsch, ohne Titel diesmal:

»Zweifeln ist das
Zurückrollen des Teppichs,
unter den man
vieles gekehrt hat.«

Jana ersparte es sich, weitere Lebensweisheiten der jungen Maria Jimenez zu studieren. Maria Jimenez schienen die Werke wichtig gewesen zu sein. Denn sie hatte sie in dem Ordner für den Tresor abgelegt. Spätestens 2005 durfte auch Maria Jimenez erkannt haben, dass diese Gedichte wohl eher der Kategorie Jugendsünde angehörten. So sah das zumindest Jana. Die niemals auch nur ein einziges Gedicht geschrieben hatte.

Sie blätterte das letzte Trennblatt nach links. »Eltern« stand darauf.

Jana erwartete, vielleicht die Lebensläufe von Sofia Jimenez und Pablo Jimenez zu lesen, auf einer Schreibmaschine getippt oder vielleicht sogar handschriftlich verfasst. Gegebenenfalls auch auf Spanisch.

Das erste Dokument, das sie wahrnahm, war ein Arztbrief.

Er stammte aus dem Jahre 1999. Und er war auf Deutsch abgefasst.

Jana war keine Ärztin. Und die meisten der lateinischen Ausdrücke verstand sie nicht. Was sie aber sofort begriff, war, dass Sofia Jimenez schwer an Leukämie erkrankt war. Jana hatte nicht gewusst, dass Maria Jimenez' Mutter an Blutkrebs gelitten hatte.

Dem Brief folgte der Ausdruck einer Laboruntersuchung ihres Blutes. Lauter Werte, von denen Jana nur die Zeile: »Blutgruppe: 0, Rhesusfaktor: negativ« verstand.

Danach war ein weiterer Arztbrief abgeheftet. Wieder viele lateinische Ausdrücke. Dann aber ein Absatz in einer Prosa, der auch Jana auf Anhieb folgen konnte: »… hat die Suche nach einem Spender für Stammzellen oberste Priorität.«

Es folgten weitere Dokumente, die zeigten, dass sich Sofias

Ehemann Pablo für eine Stammzellenspende zur Verfügung stellen wollte. Jana wusste nicht viel über das Thema. Aber sie wusste, dass man durch die Spende von Stammzellen aus dem Rückenmark Leukämiepatienten helfen konnte. Und dass man sich bereits damals bei der Deutschen Knochenmarkspenderdatei, der heutigen DKMS, registrieren und testen lassen konnte, um als Knochenmarkspender spezifiziert und in eine Datei aufgenommen werden zu können.

Die folgenden Dokumente belegten Pablo Jimenez' Bemühungen, eventuell als Spender für seine Frau infrage zu kommen.

Ein Briefwechsel mit seinem Arzt war abgeheftet. Dann auch das genaue Screening-Ergebnis bei der Deutschen Knochenmarkspenderdatei inklusive aller Laborwerte. Dessen Ergebnis leider lautete: Nicht geeignet.

Über die beiden Kinder Pablo Jimenez und Maria Jimenez stand nichts in den Unterlagen. Hatten sie sich nicht testen lassen? Oder hatte Maria Jimenez die Unterlagen einfach nicht abgelegt? Wieder eine offene Frage. Und Jana merkte, wie sie zunehmend aufgebrachter wurde bezüglich offener Fragen.

Das letzte Blatt des Leitzordners war ein Ausdruck der Todesanzeige für Sofia Jimenez. »1944–1999. Sie ist viel zu früh gegangen. In stiller Trauer Pablo, Maria und Alfredo mit Paula und Kindern.« Jana schlug den Ordner zu.

Schob ihn zur Seite.

Jetzt hatte sie den gesamten schriftlichen Inhalt des Tresors begutachtet.

War sie jetzt schlauer?

Wieder sah sie auf die Uhr. Fast Mitternacht.

Sie nahm ihr Weinglas, öffnete die Tür zum kleinen Balkon in Richtung Lucasweg. Die Gewitter hatten sich verzogen, die Luft war angenehm frisch. Sie hob ihr Glas in Richtung Hochzeitsturm. Ohne die Lippen zu bewegen, sagte sie stumm: Prost.

Dann ging sie wieder hinein.

Ja, es war spät. Aber sie musste es tun, und dann konnte sie es auch gleich tun. Diese Seiten, die sie gerade gelesen hatte, wollte sie einscannen, damit man auf sie auch von einem Rechner aus zugreifen konnte.

Sie hatte da ein feines, kleines App auf ihrem Handy. Es fotografierte Dokumente nicht nur ab, sondern es glich Verzerrungen aus, wenn man die Kamera nicht exakt ausrichtete. Außerdem wandelte es den Text solcher Schriftstücke gleich in durchsuchbare PDF-Dateien.

Da sie immer wieder Papiere einscannen musste, hatte sie sich in ihrem Arbeitszimmer bereits einen Tisch für genau diese Aktion eingerichtet. Eine Leuchte links, eine rechts, sodass keine Schatten das Bild störten.

Sie trug die Briefumschläge, die Dokumentenmappe und den Ordner ins andere Zimmer. Und begann, die Dokumente Seite für Seite in elektronische Dateien zu kopieren.

In einem letzten Schritt schickte sie Steffen Horndeich einen Link, durch den er all diese Dateien herunterladen konnte.

Ganz zuletzt schrieb sie ihm noch eine knappe E-Mail, in der sie ihn aufforderte, bitte auch bei Maria Jimenez' Firma anzurufen und zu fragen, weshalb sie gekündigt habe.

Dann war es wirklich Zeit, endlich ins Bett zu gehen.

ROCIO VIII

Der Tag, an dem ich meine Eltern nicht mehr zu kennen glaubte, war der Tag, als sie mich in die Küche zitierten. Der Küchentisch war seit jeher der Ort gewesen, an dem die schwierigen Dinge besprochen wurden. Die Hände meines Vaters suchten die meinen. Was völlig untypisch für ihn war. Meine Mutter saß, starr ins Leere blickend, mir gegenüber.

»Versteh doch, Rocío, es muss sein. Du bist noch so jung. Und das Leben steht dir offen.«

Ich sagte nichts. Die Tränen rannen still, stetig und langsam über meine Wangen.

Meine Mutter hatte seit fünf Minuten geschwiegen, dann zischte sie: »Du bist fünfzehn, unverheiratet, und du hast dir von diesem Kriminellen ein Kind andrehen lassen.«

Das Gute an diesen Worten war, dass meine Mutter ihn wenigstens einen Kriminellen nannte und keinen Volksverräter. Das war eher die Wortwahl aus unserem Umfeld. Das Unfassbare war, dass sie davon sprach, ich hätte mir das Kind »andrehen« lassen.

»Du hast keine Zukunft in diesem Land, Rocío. Als unverheiratete Mutter. Mit dem Bastard eines Verräters.«

Nun hatte sie es doch gesagt, dieses Wort.

»Damit wird kein Mann dich heiraten. Und du wirst keinen Job finden. Noch nicht mal eine Ausbildung!« Auch sie fing an zu weinen. Die Ironie der Situation: Unsere Tränen rannen absolut synchron über die Gesichter, in der gleichen Geschwindigkeit, mit dem gleichen, kaum hörbaren »Plitsch«, wenn sie auf das Holz des Tisches trafen.

»Ich habe mit Dr. Moreno gesprochen. Es wäre kein Problem, wenn das Kind sofort zur Adoption freigegeben würde. Er sagt, er hat eine Liste von Ehepaaren, die es aufnehmen würden. Gute Menschen, bei denen es ihm gut gehen würde. Menschen, denen es selbst gut geht, bei denen es auch in finanzieller Sicherheit sicher aufwachsen könnte. Du müsstest dir keine Sorgen um das Kind machen.«

Ja, der Zug mit der finanziellen Sicherheit war in dem Moment vom Gleis gesprungen, als der Vater des Kindes hinter Gittern verschwunden war. Ich war nicht naiv. Das war ja das Schlimme. Ich konnte ihre Worte nachempfinden. Ich war nie das laute, polternde, schreiende, hysterische Mädchen gewesen, wie einige meiner Mitschülerinnen. Wenn die Jungs, die sie anhimmelten, diese Szenen gesehen hätten, hätten sie sich vielleicht zwei Mal überlegt, ob das wirklich eine gute Partnerin fürs Leben sein könnte.

Aber ich hatte ja den Bastard in meinem Bauch. Da konnte ich so gutmütig sein, wie ich wollte. In dieser Gesellschaft hätte ich mit dem Bankert allein keine Chance. Das mussten mir meine Eltern nicht erst erzählen. Und in diesem Punkt, da hatte Oriol völlig recht: Da war unsere angeblich so kinderliebe Gesellschaft eine einzige große Lüge.

Nicht deshalb weinte ich. Sondern weil meine letzte Illusion wie ein Kartenhaus in sich zusammengestürzt war unter den Worten meines Vaters. Jene Illusion, von der Hoffnung genährt, meine Eltern würden mich unterstützen. Würden mir helfen, das Kind großzuziehen. Mit Mann oder ohne Mann. Es war doch ihr Enkel. Wie konnten sie so leichtfertig ihr eigenes Fleisch und Blut – verschachern? Das war das Wort, das mir durch den Kopf schoss. Aber das Bild stimmte nicht: Sie wollten es nicht wie auf einem Jahrmarkt verkaufen – viel schlimmer: Sie wollten es loswerden. Auch sie sahen in dem Kind nicht den Enkel, sondern die Schande.

Was vermisste ich jetzt jenen Blick, mit dem meine Mutter mich bedacht hatte, als ich vom Kreis der Mädchen in den Kreis der Frauen aufgestiegen war.

»Ich werde es nicht hergeben. Ich werde es nicht zur Adoption freigeben. Und wenn ich mit dem Kleinen ausreißen muss, weil ihr mich hier nicht mehr haben wollt.«

In diesen Moment formte sich bereits der Plan. Ich würde zu meinem Großvater gehen. Das wäre sicher keine endgültige Lösung. Aber er würde mich nicht hängen lassen. Er würde von mir nicht verlangen, dass ich mein Kind hergab, um eine vermeintliche Schande zu tilgen. Er würde seinen Urenkel verteidigen.

»Wo willst du denn hin?« Die Stimme meiner Mutter. Trocken, schnippisch trotz der Tränen.

Fast hätte ich spontan geantwortet und damit meinen halb garen Plan verraten.

»Zu deinem Opa? Nein, wir haben bereits mit ihm gesprochen. Er ist, ausnahmsweise einmal, ganz unserer Meinung.«

Dann übernahm wieder mein Vater mit seinem ruhigen Tonfall: »Rocío, du wirst die Schule beenden. Du wirst eine Ausbildung machen. Du wirst einen netten Mann finden. Du wirst eine Familie haben.«

Das Bild gefiel mir.

»… aber das geht nur, wenn du das Kind zur Adoption freigibst.«

FREITAG, 18. JUNI

Horndeich hatte gemeinsam mit seiner Familie gefrühstückt. Sandra war daraufhin zum Polizeipräsidium aufgebrochen, er hatte seine Kinder zur Schule gefahren. Danach hatte er sich eine Kanne Tee zubereitet und sich an seinen Rechner ins Büro gesetzt. Jana war fleißig gewesen am vorigen Abend.

Er lud all die eingescannten Dokumente auf seinen Rechner herunter. Las Janas Mail, in der sie kurz die Struktur erklärte, nach der sie die Dateien sortiert hatte. Und sie bat ihn, bei Riese & Müller anzurufen, um vielleicht herauszubekommen, warum Maria Jimenez dort gekündigt hatte. Eventuell stand das ja im Zusammenhang mit ihrem Verschwinden. Schließlich sollte er zu den Personen Kontakt aufnehmen, die in Maria Jimenez' Adressbuch vermerkt waren. Horndeich öffnete das PDF der Adressbuchdatei. Die Leute waren alphabetisch nach Vornamen sortiert. Manchmal war nicht mal ein Nachname dazu geschrieben. Und zahlreiche Telefonnummern begannen mit der Ziffernfolge 0034 – der Vorwahl von Spanien. Perfekt. Nur sprach er leider kein einziges Wort Spanisch.

Er schrieb eine kurze Mail an Jana, ob sie eine Vorstellung habe, wie er sich denn bitte mit diesen Personen unterhalten solle.

Zunächst nahm Horndeich sich die Dokumentenmappe zur Brust. Jana hatte keine Kommentare in die Datei geschrieben. Das war ihm ganz recht so. Schließlich wollte er sich erst einmal ein eigenes Bild machen.

Danach warf er einen Blick in die Dokumente des Leitzordners. Die Briefe des ersten Freundes, die Briefe des Mannes, der der Vater ihres Kindes geworden wäre, hätte sie es nicht verloren. Die Gedichte, dann die Dokumentation der Krankheit der Mutter, die schließlich daran verstorben war. Die war offensichtlich auch der Grund dafür gewesen, dass Maria Jimenez ihr Studium geschmissen hatte. Oder zumindest einer der Gründe.

Auch die beiden Dokumente aus den Briefumschlägen des Vaters führte sich Horndeich zu Gemüte: die Broschüre der Immobilienfirma sowie die Urlaubsbeschreibung.

Danach stand er auf, ging in die Küche und machte sich eine weitere Kanne Tee. Er hatte die Informationen, die der Inhalt des Tresors ihm offenbart hatte, gelesen, verarbeitet und im Gehirn abgelegt. Er hatte quasi einen Lebenslauf von Maria Jimenez in seine grauen Zellen eingeordnet, chronologisch sortiert. Als der Wasserkocher seinen Job erledigt hatte, goss er das kochende Wasser in die Teekanne. Vor ein paar Tagen hatte er sich bei seinem Lieblings-Teeladen am Rieger-Platz wieder mit grünem und schwarzem Tee eingedeckt. Gerade genoss er eine aromatisierte Grüntee-Mischung mit dem Namen Tautropfen auf.

Wieder am Schreibtisch, schenkte er sich zunächst eine Tasse Tee ein. Nachdem er das Büro renoviert hatte, hatte Horndeich beschlossen, ein wenig mehr Farbe in sein Leben zu bringen. Weshalb er eine knallrote Teekanne erstanden hatte sowie gleichfarbige kleine Teebecher. Daraus schmeckte der Sud gleich noch mal so gut.

Abermals öffnete er das Zeugnis, das Maria Jimenez von dem Fahrradhersteller aus Weiterstadt ausgestellt worden war. Horndeich legte die Stirn in Falten. Er kannte den Velobauer auch – aber hatte der nicht seinen Sitz in Mühltal? Google wusste die Antwort: 2019 war das Unternehmen umgezogen.

Das Zeugnis zählte alle Tätigkeiten auf, die Maria Jimenez als Assistentin der Geschäftsführung übernommen hatte. Es betonte auch, dass Maria entscheidend darauf hingewirkt hatte, ebenfalls in Spanien ein Standbein aufzubauen. Das Zeugnis war Anfang 2013 ausgestellt. Abermals googelte Horndeich und stieß tatsächlich auf eine Kooperation mit einem spanischen Reiseunternehmen in der Nähe von Málaga. Dort konnte man die Räder jetzt ausführlich Probe fahren. Maria Jimenez' Idee war offensichtlich erfolgreich umgesetzt worden.

Horndeich griff zum Telefonhörer und rief bei der Firma an. Tatsächlich gelang es ihm nach ein wenig Hin-und-her-Verbinden, Marcella Zwergen-Schmidt an den Apparat zu bekommen. Er hatte bereits auf der Webseite des Unternehmens nachgeschaut: Frau Zwergen-Schmidt war seit 2010 Mitglied der Geschäftsführung. Sie konnte Maria Jimenez also gekannt haben.

Horndeich erklärte Frau Zwergen-Schmidt, weshalb er anrief.

»Maria Jimenez. Ja, natürlich erinnere ich mich an sie«, sagte die Geschäftsführerin. »Sie war eine gute, nein, eine sehr gute Fachkraft. Als ich zu der Firma gestoßen bin, da war sie ja schon länger als zehn Jahre dabei. Und sie hat mir am Anfang sehr geholfen, mich zurechtzufinden, zu verstehen, wie der Laden tickt. Es ist natürlich noch mal etwas ganz anderes, das aus der Perspektive der Assistentin zu hören als von den Kollegen in der Geschäftsführung. Außerdem war sie eine richtig gute Handwerkerin. Wir mussten einmal ein Vorführrad für eine Messe fertig machen. Alles ist schiefgegangen. Und Maria war sich nicht zu schade gewesen, an einem Wochenende im Blaumann bewaffnet mit Schraubenzieher und Schraubenschlüssel mit anzupacken, damit das Rad montags auf der Messe gezeigt werden konnte.«

»Sie wissen, dass Frau Jimenez im Jahr 2013 verschwunden ist?«

»Verschwunden? Nein. Wohin denn? Also, was meinen Sie mit verschwunden?«

Die Dame hatte offensichtlich keine Ahnung. »Frau Jimenez war ja bis Ende März 2013 bei Ihnen angestellt. Ich habe hier ein Zeugnis, das ihr von Ihrem Unternehmen ausgestellt worden ist. Ein sehr gutes Zeugnis.«

»Ja! Ich erinnere mich sehr gut daran. Ich wollte sie nämlich nicht gehen lassen. Ich habe sie regelrecht bekniet, dass sie bei uns bleibt. Habe ihr auch deutlich mehr Geld geboten. Aber das war ihr egal.«

Das konnte Horndeich nachvollziehen. Sie hatte gerade von ihrem Vater drei Häuser geerbt. »Hat sie Ihnen gesagt, warum sie das Unternehmen verlassen wollte?«

»Nein. Das hat sie nicht. Aber ich habe gemerkt, dass sie sich verändert hatte. Der Tod ihres Vaters war ihr sehr nahegegangen. Das war ein paar Monate bevor sie gekündigt hatte. Aber das war nicht der Grund für die Veränderung. Ich hatte den Eindruck, dass sie ziemlich beschwingt ins Jahr 2013 gestartet ist. Und dann muss irgendetwas passiert sein. Sie war ja immer etwas verschlossen, etwas zurückhaltend im privaten Bereich. Aber irgendwann im Februar hat sie komplett dichtgemacht. Und da unterliefen ihr dann auch Fehler im Job, was vorher nie vorgekommen war. Aber was der Grund war, das hat sie mir nicht gesagt.«

»Hatte sie denn Freunde in der Firma? Oder Kolleginnen oder Kollegen, mit denen sie sich besonders gut verstanden hatte?«

»Nein. Wie gesagt, sie war eher der verschlossene Typ.«

»Wissen Sie etwas von einem festen Freund? Von einem Lebensgefährten?«

»Auch dazu kann ich Ihnen nichts sagen. Wir machen einmal im Jahr eine Firmenfeier zu Weihnachten. 2010, '11 und '12 war ich mit dabei. Aber ich kann mich nicht erinnern, dass Maria in Begleitung gekommen wäre. Ich bin mir sogar ziemlich sicher. Sie war bei jedem dieser Feste dabei, hat auch mit zur Organisation beigetragen. Aber sie war ganz sicher allein zu den Feiern gekommen.«

Womit Horndeich letztlich genauso schlau war wie vor

dem Telefonat. Er bedankte sich herzlich, dann beendete er das Gespräch. Er kannte keinen Grund für die plötzliche Kündigung. Und über die Firma kam er auch nicht an weitere Leute heran, die mit Maria befreundet oder zumindest bekannt gewesen wären.

Horndeich lehnte sich zurück.

Nein, dieses Gespräch hatte nicht für neue Erkenntnisse gesorgt. Zumindest nicht für irgendwelche, die ihn bei der Frage, was mit Maria Jimenez geschehen war, weiterbrachte. Offensichtlich war sie eine sehr zurückhaltende Frau gewesen.

Er schloss die Augen und rekapitulierte den Lebenslauf der Person, die im Alter von einundvierzig Jahren aus Darmstadt verschwunden war. Und da war dieses komische Gefühl. Er nannte es den Mini-Biber: Etwas, das an ihm nagte, irgendwo an seinen Nervensträngen. Etwas, das ihm sagte, dass irgendetwas von dem, was er gelesen hatte, nicht zusammenpasste. Aber er kam nicht darauf, was es war.

Er nahm einen Schluck Tee, lehnte sich abermals zurück in seinem Bürostuhl, dessen Lehne man zum Glück auch ein Stück nach hinten kippen konnte.

Das war der Moment, in dem der Türgong ertönte. Nicht der schrille Elektro-Fieper, sondern der Gong, der anzeigte, dass es jemand tatsächlich dank eigener Intelligenz ums Haus herum vor seine Bürotür geschafft hatte.

Horndeich trat durch den kleinen Flur. Er, der andere Leute in Sicherheitsbelangen beriet, hatte an der Außentür nicht einmal einen Spion. Geschweige denn eine Kamera neben der Klingel. Etwas, das er unbedingt nachrüsten musste, schon allein, um bei seiner Klientel weiterhin glaubwürdig zu erscheinen.

Er öffnete die Tür. Vor ihm stand eine attraktive junge Frau, die er nicht kannte.

»Hi, ich bin Katharina. Jana hat mich geschickt. Sie brauchen jemand, der auf Spanisch telefonieren kann.«

Ja, so eine Person brauchte er tatsächlich. Er runzelte die Stirn, da er immer noch nicht so ganz verstand, was hier gerade passierte.

»Keine Angst, Jana bezahlt. Ich soll für sie einfach ein paar Telefonate führen, die nach Spanien gehen. Wegen dieser Maria, von der wir schon den ganzen Hausrat umgepflügt haben.«

Dieser Satz machte es Horndeich nicht eben leichter, zu verstehen. Immer noch stand er im Flur.

»Na, soll ich jetzt reinkommen und telefonieren, oder nicht?«

Horndeich trat zur Seite, hatte aber immer noch keine Silbe von sich gegeben.

Katharina ging an Horndeich vorbei und blieb zwei Schritte danach wieder stehen. »Wo soll ich jetzt hin?«

»Guten Morgen. Mein Name ist Steffen Horndeich. Sie können mich gerne Horndeich nennen«, reichte Horndeich einen verspäteten Gruß nach.

»Ja, ich bin Katharina, und Sie können mich Katharina nennen.«

Nun war es an Horndeich, an der jungen Frau vorbeizugehen und sie mit einer Handbewegung ins Büro zu bitten.

»Wie genau komme ich denn zu der Ehre?« Horndeich schob einen zweiten Stuhl in Richtung Schreibtisch. Zum Glück war er auch in diesem Raum auf den Besuch von Gästen eingerichtet.

»Hab ich doch schon gesagt: Jana hat mich angerufen. Ich mach immer mal wieder Jobs für sie. Meistens bedeutet das: Kisten ausräumen. Oder umräumen. Na ja, und sie weiß, dass ich gut Spanisch spreche. Meine Mutter kommt aus Venezuela und somit auch ihre ganze Verwandtschaft. Wir sind immer mal wieder rübergeflogen. Und ich mag die Sprache. Und meine Mutter hat immer großen Wert darauf gelegt, dass ich sie auch lerne. Hilft mir jetzt auch bei meinem Philosophiestudium. Denn ich bin diejenige, die auch die Ideen von Philosophen aus Südamerika im Original lesen kann.«

Wunderbar! Da war also die junge Dame, die für ihn die Telefonate mit den 0034-Nummern übernehmen würde. Perfekt. Was Horndeich an seiner Auftraggeberin sehr schätzte, war ihr ausgeprägter Sinn für Pragmatismus.

»Gut, dann wollen wir mal loslegen.« Horndeich hatte den Stuhl an seiner linken Seite platziert. Katharina konnte jetzt also genau auf die beiden Monitore blicken. Ein großer Vorteil der elektronischen Weiterentwicklung der vergangenen Jahre war jener gewesen, dass auch große Monitore erschwinglich geworden waren. Weshalb Horndeich sich den Luxus von gleich zweien auf seinem Schreibtisch gönnte. Womit der Browser auf dem rechten Monitor platziert wurde, das Schreibprogramm hingegen auf dem linken. »Ich habe hier ein Adressbuch. Und darin sind einige Personen verzeichnet, die ganz offensichtlich in Spanien leben. Und ich würde mir wünschen, mit diesen Personen über Maria Jimenez sprechen zu können.«

Katharina nickte nur. »Was wollen Sie wissen?«

»Nun, auf jeden Fall, wann und wo die Person Kontakt zu Maria Jimenez hatte. Und in welchem Verhältnis die Person zu Maria Jimenez gestanden hat. Das wären erst mal die Basics. Ach ja, ein vollständiger Name, ein Wohnort und eine E-Mail-Adresse wären auch sehr hilfreich.«

»Aye, aye, Sir. Estaré encantada de ayudarle.«

»Wie bitte?«

»Ich werde Ihnen gerne behilflich sein. Lassen Sie uns loslegen.«

Horndeich öffnete das Adressbuch. Auf der Seite mit dem Buchstaben A fand sich nur die Telefonnummer des Bruders Alfredo.

Unter B stand dann der Name Bruno Hernandez.

»Okay, der Knabe wohnt in Sevilla«, sagte Katharina.

»Woher wissen Sie das?«, wollte Horndeich wissen. Im

Gegensatz zu einer deutschen Telefonnummer konnte er bei dieser keine Ortsvorwahl erkennen.

»Na, steht doch da: 0034 für Spanien, 95 für Sevilla. Okay. Für den Großraum Sevilla.«

Horndeich konnte sich ein Grinsen nicht verkneifen. Jana hatte ihm genau die richtige Assistentin geschickt. Horndeich wählte die Nummer und stellte den Apparat auf Freisprechen.

Es ertönte das Freizeichen. Dann tatsächlich eine männliche Stimme: »¡Hola!«

So weit konnte Horndeich der Konversation noch folgen. Als Katharina antwortete, musste er sich ausklinken. Die einzigen Worte, die er verstand, waren Maria Jimenez und *sí* – das spanische Ja.

Der Mann auf der Gegenseite sagte etwas, Katharina antwortete wieder, und schon war das Gespräch beendet.

»Fehlanzeige«, fasste Katharina den Dialog mit einem Wort zusammen.

»Soll heißen?«

»Na ja, der Typ wohnt seit zwanzig Jahren in dieser Wohnung mit dieser Telefonnummer. Aber eine Maria Jimenez kennt er nicht.«

Wirklich überrascht war Horndeich nicht. Er hatte das Adressbuch zwar nicht in der Hand gehalten, aber auch der digitale Klon verriet, dass dieses Heft bereits seit einer langen Zeit im Einsatz gewesen war. Vielleicht stammte die Telefonnummer von Bruno noch aus der Epoche ihres ersten Trips nach Torremolinos.

Die nächsten beiden Anrufe galten Candela und Carlos. Candela musste in Madrid wohnen, wie Katharina aufgrund der ersten Ziffern der Telefonnummer feststellte. Von Carlos gab es eine Mobilfunknummer. Worauf die führende Ziffer 6 bei der Rufnummer hinwies.

Auch wenn Horndeich kein Wort verstand – allein aufgrund der Kürze des Telefonats vermutete er bereits, dass auch diese Telefonnummern keine aktuellen mehr waren. Was Katharina bestätigte.

Ein Enzo war der Nächste auf der Liste. »Stammt aus der Gegend von Málaga«, informierte Katharina Horndeich, ohne gefragt worden zu sein. Aber bei Málaga wurde Horndeich hellhörig: Er wusste, dass Torremolinos zu dieser Region gehörte. Und damit wahrscheinlich auch die Vorwahl. Horndeich wählte die Nummer. Wieder ertönte das Freizeichen, dann eine männliche Stimme. »¡Hola!«

Die Eröffnung kannte Horndeich bereits. Wieder spulte sie Katharina runter. Dann folgte zunächst einmal Schweigen. Katharina musste nachfragen, ob die Verbindung überhaupt noch bestand.

»Sí, claro.« Auch das verstand Horndeich.

Der Mann am anderen Ende der Leitung stellte eine Frage, Katharina antwortete. Das ging dann eine Weile hin und her. Immer wieder vernahm Horndeich den Namen Maria, und auch für den Ortsnamen Torremolinos waren seine Ohren bereits geschärft.

»Ich brauche einen Zettel!«, zischte Katharina plötzlich unvermittelt auf Deutsch. Horndeich schob ihr einen Block rüber, reichte ihr einen Kuli.

Er sah, wie Katharina schrieb: Enzo12345@furepa.es. Eine E-Mail-Adresse. Wundervoll!

Katharina beendete das Gespräch, dann wandte sie sich Horndeich zu. »Dieser Enzo kannte Maria. Sie sind einander vor siebzehn Jahren begegnet. Er wohnte und wohnt in Torremolinos, sie war dort vier Wochen im Urlaub. Sie hatten einen heftigen Urlaubsflirt, hatten einander versprochen, den Kontakt aufrechtzuerhalten. Sie hat ihn noch ein paarmal angerufen. Na ja, dann irgendwann nicht mehr. Enzo wollte wissen, ob es Maria gut ginge. Aber die Frage habe ich ihm natürlich nicht beantworten können. Auf jeden Fall haben sie sich nur 2004 persönlich gesehen. Und nach den wenigen Telefonaten, die alle von Maria ausgingen, auch keinen Kontakt mehr gehabt.« Die Stimme von Katharina war leiser geworden.

»Das war alles?«

»Na ja, zum Schluss hat er gesagt, dass er sich heute in den Arsch beißen könnte, dass er dieser Beziehung keine Chance gegeben hatte. Er wäre nie nach Deutschland umgezogen. Aber Maria sicher irgendwann nach Spanien. Así es la vida.«

Horndeich verstand den letzten Satz nicht, wollte aber nicht nachfragen.

Auch bei Lucia, Marc und Marona waren die Telefonnummern nicht mehr aktuell.

Ein gewisser Thiago erinnerte sich hingegen, genau wie Enzo, an einen Urlaub. Allerdings zwei Jahre zuvor: 2002. Damals hatte Maria in der Nähe von Barcelona Urlaub gemacht. Dort waren sie sich begegnet. Die Geschichte lief andersherum: Er habe immer wieder bei ihr angerufen, es dann aber irgendwann aufgegeben.

Zwei weitere spanische Namen standen noch auf der Liste: Triana und Victoria. Als sie diese Nummern wählte, ertönte aus dem Lautsprecher beide Male: »El número marcado no existe.« Das spanische Pendant zu: »Kein Anschluss unter dieser Nummer.«

Damit hatten sie die spanischen Nummern abgehakt. Und Horndeich war, unterm Strich, genauso schlau wie zuvor.

Katharina war bereits aufgestanden. »Ich hoffe, ich konnte Ihnen ein bisschen helfen«, sagte sie.

Horndeich wollte sie nicht enttäuschen, zögerte aber zu lange, damit die Antwort noch als aufrichtig durchgehen konnte.

»Kein Problem, ich schreib hier zwei Stunden auf den Zettel, und Jana bezahlt das. Alles gut. Und wenn Sie mal wieder eine Spanisch-Übersetzerin brauchen – oder eine Philosophin –, dann melden Sie sich einfach. Jana hat ja meine Nummer.«

Katharina klopfte ihm auf die Schulter, drehte sich um und

verschwand. Horndeich war einfach nicht schnell genug gewesen, sie zur Tür zu begleiten.

Der Tee war kalt geworden. Wenn Horndeich etwas nicht mochte, dann war es kalter Tee. Also spendierte er seinen Zimmerpflanzen ein flüssiges Leckerli und brühte einen frischen auf.

Zumindest wusste er jetzt, dass ihn die spanischen Nummern nicht weiterbringen würden. In dem Adressbuch gab es noch vier Nummern aus Deutschland, die würde er jetzt abtelefonieren.

Und während er den Tee zubereitete, war da wieder das Gefühl, dass der kleine Biber nagte. Er mochte das Vieh nicht. Denn es zeigte ihm immer gnadenlos, dass er irgendetwas übersehen hatte. Aber sein Gehirn wollte noch nicht preisgeben, was es war.

Im Arbeitszimmer angekommen, blätterte er virtuell auf dem Monitor das Adressbuch zurück. Nun konnte er die restlichen Nummern in Deutschland anrufen. Bernd Wöhler. Eine Handynummer. Horndeich wählte sie. Er hatte das Gerät wieder auf Freisprechen gestellt.

»Wöhler Elektrik, Bernd Wöhler am Apparat, was kann ich für Sie tun?«

»Mein Name ist Steffen Horndeich. Ich bin Privatdetektiv. Und ich ermittle in einer Vermisstensache.« Horndeich berichtete kurz vom Fall Maria Jimenez. »Wir haben Ihren Namen mit dieser Telefonnummer in ihrem Adressbuch gefunden. Darf ich Sie fragen, in welchem Verhältnis Sie zu Maria Jimenez standen? Oder stehen?«

»Die Maria! Mein Gott, dass ich von der noch mal was höre! Sie haben ja schon mitbekommen, dass ich Elektriker bin. Ich habe ihr damals den Arsch gerettet. Sie hatte in der Mauerstraße gewohnt, unterm Dach, in dem Haus, das ihr Vater gekauft hatte. Und, mit Verlaub, die Elektrik war auf Vorkriegs-Stand. Sie hat mich damals angerufen, weil es aus der Steckdose geraucht hatte. Na ja, wir haben dann im ganzen Haus die Elektrik auf Vordermann gebracht. Gerade noch rechtzeitig. Das nächste Mal hätte nicht eine Steckdose geraucht, sondern das Haus in Flammen gestanden. Was soll ich sagen, die Leute machen sich kaum Gedanken über die Elektrik in ihrem Haus …«

Horndeich intervenierte, bevor Elektriker Wöhler weiter ausholen konnte. »Wann haben Sie Maria Jimenez das letzte Mal gesehen?«

»Na, damals, als ich die Elektrik neu gemacht habe. Muss so 2010 gewesen sein. Ganz ehrlich: Ich hab gehofft, dass ich mit ihr mal ausgehen könnte. Ich hab sie immer mal wieder angerufen. Aber sie hat nicht gewollt. Hat sie nie direkt gesagt, aber nach dem zehnten Telefongespräch ohne Verabredung wusste ich, woran ich war. Schade eigentlich.«

Horndeich bedankte sich und beendete das Gespräch. Er googelte noch kurz, dann fand er die Firma Wöhler auch im Netz. Er sicherte die restlichen Kontaktdaten.

Der Nächste auf der Liste war ein Kristian. Kein Nachname, aber eine Handynummer. Horndeich wählte die Nummer. Drei Freizeichen, dann nahm jemand ab. »Schosch Heberer, we'a iss do?«, vernahm Horndeich und wusste sofort, dass auch dieser Name ein Blindgänger war. Es dauerte zwar noch neunzig Sekunden, bis auch der andere kapiert hatte, dass Horndeich eigentlich nicht ihn hatte sprechen wollen. Dann war dieses Gespräch beendet. Die letzte Nummer. Veronika. Ohne Nachnamen. Deutsche Handynummer.

Horndeich wählte.

Ein Freizeichen. Dann die Stimme: »Hi, hier ist Veronika. Nachrichten bitte nach dem Ton.« Den ganzen Vormittag hatte er jetzt gemeinsam mit Katharina und danach allein telefoniert. Aber eine Mailbox war niemals angesprungen. Horndeich war ganz verdattert. Fand keine Worte und legte auf.

Die Dame und die Nummer gab es zumindest noch. Das war die gute Nachricht. Horndeich legte sich ein paar passende Sätze zurecht, dann wählte er die Nummer erneut. Nachdem die virtuelle Veronika ihr Sprüchlein aufgesagt hatte, antwortete Horndeich: »Guten Tag, mein Name ist Steffen Horndeich. Ich ermittle zu dem Verschwinden von Maria Jimenez. Ihr Name steht in einem ihrer Adressbücher. Es wäre sehr nett, wenn Sie mich zurückrufen würden. Entweder unter der Nummer, die Sie auf dem Display sehen, oder unter meiner Mobilnummer.« Horndeich diktierte auch diese noch auf das virtuelle Band. »Ganz herzlichen Dank, ich würde mich über einen Rückruf sehr freuen. Steffen Horndeich.«

So. Nun hatte er seinen Job erledigt. Die Dame würde ihn zurückrufen oder auch nicht.

Es klopfte an der Tür. Nicht an der Außentür, sondern an jener, die vom Treppenhaus aus zur Wohnung im Souterrain führte.

»Papa?«

Vielleicht sollte Horndeich auch hier eine Gegensprechanlage einbauen, die vom Parterre zum Souterrain führte. So musste er sich mit seinen Familienmitgliedern immer durch die geschlossene Tür unterhalten. Oder die Tür öffnen. Was er jetzt tat.

Im Türrahmen stand seine Tochter. »Mittagessen. Mama hat gekocht, und das Essen ist fertig. Kommst du hoch?«

Da stand sie vor ihm, seine älteste Tochter. Schaute ihn mit fragender Miene an. Es war einer jener ganz seltenen alltäglichen, aber verzaubernden Momente. Seine wunderschöne, kluge, wissbegierige Tochter stand vor ihm. Und wie im Schnelldurchlauf schossen Gedanken durch seinen Kopf. Ja, er hatte alles richtig gemacht. Er hatte seinen Job an den Nagel gehängt, nachdem er zum zweiten Mal angeschossen worden war. Und somit standen die Chancen deutlich höher, dass er sie würde aufwachsen sehen. Dass er all die Schwierigkeiten, die ihre Pubertät mit sich bringen würde, überstehen würde. Die Chance, dass er mit ihr auf dem Abiball tanzen würde. Die Chance, dass sie sich an seiner Schulter ausweinen würde, weil irgend so eine Pappnase von unreifem Studenten nicht die Eier hätte, sich für sie zu entscheiden. Die Chance, dass der Knabe rechtzeitig einsehen würde, was er verlöre. Die Chance, dass er einem Enkelkind aus einem Buch vorlesen dürfe, so, wie er es jetzt bei ihr tat.

»Papa, weinst du? Echt jetzt, so schlecht kocht Mama auch nicht!«

Er nahm seine Tochter in den Arm, hob sie hoch und trug sie die Treppe hinauf ins Parterre.

Nein, Sandra kochte gut. Zum Mittagessen hatte sie eine Lasagne zubereitet. Mit Hühnchenfleisch. Genau so, wie Horndeich es liebte.

Er war dran mit Füttern. Und er versuchte, seiner jüngsten Tochter Antje auch etwas von der Hühnchen-Lasagne zukommen zu lassen. Doch mit ihren eineinhalb Jahren wusste sie die kulinarischen Schätze der Menschheit noch nicht so recht zu würdigen. Nach kurzem Durchlauf durch den Mund hatte Horndeichs Tochter den Lasagne-Brei weiträumig um sich herum verteilt.

Nach dem Essen widmeten sich Horndeich und seine Kinder Stefanie und Alexander dem Aufräumen der Küche. Die Kinder stellten das Geschirr in die Geschirrspülmaschine, Horndeich säuberte die Küche. Danach legte er sich auf die Couch.

»Wir haben da einen richtig fetten Fall«, sagte Sandra. »Ich setz mich noch mal ins Büro und arbeite noch zwei Stunden.«

Horndeich hatte ihr nur zugenickt und die Augen geschlossen. Auch Alexander schätzte einen gepflegten Mittagsschlaf. Horndeich konnte das kaum verstehen. Als man ihn als Schulkind noch zu einem Mittagsschlaf gedrängt, nein, genötigt hatte, hatte er sich stets gewehrt und sich wahrlich abgemüht, eine halbe Stunde lang die Augen geöffnet zu halten. Was ihm natürlich nie gelungen war.

Stefanie hatte sich an den Wohnzimmertisch gesetzt und fing an, mit Papier zu basteln. Schiffchen zu falten, Flugzeuge und ganz besonders das Fingerspiel *Himmel und Hölle* waren ihre Lieblingsobjekte. Horndeich schlief tatsächlich ein, während Stefanie irgendwelche Lieder vor sich hin summte. Antje schlief. Alexander schlief. Stefanie summte. Seine Frau arbeitete in ihrem Arbeitszimmer. Er lag auf der Couch und döste vor sich hin. Ja, er mochte das Leben, das er führte.

Irgendwann dämmerte er ganz weg.

Und wurde geweckt durch den Schrei von Stefanie: »AUAAA!«

Sofort war er hellwach. Reflexartig griff seine rechte Hand an die rechte Hüfte. Dort, wo einstmals, in einem anderen Beruf, in einem anderen Leben, eine Waffe gewesen wäre.

»Papa, das blu-tet!«

Horndeich blinzelte zwei Mal, dann war er wieder zu hundert Prozent in der Realität angekommen.

»Das tut so schrecklich weh!«

Horndeich sah den Finger seiner Tochter und die Rinnsale Blut, die daran herabrannen.

Er stand auf, ging auf seine Tochter zu. Hob sie hoch und zudem ihren Arm in die Höhe. »Ist nicht schlimm, das kriegen wir gleich wieder hin«, sagte er.

»Ich hab gar nicht gewusst, dass Papier scharf ist.«

Womit sie um eine Erfahrung reicher geworden war, die jeder Mensch in seinem Leben einmal machte.

Horndeich trug Stefanie ins Badezimmer. Dort, wo auch das Medizinschränkchen hing. Er setzte seine Tochter auf dem Klodeckel ab.

»Papa, das blutet ja richtig doll! Kann ich jetzt verbluten?«

Er sah die Panik in ihren Augen. Und, ja: Blut war hier überall. Die Wunde war offensichtlich tief, und das ganze Kleid hatte inzwischen rot-braune Flecken. Natürlich war das nicht lebensbedrohlich. Und doch wollte Horndeich nun schnell handeln. »Nein, mein Schatz, du kannst nicht verbluten. Hörst du: Du. Kannst. Nicht. Verbluten! Wir müssen jetzt die Blutung stoppen, und das war's dann auch.«

Seine Tochter sagte nichts mehr. Und wenn Stefanie nichts mehr sagte, war das kein gutes Zeichen.

»Papa, brauche ich jetzt eine Bluttransfusion?«, flüsterte sie. In irgendeiner Vorabendserie hatte Stefanie das einmal gesehen, gefragt, was dort passierte, und sich dann dieses Wort gemerkt.

Die Vorstellung war natürlich lustig, aber Horndeich verbat sich, auch nur zu grinsen. Für seine Tochter war die Situation eine ernste. »Nein, du brauchst keine Bluttransfusion. Wir werden erst mal einen richtigen Verband anlegen.«

Er entnahm dem Medizinschränkchen alle nötigen Utensilien, dann sagte er zu Stefanie: »Das wird jetzt ein bisschen brennen, aber wir müssen die Bakterien töten.« Das hatte Stefanie in ihrem Leben schon ein paarmal erfahren. Deshalb weinte sie nicht, sondern machte eine klare Ansage: »Mach sie fertig, Papa!«

Horndeich sprühte das Desinfektionsmittel auf den Finger, Stefanie jaulte kurz auf, beherrschte sich aber danach.

Horndeich reinigte die Wunde, klebte ein Pflaster über den Schnitt, durchaus stramm, damit die Blutung gestoppt würde.

Ende der Aktion.

Inzwischen war auch Sandra aus dem Büro hinzugekommen. »Alles in Ordnung, mein Schatz?«

»Ja, Mama, Papa hat die Bakterien getötet. Und ich hab jetzt ein Pflaster. Und alles wird gut.«

Papa macht, und alles wird gut. Wieder dieser Druck hinter den Augen. Warum war er heute so nah am Wasser gebaut?

Doch bevor die erste Träne sichtbar werden konnte, hatte Horndeich im Inneren verspürt, weshalb der kleine Biber genagt hatte. »Brauche ich jetzt eine Bluttransfusion?«, hatte seine Tochter gefragt. Vor dem geistigen Auge erschienen zwei Bilder: 0+. Und AB-. Das war der Schlüssel. Jetzt war es ihm klar.

Horndeich saß an seinem Schreibtisch und erinnerte sich viele Jahre zurück. Sehr viele Jahre. Bevor er mit Sandra zusammengekommen war, war er mit Anna Kalenska liiert gewesen. Sie war Arzthelferin gewesen. Bei einem Arzt, den sie 2004 zu einem Fall befragt hatten. Horndeich hatte Anna zum Essen eingeladen. Sie hatte eingewilligt. Wenig später waren sie ein Paar gewesen. Anna hatte russische Wurzeln. Und diese Wurzeln waren stärker gewesen als ihre Liebe zu Horndeich. Manchmal, so wie jetzt, in diesem Moment, ganz allein in seinem Büro, da dachte er an Anna zurück. Sie war nach Russland gegangen, als ihre Mutter krank geworden war. Aber nach deren Tod war sie dortgeblieben. Und eben nicht zu ihm zurückgekehrt.

Ja, es hatte Zeiten gegeben, da hätte ihm das den Boden unter den Füßen weggezogen. Aber nicht zuletzt Sandra und ihre Liebe und ihre Loyalität ihm gegenüber hatten ihn wieder mit beiden Beinen auf den Boden gebracht. Würde er jetzt wählen können, er hätte nichts, gar nichts in seinem Leben anders gemacht.

Anna hatte ihn immer wieder damit aufgezogen, dass er, obwohl er Mordermittler war, so wenig vom menschlichen Körper verstand.

»Wenn wir ein Kind bekämen, welche Blutgruppe hätte es?«

Horndeich hatte darauf natürlich nicht antworten können. Zumindest nicht mit einer ernsten Replik.

»Na, ich weiß auf jeden Fall, welche Blutgruppe unser Kind nicht hätte.« Das hatte sie damals gesagt, und Horndeich hatte nicht verstanden, wie sie das habe wissen können. Oder zumindest als Wissen verkaufen.

»Schau, mein Schatz, ich habe Blutgruppe null«, hatte sie ihm gesagt. »Du musst doch in der Schule auch mal Vererbungslehre gehabt haben. Mendel´sche Regeln und so?«

War da mal was gewesen in der Schule? Vererbung? Ein Typ namens Mendel? Horndeich hatte schlicht keine Ahnung. Er erinnerte sich genau an dieses Gespräch. Sie hatten auf dem Sofa gelegen. Also, sie hatte gelegen. Mit dem Kopf auf seinem Oberschenkel. Er hatte gesessen.

»Und, welche Blutgruppe hätte unser Kind nie?«, hatte sie insistiert.

Erinnerte er sich richtig? War sein Ton ein wenig gereizt gewesen? »Anna, ich habe keine Ahnung. Ist das wichtig?«

»AB. Diese Blutgruppe könnte unser Kind nicht haben.«

Während Anna über Blutgruppen schwadronierte, hatte Horndeich sich überlegt, ob er sich überhaupt vorstellen könnte, gemeinsam mit Anna Kinder in die Welt zu setzen.

»Denn, ganz egal, welche Blutgruppe du hast, meine Blutgruppe ist rezessiv. Sie tritt also in den Hintergrund. Wenn du die Merkmale AB hättest, könnte unser Kind die Blutgruppe A oder die Blutgruppe B haben. Hättest du null, würde unser Kind auch null bekommen. Aber AB geht nur, wenn beide Eltern nicht null haben.«

Er hatte ihr zugehört. Und in diesem Moment zum ersten Mal das Gefühl gehabt: Ja, mit dieser Frau würde er Kinder haben wollen. Er hatte sich hinuntergebeugt zu ihr. Sie hatten sich geküsst. Und wenig später auf diesem Sofa genau das getan, woraus Kinder entstehen konnten.

Aber es war kein Kind entstanden.

Nein, Horndeich war nicht enttäuscht gewesen. Anna hatte sich für ihre Heimat und gegen ihn entschieden. Und hätten sie gemeinsame Kinder gehabt, sie hätten das, so glaubte Horndeich heute, nicht gebacken bekommen. Die Heimat war stärker gewesen als Horndeich. Wahrscheinlich wäre ein hässlicher Streit um die Kinder entbrannt. Ob sie in Russland oder in Deutschland wohnen würden. Ob bei der Mama oder beim Papa. Zwischen beiden Optionen hätten dann zweieinhalbtausend Kilometer gelegen. Nichts, was man mit einer Wochenendregelung hätte lösen können.

Und er liebte Sandra. Sandra liebte ihn. Und sie beide wollten nirgendwo anders sein als hier. Das war das beste Fundament für gemeinsame Kinder.

Quod erat demonstrandum.

Aber das, was Anna damals gesagt hatte, das spukte ihm jetzt im Kopf herum.

Er öffnete den Ordner mit den Dateien, die Jana ihm geschickt hatte.

Er betrachtete den Mutterpass von Maria Jimenez.

Blutgruppe AB- war dort vermerkt.

Er klickte weiter, in den Ordner, in dem die Dokumente des Leitzordners lagen. Gründlich, wie sie war, hatte Jana hier vier weitere Unterordner angelegt. Der Ordner mit dem Namen »04_Eltern« war der relevante.

Mit zwei Klicks fand er die Laborwerte von Marias Mutter Sofia. Alles getestet, als man versucht hatte, ihr gegen den Blutkrebs zu helfen. Und die Blutgruppe war 0+. Alles Weitere war sonnenklar: Wenn Maria Jimenez die Blutgruppe AB- in sich trug, war es unmöglich, dass Sofia Jimenez ihre leibliche Mutter war.

Horndeich klickte sich durch die weiteren Dokumente, fand schließlich auch den Laborbericht von Pablo Jimenez, als er sich als Spender für seine Frau angeboten hatte. Auch seine Blutgruppe war 0+. Maria Jimenez war auf keinen Fall die leibliche Tochter dieser beiden Menschen. Sie hätte nicht einmal ein Kuckuckskind sein können. Denn auch ihr Vater konnte unmöglich ihr leiblicher Vater sein. Und genau das hatte Maria Jimenez offensichtlich auch festgestellt. Wahrscheinlich nach dem Tod ihres Vaters. Als sie all diese Unterlagen gesichtet hatte.

Wäre sie nicht schwanger geworden, hätte sie vielleicht nie davon erfahren.

»Herr Horndeich?«

»Ja. Mit wem spreche ich bitte?« Die Nummer auf seinem Handy war als »Unbekannt« markiert.

»Mein Name ist Veronika Seibert. Sie haben mir aufs Band gesprochen. Wegen Maria Jimenez.«

Horndeich spürte, wie ein Stoß Adrenalin seinen Körper durchflutete. »Frau Seibert, Veronika, sicher, sehr gut …«, stammelte er. Er hatte nicht damit gerechnet, tatsächlich zurückgerufen zu werden.

»Darf ich Sie fragen, worum es geht? Ihr Anruf hat mich schon ein wenig – irritiert. Sie haben gesagt, Maria sei verschwunden?«

Horndeich sammelte sich. Atmete einmal tief ein, dann aus. Und sagte: »Ja, Maria Jimenez ist seit Mitte 2013 verschwunden. Ihre Abwesenheitspflegerin und ich wollen herausfinden, was mit ihr passiert ist. Ob sie lebt, wo sie lebt. Oder eben ob sie nicht mehr lebt.«

»Sie haben mich von Darmstadt aus angerufen. Leben Sie dort?«

»Ja, ich lebe hier. Nicht weit von dem Haus entfernt, in dem Maria zuletzt gewohnt hat.«

»Ich war nie in dem Haus, das sie von ihrem Vater geerbt hat. Ich habe sie nur einmal in ihrer Zweizimmerwohnung in diesem alten Haus besucht. Das letzte Mal im März 2013. Ich hatte immer Angst, sie hätte sich etwas angetan.«

»Frau Seibert, denken Sie, es wäre möglich, dass wir das irgendwo persönlich besprechen?«

»Das ist kein Problem. Ich bin gerade in Frankfurt gelandet. Das ist ja nicht so weit von Ihnen entfernt. Ich muss erst in zwei Tagen wieder zurückfliegen. Habe hier ein Hotelzimmer gebucht. Ausnahmsweise mal im Hilton. Also direkt im Squaire, dem Bürogebäude parallel zum Flughafengebäude, das aussieht wie eine gestrandete *Titanic*. Wollen Sie vielleicht einfach hierherkommen?«

Horndeich wollte. Er sah auf seine Uhr: Es war erst sechs Uhr abends. »Ja, treffen wir uns um acht Uhr?«

»Perfekt. Ich warte in der Bar *The Fifth* auf Sie.«

Horndeich besprach sich kurz mit seiner Frau Sandra. Sie erklärte sich bereit, die Kinder allein ins Bett zu bringen. Und Horndeich fuhr los.

ROCIO IX

»Alles ist gut.«

Die Stimme von Dr. Moreno, der Arzt, der mich betreute. Bereits gestern und vor zwei Tagen habe ich mit ihm geredet. Alles sei in Ordnung. Mein Kind sei gesund. Die Geburt würde völlig normal verlaufen.

Ich dankte dem Arzt. Er hat mir in den vergangenen Tagen immer wieder Mut gemacht, indem er an meinem Bett erschienen war.

»Es ist alles in Ordnung«, hatte er gesagt.

Wie sehr wollte ich ihm vertrauen.

Es hatte viele Diskussionen gegeben. Zwischen mir und meinen Eltern. Vielleicht war es die Krankheit gewesen, die den Ausschlag gegeben hatte. Eine simple Erkältung. Aber mit Fieber. Und plötzlich bangten sie. Um mich. Um mein Leben. Und vielleicht war das der Moment gewesen, in dem sie begriffen hatten, dass das, was in mir wuchs, kein Bastard war, sondern doch ihr Enkel. Eben auch ein Teil von ihnen.

Dr. Moreno hat mich fast täglich untersucht, bis ich wieder auf den Beinen war. Dem Kind ginge es gut, hat er beteuert. Ich wäre eine starke junge Frau. Und das Kind wäre ein starkes Kind. Und es wären ja auch noch ein paar Wochen hin bis zur Geburt.

Wie schnell waren diese Wochen vergangen.

Denn jetzt kamen die Wehen.

Schmerzen, die ich mir kaum hatte vorstellen können.

Da war dieses Kind im Bauch, und das Kind wollte raus. Neun Monate Hotel Mama im Bauch waren genug, jetzt galt es, das eigene Leben zu erobern.

Wieder ein paar Minuten ohne Wehen.

Dann wieder die Schmerzattacke ohne Vorankündigung.

Pressen, atmen, pressen, atmen.

So viel Theorie.

Und so viel Schmerz.

So. Viel. Schmerz.

Und dann – dann hatte sich das Leben einen Weg gesucht.

Ich hörte das Schreien des Kindes. Zwei Schwestern waren im Kreißsaal, die ältere war eine Ordensschwester. Ich sah, wie die jüngere mein Kind in den Händen hielt.

»Geben Sie es mir«, rief ich.

Und tatsächlich legten sie mir meinen Säugling auf die Brust. Sofort war das kleine Wesen still. Ich hielt das Geschöpf fest. Dieses Glück währte nur wenige Atemzüge lang. Dann nabelte die Oberschwester das Kind ab und nahm es mir wieder weg. Sie legte es zwar in die Arme der jüngeren Kollegin. Aber ich registrierte den bestimmenden Blick, den sie ihr zuwarf. »Einen Moment, Señorita García«, sagte sie und verschwand mit meinem Kind.

Eine weitere Schwester schob mich in einen anderen Raum. Was war mit meinem Kind? Die Frage stand im Raum, aber sie stand sehr still im Raum, denn da war niemand, dem ich sie hätte stellen können.

Es dauerte fast eine halbe Stunde. Dann traten sie wieder in mein Zimmer. Dr. Moreno und die Oberschwester. Dr. Moreno schaute mich von oben herab an und sagte nur: »Señorita García, ich habe eine schlechte Nachricht für Sie: Ihr Kind hat die Geburt nicht überlebt.«

Hatte ich nicht das Schreien des Kindes gehört? Ich stellte die Frage dem Arzt.

Er ignorierte sie, wandte sich ab, verließ den Raum, wieder gemeinsam mit der Oberschwester.

Wenig später kam sie zurück.

»Schwester, was ist mit meinem Kind? Ist es ein Bub? Ist es ein Mädchen?«

»Es war ein Mädchen. Aber es ist verstorben. Wenige Minuten nachdem Sie es geboren haben.«

Ich war wie betäubt, aber da war eine Stimme aus der Tiefe, die fragte: »Woran ist es gestorben?«

»Ach, meine Kleine, die Wege des Herrn sind unergründlich. Schon unmittelbar nach der Geburt hatte sie Schwierigkeiten zu atmen. Und dann hat sie einfach aufgehört. Woran es lag? Wer sind wir, diese Frage zu stellen?«

Tränen rannen meine Schläfen entlang, ich lag immer noch auf dem Rücken. »Kann ich sie wenigstens noch einmal sehen?«

Die Schwester nickte.

Verschwand.

Kam wenige Minuten darauf wieder.

Auf dem Arm hielt sie ein Bündel. Ich sah das Gesicht meiner Tochter. Starr. Tot.

War das mein Kind? Ich hatte doch ihr Schreien gehört?

Ein kräftiges Schreien!

Das Schreien eines gesunden Babys!

»Es tut mir so leid«, beteuerte die Oberschwester noch einmal.

Und mit ihr verschwand meine Tochter aus meinem Leben.

Zwei Atemzüge lang hielt ich meine Tochter in den Händen. Konnte sie riechen. Und diesen Geruch, das wusste ich, ihn würde ich mein Leben lang nicht mehr vergessen.

(IMMER NOCH ...) FREITAG, 18. JUNI

Der Weg zum Frankfurter Flughafen war nicht weit. Immer der A 5 gen Norden folgen, dann auf die B 43. Und mit viel Konzentration und noch mehr Glück gelang es einem, die richtige Ab- oder Auffahrt zu einem der Parkhäuser zu erwischen. Horndeich hatte tatsächlich Erfolg dabei, seinen Wagen in der Hochgarage unweit des riesigen Bürokomplexes abzustellen. Noch ein knapper Kilometer Fußweg inklusive hoch und runter mit Aufzügen – er erreichte das Hotel und wenig später auch die Bar.

Veronika Seibert hatte ihm kein Foto geschickt, aber in Horndeich hatte genug Ermittlerinstinkt überlebt, um die Dame auf den ersten Blick zu erkennen. Knapp fünfzig. Allein an einem Tisch sitzend, nein, mehrerer Parameter hatte es nicht bedurft. »Frau Seibert?«

Die Dame mit langem, schwarzem Haar lächelte ihn an, er reichte ihr die Hand. »Herr Horndeich?«

Er setzte sich zu ihr an den Tisch. Vor ihr stand ein Cocktailglas mit einem Schirmchen. Horndeich hatte keinen Schimmer, für welche Mixtur dies ein Zeichen sein sollte. Ein Kellner kam an ihm vorbei, Horndeich bestellte ein Mineralwasser.

»Herr Horndeich, was kann ich für Sie tun? Warum wollen Sie mit mir sprechen? Oder können Sie vielleicht etwas für mich tun? Mir Fragen beantworten? Denn ich habe seit acht Jahren nichts von Maria gehört. Und frage mich, ob sie noch in Deutschland ist. Ob sie vielleicht nach Spanien gegangen ist ...« Dann fügte sie, sehr viel leiser, hinzu: »... ob sie überhaupt noch lebt.«

Horndeich berichtete. Davon, dass Maria Ende Mai 2013 spurlos verschwunden war. Dass ihr Eigentum von ihrem Cousin verwaltet worden war. Dass dieser jetzt verstorben war. Dass sich deshalb eine neue Abwesenheitspflegerin um Maria Jimenez' Sachen kümmerte. Und sich seitdem die seltsamen Ereignisse häuften. Und er als Privatdetektiv eingesetzt worden sei, um vielleicht herauszufinden, was mit Maria Jimenez wirklich passiert war. »Woher kennen Sie sie?«

Veronika trank einen Schluck ihres Cocktails. Dann sagte sie: »Wir haben uns 2007 kennengelernt. Wie auch heute noch war ich damals Stewardess bei Iberia. Wir sind uns auf einem Flug von Frankfurt nach Madrid begegnet. Der Flug war ein klein wenig unruhig gewesen. Nur ein bisschen. Wir haben dennoch den Service gemacht. Und als ich Maria den Kaffee reichte, sackte das Flugzeug von einem Moment auf den anderen rund zehn oder zwanzig Meter ab. Mit dem Ergebnis, dass Marias Kleid ruiniert war. Ich habe ihr im hinteren Bereich das Kleid ausgewaschen, und zum Glück habe ich auch immer einen Föhn dabei. Sie hat es nicht tragisch genommen, wir haben uns nett unterhalten. Sie hatte einen spanischen Namen, sprach aber perfekt Deutsch. Das hat mich erstaunt. Ich selbst trage einen deutschen Namen und spreche perfekt Spanisch. Sie wie auch ich sind zweisprachig aufgewachsen. Wir waren einander sympathisch und haben uns am Abend in Madrid noch getroffen.«

»Leben Sie in Madrid?«, wollte Horndeich wissen.

»Ach, Herr Horndeich, Sie stellen die komplizierten Fragen gleich am Anfang, was?«

Horndeich war sich nicht bewusst gewesen, eine heikle Frage gestellt zu haben. Doch die Antwort von Veronika Seibert machte deren Einschätzung deutlich: »Meine deutsche Mutter ist meinem spanischen Vater nach Madrid gefolgt. Ich war ihr einziges Kind. Und meine Mutter hat strikt darauf bestanden, mit mir in den eigenen vier Wänden ausschließlich Deutsch zu sprechen. Und wie nervig das für mich als Kind auch war, umso dankbarer war ich ihr bereits als Jugendliche. Denn für mich war immer klar: Ich wollte Stewardess werden. Dafür war die Zweisprachigkeit perfekt. Ich habe dann meinerseits meinen Mann kennengelernt. Ein Spanier. Der aber in Frankfurt gewohnt hat. Mit dem ich nach Barcelona gezogen bin. Und danach eine Weile für die Airline Vueling geflogen bin, die ihren Sitz in Barcelona hat. Wir wollten Kinder haben. Aber bevor das geklappt hat, ist die Ehe schon den Bach runtergegangen. Jetzt wohne ich mit meinem Partner wieder in Madrid. Womit sich der Kreis schließt.«

Veronika Seibert hielt inne. Dann sagte sie: »Warum erzähle ich Ihnen das alles?«

Diese Frage konnte Horndeich der Dame auch nicht beantworten. Seine erste Hypothese wäre gewesen, dass Frau Seibert einfach froh darüber war, mit jemandem zu sprechen, dem Maria Jimenez zumindest bekannt war. Der sich für sie einsetzte. Auch wenn er sie nie persönlich kennengelernt hatte.

»Nun, genau in die Zeit fiel mein erstes Treffen mit Maria. Ich hatte gerade eine kleine Einzimmerwohnung in Madrid bezogen. Da hat sie mich damals besucht und bei mir übernachtet.«

»Wann haben Sie sie denn zuletzt gesehen?«

Veronika nippte abermals an ihrem Cocktail, hielt ihn dann in Richtung Horndeich. »Veronika. Wenn ich Ihnen schon von meinem Ex-Mann erzähle …«

»Horndeich«, sagte Horndeich. Und fügte sofort hinzu: »Klingt seltsam, passt aber.«

»Horndeich. Sehr angenehm.« Sie hielt kurz inne, dann fuhr sie fort: »Ich habe Maria zum letzten Mal im März 2013 gesehen. Nein, ich glaube, es war April. Im März hatte sie mich angerufen.«

»März 2013?«

»Ja. Hat mich nicht überrascht. Wir haben uns so ungefähr einmal im Jahr gesehen. Sie hat immer irgendwo Urlaub in Spanien gemacht, und ich habe es eingerichtet, dass ich ein paar Tage zu ihr geflogen oder gefahren bin. Egal, wo sie war. Mal in Torremolinos, das hat sie geliebt, aber auch in Barcelona oder eben Madrid.«

»Waren Sie enge Freundinnen?«

Veronika zuckte mit den Schultern. »Eng? Ich weiß es nicht. Wenn wir zusammen waren, gab es viele vertraute Gespräche. Aber wenn wir nicht zusammen waren, haben wir uns, glaube ich – ich kann ja nur für mich sprechen –, nicht vermisst. Wir waren irgendwas zwischen gute Freundinnen und Bekannte. Ich habe dafür kein passendes Wort.«

Veronika machte eine kurze Pause. Dann fuhr sie fort: »Ja, wenn wir uns im Urlaub getroffen haben, da waren wir dann wirklich so was wie beste Freundinnen.«

»Was war Maria Jimenez für ein Mensch?«

Veronika lachte auf. »Sie hatte schon ein paar Macken. Manchmal schien sie ein bisschen wie aus der Zeit gefallen. Sie mochte zum Beispiel kein Plastikgeld. Sie benutzte es nur, wenn sie Geld abheben musste, dann hob sie aber auch immer gleich den Maximalbetrag ab. Und den Rest des Urlaubs beglich sie mit Euroscheinen. Ich fand das immer etwas befremdlich, aber wenn ich sie darauf ansprach, sagte sie immer nur: ›Schon mein Vater hat mir gesagt: Traue keiner Bank. Ich finde, da ist was dran.‹ Ich hatte gefragt, ob sie keine Angst habe, beraubt zu werden. Aber auch darauf entgegnete sie nur, sie wäre die Königin des guten Verstecks. Sie hielt es tatsächlich für klug, Scheine in einem Kleiderschrank unterzubringen. Da war sie unverbesserlich.«

Horndeich rief sich die Polizeiakte ins Gedächtnis. In Spanien hatte Maria an mehreren Tagen hintereinander viel Bargeld abgehoben. Auch das passte zum Bild des freiwilligen Untertauchens. »Dann benutzte Maria über all die Jahre, in denen wir uns kannten, dasselbe alte Nokia-Handy. Ich hatte

2013 bereits mein viertes iPhone, sie immer noch das blaue Plastikmonster mit dem orangefarbenen Seitenstreifen. Und sie liebte ihren Walkman. Sony, Plastik, sicher schon fünfzehn Jahre alt, als wir uns kennenlernten. Dementsprechend hatte sie immer eine Plastikbox voller Kassetten im Gepäck. Die Musik stammte fast ausnahmslos aus den Siebzigern. Ja, ich glaube, ihre Zeitrechnung ist ungefähr zur Zeit ihrer Geburt stehen geblieben. Sie war als Hippiemädchen geboren und blieb dies bis heute. Also, wahrscheinlich bis heute.«

Veronika sprach das Wort »Tod« nicht aus.

Horndeich beendete die kurze Pause mit einer Frage: »Und im März 2013, da hat sie Sie angerufen?«

»Ja. Und ich hätte ihre Stimme kaum erkannt. Sie klang so anders.« Veronika machte wieder eine Pause. Kaschierte die Nachdenklichkeit durch einen Schluck von ihrem Drink.

»Was war anders?«, wollte Horndeich wissen.

»Sie war so – ernst. Kein Wunder, bei dem, was sie mir erzählt hat.« Wieder ein Schluck. Veronika winkte den Kellner herbei. Deutete einfach nur auf ihr Glas. Ein guter Kellner wusste natürlich, was sich zuvor darin befunden hatte.

»Wir hatten uns ein Jahr davor getroffen. Später Frühling 2012. Sie war wieder in Torremolinos gewesen. Ihre jährlichen vier Wochen am Stück, die sie sich gönnte. Ansonsten arbeitete sie in einem Unternehmen, irgend so ein Fahrradhersteller, ich kenne mich damit nicht aus. Sie war Assistentin der Geschäftsführung. War aber, glaube ich, ein kleines Unternehmen. Na ja, sie hat immer für den Urlaub gelebt. Für diese Wochen in Spanien. Da ist sie richtig aufgeblüht.

Aber dann, im März 2013, da war alles anders. Ihr Vater war gestorben, im November davor. Ich hatte nicht gewusst, dass sie auch schon ihre Mutter verloren hatte, sehr viel früher. Ehrlich, bei diesem Gespräch ist mir erst bewusst geworden, wie wenig wir über unsere gegenseitige Vergangenheit wussten. Ich habe einen schwerstbehinderten Bruder. Er lebt, seit er Kind ist, in einer Einrichtung. Auch das wusste sie nicht von mir. Bis zu jenem Abend im März 2013.«

»Was hat sie Ihnen da erzählt?«

Veronika zuckte mit den Schultern. »Ihr ganzes Selbstbild war ins Wanken geraten. Sie hatte festgestellt, dass ihre Eltern unmöglich ihre leiblichen Eltern sein konnten. Vom Vater hatte sie das Haus geerbt, in diesem Löwenweg oder so ähnlich.«

»Löwensternweg«, verbesserte Horndeich automatisch.

»Genau. Und nicht nur dieses Haus. Sie hatte auch die zwei Mietshäuser ihres Vaters geerbt. Wohingegen ihr Bruder nur einen Gutshof irgendwo im Osten von Deutschland geerbt hatte. Maria war sich bewusst, dass sie bevorzugt worden war. Sie hatte es nicht verstanden, aber da sie und ihr Bruder auch nicht so eng gewesen waren, hatte sie es einfach hingenommen.

Und dann hatte sie im Haus des Vaters Unterlagen gefunden. Sie hat von Geheimverstecken gesprochen. Also nicht von ihren in Hotelzimmern, sondern von jenen ihres Vaters.«

»Geheimverstecken?«, echote Horndeich, obwohl er ja dank des Handwerkers Mikaszek bereits darüber Bescheid wusste.

Veronika lächelte. »Ja, Geheimverstecke. Maria hatte ihren Vater beschrieben als jemanden, der wie gesagt Bargeld sehr viel mehr schätzte als eine abstrakte Zahl auf einem abstrakten Konto. Und der Gold sehr viel mehr schätzte als Geldscheine. Und in dem Haus, das ihr Vater hatte bauen lassen, da hatte er im Dachgeschoss genau solche Verstecke einrichten lassen. Hinter Wänden, die man zur Seite schieben konnte. Nachdem Maria als Jugendliche einmal Verdacht geschöpft hatte, hatte sie die Aufklärung dieses Geheimnisses generalstabsmäßig geplant. Sie hatte ihren Vater einmal ein Stück Wand zur Seite schieben gesehen, dann war er in dem Loch verschwunden. Ein paar Tage später hatte sie das Versteck selbst inspiziert. Hinter der Wand eine Holzkiste. Darin mehrere 10 000 DM. Von diesem Moment an war es für sie eine sportliche Herausforderung gewesen, die anderen Verstecke herauszufinden. Ihr Vater hatte sie fast perfekt eingerichtet. Man musste an einer bestimmten Stelle gegen die Wand drücken, damit sie sich bewegte. Fünf Verstecke hatte sie so ausfindig gemacht. Unter anderem jenes, hinter dem ein ganzer Tresor versteckt gewesen war.«

Damit war jetzt zumindest klar, wie die Kontoauszüge von Maria Jimenez hinter eine Wand hatten gelangen können. Maria hatte die Verstecke ihres Vaters einfach weiter genutzt. Abermals musste er an seine Ex-Freundin Anna denken. Die immer wieder von ihrer Familie erzählt hatte, von ihren Eltern. Von ihrer Großmutter, die sich ihr Leben lang geweigert hatte, überhaupt ein Konto einzurichten. Und er dachte an die Eltern von Anna, die zwar ein Konto hatten, es aber so wenig wie möglich genutzt hatten. Der Sparstrumpf im Schrank, das Versteck unter der Matratze – das schien ihnen immer sicherer gewesen zu sein, als das Geld zur Bank zu bringen. Horndeich musste das nicht verstehen. Und auch Anna hatte stets geschmunzelt, wenn sie diese Geschichten zum Besten gab.

Aber Horndeich konnte es begreifen. Wenn auch nicht nachvollziehen. Es gab sicher viel mehr Individuen, als er dachte, die ihr Geld in der Wohnung aufbewahrten. Versteckten – das wäre wahrscheinlich zu weit gegriffen gewesen. Denn das, was normale Menschen als Versteck betrachteten, von der Schublade mit der Unterwäsche bis hin zum Eisfach, zählte zur Standardliste jeglicher Einbrecher. Wohingegen Depots hinter einer Wand sicherlich zu den besseren gehörten.

»Hat sie den Tresor öffnen können?«, fragte Horndeich nun.

Veronika lachte. »Zunächst nicht. Aber als sie nach seinem Tod auch das letzte Versteck im Obergeschoss gefunden hatte, war darunter auch eine Schachtel mit Schlüsseln. Sie hatte die Verstecke ihres Vaters zu seinen Lebzeiten respektiert. Sie hätte sich beim Geldversteck bedienen können. Sie sagte aber, sie habe das nie getan. Sie wusste, wenn sie Geld brauchte, konnte sie ihren Vater einfach fragen. Da musste sie sein Vertrauen nicht missbrauchen.«

Der Kellner stellte den Cocktail vor Veronika ab. Sah Horndeich an. Doch dessen Wasserglas war noch zur Hälfte gefüllt. Er deutete nur ein Kopfschütteln an, das genügte. »Das Haus steht nicht mehr. Es ist abgebrannt.«

Veronika sah ihn mit großen Augen an. »Abgebrannt? Weshalb denn das?«

»Derzeit sieht es nach Brandstiftung aus. Das ist auch ein Grund, weshalb ich mit Ihnen spreche. Sie haben nicht zufällig eine Ahnung, wer Interesse daran haben könnte, das Haus abzufackeln?«

Veronika schüttelte den Kopf. »Nein. Da habe ich keine Vorstellung.«

»Was passierte denn, nachdem ihr Vater gestorben war?«

»Na ja, er starb im November 2012, im Dezember war klar, dass sie das Haus erben würde, und dann ist sie eingezogen. Und hat nach und nach die Verstecke aufgesucht. Über das Geld war sie natürlich froh.

Dann hat sie angefangen, die Papiere ihres Vaters zu sichten. Im Arbeitszimmer ihres Vaters standen mehrere Aktenordner. Sie hatte in jeden reingeschaut, den Inhalt überflogen. Und in einem fand sie dann die Krankengeschichte ihrer Mutter, die an Leukämie gestorben war. Ihr Vater hatte sich noch als Stammzellenspender angeboten. Ihr Bruder auch. Aber weder Vater noch Bruder waren geeignet gewesen. Und alle hatten dieselbe Blutgruppe. Genau, null war es gewesen. Womit der Bruder offensichtlich der leibliche Sohn von Pablo und Sofia war.«

»Und Maria Jimenez? War sie geeignet?«

»Sie selbst hatte sich nicht testen lassen. Etwas, womit sie im Rückblick immer gehadert hatte. Sie hatte panische Angst davor, dass jemand in ihrem Rückenmark herumstochern würde und sie dadurch vielleicht querschnittsgelähmt werden könnte. Hätte sie sich testen lassen, hätte sie wahrscheinlich schon viel früher begriffen, dass sie nicht die leibliche Tochter ihrer Eltern war.«

Wieder schwieg Veronika. Dann sagte sie: »Möchten Sie all die Geheimnisse Ihrer Eltern kennen?«

Das war keine Frage, die er mit dieser Fremden erörtern wollte. Nein, seine persönliche Familiengeschichte war ebenfalls alles andere als einfach und harmonisch gewesen. Und, ja, er kannte die Geheimnisse in seiner Familie. Ging es ihm damit besser? Unterm Strich würde er die Frage mit Ja beantworten. Er gab die diplomatischste aller Antworten: Er zuckte mit den Schultern. Dann fragte er: »Und sie hat Ihnen gesagt, dass sie nicht die leibliche Tochter ihrer Eltern ist?«

»Ja. Ich glaube, ich war überhaupt die Erste, mit der sie darüber gesprochen hat. Sie war geschockt. Sie hatte ihre Geburtsurkunde in den Händen gehalten. Die schien echt. Und sie hatte keine Ahnung, wann sie wo gegen wen ausgetauscht worden war. Denn das war die einzig logische Erklärung: Irgendjemand hatte die Babys vertauscht. Vielleicht einfach nur verwechselt. Sie war ziemlich verzweifelt, denn in der Geburtsurkunde war das Krankenhaus, in dem sie geboren worden war, nicht erwähnt. Was nichts Besonderes war, in keiner Geburtsurkunde ist das Krankenhaus erwähnt, sondern immer nur der Ort. Wir haben viel geredet an diesem Abend. Und wir haben definitiv zu viel getrunken an diesem Abend.«

»Und wie ging es weiter?«

»Ich war wahrscheinlich ziemlich blöd an diesem Abend. Ich glaube, ich habe ihr damals einen richtigen Floh ins Ohr gesetzt.«

»Womit?«

»Ich hatte ihr gesagt, vielleicht sei sie ja auch eines der geraubten Babys.«

Horndeich zog eine Augenbraue hoch. Er hatte keine Ahnung, wovon sein Gegenüber sprach.

»Sagt Ihnen nichts? Hat Maria damals auch überhaupt nichts gesagt. Aber das ging damals noch richtig durch die Presse.«

»Was denn?«

»Es gab in Spanien viele Fälle von Kindesdiebstahl. Kinder sind, etwa in katholischen Krankenhäusern, unmittelbar nach der Geburt weggenommen worden. Den Müttern wurde erzählt, das Kind habe die Geburt nicht überlebt. Die Babys waren jedoch kerngesund und sind verkauft worden. An Menschen mit viel Geld. Und mit der richtigen politischen Gesinnung. Bis 1975 hat in Spanien ja noch Franco als Diktator regiert. Und da war über die Jahrzehnte ein richtiges System entstanden.«

»Babys im Krankenhaus geraubt und verkauft? In Spanien? Hier, in Europa?«

»Na ja, in einem irischen Kloster hat man den Müttern ihre unehelichen Kinder weggenommen. Sterben lassen und danach in einem Massengrab hinter dem Kloster verscharrt. Eine Historikerin ist darauf aufmerksam geworden, dass in dem Ort zwischen 1925 und 1961 800 Todesfälle von Kindern bezeugt waren, es aber nur Unterlagen über eine einzige Bestattung gab. 2014 ist das aufgeflogen. Der Ort heißt Tuam. Also auch mitten in Europa.«

Horndeich musste schlucken. Auch davon hatte er nie gehört. »Und wann war das? Also in Spanien, meine ich.«

»Das fing ziemlich schnell nach der Machtübernahme von Franco an. Also 1939.« Ach, hätte er in Geschichte doch mal besser aufgepasst. Klar. Franco sagte ihm was. Spanien. Diktatur. Bis zum Tod Francos, irgendwann Mitte der Siebziger. Nein, 1975. Daran erinnerte er sich. Wenn er auch nicht genau wusste, weshalb. »Und Franco hat Kinder geraubt?«

»Natürlich nicht er selbst. Aber ja, unter Franco gab es systematischen Raub von Neugeborenen. Sogar noch, nachdem er tot war.«

»Nein. Davon weiß ich nichts.«

»Okay. Hier die Kurzform: Nachdem Franco 1939 an die Macht gekommen war, wurde Spanien ultrakatholisch. Auf der anderen Seite gab es Eltern, die nicht regimetreu waren und die Kinder auf die Welt brachten. Gerade Müttern, die nicht regimetreu waren, nahm man in Gefängnissen ihre Kinder ab und gab sie regimetreuen Familien.

Diese Kinder wurden quasi konfisziert, zunächst in katholische Heime gesteckt und danach an regimetreue Paare weitergegeben. Also nicht nur Babys, sondern auch kleine Kinder. Da spielte auch eine große Rolle, dass die Kinder umerzogen würden. Dieser Kinderraub zog sich über die Jahre hinfort. Was sich später änderte: der monetäre Aspekt. Kinder von Regimegegnerinnen wurden ihnen abgenommen und verkauft. An Paare, die zum Franco-Regime standen – und die es sich leisten konnten.«

Horndeich schluckte. »Und das ist keine Räuberpistole?«

»Absolut nicht.«

»Und wie hat Maria darauf reagiert?«

»Na ja, zuerst hatte sie genauso irritiert geguckt wie Sie gerade. Dann wurde sie immer aufmerksamer. Und dann sagte sie, sie glaube, dass ich recht habe.«

»Und hatten Sie recht?«

»Ich weiß es nicht. Ich habe keine Ahnung. Aber bei unserem letzten Telefonat im April, da sprach sie davon, dass sie recherchieren würde und dass sie glaube, dass ich recht gehabt habe. Und sie hat mir gedankt. Wobei mir nicht klar war, wofür. Ich hatte bloß einen spinnerten Gedanken ausgesprochen.«

»Und hatte Maria schon irgendwelche Ergebnisse? Oder konkrete Hinweise?«

»Ach, Herr Horndeich, ich hatte den Verdacht, ich hätte da ein Fass aufgemacht und sie würde sich in eine Illusion reinsteigern, die wahr sein musste. Alles wäre für sie sicher besser gewesen als eine schnöde, versehentliche Verwechslung in einem Krankenhaus. Sie hat gesagt, sie stünde in Kontakt mit einem Verein in Madrid, in dem sich geraubte Kinder zusammengetan hatten. Ich erinnere mich aber nicht mehr an den Namen. Ich weiß nur noch, dass mich der Name des Vereins irgendwie an Flugzeuge erinnert hat. Flugzeug heißt auf Spanisch avión – irgend so was in der Richtung.«

Veronika nippte an ihrem Cocktail, dann sagte sie: »Danach wollte sich Maria wieder bei mir melden, aber sie hat es nicht mehr getan. Immer wieder habe ich sie angerufen, aber irgendwann kam nur noch die Ansage: ›Kein Anschluss unter dieser Nummer‹. Ich habe keine Ahnung, was mit ihr passiert ist.«

Ich auch nicht, dachte Horndeich.

Aber er sagte es nicht laut.

Dann fiel ihm noch eine Frage ein: »Veronika, hat Maria Jimenez Ihnen gegenüber einmal irgendjemanden aus Köln erwähnt? Einen Freund, einen Bekannten, eine Freundin? vielleicht eine Urlaubsbekanntschaft?«

»Aus Köln? Nein. Mir hat sie immer nur von ihren spanischen Liebschaften erzählt. Köln ist da nie aufgetaucht.«

Nachdem er aus Frankfurt zurückgekommen war, hatte er Sandra von dem seltsamen Gespräch erzählt.

»Geraubte Kinder? In Spanien? Habe ich nie von gehört.«

Damit hatte seine Frau ziemlich genau seinen eigenen Wissensstand zusammengefasst.

»Aber nach dem, was du in Erfahrung gebracht hast, war Maria Jimenez auf keinen Fall die Tochter ihrer Eltern. Also ihrer Eltern auf dem Papier. Noch nicht einmal ein Kuckuckskind, das die Mutter ihrem Ehemann untergejubelt hat. Die Blutgruppe passt ja nicht einmal zur Mutter.«

Genau das hatte Horndeich auch gedacht.

Sandra grinste, als sie ihrem Mann über den Arm fuhr. »Ich gehe schlafen, und ich bin zuständig für das Babyfon.«

Eine Regel, die sie bereits nach der Geburt ihres ersten Kindes Stefanie eingeführt hatten: Im täglichen Wechsel war immer der eine oder die andere von ihnen dafür zuständig, ins Kinderzimmer zu gehen, wenn aus dem Babyfon Geschrei drang. Wer nicht dran war, durfte den anderen aufwecken und sagen: »Dein Kind schreit.« Das hatte von Anfang an dazu geführt, dass jeder von ihnen beiden sicher sein konnte, jede zweite Nacht einfach durchzuschlafen. Was Konflikte entschärfte und das Zusammenleben entspannte.

Deshalb fuhr Sandra fort: »Geh du ruhig nach unten, und finde heraus, was du noch aufdecken kannst.«

Horndeich küsste seine Frau. Und der Kuss entwickelte sich in eine Richtung, die eine Entscheidung forderte. Sex oder Recherche. Ein Grund, warum er seine Frau so liebte, war, dass eine Entscheidung für Recherche nicht die Beziehung infrage stellte. Horndeich ging ins Souterrain.

Er aktivierte seinen Rechner zum Leben, dann begann er mit der Nachforschung. Es existierte tatsächlich ein Wikipedia-Artikel zum Thema der geraubten Kinder in Spanien. Dort wurde das System beschrieben, von dem ihm Veronika bereits berichtet hatte.

Es folgten Verweise auf Zeitungsartikel. In einigen wurden Schicksale einzelner Personen beschrieben. Etwa jenes eines spanischen Mannes, der auf dem Sterbebett von seinem Vater erfuhr, dass er ein gekauftes Kind war. Für den sich auf einmal erklärte, warum es keine Fotos seiner Mutter aus der Zeit ihrer Schwangerschaft gab. Für den sich auf einmal erklärte, weshalb seine Mutter den größten Wutausbruch bekam, als er sie mit dreizehn einmal gefragt hatte, ob er adoptiert wäre. Wegen der Sticheleien auf dem Schulhof. Seine Mutter war immer eine sanfte Frau gewesen, aber mit einer Mischung aus Tränen und Schreien unterband sie jegliche weitere Nachfrage. Mit Haaren aus der Bürste seiner Mutter und der Klinge aus dem Nassrasierer seines Vaters habe er dann privat einen DNA-Abgleich in Auftrag gegeben. Das Ergebnis: Er war nicht einmal ein entfernter Verwandter seiner Eltern. Miguel Gutierrez, so der Name des Mannes, habe sich dann auf die Suche nach seinen leiblichen Eltern gemacht. Vergeblich. Als Gutierrez davon gehört hatte, dass ein Freund von ihm dieselbe Erfahrung gemacht hatte, gründeten sie gemeinsam einen Verein, mit dem Ziel, ihre Schicksale öffentlich zu machen. Im Jahr 2000 war er gegründet worden unter dem Namen: »Asociación Victimas Niños robados« – Vereinigung der Opfer des Kinderraubs. AVINIRO lautete die Abkürzung. Und damit hatte Horndeich denn auch den Verein gefunden, den Veronika erwähnt hatte. Avión – Aviniro, das passte.

Horndeich las weiter. Die illegalen Adoptionen durch den Verkauf von Babys fanden seit etwa 1960 bis hinein in die Neunzigerjahre statt. Verwickelt waren Nonnen, Ärzte, Hebammen, Rechtsanwälte. Die Fälle liefen immer nach demselben Schema ab: Unmittelbar nach der Geburt sagte man den Müttern, ihre Babys wären verstorben. Dann wurden sie auf der Stelle an die Adoptivmutter weitergegeben. Die ließ man in dem Glauben, die leibliche Mutter wäre mit der Adoption einverstanden. In die Geburtsurkunde trug der Arzt die Adoptiveltern als leibliche Eltern ein. Und das war nicht einmal illegal: 1941 hatte man in Spanien das Adoptionsrecht dahingehend verändert, dass man die Adoptiveltern auf dem Papier wie die leiblichen Eltern behandelte. Und dieses Gesetz zur anonymen Geburt, das »Ley de Parto Anónimo«, war erst 1997 geändert worden.

Horndeich merkte, wie ihm bei der Lektüre schlecht wurde. Die Vorstellung, dass man Sandra unmittelbar nach der Geburt gesagt hätte, ihr Kind wäre verstorben und in Wirklichkeit wäre es vertickt worden – er war sich nicht sicher, ob in ihm, wenn er die Verantwortlichen dafür gefasst hätte, noch genug Polizistengene ihren Dienst getan hätten, damit er die Justiz nicht selbst in die Hand genommen hätte.

Und auch die andere Vorstellung war mindestens genauso unangenehm: Nein, seine Kindheit war keine einfache gewesen. Ganz besonders die Pubertät. Krieg zwischen seinen Eltern, er selbst fast auf die schiefe Bahn geraten inklusive Heroinkonsum, zum Glück nur für ganz kurze Zeit. Seine Mutter lebte noch in einem Seniorenheim. Sein Vater nicht mehr. Aber jetzt zu erfahren, dass seine Eltern gar nicht seine Eltern wären – ja, das hätte ihm durchaus den Teppich unter den Füßen wegziehen können. So wusste er genau, wer er war und woher er kam. Nicht zu wissen, wer seine Eltern gewesen wären, nein, das wollte er sich nicht vorstellen. Die Suche nach vermeintlich besseren Eltern? Oder die Erkenntnis, dass die anderen Eltern noch viel schlimmer gewesen wären? Oder, viel wahrscheinlicher, dass die anderen Eltern einfach nur andere Eltern waren. Nicht besser, nicht schlechter – aber eben nicht seine Eltern.

Horndeich hatte eine kleine Bar in seinem Büro. Als Bar zählte schließlich alles, was mehr als eine Flasche barg. So nahm er den Laphroaig-Whisky heraus, der neben einer Flasche Rotwein stand. 10 Years, keiner der ganz teuren, aber einer der Whiskys, die er sehr mochte. Er griff nach einem Nosing-Glas, füllte es bis zum Maßstrich für vier Zentiliter. Er hob es in die Luft und flüsterte: »Auf euch, Mama, Papa - und auf euch, meine Kinder!« Er nahm einen kleinen Schluck, bewegte ihn für ein paar Sekunden in seinem Mund, um ihn dann mit geschlossenen Augen zu schlucken und zu spüren, wie sich der Geschmack im ganzen Mund und Rachenraum ausbreitete.

Horndeich klickte noch zu einem weiteren Artikel. Darin wurde beschrieben, wie ein Fotojournalist Hinweisen nachgegangen war, dass unverheiratete, schwangere Frauen in einer Klinik in Madrid genötigt wurden, ihre Kinder herzugeben. Der Chefarzt der Klinik war nicht bereit, darüber zu sprechen. Doch ein paar Schwestern taten genau dies: Zu einigen Geburten kämen fremde Menschen, sie säßen in einem Nebenzimmer und würden schließlich mit dem frisch geborenen Säugling das Hospital verlassen. Auch hier sagte man den Müttern, es habe sich um eine Totgeburt gehandelt. Wenn die Mütter ihr Babys sehen wollten, wurden für solche Fälle tote Babys in Kühlfächern aufbewahrt.

Horndeich schluckte. Das war unvorstellbar. Drehbuch für einen ganz miesen Horror-Schocker. Doch er musste nur ein halbes Mausrad weiter nach unten scrollen, dann sah er die Fotografie, die der Journalist aufgenommen hatte. Horndeich wurde übel. Der Artikel war 1982 in Spanien erschienen, Horndeich las die deutsche Übersetzung. Und danach noch die Übersetzung eines Interviews, das der Journalist viele Jahre später im Fernsehen gegeben hatte. Er las: »Ich dachte, der Artikel müsste einschlagen wie eine Bombe. Hat er aber nicht. Die Polizei rief bei mir an und sagte, man werde Ermittlungen anstellen. Und das war's dann auch gewesen. Nichts ist passiert.«

Horndeich speicherte die Links zu den Artikeln, dann fuhr er den Rechner herunter.

Er trank den letzten Schluck seines Whiskys, dann stand er auf, löschte das Licht, verließ das Büro. Trat ein in den Wohnbereich seines Hauses, der ihm plötzlich wie ein schützendes Refugium vor einer grausamen Welt da draußen erschien.

Sandra schlief tief und fest.

Ihm wollte es nicht so recht gelingen.

SAMSTAG, 19. JUNI

»Horndeich! Was kann ich für Sie tun?« Katharinas Stimme.

Vor wenigen Minuten hatte Horndeich sich die Handynummer der Studentin von Jana geben lassen. Er hatte sie auf den aktuellen Stand gebracht und wollte nun diese Spur weiterverfolgen, die auch Maria gegangen war: Er wollte mit dem Verein sprechen, den Maria Jimenez kontaktiert hatte. Doch innerhalb der letzten vierundzwanzig Stunden war sein Spanisch nicht besser geworden, und so brauchte er jemanden an seiner Seite, der ihm mit einer von Sprachkenntnissen geschärften Machete beim Durchqueren des spanischen Dschungels half.

»Ich bräuchte noch mal deine Hilfe«, sagte er zu Katharina.

»Spanisch?«

»Spanisch.«

»Wann?«

»Am besten jetzt gleich.«

»Passt. Aber Übersetzungsleistungen muss ich etwas teurer berechnen.«

»Wie viel?«

»Fünfundzwanzig. Die angefangene Stunde. Auf die Kralle, ohne Rechnung.«

Die junge Dame studierte Philosophie, aber sie hätte wahrscheinlich auch in BWL keine schlechte Figur gemacht. »Passt. Dann aber gleich-gleich.«

»Bin in fünfzehn Minuten da.«

Horndeich hatte keine Ahnung, wie er den zu zahlenden Betrag Jana gegenüber in Rechnung stellen sollte. Aber er stellte fest, dass ihn inzwischen die Neugier so gepackt hatte, dass er sich darüber später Gedanken machen würde.

Während er auf Katharina wartete, bereitete er einen Tee zu. Kaum standen Teekanne, zwei Tassen und Zucker auf dem kleinen Seitentisch neben dem Schreibtisch, ertönte schon der Gong.

Horndeich ließ Katharina herein, und diese ging, während sie grüßte, schnurstracks in Richtung Büro. Ja, Horndeich schätzte ihre Arbeitsauffassung.

Horndeich berichtete kurz, was er am vorigen Tag herausgefunden hatte. Er ließ Katharina auch die Artikel lesen, die er sich gestern zu Gemüte geführt hatte.

»Krass!«, war ihr einziger Kommentar. Es war nicht das Wort, es war die Tonlage, die ihre Bestürzung deutlich machte. »Und da ist nie jemand verknackt worden?«

Bevor Horndeich Jana angerufen hatte, hatte er bereits noch tiefer auf den deutschen Seiten des Netzes gegraben. Und dabei Artikel über einen Prozess gefunden, der 2018 in Spanien stattgefunden hatte. Er klickte auf den Link. Im Bericht wurde beschrieben, dass ebenjener Arzt, der mit dem Journalisten seinerzeit nicht hatte sprechen wollen, schuldig gesprochen worden war: wegen Fälschung einer Geburtsurkunde und der illegalen Weitergabe eines Neugeborenen an regimetreue Adoptiveltern. Der Doktor war zu diesem Zeitpunkt bereits fünfundachtzig Jahre alt gewesen. Und die Taten galten als verjährt.

»Verjährt? Echt jetzt?«

Darauf hatte Horndeich keine Antwort. Er wusste auch nicht, wie die Weitergabe eines Kindes rechtlich bewertet wurde. War das Diebstahl mit anschließender Hehlerei? Er hatte keine Ahnung. Er wusste nur, dass er dieses Urteil als nicht gerecht empfand.

Katharina atmete dreimal tief durch, trank einen Schluck Tee, dann sah sie Horndeich an: »Okay. Und wozu brauchen Sie mich jetzt? Ich meine, auch den spanischen Artikel haben

Sie ja schon in einer deutschen Übersetzung gelesen. Wobei soll ich Ihnen noch helfen?«

»Ich möchte Kontakt zu diesem Verein AVINIRO in Spanien aufnehmen. An diesen Verein hat sich Maria Jimenez wahrscheinlich gewandt. Ich möchte also folgende Dinge wissen: Erstens, hat Maria Jimenez diesen Verein wirklich kontaktiert? Zweitens, hat sie dort Kontakt gefunden zu eventuellen Geschwistern oder ihren leiblichen Eltern?«

»Okay, das sollte ich hinkriegen.«

Katharina zog die Tastatur zu sich heran, wurde auch zur Herrin über die Maus und bewegte sich mit einer Geschwindigkeit durchs Netz, die Horndeich imponierte. Nicht nur, dass sie rasend schnell tippte, nein, sie war offensichtlich auch sehr gut in der Disziplin des Querlesens. Und das nicht nur auf deutschen, sondern gleichermaßen auf den spanischen Seiten.

Die Internetpräsenz des Vereins Asociación Victimas Niños robados – AVINIRO hatte sie schnell aufgetan, doch sie war zudem in wenigen Minuten durch sämtliche Unterseiten gepflügt.

Horndeich hatte sich schon für einen schnellen Internet-Jockey gehalten. Er war kein Spezialist im Kartenlesen für die kürzesten Wege durchs Netz. Doch wenn er den Weg kannte, konnte er auch schnell. Dachte er. Bis jetzt. Er würde über die Definition des Adjektivs »schnell« doch noch mal nachdenken müssen.

»So, ich hab mir die Seiten genau angesehen. Es gibt hier sowohl eine Internetadresse als auch eine Telefonnummer für die Kontaktaufnahme. Was mich aber schon jetzt stutzig macht, ist, dass sie betonen, am Telefon und per E-Mail keinerlei Personenauskünfte zu erteilen.«

Na, das fing ja gut an. »Ignorieren«, schlug Horndeich vor. »Rufen Sie einfach dort an, und wir sehen, was passiert.«

»Erstens werden wir hören, was passiert, und zweitens wären so ein paar Basisdaten zu Maria Jimenez gewiss hilfreich, wenn ich glaubhaft machen soll, dass ich weiß, über wen ich eigentlich rede.«

Sie war intelligent, sie war schnell, sie war sprachbegabt. Und sie wusste, wie man einen schnellen Euro macht. Aber sie hatte auch etwas unglaublich Bessernasiges.

Horndeich antwortete nicht, sondern zog die Tastatur auf seine Seite herüber. Und griff nach der Maus. Jetzt konnte er vielleicht mal einen Punkt gutmachen: Er hob das Zeigegerät nicht über seine Tastatur, sondern er navigierte ganz souverän mit der linken Hand.

Jana hatte ihm die Basisdaten von Maria Jimenez bereits geschickt. Horndeich öffnete das PDF, verkleinerte das Anzeigefenster des Programms ein wenig und verbannte es auf den rechten der beiden Monitore. Dann hob er die Tastatur an und reichte sie Katharina. In diesem Moment war er sehr froh, dass er sich seinerzeit für eine kabellose Tastatur und auch eine Maus ohne Fesseln entschieden hatte.

Katharina markierte die Telefonnummer, klickte auf die rechte Maustaste und hob die Augenbraue, als ein Fensterchen ihr tatsächlich die Option bot, direkt über den Computer zu telefonieren. Womit sie die Hände zum Tippen frei hatte und Horndeich auch die Worte des Gesprächspartners mithören konnte.

Katharina bestätigte den Aufbau der Verbindung mit einem Klick auf »Okay«.

»Muy buenos días! Asociación AVINIRO. Habla Vega Morales. ¿En qué puede servirle?«

Horndeich verstand die Worte natürlich nicht, reimte sich aber zusammen, dass es so etwas Ähnliches sein musste wie: »Hallo, hier ist der Verein AVINIRO, worum geht's?«

Katharina antwortete. Horndeich hatte das Gefühl, sie wäre eine lebende Maschinenpistole, deren Magazine mit spanischen Worten gefüllt waren. Horndeich konnte sich kaum vorstellen, dass die Besitzerin der weiblichen Stimme am anderen Ende der Leitung irgendetwas verstand. Doch er sollte sich täuschen: Jetzt, da die Formalitäten geklärt waren, startete die Dame in Spanien ihrerseits ein Worte-Gewehr.

Als er das Wort »Gracias« hörte, das einzige, das er zweifelsfrei identifizieren konnte, wusste er, dass sich das Gespräch dem Ende näherte. Noch ein paar kurze Wortsalven hin und her, dann trat das Erwartete ein. Was für beide Erwartungen zutraf: Zum einen war das Telefongespräch beendet. Zum anderen sagte Katharina: »Genau, wie sie es auf ihrer Webseite verkündet haben. Keine telefonischen Auskünfte.«

Horndeich fluchte leise. »Hat die Dame denn gesagt, ob Maria Jimenez sich überhaupt an den Verein gewendet hatte?«

»Welches Wort von den letzten drei Wörtern, die ich gesagt habe, haben Sie nicht verstanden? Keine. Telefonischen. Auskünfte.«

Horndeich holte tief Luft. Zählte innerlich – langsam – bis drei. Dann sagte er: »Werte Katharina, ich schätze Ihre Arbeit sehr. Ich bin beeindruckt von der Geschwindigkeit, mit der Sie sich im Netz bewegen, von Ihrer Fähigkeit, sich im Spanischen – und natürlich auch im Deutschen – auszudrücken. Ich möchte Sie jedoch freundlich darum bitten, das Schnippische ein wenig zurückzufahren.«

Katharina sagte nichts. Sie dachte wohl gerade: Warum sind Spießer immer so empfindlich?

»Haben Sie mich verstanden? Ich meine, nicht nur die letzten drei Wörter.«

Katharina grinste: »Na, Sie können das aber auch ganz gut mit dem Schnippisch!«

»Touché«, musste Horndeich zugeben. Und ärgerte sich, dass er sich diesen letzten Satz nicht hatte verkneifen können.

»Passt schon. Ich meine, Sie sind mein Goldesel. Da will ich es mir nicht verderben.«

»In Ordnung, dann werde ich jetzt Jana anrufen. Schließlich ist sie die Abwesenheitspflegerin von Maria Jimenez.

Vielleicht kann sie ja die nötigen Dokumente nach Spanien faxen, damit wir doch eine Auskunft kriegen.«

»Faxen???«

Horndeich sah Katharina mit durchdringendem Blick an.

»Okay, faxen. Falls das E-Mail-Programm seinen Dienst versagt …«

Horndeich rief Jana an, schilderte ihr die Situation. Auch Jana war auf Lautsprecher gestellt. Wodurch Katharina mithören konnte. »Klar, wir können gerne zu dritt telefonieren. Vielleicht jedoch lieber in einer Videokonferenz?«

Katharina hetzte kurz auf Tastatur und mit Maus durch Horndeichs Rechner, dann antwortete sie: »Kein Problem, Teams ist hier drauf, Zoom oder Webex kann ich zur Not schnell installieren.«

Horndeich und Jana antworteten gleichzeitig. Während Horndeich entsetzt sagte: »Installieren? Hier wird gar nix installiert!«, meinte Jana nur: »Perfekt. Ruf doch noch mal dort an. Frag sie, ob wir uns kurz zusammenschalten können.« Dann hatte Jana auch schon aufgelegt.

»Was wollen Sie denn hier installieren?«

»Herr Horndeich, Sie haben einen schnellen Rechner, eine Kamera auf einem Monitor, ein offensichtlich ganz brauchbares Mikro und zwei gut klingende Boxen – was ist das eigentlich für ein System, müsste ich mir mal aufschreiben. Und all diese feinen Teile werden wir jetzt dazu benutzen, mit den Spaniern nicht mehr nur zu sprechen, sondern uns dabei auch anzusehen. Videokonferenz eben.«

Natürlich wusste Horndeich, was eine Videokonferenz war, ihm war nur nicht klar, dass man so etwas einfach so ratzfatz machen konnte.

Während er noch grübelte, hatte Katharina bereits wieder in Spanien angerufen. »Gracias« war diesmal bereits das allerletzte Wort nach einer sehr kurzen Konversation gewesen.

»Sehr gut, wir können in einer Viertelstunde beginnen. Ich muss jetzt noch Zoom bei Ihnen installieren.«

Horndeich ersparte sich die Peinlichkeit, nachzufragen, wie man ein Teleobjektiv auf einen Computer installieren konnte, sondern schaute Katharina einfach nur über die Schulter.

Sekunden später begriff er, dass es ein Videokonferenzsystem mit dem Namen Zoom gab. Beruhigend an der ganzen Sache war, dass Katharina während der Installation wenigstens nicht die Daten seiner Kreditkarte benötigte.

»Noch einen Tee?«, bat Katharina. »Wir haben noch zehn Minuten.«

Horndeich zog sich in die Küche zurück. Ein Terrain, in dem er sich plötzlich viel heimischer fühlte als vor dem Rechner.

Er hörte, wie Katharina bereits wieder mit Jana sprach. Zwei Minuten später kehrte er mit frischem Tee zurück. Jana strahlte ihn vom Monitor aus an, ebenso Katharina. Ihr Bild war scharf und hell. Die Kamera, die seine Frau ihm empfohlen hatte, taugte offensichtlich für den Job.

Dann erschien das Gesicht einer blondhaarigen Frau auf dem Bildschirm. Horndeich schätzte ihr Alter auf vielleicht fünfzig. Die Stimme dazu kannte er bereits, es war jene aus den beiden Telefonaten zuvor. Horndeich goss sich eine Tasse Tee ein und lehnte sich zurück. Er konnte hier ohnehin wenig unterstützen.

Jana berichtete, dass sie Nachlasspflegerin wäre, in diesem Fall Abwesenheitspflegerin für Maria Jimenez. Um diesen Begriff zu übersetzen, brauchte selbst die schnelle Katharina dreißig Sekunden. Dann erklärte Jana, weshalb man sich mit dem Verein in Verbindung gesetzt habe – aber all das wusste Horndeich ja schon und die Dame in Spanien auch. Katharina übernahm die Rolle des Dolmetschers, und es klappte hervorragend.

Jana hielt irgendwann die Geburtsurkunde von Maria Jimenez vor die Kamera.

Dann sprach wieder die Spanierin, und Katharina übersetzte: »Jana, wenn du jetzt noch den Personalausweis oder einen Reisepass von Maria Jimenez zeigen könntest, dann ist Frau Morales bereit, mit dir über Maria Jimenez zu sprechen.«

»Einen Ausweis? Einen Reisepass? Die habe ich doch gar nicht. Diese Dokumente muss Maria Jimenez bei sich gehabt haben, als sie nach Spanien gereist ist. Vor acht Jahren. In ihren Unterlagen gibt es keinen Pass und auch keinen Ausweis. Und wenn irgendwo ein Pass oder Ausweis in dem Haus gewesen sind, in irgendeinem dieser irren Verstecke, dann sind die dort in Flammen aufgegangen. Im Tresor war jedenfalls nichts in dieser Richtung.«

Katharina übersetzte, aber Horndeich musste nur das Gesicht von Frau Morales sehen, um zu wissen, dass sie sich wieder auf ihre ursprüngliche Position zurückziehen würde: »Keine telefonischen Auskünfte.«

Die drei Frauen diskutierten noch ein bisschen hin und her, Janas Ton wurde zunehmend lauter – und plötzlich war das Bild von Frau Morales einfach verschwunden.

»Was bildet die sich eigentlich ein? Das ist eine Frechheit!« Jana war mit dem Ergebnis der kleinen Videokonferenz zu Recht unzufrieden. Nun, auf deutschem Grund und Boden war Jana mit bedeutend mehr Autorität ausgestattet als im, wenn auch europäischen, Ausland.

»Was machen wir jetzt?«

Horndeich seufzte. »Ich glaub, ich fahr jetzt mal nach Canossa.«

»Sind Sie jetzt auch noch Heinrich IV.?«, spielte Katharina auf den gleichnamigen König an, dessen schmachvoller Bittgang im Jahr 1077 zu Papst Gregor VII. als »Gang nach Canossa« in den Sprachgebrauch Eingang gefunden hatte.

»Nein. Aber ich werde jetzt mal zu Leah gehen. Vielleicht kann sie als Kommissarin mehr ausrichten.«

»Soll ich mitkommen?«, wollte Katharina wissen.

Spontan nahm Horndeich sich vor, zu verneinen, doch dann dachte er, dass es durchaus eine gute Idee sein könnte.

So konnte man im Fall der Fälle nochmals eine dieser Videokonferenzen aufbauen. »Ja, kommen Sie bitte mit.«

»Dann brauchen wir jetzt noch einen Laptop. Mit Mikro. Und ich werde gleich noch Zoom draufspielen.«

»Gut, dass du da bist.« Leah bat ihre beiden Gäste herein.

Leah Gabriely war zwei Jahre zuvor zu Richard Feller in dessen Wohnung gezogen, nur wenige Monate nachdem sie zusammengefunden hatten und zuvor viele Monate umeinander herumgeschlichen waren. Ihre Wohnungen in der Heinrich-Fuhr-Straße hatten zwar nur drei Häuser auseinandergelegen, doch nachdem sie sich endlich zueinander bekannt hatten, hatte Feller ganz pragmatisch bemerkt, dann könne man sich die gegenseitige Treppensteigerei auch sparen.

Horndeich stellte Leah Katharina vor, die beiden Frauen begrüßten sich mit Handschlag.

»Na, das freut mich ja, so von dir empfangen zu werden. Und das am geheiligten Wochenende.«

Als sie am Wohnzimmertisch saßen, schaute Leah Horndeich triumphierend an. »Wir haben was rausbekommen. Und das könnte den Fall in einem neuen Licht erscheinen lassen.«

Bevor sie weitersprechen konnte, unterbrach sie Horndeich: »Wir?«

»Wir. Max Wieler und ich.«

»Okay, dann schieß mal los.«

Leah ließ noch ein paar Sekunden verstreichen, offenbar, um die Spannung zu steigern, dann fuhr sie fort: »Maria Jimenez ist nicht die leibliche Tochter ihrer Eltern.«

Oh, da hatten die beiden also ebenfalls ihre Hausaufgaben gemacht. Doch nachdem Leah ihm gegenüber vor gut einer Woche so kratzbürstig gewesen war, konnte er nicht umhin zu sagen: »Weil sie die Blutgruppe AB minus hatte und ihre Eltern jeweils null positiv. Letzteres stand in der Krankenakte von Sofia Jimenez. Ersteres im Mutterpass von Maria.«

»Okay, Ihr habt die Akten also ebenso gründlich gelesen.« Leah unterließ es, dem noch irgendeine Spitze folgen zu lassen. »Wir wissen natürlich nicht, ob das tatsächlich etwas mit ihrem Verschwinden zu tun hat.«

»Da können wir dann vielleicht schon ein bisschen mehr weiterhelfen. Ich habe mit einer Freundin von ihr gesprochen. Die beiden haben sich genau über dieses Thema unterhalten. Und das war, kurz bevor Maria Jimenez von der Bildfläche verschwunden ist.«

»Hast du denn darüber schon mit ihrem Bruder gesprochen? Und vielleicht auch mit der Witwe des Cousins?«

»Nein, das habe ich nicht getan. Aber wir sind noch einen kleinen Schritt weiter.« Horndeich berichtete kurz vom spanischen Kinderraub, davon, dass Maria Jimenez die Vermutung hegte, Opfer zu sein, und dass sie wahrscheinlich mit einem Verein Kontakt aufgenommen habe, der es sich zur Aufgabe gemacht hatte, leibliche Kinder, Geschwister und Eltern wieder zusammenzuführen.

Hatte Katharina bislang schweigend auf dem Sofa gesessen, fasste sie kurz zusammen, wie die beiden letzten Videokonferenzen mit Frau Morales vom Verein AVINIRO verlaufen waren.

Leah schaute ein wenig verwirrt zwischen Horndeich und Katharina hin und her. »Und welche Aufgabe habt ihr jetzt mir zugedacht? Wie soll ich helfen?«

»Na ja, du bist die Polizei. Vielleicht kann dein Polizeiausweis das ausrichten, was der Personalausweis oder Reisepass von Maria Jimenez hätten bewirken sollen«, brachte es Horndeich auf den Punkt.

»Wir können es versuchen. Ich glaube aber nicht, dass es von großem Erfolg gekrönt sein wird.«

Während Katharina den Laptop für einen weiteren Videocall vorbereitete, lehnte Horndeich sich wieder zurück. Er betrachtete seine ehemalige Kollegin. Und er war froh, dass sie ihn jetzt unterstützte. Dass sie keine blöden Bemerkungen darüber hatte fallen lassen, dass er und sein Team auch schon zu dem Schluss gekommen waren, dass die Blutgruppen in Marias Familie nicht kompatibel gewesen waren. Leah hätte lospoltern können, warum man ihr das nicht gleich gesagt habe. Aber sie hatte es unterlassen. Das rechnete Horndeich ihr hoch an.

Katharina leitete die Videokonferenz ein. Und sie endete genauso wie jene zuvor, nur dass eben Leah den Platz von Jana eingenommen hatte.

»Keine telefonischen Auskünfte.« Das hatten sie jetzt in allen Varianten oft genug durchgespielt.

»Tut mir leid, Horndeich. Ein Versuch war's wert.«

Horndeich nickte nur.

»Und das war's jetzt?«, fragte Katharina, und es lag echte Enttäuschung in ihrer Stimme. Als ob es ihre Ermittlung wäre.

Horndeich nahm einen tiefen Atemzug. Dann sagte er: »Nein, das war es noch nicht.«

»Sondern?« Katharina.

»Wenn der Prophet nicht zum Berg kommt, dann muss sich halt der Berg ins Flugzeug setzen.«

Leah und Katharina sahen einander an. Zwischen ihnen schien ein Mobile an Fragezeichen in der Luft zu schwingen.

Horndeich griff zu seinem Mobiltelefon, scrollte durch die Kontakte. Jetzt griff er zur Geheimwaffe. Wenn die sich als Blindgänger entpuppte, wusste er auch nicht weiter.

Doch beim Gegenüber meldete sich nur die Mailbox.

Horndeich legte auf.

Schon beim Frühstück hatte Sandra festgestellt, dass Horndeich mit seinen Gedanken woanders war. Morgens, beim Aufstehen, hatte er ihr kurz davon erzählt, was er herausgefunden hatte. »Du willst dann sicher weiter recherchieren, nicht wahr?«

Er hatte nur genickt.

»Das passt, dann schnappe ich mir unseren kleinen Kindergarten und fahre zu meinen Eltern. Wenn die ihre Enkel einmal zwei Wochen am Stück nicht sehen, drehen sie ohnehin am Rad. Und ich weiß nicht, wer von beiden schneller.«

Sandras Eltern lebten in Büttelborn, unweit von Darmstadt. Horndeich verstand sich mit beiden, so gut man sich halt mit Schwiegereltern verstehen konnte. Der Lebensinhalt von Sandras Vater bestand im Basteln. Gäbe es im Bauhaus Rabattmarken, hätte er sicher bereits mehrere DIN-A4-Alben gefüllt. Sandras Mutter versorgte die Familie mit geglückten Speisen, geglücktem Kuchen und oftmals weniger geglückten Lebensweisheiten. Insofern war Horndeich nicht wirklich betrübt darüber, dass er bei diesem Familienbesuch nicht mit von der Partie wäre. Er konnte mit einer Besuchsfrequenz gut leben, die deutlich über den vierzehn Tagen lag.

Nachdem er von Leah aus nach Hause gefahren war, rief er die Nummer von Alfredo Jimenez an. Er konnte sich kaum vorstellen, dass dessen Schwester mit ihm nicht gesprochen hatte, nachdem sie herausgefunden hatte, nicht die leibliche Tochter ihrer Eltern zu sein.

Alfredo Jimenez ging nach dem zweiten Klingeln an den Apparat: »Herr Horndeich! Ich hoffe, es geht Ihnen gut? Was kann ich für Sie tun?« Alfredos Stimme war freundlich, aufrichtig und geradezu beschwingt.

Horndeich beschloss, ihn direkt zu konfrontieren. Dann hatte der keine Zeit, sich irgendwelche Geschichten zurechtzulegen: »Alfredo, wann haben Sie davon erfahren, dass Ihre Schwester nicht Ihre leibliche Schwester ist?«

»Wie bitte?«

Eine Gegenfrage. Immer gut, um Zeit zu gewinnen. Das hieß für Horndeich: die Frage wiederholen, ohne den Inhalt zu wiederholen. »Wann haben Sie davon erfahren?«

»Maria soll nicht meine Schwester gewesen sein? Was soll denn der Blödsinn? Natürlich war sie meine Schwester. Und die Tochter meiner Eltern. Wie kommen Sie denn jetzt auf so eine Idee?« Jimenez' Unglaube schien nicht gespielt. Aber Horndeich hörte nur seine Stimme, konnte ihn nicht beobachten. Allerdings wäre es auch wenig realistisch gewesen, für diese Frage abermals in Richtung Pasewalk aufzubrechen.

»Maria hat das herausgefunden. Einige Wochen bevor sie verschwand.«

Nur ein statisches Rauschen füllte den Raum zwischen Alfredo und Horndeich.

»Wann genau hat sie es erfahren? Und wodurch?«

Horndeich musste kurz nachdenken, was er Marias Bruder, vielmehr Marias vermeintlichem Bruder, erzählen würde. Er entschloss sich dann aber, zumindest den Kopf der Katze aus dem Sack zu lassen. »Sie hat herausgefunden, dass ihre Blutgruppe nicht kompatibel war zur Blutgruppe ihrer Eltern. Und damit auch zu Ihrer Blutgruppe.«

»Wie denn?«

»Durch die Krankheit Ihrer Mutter. Ihr Vater und Sie haben sich damals als Knochenmarkspender zur Verfügung gestellt. In den Laborberichten sind Ihre Blutgruppen vermerkt. In den Arztunterlagen jene Ihrer Mutter.«

»Aber Maria, sie hat sich doch damals gar nicht testen lassen.«

Wusste Alfredo davon, dass seine Schwester schwanger gewesen war, Jahre zuvor? Laut Marias Freundin Veronika nicht. »Aber es war in ihrem Mutterpass vermerkt.«

»Mutterpass? Wieso denn Mutterpass? Maria hatte doch gar kein Kind.«

Soweit das Horndeich durchs Telefon beurteilen konnte, war Alfredo Jimenez' Verblüffung in diesem Fall nicht gespielt.

»Sie hatte eine Fehlgeburt erlitten.«

»Mein Gott«, flüsterte Alfredo Lopez ins Mikro. Nach ein paar Sekunden fragte er: »Und wie bitte kommen Sie jetzt an irgendwelche ärztlichen Unterlagen? Oder gar an den Mutterpass meiner Schwester?«

Horndeich beantwortete ihm auch diese Frage. Und beendete kurz darauf das Gespräch. Eine Frage danach, ob Alfredo davon gewusst habe, dass seine Schwester nach ihren leiblichen Eltern suchte und den Verdacht hatte, eines der in Spanien geraubten Babys gewesen zu sein, konnte er sich sparen. Schließlich hatte Alfredo angegeben, nicht einmal zu wissen, dass seine Schwester nicht seine leibliche Schwester war.

Vielleicht hatte Maria mit Barbara Lopez, der Frau ihres Cousins Diego, darüber gesprochen? War zumindest so etwas wie Familie. Veronika hatte davon nichts erzählt, aber woher sollte Veronika auch davon wissen? Vielleicht hatte Maria mit ihrer Mieterin Winora Leibholz gesprochen, die dem, was Horndeich als Freundin bezeichnen würde, noch am nächsten kam.

Er rief beide Frauen an. Und beide waren bereit, auch jetzt kurzfristig noch einmal mit ihm zu sprechen.

Horndeich setzte sich auf sein Fahrrad und radelte zunächst in die Heinheimer Straße zu Frau Leibholz.

So freundlich die alte Dame auch war – auch ihr gegenüber hatte Maria Jimenez kein Wort darüber verloren, dass sie begründete Zweifel an ihrer Abstammung hatte. Ebenso wenig, dass sie ein paar Jahre zuvor eine Fehlgeburt erlitten hatte. Horndeich bedankte sich, schwang sich auf seinen Drahtesel und radelte in Richtung Jahnstraße.

Barbara Lopez empfing ihn wieder mit einer Mischung aus Freundlichkeit und Reserviertheit.

Horndeich trat ins Wohnzimmer ein. Diesmal herrschte am Prinzessinnenschloss rege Betriebsamkeit. Gerade fuhr eine Kutsche vor, gezogen von vier Einhörnern. Aus der Kutsche stiegen zwei – Prinzessinnen, was auch sonst.

Noch bevor Barbara Lopez vom Flur aus etwas sagen konnte, fragte die Kleine auch schon: »Wer bist du?«

Frau Lopez trat ins Wohnzimmer und sagte: »Das ist Herr Horndeich.«

»Und du musst Lydia sein«, richtete sich Horndeich an das Mädchen.

»Woher weißt du das?«

»Das hat mir deine Mama schon verraten.«

»Warum?«

Horndeich überlegte, wie er den ersten Besuch für das Mädchen kurz zusammenfassen sollte. Und auch Barbara Lopez schien nach einer Antwort zu suchen. Doch Lydia war schneller: »Mein Papa ist tot. Bist du jetzt mein neuer Papa?«

Barbara Lopez sog hörbar Luft ein, doch Horndeich reagierte schnell: »Nein, bin ich nicht. Denn ich habe auch eine Frau und Kinder.«

»Ach so. Schade.« Damit war das Thema für Lydia offensichtlich durch, und sie ließ zwei andere Prinzessinnen in die Kutsche einsteigen.

Wortlos formte Barbara Lopez das Wort »Danke!«. Zu ihrer Tochter sagte sie hingegen: »Lydia, Schatz, kannst du in deinem Zimmer spielen? Ich muss mit Herrn Horndeich etwas besprechen.«

»Na gut.« Das war der einzige Kommentar der Kleinen, die daraufhin das Zimmer verließ und im Weggehen Horndeich noch zuwinkte.

»Sie ist noch immer ziemlich durch den Wind«, flüsterte Barbara Lopez, und es klang wie eine Entschuldigung. Dann sammelte sie sich kurz. »Was wollen Sie wissen?«

Abermals stellte Horndeich die Frage danach, ob Barbara Lopez etwas darüber wisse, dass Maria nicht die leibliche Tochter ihrer Eltern gewesen war.

Barbara Lopez sah auf, runzelte die Stirn. Zögerte. Sagte dann aber: »Nein. Wie ich schon erwähnt habe, wir waren nicht so eng.« Anschließend schob sie jedoch, für Horndeich völlig verblüffend, die Frage nach: »Wann hat sie das denn erfahren?«

»Ein paar Wochen nach dem Tod ihres Vaters.«

Barbara Lopez nickte und schien für Sekunden in Gedanken versunken.

»Warum fragen Sie das?«

»Weil sie in den letzten Wochen, in denen wir sie gesehen haben, so anders war. So still, so nachdenklich. Sie war zwar immer zurückhaltend gewesen, aber trotzdem ein eher fröhlicher Mensch. Diese Fröhlichkeit strahlte sie in den letzten Wochen, in denen sie hier gewesen ist, nicht mehr aus.«

»Mit Ihnen hat sie nicht darüber geredet? Was sie über ihre Herkunft erfahren hat?«

»Nein. Wenn sie mal hier war, und das war selten genug der Fall, dann hat sie meist mit Diego gesprochen. Da war ich das Anhängsel, das für Kaffee und Kuchen zuständig war.«

Das wiederum klang für Horndeich so, als habe sich Barbara Lopez anderes gewünscht.

»Es ist schade, dass sie weggegangen ist. Auch wenn wir nicht so viel miteinander zu tun hatten – ich habe sie irgendwie gemocht. Vielleicht auch bewundert, ihre flippige Art, sich zu kleiden, ihren Mut dazu. Und gleichzeitig, dass sie sich traute, so altmodisch zu sein. Ich glaube auch, sie hätte sich mit Lydia sehr gut verstanden. Und Lydia mit ihr.«

Viel mehr gab es nicht zu sagen, und Horndeich verkniff sich die Bemerkung, dass Barbara Lopez Maria ja doch öfter als zwei Mal begegnet war. Abermals verabschiedete er sich, nicht zum ersten Mal mit dem Gefühl, nichts wirklich Neues erfahren zu haben. Er winkte auch Lydia noch zu, die dies erwiderte und ihm fröhlich zurief: »Tschüs, Herr Horndeich!«

SONNTAG, 20. JUNI

Die Geheimwaffe hatte doch noch gewirkt: Nachdem Horndeich sich von Barbara Lopez verabschiedet hatte, hatte er erneut versucht, Veronika Seibert zu erreichen. Diesmal war es gelungen. Fünfzehn Minuten später hatte sie zurückgerufen und Horndeich bestätigt, dass sie seinen Wunsch hatte erfüllen können: ein Ticket für ihn im Flieger nach Madrid, mit dem sie selbst als Flugbegleiterin zurückflog. Denn wenn es keine telefonischen Auskünfte vom Verein AVINIRO gab, dann vielleicht persönliche.

Als Horndeich davon beim Abendessen erzählt hatte, war Stefanie ganz aufgeregt gewesen und hatte sofort gefragt, mit was für einem Flugzeug ihr Papa fliegen würde. Nach dem Abendessen hatte er diese Information im Internet unbedingt herausfinden müssen, seine Tochter hätte sonst wohl kaum einschlafen können. Als er sie ins Bett gebracht hatte, hatte er noch gesagt, dass es sich um eine Bombardier CRJ1000 handle. Seine Tochter hatte wissend genickt, als ob ihr das alles erklärt hätte.

Horndeich zog den Ausdruck eines Fotos aus dem Internet hervor und zeigte es ihr.

»Bringst du mir ein Modell von dem Flugzeug mit?«, hatte sie gefragt.

»Warum?«

»Weil Traditionen wichtig sind.«

Horndeich war klar gewesen, dass sie in ihrem Kopf gerade mindestens vier Gedankensprünge hintereinander vollzogen hatte. Und Stefanie hatte registriert, dass ihr Vater ihr nicht folgen konnte. Also hatte sie erklärt: »Unsere Lehrerin, die

Frau Meier, die hat gesagt, dass Traditionen wichtig sind. Im Großen, so wie Weihnachten. Das man ja nicht einfach mal ausfallen lässt, weil man an dem Tag keine Lust hat. Und im Kleinen. Und dann hat sie gefragt, was wir uns darunter vorstellen könnten. Und da habe ich erzählt, dass wir jeden Tag beim Abendessen sagen, was am Tag schön war. Da hat Frau Meier richtig gestrahlt. Und ich möchte jetzt eine neue Tradition haben: Immer, wenn du irgendwohin fliegst, bringst du mir ein Flugzeug mit, in dem du geflogen bist.«

»Gut, dann begründen wir heute Abend eine neue Tradition.«

»Eine Tradition begründen, so heißt das?«

Horndeich hatte genickt.

»Lustig«, hatte Stefanie noch gesagt, dann war sie bereits eingeschlafen.

»Na, sind Sie mit Ihren Gedanken schon über den Wolken?«, hörte Horndeich die Stimme von Veronika Seibert. Er stand in der Halle des Terminals 2 am Frankfurter Flughafen. Er drehte sich um. Horndeich erkannte Veronika kaum wieder. Sie hatte die Haare streng nach hinten hochgesteckt und trug die dunkelblaue Uniform der Flugbegleiterinnen ihrer Airline. »Ich hab was für Sie«, sagte sie und reichte Horndeich ein Ticket mit Bordkarte. »Ich habe Sie bereits eingecheckt. Sie haben ja gesagt, Sie nehmen nur das kleine Köfferchen Handgepäck mit.«

Horndeich nahm die Reiseunterlagen in Empfang, bedankte sich. »Was bekommen Sie von mir?«

»Das regeln wir, wenn wir in Madrid angekommen sind. Ich muss mich hier von Ihnen verabschieden, wir sehen uns im Flugzeug. Selbstverständlich sitzen Sie auf einem Platz, für den ich zuständig bin.«

Da Horndeich noch ein wenig Zeit hatte, bemühte er sich, ein Geschäft zu finden, in dem er das von seiner Tochter gewünschte Flugzeugmodell erstehen konnte. Es dauerte ein wenig, aber tatsächlich gelang es ihm, einen Laden zu finden, in dem ein paar Flugzeugmodelle in einem Regal standen. Aber natürlich keine CRJ1000. Zufällig hatte der Verkäufer von diesem Metier Ahnung und versicherte Horndeich, ein solches Modell wäre derzeit nicht käuflich zu erwerben. Gut, dann musste er die Tradition irgendwie anders begründen. Aber darüber würde er sich in Madrid Gedanken machen.

Auf dem Flug nach Spanien döste Horndeich vor sich hin, nur unterbrochen vom Snack, den Veronika ihm reichte, und dem Kaffee. Kurz bevor der Flieger zum Landeanflug ansetzte, trat sie an seinen Sitz und sagte leise zu ihm: »Sie bleiben einfach nach dem Zoll am Ausgang stehen, ich hole Sie ab.« Das war Horndeich sehr recht. Denn so ganz ohne Spanischkenntnisse wäre es sehr hilfreich, wenn ihm eine Einheimische zum Beispiel auf der Karte zeigte, wo sich der Sitz des Vereins AVINIRO befand, wo man dort in der Nähe wohnen konnte – und nicht zuletzt, wo er einen Dolmetscher herbekommen sollte. Natürlich, für all das konnte er auch sein Tablet bemühen. Aber von Mensch zu Mensch war so etwas nun mal einfacher. Schon während er im Flieger im Halbschlaf vor sich hin gedämmert hatte, war ihm mehrmals der Gedanke in den Sinn gekommen, dass diese ganze Aktion vielleicht doch ein wenig voreilig gewesen war.

Der Transfer vom Flugzeug zum Ausgang ging flott vonstatten. Neben dem Ausgang setzte er sich auf einen der Plastiksessel. Bereits dreißig Minuten später tippte ihm Veronika Seibert auf die Schulter. »Wir können!«

»Äh – was können wir?«

»Sie sind unser Gast. Ich habe mit Adrian gesprochen. Er freut sich darauf, Sie kennenzulernen. Er hat noch nie mit einem echten Privatdetektiv gesprochen, das will er jetzt nachholen. Und wir haben ein schönes Gästezimmer – was jetzt endlich einmal genutzt wird.«

So hatte das Horndeich nicht geplant. Aber ihm war auch

nicht danach, zu widersprechen. Zumindest nicht zu heftig. »Veronika, das kann ich nicht …«

»Das können Sie, und das werden Sie. Wir haben beide dasselbe Interesse: Wir wollen beide wissen, was mit Maria geschehen ist. Insofern – vergessen Sie jeden weiteren Protest.«

Sie fuhren mit U-Bahn und Bus zur Wohnung von Veronika und ihrem Freund Adrian. »Ich habe richtig Glück gehabt. Wir wohnen mitten in der Stadt, Calle de San Bernardo, mitten in Malasaña, meinem Lieblingsviertel. Also Adrian wohnt hier schon immer. Es ist die Wohnung seiner Eltern. Nachdem ich mich in ihn verliebt hatte, habe ich mich in seine Wohnung verliebt! Heute könnte man solch eine Wohnung gar nicht mehr bezahlen.« Diesen Satz hätte Horndeich auch fast an beliebiger Stelle in seiner Heimatstadt hören können.

Sie stiegen aus dem Bus, gingen auf einen Altbau zu – mit hohen Decken, restauriert. »Wir müssen nur ganz nach oben«, sagte Veronika, und sie begannen den Anstieg in den fünften Stock.

Adrian begrüßte Horndeich herzlich. Er sprach nur ein paar Brocken Deutsch, aber fließend Englisch, was für Horndeich kein Problem darstellte.

Nachdem er sich ein wenig frisch gemacht hatte, bestanden Veronika und Adrian darauf, ihm zumindest einen Teil ihrer Heimatstadt zu zeigen. Sie schlenderten durch das Viertel, in dem sich ein Café an das nächste reihte, ebenso wie Kneipen, Bars und unendlich viele Klamottenläden. Sie blieben vor zwei Straßenmusikanten stehen, und Veronika stimmte in das Lied der beiden ein. Sogar Horndeich erkannte den Song: *Entre dos tierras* von Héroes del Silencio. Zwischen zwei Welten. Passte sehr gut zur Situation. Horndeich fühlte sich ein bisschen an Frankfurt Bockenheim in den Siebzigern erinnert.

»Als Maria hier in Madrid Urlaub gemacht hat, da sind wir

hier oft entlanggeschlendert. Nur wir zwei Mädels – ein paar locker sitzende Euros – und ein paar Stunden später wieder ein bisschen was zum Anziehen im Kleiderschrank.«

Was Veronika da voller Begeisterung von sich gab, kam für Horndeich dem Begriff »Horrorvorstellung« ziemlich nahe. Adrian grinste ihn an und zwinkerte ihm zu. Offensichtlich hatte er von seiner Freundin so viel Deutsch gelernt, dass er ungefähr wusste, worum es ging.

Sie bogen um die Ecke. »Hier sind wir jetzt in der Calle de Velarde. Und das war Marias Lieblingsladen.« Veronika zeigte auf das Geschäft. Sie zog ihn quasi mit hinein. Horndeich fühlte sich, als habe er soeben das Portal einer Zeitmaschine durchschritten. Alles, was Marias Herz an bunten und schrillen Klamotten aus den Siebzigern begehrte: Hier war sie sicher fündig geworden.

Sie speisten in einer netten Tapasbar. Und Adrian fragte Horndeich über das Leben als Privatdetektiv aus. Als er jedoch hörte, dass Horndeich früher Mordermittler gewesen war, erwartete Adrian aus seinem Munde einen True-Crime-Podcast. Doch sein Gegenüber merkte zum Glück, dass Horndeich sich in dieser Rolle nicht wohlfühlte. Natürlich hätte er über seine spektakulärsten Fälle reden können. Aber dann hätte er auch über die Opfer sprechen müssen. Über das, was ihre Familien hatten durchstehen müssen. Und all dies schien nicht das rechte Thema für diesen fast perfekten Abend bei idealem Wetter.

Am späten Abend gönnten sie sich noch eine Flasche Wein auf dem Balkon der Wohnung. Als Horndeich fragte, ob sie ihm ein Dolmetscherbüro vermitteln könne, bei dem er einen Guide anheuern könne, sagte Veronika nur: »Ich werde Sie morgen zum Verein begleiten. Ich fliege erst am Dienstag wieder nach Frankfurt.« Insgeheim hatte Horndeich das gehofft. Wenn er es auch nie laut zugegeben hätte.

ROCIO X

Meine Tochter Andrea, sie hat selbst einer Tochter das Leben geschenkt. Carmen. Mein Augenstern, auch wenn das niemand wirklich weiß.

Seit ich sie zum ersten Mal auf dem Arm hatte, hatte ich sie nie wieder halten wollen.

Es ist der Geruch.

Derselbe Geruch, den ich damals im Krankenhaus gerochen habe. Der Geruch, der alles hochgespült hat.

Mein Kind war nicht tot. Dessen bin ich mir jetzt ganz sicher.

Der Gedanke hat immer in mir geschlummert. Nein, nicht der Gedanke, sondern das Wissen. Und dann kam der Moment, als ich meine Tochter Andrea nach ihrer Entbindung im Krankenhaus besuchte. Als ich meine Enkelin Carmen zum ersten Mal in den Armen hielt. Das erste Mal, dass ich sie roch. Und es war exakt dieser Geruch, damals, vor langer Zeit, der Geruch des Babys auf meiner Brust.

Meine Enkelin war nicht tot.

Genauso wie meine Tochter nicht tot gewesen war.

Mein Mädchen, du hast gelebt, als ich dir das Leben geschenkt habe. Du hast geatmet, das habe ich doch gespürt, als ich dich gehalten habe. Du warst nicht tot, auch in den Momenten danach. Sonst hätte man dich ja umbringen müssen. Und wer, verdammt noch mal, sollte ein unschuldig geborenes Baby umbringen? Niemand.

Niemand!

Und das alles habe ich dir erzählt. Dir, meiner Tochter Andrea. Wohl wissend, was das alles auslösen würde. Dein

Vater ist tot. Deine Mama inzwischen auf dem direkten Weg dahin.

Aber mein Baby war nicht tot.

»Andrea, ich muss mit dir reden.«

Und dann erzähle ich dir alles. Alles, was ich keinem Menschen je erzählt habe. Nicht einmal deinem Vater.

Als ich geendet habe, weinen wir beide. Du und ich.

»Mama«, setzt du an, um etwas zu sagen.

Ich lege dir meinen Zeigefinger auf die Lippen. »Schhh. Andrea, wir wissen beide, dass ich bald gehen werde. Vielleicht kannst du noch einmal nachforschen? Nach meiner anderen Tochter? Nach deiner großen Schwester?«

»Ich weiß nicht«, flüsterst du.

»Wir wissen beide nicht, ob du sie findest. Aber ich, ich schaffe es nicht mehr. Ich bin zu schwach.«

Andrea.

Auf dich setze ich meine Hoffnung.

MONTAG, 21. JUNI

Das Gebäude, in dem der Verein AVINIRO residierte, lag gegenüber der Mauer, hinter der sich der ehemals königliche Park befand. Horndeich war sehr froh, dass Veronika ihn begleitete. Er musste nicht versuchen, das App für den Nahverkehr in Madrid herunterzuladen. Er musste auch nicht versuchen, irgendwelche Nahverkehrspläne zu verstehen. Das fiel ihm in seiner Heimatstadt schon schwer. Nein, er folgte einfach Veronika, die für ihn ein Ticket zog, die ihn in die richtige Metro geleitete, die mit ihm an der richtigen Haltestelle in den richtigen Bus umstieg. Perfekt.

So übernahm sie auch das Klingeln am Klingelschild des Vereins.

Aus der Gegensprechanlage ertönte die Stimme, die Horndeich Vega Morales zugeordnet hätte. »Hola! ¿Quién es? ¿Con quién quiere hablar?«

»Steffen Horndeich de Alemania y la Sra. Veronika Seibert. Deseamos hablar con la Señora Vega Morales. Venimos en nombre de la Señora Jana Welzer, en el asunto de la Sra. Maria Jimenez. La Sra. Morales había hablado ayer varias veces con la Sra. Jimenez por videollamada.«

Natürlich hatte Horndeich wieder nichts verstanden, aber an diesen Zustand hatte er sich in den vergangenen achtundvierzig Stunden fast schon gewöhnt. »Ich habe zu ihr gesagt, dass wir beide im Auftrag von Jana Welzer zu Frau Morales wollen. Und dass sie ja gestern schon ein paarmal mit Deutschland telefoniert habe.«

»¡Pase por favor! Planta baja, segunda puerta a la izquierda.«

Veronika drückte die Tür auf, nachdem der Summer ertönt

war. Und Horndeich tat erneut, was er in den vergangenen vierundzwanzig Stunden sehr zu schätzen gelernt hatte: Er folgte Veronika. Diese ging voraus, klopfte an der zweiten Tür auf der linken Seite und öffnete sie. Womit auch geklärt war, welche Information zuletzt aus der Gegensprechanlage erklungen war.

Horndeich hatte sein Tablet mitgenommen und es in einer gepolsterten, schwarzen Hülle mit Reißverschluss verstaut. Dort hatte er auch das Original der Geburtsurkunde von Maria Jimenez abgelegt. Ebenso wie ein Duplikat der Beauftragung von Jana Welzer als Abwesenheitspflegerin vom Amtsgericht Darmstadt, ebenfalls mit Stempel versehen. Natürlich gab es davon keine beglaubigten spanischen Übersetzungen. Aber es waren zumindest offizielle Dokumente.

Horndeich hatte sich nicht getäuscht. Vega Morales saß in dem Büro, erhob sich, als sie eintraten. Sie reichte Veronika die Hand, dann Horndeich.

Schon am Vortag hatte er Veronika vom Videokonferenz-Desaster mit dem Verein berichtet. Und dass er einfach nur zwei Informationen haben wollte: Ob Maria mit dem Verein Kontakt aufgenommen hatte. Und wenn ja, ob ihre Suche zu irgendetwas geführt hatte.

Die Diskussion zwischen den beiden Frauen wurde schnell etwas hitziger.

Auch wenn Horndeich kein Wort verstand, konnte er sich doch genau vorstellen, worum es ging. Er bemerkte fast gar nicht, dass Veronika nun ihn auf Deutsch ansprach: »Kannst du mir bitte die Geburtsurkunde geben? Und die Beauftragung von Jana Welzer?«

Horndeich fischte die beiden Dokumente aus der Schutzhülle. Veronika reichte sie Frau Morales. Doch die Stimmen wurden nicht leiser, sondern lauter. Und die Anzahl der Worte pro Sekunde schien sich zu verdoppeln.

»Das gibt es nicht. Die Frau scheint in einer Zeitschleife hängen geblieben zu sein, die definitiv vor 1975 kreist.«

»Keine telefonische Auskunft« schien also auch Auskünfte vor Ort ohne zehn Ordner voll von Berechtigungspapieren einzuschließen. Wobei Horndeich es verstehen konnte. Deutschland war nun wahrlich Vorreiter in Sachen Datenschutz. Oder Bedenkenträger. Je nachdem, aus welcher Perspektive man es betrachtete. Und dass so sensible Informationen wie die über den Familienstand nicht ohne Weiteres herausgegeben werden konnten, noch dazu von einem Privatverein, ja, das konnte Horndeich auch nachvollziehen. Er hatte die Chancen als fifty-fifty bewertet. Wobei er jetzt offensichtlich bei den fifty gelandet war, die er eigentlich gehofft hatte, nicht zu bekommen. Wie beim Roulette. Gesetzt auf Weiß. Und die Zahl ist Rot.

»Horndeich, ich weiß nicht, was ich noch machen soll.«

Horndeich wollte sich schon von seinem harten Stuhl erheben, da hörte er eine männliche Stimme: »Sra. Morales, ¿qué está pasando aquí?«

Ein großer Mann trat ins Büro, ein wenig untersetzt, gut gekleidet, mit schwarzem Haar und schwarzem Vollbart, gepflegt. Horndeich meinte, das Gesicht schon einmal gesehen zu haben. Was jedoch kaum möglich war.

»Entschuldigen Sie«, sagte der Herr auf Deutsch, »mein Name ist Miguel Gutierrez. Ich habe Sie gerade deutsch sprechen hören.« Der Mann hatte einen leichten spanischen Akzent, aber sein Deutsch war fehlerfrei. Jetzt erkannte Horndeich den Mann: Auf den Fotos im Artikel, den er über ihn gelesen hatte, war er deutlich jünger gewesen.

Veronika erhob sich, trat auf den Mann zu, er reichte ihr die Hand. »Wir sind Veronika Seibert und Steffen Horndeich. Herr Horndeich kommt aus Darmstadt in Deutschland, ich komme – ach, machen wir's einfach: Ich wohne in Madrid.«

»Sehr angenehm«, sagte Gutierrez, reichte nun auch Horndeich die Hand.

Gutierrez wandte sich an Frau Morales und sagte noch

etwas auf Spanisch zu ihr. Die Frau nickte ihm zu, aber ihr Blick zeigte, dass sie mit keiner der Silben, die er an sie gerichtet hatte, einverstanden war.

Veronika flüsterte Horndeich kurz zu: »Er schickt sie in die Mittagspause.«

Kaum war Frau Morales verschwunden, setzte sich Gutierrez an ihren Platz. »So, fangen wir noch mal von vorn an. Weshalb sind Sie bitte hier?«

Horndeich berichtete kurz über den Stand der Dinge. Dass Maria im Juni 2013 verschwunden war. Dass sie den Verein AVINIRO irgendwann Ende April, Anfang Mai 2013 kontaktiert haben musste. Gutierrez verstand alles, was Horndeich sagte, nur den Begriff der »Abwesenheitspflegerin« musste Veronika mit mehreren Sätzen erklären.

Gutierrez sah Horndeich an. »Maria Jimenez. Ich erinnere mich an sie. Ich erinnere mich gut an sie. Denn genauso wie jetzt mit Ihnen habe ich mit ihr auch deutsch gesprochen. Und das, Herr Horndeich, können Sie mir glauben, kommt hier sehr selten vor.«

»Wieso sprechen Sie so gut Deutsch?«, wollte Horndeich von Herrn Gutierrez wissen. Nein, es hatte mit ihren Ermittlungen überhaupt nichts zu tun, aber diese allgemeine Neugier gegenüber Dingen, die auf den ersten Blick nicht so ganz zusammenpassten, wie hier die spanische Hauptstadt und perfektes Deutsch – bei so etwas konnte Horndeich eine Frage einfach nicht zurückhalten.

Gutierrez lächelte. »Ich kenne Darmstadt. Das hat mich auch sofort mit Maria verbunden. Verstehen Sie es nicht falsch, dass ich sie beim Vornamen nenne, aber wir haben uns einfach ein paarmal hier getroffen. Ich habe Maschinenbau studiert in Darmstadt. Die Universität hat einen fantastischen Ruf, bis weit über die Landesgrenzen von ›Alemania‹ hinaus. Die zweite Hälfte meines Studiums habe ich in Darmstadt absolviert. Dann habe ich fünf Jahre lang bei Mercedes gearbeitet in Stuttgart. Und bin dann für die Firma zurück nach Vitoria gekommen. Wenn Sie schon einmal in einem Mercedes-Van gesessen haben, dann kam er aus unserem Werk.«

Horndeich lag die Frage auf der Zunge: Und was machen Sie heute? Aber er stellte sie nicht.

»Ich sehe die Frage in Ihren Augen. Heute arbeite ich bei einem Mercedes-Händler in Madrid. Halbtags. Ansonsten bin ich hier für den Verein tätig. Wir halten uns finanziell gerade so über Wasser. Aber ausschließlich durch Spender. Der Eigentümer der Filiale, in der ich arbeite, ist einer von ihnen. Aber das tut hier wenig zur Sache. Maria Jimenez – wie kann ich Ihnen helfen?«

»Herr Gutierrez, wann hat Maria Jimenez sich bei Ihrem Verein gemeldet?«

Gutierrez' Finger wanderten über die Tastatur. Dann sagte er: »Donnerstag, der 2. Mai 2013.«

»Da hat sie bei Ihnen angerufen?«

»Nein. Da stand sie auf der Matte. Sie saß genau auf jenem Stuhl, auf dem Sie gerade sitzen.« Er deutete auf Veronika.

Horndeich und Veronika schauten einander irritiert an.

Gutierrez lachte. »Der rote Stuhl. Es war der erste hier im Büro. Es sind inzwischen ein paar dazugekommen, aber es ist nie einer weggeworfen worden. Über so viel Geld haben wir nie verfügt.«

»Und was wollte sie von Ihnen?«, nahm Horndeich den Faden wieder auf.

»Sie saß auf diesem Stuhl, mit genau den Informationen, über die Sie auch verfügen: Sie konnte nicht die leibliche Tochter ihrer Eltern sein. Sie konnte nicht die leibliche Schwester ihres Bruders sein. Und sie fragte sich, ob sie vielleicht eines der geraubten Kinder aus einer dunklen Zeit in Spanien gewesen sein könnte.«

»Was haben Sie ihr gesagt?«

Abermals lachte Gutierrez auf. Vielleicht, weil all diese Fragen jeden und jeden und jeden Tag an ihn gerichtet wurden. »Ich habe ihr gesagt, dass sie ein versehentlich vertauschtes Baby sein könnte. Und ich habe ihr gesagt, dass sie genauso gut eines der gestohlenen Babys hätte sein können. Glauben Sie mir, die Wahrscheinlichkeit für Letzteres war in jener Zeit höher.«

»Haben Sie ihr denn irgendwie helfen können?«, schaltete sich Veronika wieder in das Gespräch ein.

»Ja und nein. Es gab in Barcelona zwei Krankenhäuser, in denen wir Fälle des Kindesraubs verortet haben. Entschuldigen Sie das Wort, aber es ist das einzig juristisch zulässige, ein Zwischending zwischen: ›Wir haben Indizien dafür‹ und ›Wir kommen damit vor Gericht nicht durch‹. In den katholischen Krankenhäusern, und nicht nur dort, sind unglaublich viele Unterlagen aus der Franco-Zeit nicht mehr da. Vernichtet? Wahrscheinlich. Also noch mal zu Ihrer Frage: zwei Krankenhäuser in Barcelona. In dem einen wurde der Sohn ihrer nicht leiblichen Eltern geboren, Alfredo Jimenez. Darüber gab es noch Unterlagen. Über Maria fanden wir dort nichts. Das haben wir nach einer Woche herausbekommen. Womit die Chancen jedoch nicht schlecht standen, dass auch sie dort zur Welt gekommen war. Ihre Eltern konnte Maria nicht mehr befragen. Sie waren ja beide schon tot.«

»Wie sind Sie dann weiter vorgegangen?«

»Wir haben auf unserer Internetseite eine Datenbank angelegt. Dort können Kinder nach ihren Eltern suchen und umgekehrt. Maria hat ihre Daten dort eingegeben. Das Datum ihrer Geburt – also ihrer vermeintlichen Geburt. Ihre Blutgruppe. Ein Foto von sich. Tja. Und der Vermerk auf unserer Seite, dass sich in dieser Woche neben Maria vier weitere Personen in die Datenbank eingetragen hatten.«

»Wie viele waren das insgesamt?«

»Bei unserem Verein? 600. Damals, als Maria zu uns kam, waren es 400. Und wir haben immerhin sieben Familien wieder zusammengeführt. Sieben! Können Sie sich vorstellen, was für eine Dunkelziffer dahinter liegt? Diese sieben Familien haben sich über unsere Datenbank gefunden. Und die Verwandtschaft ist über einen DNA-Vergleich zweifelsfrei erwiesen. Wie viele Menschen mögen noch da draußen sein, die den Weg zu uns eben nicht gefunden haben? Oder zu einem der anderen Vereine, zu einer anderen Datenbank. Ich meine, wir können hier nicht einfach Daten abgleichen. Wir können nur auf unseren Seiten die Links zu den anderen Vereinen platzieren. Und tatsächlich: Zwei von den sieben waren wirklich zunächst auf anderen Plattformen aktiv.«

Horndeich schwieg. Es war kaum erträglich, Miguel Gutierrez zuzuhören. Der systematische Kindesraub gegen Cash – er war keine Fiktion aufmerksamkeitsgeiler Journalisten, er war Realität.

»Hat Maria denn ein Match gehabt?«, fragte Veronika.

Horndeich musste schmunzeln. Ein Match kannte er nur von der Dating-App Tinder. Nicht, dass er sie benutzt hätte, aber noch zu seiner Zeit als Polizist hatte er drei Kollegen gekannt, die auf dieser Plattform aktiv gewesen waren. Peinlich war besonders ein Date gewesen, als eine Kollegin und ein Kollege vom selben Präsidium ein Match hatten. Die sich aber im richtigen Leben kaum ausstehen konnten. Und deren Fotos deutlich aufgehübscht gewesen waren. Augen auf bei der Dating-App-Wahl!

»Ja, innerhalb von wenigen Tagen hatten sich zwei ältere Damen gemeldet, die in Maria ihre potenzielle Tochter gesehen hatten. Die Blutgruppe hatte gepasst. Der Geburtsort Barcelona ebenfalls. Das Geburtsdatum im Dokument stimmte nicht mit dem tatsächlichen Geburtsdatum überein – aber eine Diskrepanz von ein paar Tagen zwischen tatsächlicher Geburt und dem Eintrag in die Geburtsurkunde war nichts Ungewöhnliches. Drei Tage nach den Müttern hatte sich noch eine Frau gemeldet. Sie meinte in Maria eine Schwester erkannt zu haben. Doch das vermeintliche Geburtsdatum lag zwei Monate auseinander. Das hatte ich eher der Kategorie »verzweifelte Fälle« zugeordnet. Denn die haben wir auch: Menschen, die unter allen Umständen ihre Geschwister entdecken wollen. Nur aufgrund von Ähnlichkeiten irgendwelcher Fotos. Auch wenn die vermeintlichen Geburtstage mehr als ein Jahr von der realen Geburt abweichen. Menschen, die völlig verzweifelt sind, weil sie wissen, dass ihnen die andere Hälfte weggenommen worden ist.

Manchmal wünschte ich mir, ich wäre einfach in Vitoria bei Mercedes geblieben. Und hätte diese Büchse der Pandora nie aufgemacht.«

Horndeich sprach leiser, als er sagte: »Haben Sie Ihre leiblichen Eltern …«

»Nein«, sagte Gutierrez mit fester Stimme, die auch klarmachte: Keine weiteren Fragen zu diesem Thema.

»Würden Sie uns die Kontaktdaten der beiden vermeintlichen Mütter und der vermeintlichen Schwester geben?«

Gutierrez' Blick fiel auf Horndeich, dann auf Veronika. »Wissen Sie, was mit Maria geschehen ist? Warum sie untergetaucht ist? Warum sie nicht mehr da ist? Ob sie noch lebt? Sie ist damals einfach verschwunden. Es gab nie eine Rückmeldung von ihr, ob sie eine Verwandte gefunden hat.«

Horndeich übernahm wieder. »Nein. Aber genau das wollen wir herausfinden. Und es ist ein wenig so wie bei Ihrem Verein. Wir haben ein paar Möglichkeiten verortet, die einen Hinweis auf Marias Verschwinden und ihren Verbleib geben könnten. Nicht mehr. Nicht weniger.«

Gutierrez nickte. Abermals huschten seine Finger über die Tastatur. Zehn Finger, blind. Horndeich fragte sich, ob er sich das während des Studiums, bei Mercedes oder erst hier bei der Arbeit für den Verein angeeignet hatte.

Sekunden später zeigte der Drucker akustisch an, dass er jetzt an der Reihe war zu arbeiten. Gutierrez ging zu dem Gerät, entnahm ihm das Blatt Papier, hielt es in Richtung Veronika. »Wir bewegen uns hier in einer Grauzone. Ich weiß nicht, ob ich Ihnen diese Information geben darf. Aber ich weiß eines: Wenn Sie herausfinden, ob Maria Verwandte gefunden hat und ob sie noch lebt oder eben nicht mehr, dann möchte ich darüber informiert werden. Ich weiß, dass das ebenso eine Grauzone ist. Aber das ist das, was wir machen: Wir tauschen eine Grauzone gegen eine andere Grauzone. Abgemacht?«

Veronika griff nach dem Papier. »Abgemacht.«

Horndeich hatte keiner gefragt. Aber auch er hätte in diesen Deal eingeschlagen.

»Wenn du schon einmal in Madrid bist, dann musst du auch hier etwas gesehen haben«, hatte Veronika gesagt und Horndeich wieder in die U-Bahn gezogen.

»Wohin willst du mich bringen?«

»Natürlich zur Plaza Mayor!«

Wenig später stiegen sie aus der U-Bahn aus. Die Treppe aus der Unterwelt führte direkt auf einen riesigen Platz. Horndeich war nicht wirklich gut darin, Dimensionen abzuschätzen, aber das, was er hier sah, entsprach wohl ziemlich genau einem Fußballfeld.

»Das, Horndeich, ist unser Herz. Hier gab es alles, Stierkämpfe, Fußballspiele, Theater und die etwas unrühmlichere Variation des Theaters: Verbrennungen von Ketzern.«

Veronika führte Horndeich zielsicher in eines der kleinen Restaurants, die natürlich auch im Freien Gastronomie anboten.

»Sangria?« Horndeich kannte nur die Sangria-Plörre, die er als Jugendlicher in Hamburg für Eine-Mark-neunundneunzig der Liter bei irgendeinem Billigheimer erstanden hatte. Nachhaltig ging anders, denn wenig später schon hatte er die beiden Tetrapacks wieder erbrochen. Roter Saft mit Alkohol und Zucker. »Vielleicht eher nicht«, versuchte er sich ehrenhaft aus der Affäre zu ziehen.

Veronika bestellte irgendetwas. Und nur das Wort Sangria verstand er. Dann legte sie den Zettel auf den Tisch. »Okay, was haben wir hier? Die eine potenzielle Mutter wohnt in

Pamplona. Das sind auf jeden Fall mal 400 Kilometer von hier. Dann die zweite Mutter, hier in Madrid.«

Horndeich fühlte sich an den Film von 1986 erinnert. Irgendwie war es ihm gelungen, ins Kino zu gelangen, obwohl er doch eigentlich noch viel zu jung gewesen war: *Highlander.* Der deutsche Titel: *Es kann nur einen geben.* Was auch auf diese Mütter zutraf.

»Und die potenzielle Schwester, Andrea Ruiz, sie lebt in Barcelona. 600 Kilometer.«

»Wie gehen wir vor?« Der Plural kam Horndeich ganz locker über die Lippen. Er wusste nicht, ob er Veronika damit schmeichelte, weil er sie im Zuge dessen als zugehörig zum Ermittlungsteam adelte, oder ob es übergriffig war, da er von einer weiteren Mitarbeit ihrerseits ausging.

Derlei Gedanken schienen Veronika nicht im Kopf herumzuspuken, denn sie antwortete, ohne zu zögern: »Ich rufe jetzt erst mal die Dame in Pamplona an.«

Sie griff zum Handy, übertrug die Nummer vom Zettel in den Ziffernblock. Tatsächlich ging jemand am anderen Ende der Leitung an den Apparat.

Horndeich versuchte erst gar nicht, der Konversation auch nur im Ansatz zu folgen. Er wartete einfach, bis das vertraute Wort auftauchte, dass das nahende Ende einer Unterhaltung einläutete: Gracias.

Veronika beendete das Gespräch. Dann sah sie Horndeich an: »Die Dame ist tot. Vor fünf Jahren gestorben. Ich habe mit der Tochter gesprochen. Sie erinnerte sich an den Besuch von Maria Jimenez. Und auch an die Enttäuschung der Mutter, als das DNA-Ergebnis negativ ausfiel. Um es kurz und herzlos zu formulieren: Die Dame ist raus aus dem Rennen.«

Veronika hatte den Satz gerade beendet, da kam die Kellnerin und stellte vor ihnen lauter kleine Leckereien ab und eine Karaffe Sangria.

»Keine Angst, ich habe die verdünnte Version bestellt. Aber mit den Früchten schmeckt das sehr, sehr lecker.«

Horndeich langte zu. Calamari. Datteln von Schinken umhüllt, Fisch, Oliven, ein kleines kulinarisches Paradies.

Nachdem sie gespeist hatten, griff Veronika von Neuem zum Handy. »Ich rufe die Mutter Nummer zwei an. Sie wohnt hier in der Stadt. Dennoch etwas außerhalb.«

Abermals nahm jemand auf der Gegenseite das Gespräch an. Horndeich verfolgte das Treiben auf dem großen Platz, während Veronika telefonierte.

»Gracias, muchas gracias.«

Veronika sah Horndeich an: »Maria war auch bei ihr. Aber auch sie war nicht ihre Mutter. Sie sucht bis heute nach ihrer leiblichen Tochter.«

Veronikas Augen waren feucht. Und auch Horndeich wollte jetzt nicht in einen Spiegel schauen. Welcher Abgrund hatte sich da vor ihnen aufgetan? Nicht in irgendeinem Krisengebiet im Nahen Osten. Sondern hier, im zivilisierten Westen. Im vermeintlich zivilisierten Westen.

»Bleibt noch diese Andrea Ruiz. Ich rufe sie jetzt an.«

Veronika tippte die Ziffern in den Nummernblock auf dem Display ihres Handys. Dann hielt sie inne: »Komisch. Ich hatte diese Nummer bereits bei mir abgespeichert. Wie denn das?«

Das konnte Horndeich ihr natürlich auch nicht erklären.

Veronika tippte auf den Kontakt. Neben den Daten tauchte ein Bild auf. »Das ist Andrea Ruiz«, sagte Veronika. Dann schmunzelte sie. »Das war sie! Also, ich meine, so sah sie vor über zehn Jahren aus.«

Horndeich schaute auf das Porträt einer attraktiven Frau, so um die dreißig Jahre alt. Sie strahlte in die Kamera. Und sie trug ebenfalls eine Art Uniform.

»Ich erinnere mich. Andrea war meine Kollegin, als ich noch für die Airline Vueling geflogen bin. Da hatte ich natürlich alle Telefonnummern der Kolleginnen und Kollegen gespeichert. Ich war noch nie gut darin, die Daten auf einem Handy aufzuräumen. Und immer, wenn der Platz eng wurde, habe ich halt die nächstgrößere Version gekauft. Wie auch immer. Dann werde ich jetzt mal meine ehemalige Kollegin anrufen.«

Veronika tippte auf »Verbinden«. Wenige Sekunden später begann sie das Gespräch mit einem fröhlichen »¡Hola! Habla Veronika Seibert. ¿Te acuerdas de mí?«.

Die Angesprochene antwortete, und irgendwann vernahm Horndeich zwischen den Wortgeschossen auch den Namen Maria Jimenez. Nachdem der Name gefallen war, veränderte sich der Tonfall des Gesprächs. Veronikas Stimme wurde etwas tiefer, sie sprach langsamer und auch ein wenig leiser.

Es folgten nur noch wenige Sätze, dann war dieses Gespräch beendet.

Veronika legte das Handy vor sich auf den Tisch, sah Horndeich an und sagte: »Maria Jimenez ist die Schwester von Andrea Ruiz.«

DIENSTAG, 22. JUNI

Sie saßen auf dem Balkon von Veronikas Wohnung: Andrea Ruiz, Adrian, Veronika und Horndeich. Veronika und Adrian hatten ein perfektes Frühstück aufgetischt.

Andrea Ruiz arbeitete immer noch bei Vueling, hatte den Arbeitgeber nie gewechselt. Und sie musste am vorigen Abend den Spätflug von Barcelona nach Madrid begleiten. Der landete erst um kurz vor Mitternacht, weshalb Andrea direkt im Anschluss im Flughafenhotel übernachtete. Der Rückflug nach Barcelona startete um vier Uhr nachmittags. Somit hatte sie sich bereit erklärt, zu Veronika zum Frühstück zu kommen.

Während Croissants vertilgt, Orangen verspeist und Kaffee getrunken wurde, mussten sich die beiden Frauen erst mal auf den jeweils neuesten Stand der Lebensgeschichte bringen. Zwei Jahre waren sie im Jahr 2007 und 2008 immer wieder gemeinsam geflogen. Währenddessen unterhielt sich Horndeich mit Adrian. Horndeich hatte von seinen Kindern erzählt, unter anderem von der Geschichte, dass Stefanie ihn um ein Flugzeugmodell gebeten habe, dass es so gar nicht gäbe.

Adrian outete sich als flugbegeisterter Fotograf, der immer wieder dem Hobby des Planespotting frönte: sich mit Fotoapparat und gutem Teleobjektiv bewaffnet auf die Lauer zu legen, um Flugzeuge beim Starten und Landen perfekt abzulichten. Er hatte natürlich den Flieger, mit dem Horndeich und Veronika zwei Tage zuvor angekommen waren, auch schon abgelichtet. Und so entwickelten die beiden Männer gemeinsam einen Plan, wie man die von Stefanie gewünschte

Tradition vielleicht in eine etwas andere Richtung lenken könnte.

Nachdem sie alle gesättigt waren, räumten Veronika und Adrian den Tisch ab. Und während Adrian nochmals Kaffee kochte, kam Veronika zurück auf den Balkon. Andrea sprach kein Deutsch. Als Stewardess musste sie mehrere Sprachen beherrschen, und das waren neben der Muttersprache Spanisch eben Englisch, Französisch und Italienisch.

Daher unterhielten sie sich nun auf Englisch – der Sprache, die jeder am Tisch beherrschte. Horndeich klärte Andrea Ruiz über den Hintergrund seiner Recherchen auf, vom abgebrannten Haus über den Tresor bis zu AVINIRO. »Dort hat man uns dann Ihren Namen genannt. Und Sie haben Veronika gestern gesagt, Maria Jimenez wäre Ihre Schwester. Wann und wie haben Sie davon erfahren?«

»Ich hätte nicht gedacht, den Namen meiner Schwester noch einmal zu hören. Also, genau genommen meiner Halbschwester. Ich habe sie seit Mai 2013 nicht mehr gesehen.

Alles hat damit angefangen, dass meine Mutter, Rocío García ist ihr Name – García ist auch mein Mädchenname –, ihre Diagnose bekam – Schilddrüsenkrebs. Die aggressive Art. Der Arzt machte ihr keine Hoffnungen. Es würde sich nur noch um Monate handeln, bis ihr Leben zu Ende wäre. Die Diagnose bekam sie, ein paar Tage bevor ich meine Kleine auf die Welt brachte, Carmen. Sie hat sich der Kleinen gegenüber so komisch verhalten. Sie hatte sie einmal auf dem Arm, danach nie wieder. Es hat noch zwei, drei Wochen gedauert, dann hat sie mir von meiner älteren Schwester erzählt, die sie im selben Krankenhaus wie mich geboren hatte, dem Hospital Santa Maria in Barcelona. Sie nannte mir auch das Geburtsdatum. Und eben, dass sie sicher wäre, dass ihr Mädchen damals nicht gestorben sei, sondern ihr weggenommen worden war.

Ich fand das alles ziemlich weit hergeholt. Habe dann aber ein wenig recherchiert und festgestellt, dass es tatsächlich

Kinderraub in unserem Land gegeben hatte. Also nicht nur nach dem Bürgerkrieg, sondern eben auch viel später. Und dass Säuglinge verkauft worden waren.

Ich habe damals Kontakt aufgenommen zu dem Verein AVINIRO. Und dort bestätigte man mir, dass in diesem Hospital genau jenes Geschäftsmodell betrieben worden war, man dafür Indizien, aber keine Beweise habe.

Daraufhin habe ich mich in dieser Datenbank eingetragen. Aber nicht damit gerechnet, jemals eine Rückmeldung zu bekommen. Ich habe es eigentlich nur getan, um meiner Mutter sagen zu können, dass ich es getan hatte.

Und dann, acht Wochen später, diese E-Mail einer Maria Jimenez. Die von sich glaubte, eben eines jener verkauften Kinder gewesen zu sein. Sie war in Barcelona zur Welt gekommen, wusste aber nicht, in welchem Krankenhaus. Deshalb schrieb sie mehrere Menschen an, die eben ungefähr um die Zeit ihrer eigenen Geburt herum dort als vermisst gemeldet worden waren. Aber das mit dem Geburtsdatum – das stimmte hinten und vorne nicht.«

»Wie meinen Sie das?«

»In der Geburtsurkunde von Maria war als Geburtsdatum der 15. Februar 1972 eingetragen. Meine Mutter hatte aber am 15. April 1972 ein Mädchen geboren. Das war zwei Monate später.«

»Und was haben Sie daraufhin gemacht? Haben Sie sich doch getroffen?«

Andrea schmunzelte. »Ich zeige es Ihnen.« Sie nahm ihr Smartphone aus der Tasche, wischte ein paarmal über das Glas und zeigte Horndeich eine Fotografie. Darauf Andrea Ruiz neben Maria Jimenez. Die Ähnlichkeit der beiden war frappierend. Sie waren einander nicht so ähnlich wie eineiige Zwillinge, man sah Maria an, dass sie ein wenig älter war. Aber dennoch: Solch eine Übereinstimmung der Gesichtszüge konnte kein Zufall sein.

»Wir haben uns Fotos zugeschickt. Und beide erkannt,

wie ähnlich wir uns sahen. Woraufhin wir uns getroffen haben. Sie kam nach Barcelona geflogen. Es war ein absurd komisches Gefühl. So surrealistisch. Da standen einander zwei völlig fremde Frauen gegenüber, die einander nie im Leben gesehen hatten. Und die Schwestern sein sollten. Wir waren beide zögerlich. Es war zuerst ich, die sie umarmen wollte, doch Maria war zurückgewichen. Ich wollte sie auch gleich mit nach Hause nehmen, zu meiner Familie. Aber das wollte sie nicht.

Es war schönes Wetter, wir sind durch Barcelona gestreift. Ich habe ihr meine Stadt gezeigt. Und immer wieder haben wir uns auf eine Bank gesetzt und geredet. Noch an diesem Tag hatten wir ein Labor in Barcelona ausfindig gemacht, das DNA-Vergleiche anbot. Wir sind dort zusammen hingefahren.

Die Dame an der Theke sah uns völlig irritiert an, als wir ihr sagten, wir wollten wissen, ob wir Schwestern wären. Dann grinste sie schräg und sagte: ›Meine Damen, so ähnlich, wie Sie sich sehen, glaube ich, dass Sie sich das Geld sparen können.‹

Wir haben uns dann dort vor Ort ein paar Haare vom Kopf gerissen, sie in diese kleinen, durchsichtigen Plastiktüten gepackt und der Dame gegeben.

Maria ist dann wieder nach Hause geflogen. Eine Woche später hatten wir das Ergebnis. Wenig überraschend: Wir waren Halbschwestern.«

»Hat sich das denn mit den unterschiedlichen Geburtsdaten geklärt?«

»Nein. Aber wer weiß schon genau, wer damals was aus welchem Grund in irgendwelche Papiere eingetragen hat. Ich meine, wer Babys verkauft, der wird sich sicher um die Korrektheit eines Datums wenig scheren.«

»Ihre Mutter hat da noch gelebt?«

»Ja. Es ging ihr sehr schlecht. Sie hatte damals bereits sehr abgebaut. Nur noch Haut und Knochen. Und in den zwei

Wochen zuvor begann auch der Geist abzubauen. Was dem Krebs und was den Schmerzmitteln geschuldet war, das ist eine rein theoretische Frage.«

»Und Maria? Hat sie ihre Mutter noch einmal sehen können?«

ROCIO XI

Andrea, du hast es geschafft.

Ich kann es kaum glauben.

Ich bin geschwächt. Ich kann nur noch liegen, nicht mehr sitzen.

Aber Maria umarmt mich.

Maria.

So haben deine anderen Eltern dich genannt? Maria? Ach, wie wichtig sind schon Namen? Wer weiß, wie ich dich genannt hätte. Ich hätte gern mit deinem Vater, Oriol, darüber diskutiert, gestritten. Aber es hat ja nicht sein sollen.

Und so bist du jetzt Maria. Jetzt, an meinem Bett.

Du gibst mich wieder frei, dann setzt du dich aufrecht hin. Du hältst meine Hand.

Und ich die deine. Zum ersten Mal in diesem Leben und zum letzten Mal, das spüre ich sehr deutlich.

Und Andrea? Mein Gott, was hat sie geleistet!

In den vergangenen Wochen ist mein Geist bereits getrübt worden. Mit dem Erinnern, das hat nicht mehr so gut funktioniert. Aber eines habe ich nicht vergessen: dass Andrea meine Tochter ist. Und dass Andrea meine andere Tochter gesucht hat. Und sie jetzt gefunden hat.

Maria!

Du siehst deiner Schwester so ähnlich! Und damit mir.

Andrea hat irgendetwas erzählt von einem Verein. Dass es viele Nonnen und Ärzte gab, die jungen, unehelich gebärenden Müttern Kinder gestohlen haben. Andrea hat auch erzählt, dass sie und Maria eine DNA-Analyse haben machen lassen. Da musste ich lachen. So ähnlich, wie ihr euch seht …

Dein Haar ist dicker als das deiner Schwester. Und da ist auch ein rötlicher Schimmer. Wer weiß, woher du den hast. Nicht aus meiner Linie. Aber vielleicht versteckt Oriol in seinem Stammbaum irgendwo einen Iren.

Auch Andrea sitzt auf meinem Bett, auf der anderen Seite. Sie redet und redet und redet. Ich höre den Schall, aber nicht den Sinn der Worte. Denn ich sehe dich an, Maria.

Aus meinem Leben muss dir dann Andrea erzählen.

Ich kann es nicht mehr.

Ich werde nicht mehr lange da sein.

Aber das macht nichts.

Ich darf jetzt gehen.

Die Kreise haben sich geschlossen.

Da ist Maria, jener Mensch, der Zeugnis ist meiner großen Liebe. Ich weiß, ich darf das Andrea nicht sagen. Aber es ist so.

Andrea hingegen ist Zeugnis meines ruhigeren Lebens. Jenes Lebens, in dem ich zufrieden war. Das mir viele gute Momente geschenkt hat, auch ein paar sehr glückliche.

Maria sitzt auf meinem Bett, hält meine Hand.

Ich nehme auch Andreas Hand. Schaue auch sie an. Es fällt mir schwer in diesem Moment, meinen Blick von dir zu wenden. Aber das hätte Andrea nicht verdient.

Ihr Gesicht verschwimmt manchmal, deines ebenfalls, und dann sehe ich das Antlitz von Oriol.

Meine beiden Mädchen an meinem Bett.

Es gäbe keinen besseren Zeitpunkt, um loszulassen.

Ja, es ist Zeit zu gehen.

Und ich lasse los.

(IMMER NOCH …)
DIENSTAG, 22. JUNI

»Ja. Am Mittwoch, dem 22. Mai 2013, hat Maria ihre Mutter zum ersten Mal gesehen. Und zum letzten Mal. Es war gegen neun Uhr abends, als sie sanft eingeschlafen ist.«

Alle am Tisch schwiegen. Da lernt eine Frau nach vierzig Jahren endlich ihre Mutter kennen, nur um sich im selben Moment von ihr zu verabschieden.

»Ist Maria zur Beerdigung geblieben?«

Andrea nickte. »Ja, sie ist erst am Samstag zurückgeflogen.«

Horndeich rechnete nach. Am Mittwoch war die Mutter gestorben, samstags sollte Maria schon wieder gen Heimat aufgebrochen sein? Wahrscheinlich meinte Andrea Ruiz nicht Samstag, den 25. Mai, sondern wohl den 1. Juni. Das konnte aber auch nicht sein. Horndeich hatte die Daten von Marias Verschwinden ziemlich gut im Kopf: Am Mittwoch, dem 29. Mai, wollte sie bei ihrem Bruder in Pasewalk ankommen. Was sie aber nicht getan hatte. Danach hatte sie niemand mehr gesehen. »Welchen Samstag meinen Sie denn?«

Veronika wandte sich Horndeich zu. »Sie meint wirklich den darauffolgenden Samstag. In Spanien unterscheiden sich die Bestattungsriten von jenen in Deutschland. Wenn Sie einem Spanier unterbreiten, er dürfe die Urne seiner Mutter nicht mit nach Hause nehmen – nun, das wäre eine gute Gelegenheit, ein paar der echt heftigen Schimpfwörter dieser Sprache kennenzulernen.«

Horndeich verstand noch immer nicht ganz.

»Wenn hier bei uns ein Mensch stirbt, dann wird er vom Bestattungsinstitut abgeholt und sofort gewaschen, angekleidet und schön hergerichtet. Dann geht es umgehend in ein sogenanntes ›tanatorio‹ – ein Trauerhaus. In so einem Haus kann es mehrere Hallen geben. Dort wird der Tote in einer davon aufgebahrt. Und seine Verwandten sind bei ihm. Dahin kommen dann innerhalb der nächsten Stunden, und das meine ich wörtlich, all jene, die den Hinterbliebenen Beistand leisten wollen. So war das sicher auch bei dir, nicht wahr?«, wandte sich Veronika nun wieder an Andrea.

»Ja. Genau so. Gleich ganz früh am nächsten Morgen, Donnerstag, hat das Institut meine Mutter abgeholt, und schon um zehn Uhr waren wir im Tanatorio. Und Maria war mit dabei. Sie stand an meiner Seite, der meines Mannes und natürlich an der Seite unserer kleinen Carmen im Kinderwagen. Ich habe keine weiteren Geschwister mehr, aber mein Mann hat fünf Brüder. Und jeder von ihnen hat eine eigene Familie. Es war voll. Richtig voll.

So gegen vier sind wir in Richtung Kirche aufgebrochen. Es wurde die Messe gelesen, dann ging's aber nicht zum Friedhof, sondern zum Krematorium. Tja, und schon am Abend hielten wir die Urne mit der Asche meiner Mama – unserer Mama – in der Hand. Wir haben die Asche gemeinsam im Garten hinter unserem Haus verstreut. An ihrem Lieblingsplatz. Dort, wo sie immer so gern gesessen hat, wenn sie uns besuchte.«

Ja, das klang für Horndeich wahrlich wie ein gänzlich anderes Bestattungsritual. Konnte er sich so etwas für sich vorstellen? Die Urne mit der Asche seiner Mutter bei ihnen im Garten? Stets in Blickweite, wenn sie alle dort mal wieder zusammen grillten? Seine Mutter, die ja zum Glück noch lebte, mochte ihren Garten ebenfalls. Aber die Asche dort zu verstreuen? Nun, dank der strikt geregelten Bestattungsvorschriften in Deutschland würde er sich darüber keine Gedanken machen müssen.

»Wie ist deine Schwester damit umgegangen?«

Andrea zuckte die Schultern. »Für sie war es ganz komisch.

Ihre Mutter war gestorben. Aber sie hatte sie in ihrem ganzen Leben nur eine Viertelstunde gekannt. Und das noch in einem Zustand, wo ein echtes Gespräch schon nicht mehr möglich war. Gleichzeitig waren wir beide so froh, dass wir uns gefunden hatten. Und so weinten wir manchmal vor Trauer, manchmal vor Glück, lachten aber auch viel.«

Horndeichs Stirnrunzeln bedachte Veronika wieder mit einer Antwort: »Ist bei dieser Art von Beerdigung nicht ungewöhnlich. So etwas wie das gemeinsame Essengehen nach einer Beerdigung oder zumindest Kaffee und Kuchen, das gibt es so in Spanien eigentlich nicht. Das Treffen in der Trauerhalle, das ist das eigentliche Abschiednehmen. Und da sehen sich Menschen, die sich, wie auch bei uns, vor der Beerdigung vielleicht monate- oder jahrelang nicht gesehen haben.«

»Ja«, stimmte Andrea zu. »Unserer Mutter hätte es gefallen. Sie mochte es, wenn Menschen um sie herum waren.

Wir sind dann am Abend mit der Urne zu uns nach Hause gefahren, Maria hat selbstverständlich bei uns übernachtet. Nachdem wir die Asche noch in der Nacht verstreut hatten, saßen wir mit einem guten Wein dort im Garten. Fast die ganze Nacht lang. Es war das erste Mal, dass wir wirklich auch über uns sprechen konnten. Und dass ich ihr von unserer Mutter erzählen konnte. Wir haben nur ein paar Stunden geschlafen und dann den ganzen Freitag zum ersten Mal als Schwestern miteinander verbracht. Wir waren im Park Güell, den unsere Mutter so geliebt hatte, wir waren in der Kirche Sagrada Família, in der meine Eltern bis zu meines Vaters Tod gemeinsam gearbeitet hatten. Wir haben es uns an diesem Tag einfach gut gehen lassen. Carmen hatten wir mitgenommen. Und die Kleine schien Maria zu lieben.«

»Und Marias Vater? Wissen Sie etwas über ihn?«

»Meine Mutter hat mir seinen Namen genannt, Oriol Carles. Sie muss ihn sehr geliebt haben damals. Aber da war sie ja erst fünfzehn. Ich habe seinen Namen durch das Internet gejagt. Habe herausgefunden, dass er damals, als er mit meiner Mutter zusammen war, Mitglied einer politischen Widerstandsgruppe war, die auch Banken ausgeraubt hat. Dass er geschnappt worden und im Knast gelandet war. Dort saß er zwanzig Jahre. Damit hatte er noch Glück gehabt. Einer seiner Mitstreiter, Salvador Puig Antich, hat es in die Geschichtsbücher geschafft: Er war der letzte Spanier, der im März 1974 mit einer Garrotte hingerichtet worden ist.

Nach seiner Gefängnisstrafe ist Oriol nach Venezuela ausgewandert. Dort verliert sich seine Spur. Keine Ahnung, ob er noch lebt oder nicht.«

»Wollte Maria nach ihm suchen?«

»Ich weiß es nicht. An jenem Tag nach der Beerdigung hat sie nur gesagt, darüber müsse sie erst nachdenken.«

»Und am Tag drauf ist sie dann wieder nach Hause geflogen?«

»Ja. Sie sagte, sie müsse jetzt ein paar Dinge regeln. Was genau sie damit meinte, hat sie nicht gesagt. Aber sie hatte angedeutet, dass sie von ihrem Adoptivvater viel geerbt hatte. Und dass sie genau genommen nicht mehr arbeiten müsse. Und sie sich jetzt sehr genau überlegen würde, was sie mit dem Rest ihres Lebens anfangen wollte. Ich weiß nicht, ob sie den Verkauf von Immobilien angehen wollte. Auf jeden Fall wollte sie schon eine Woche später wieder zu mir kommen. Mich besuchen und mehr Zeit mitbringen. Aber das ist dann nie passiert.«

»Haben Sie noch einmal Kontakt zu ihr aufgenommen?«

»Ich habe versucht, sie auf ihrem Mobiltelefon anzurufen. Aber da ist nicht mal eine Mailbox angesprungen. Als ob das Handy komplett abgeschaltet gewesen wäre. Ich habe es noch ein paar Wochen versucht. Irgendwann kam dann die Ansage, dass die Nummer nicht vergeben wäre. Als ich es ein Jahr später noch mal versucht habe, war die Nummer offensichtlich an einen anderen Teilnehmer weitergereicht worden. Und ich hatte keine anderen Daten von ihr. Keine

Adresse, keine Adressen oder Nummern von irgendwelchen Verwandten. Sie hatte zwar gesagt, dass sie einen Bruder habe. Aber besonders warmherzig scheint das Verhältnis nicht gewesen zu sein, denn außer in diesem Satz hat sie ihn nicht weiter erwähnt. Dass ihre Adoptiveltern, wie sie sie jetzt bezeichnete, tot waren, das wusste ich. Und so hatte ich keinen Ansatzpunkt. Ich hatte auch bei AVINIRO noch mal angerufen. Da gab es die Postadresse in Darmstadt in Deutschland, zu der auch eine Rufnummer gehörte. Aber auch dort war kein Anrufbeantworter angeschlossen.

Ich dachte, vielleicht wäre ihr etwas passiert. Oder dass sie sich doch dafür entschieden hatte, mit diesem anderen Leben in Barcelona nichts zu tun haben zu wollen. Mit mir nichts zu tun haben zu wollen. Es war keine gute Zeit. Aber ich hatte meine Schwester vorher nicht gekannt – und so war das irgendwann einfach wieder der Zustand wie zuvor. Also fast. Und dann hast du gestern angerufen«, sagte Andrea zu Veronika. »Ich dachte, ich falle aus allen Wolken. Okay, kein gutes Bild für eine Flugbegleiterin.«

Horndeich kam sich inzwischen zwar ein wenig blöd vor, jedes Gespräch mit derselben Frage abzuschließen, dennoch stellte er sie: »Hat Maria Ihnen irgendwas von einem Bekannten, Verwandten, einem Freund oder einer Freundin aus Köln in Deutschland erzählt?«

»Köln, die Stadt in Deutschland mit dem riesigen Dom?«

»Ja. Genau die meine ich.«

Andrea Ruiz schüttelte den Kopf. »Nein. Sie hat den Dom zwar erwähnt, als wir die Sagrada Família angeschaut haben. Ich erinnere mich daran, weil sie mir sofort ein Bild zeigen wollte. Und daran erinnere ich mich, weil sie auf mein Handy zurückgreifen musste, weil sie selbst kein Smartphone hatte. Sie hat mir diese riesige Kirche gezeigt. Aber sie hat nichts davon gesagt, dass dort irgendjemand lebt, den sie kennt.«

Mit nichts anderem hatte Horndeich gerechnet.

MITTWOCH, 23. JUNI

Die Zusammensetzung der Gruppe im kleinen Besprechungsraum im Polizeipräsidium Südhessen kam Horndeich schon gar nicht mehr so seltsam vor wie noch vor wenigen Tagen. Neben seiner Person saß ihm gegenüber Leah am Tisch, gemeinsam mit ihrem Kollegen Max Wieler. Zu Horndeichs Rechten hatte Jana Platz genommen.

Horndeich hatte ausführlich darüber berichtet, was er in Spanien herausgefunden hatte: Maria Jimenez war nicht die leibliche Tochter ihrer Eltern. Sie war eines jener geraubten spanischen Babys und hatte noch eine Halbschwester. Er schilderte auch, dass Maria Jimenez diese Halbschwester hatte besuchen wollen, dies aber nicht getan habe, obwohl sie, so hatte es die Funkzellenauswertung ja gezeigt, in Barcelona gewesen war.

»Das, was diese Auswertung zeigt, und das, was Andrea Ruiz berichtet hat, passt überhaupt nicht zusammen. Maria Jimenez hatte ihrer Schwester gesagt, sie wolle für eine Woche zurück nach Deutschland, ein paar Dinge regeln. Schon wenige Tage später ist das Handy wieder in Barcelona eingeloggt, aber Maria ruft ihre Halbschwester nicht an. Vier Tage später wird es zum letzten Mal ein- und wieder ausgeschaltet. Das alles passt überhaupt nicht zu der Theorie, die ihr Bruder aufgestellt hat, nämlich, dass Maria sich entschlossen habe, ihr Hippietum in Spanien auszuleben.«

»Sie wollte doch zu ihrem Bruder Alfredo fahren. Also zu dem Mann, von dem sie bis dahin gedacht hatte, dass es ihr Bruder wäre. Dort ist sie aber nie angekommen«, resümierte Leah.

Es herrschte Schweigen am Tisch.

Max Wieler schaltete sich ein: »Wisst ihr, wenn Maria Jimenez' Handy nicht später noch in Spanien eingeschaltet worden wäre, dann hätte ich gesagt, jemand hat sie umgebracht. Vielleicht auf dem Weg zu ihrem Bruder. Ein Überfall am Umsteigebahnhof. Eine Entführung. Eine Fahrt in einem Pkw an einen verlassenen Ort. Dort vielleicht eine Vergewaltigung, dann der Tod. Aber es gibt diese Spuren aus Spanien. Sogar noch diese Postkarte. Sie scheint also wirklich dorthin gefahren zu sein, ohne jemandem etwas davon gesagt zu haben. Auch das könnte ich noch verstehen, wenn sie sich dann bei ihrer Halbschwester Andrea Ruiz gemeldet hätte. Hat sie aber nicht. Ich kapier's nicht. Bin offen für jede andere Interpretation.«

Leah nahm den Staffelstab des Diskurses wieder auf: »Ich frage mich die ganze Zeit, wer irgendetwas davon gehabt haben sollte, Maria Jimenez zu töten. Der einzige Schluss, zu dem ich komme, ist, dass sie in Spanien überfallen und getötet worden ist. Das ist das Einzige, was Sinn macht. Vielleicht wollte sie sich bei der neu gefundenen Schwester melden. Nachdem sie sich per Postkarte von ihrem alten Leben losgesagt hatte.«

»Und dann lässt sie zweihunderttausend Euro in Deutschland zurück? So, wie wir sie kennengelernt haben, hätte sie die wohl eher in eine zweite Reisetasche gepackt und versucht, sie mitzunehmen, Zoll hin oder her«, steuerte nun auch Jana etwas zur Diskussion bei.

Ein Beitrag, der wieder eine Runde Schweigen nach sich zog.

»All das erklärt auch nicht, wer das Haus im Löwensternweg angezündet hat. Und warum«, stellte Horndeich zusätzlich in den Raum.

»Alfredo Lopez«, warf Max Wieler ein.

Horndeich schüttelte den Kopf. »Erstens hat er ein Alibi, zweitens stellt sich erst recht die Frage: Warum? Ich meine, warum sollte er ein wertvolles, renoviertes Haus abbrennen, das er in zwei Jahren erben würde?«

»Wegen des Schuhkartons«, kommentierte Leah knochentrocken.

Alle Augen richteten sich auf sie.

»Wegen des Schuhkartons?«, echote Kollege Wieler.

Leah zuckte mit den Schultern. »Die Entdeckung des Schuhkartons ist das einzig Ungewöhnliche – okay, ich räume ein, das einzige uns bekannte Ungewöhnliche –, das unmittelbar vor dem Brand passiert ist.«

»Hinter einer Wand tauchen ein paar Kontoauszüge auf. Und deshalb beschließt Alfredo Jimenez, das Haus seiner Schwester anzuzünden, das vermietet ist, das gute Miete abwirft und das er in zwei Jahren erben wird?«, überlegte Wieler.

»Ich weiß, es klingt bescheuert«, sagte Leah.

Jana schüttelte den Kopf. Es war nur eine ganz kleine Bewegung, aber Horndeich nahm sie wahr. »Jana, was geht dir gerade durch den Kopf?«

Jana sah Leah direkt an. »Sie haben recht. Das ist gar nicht so abwegig, was Sie da gerade gesagt haben. Der Schuhkarton mit den Kontoauszügen war der Auslöser.«

Nun richteten sich alle Blicke auf Jana. »Ich spiele das jetzt mal durch: Alfredo und Maria Jimenez' Vater stirbt Ende 2012. Zu diesem Zeitpunkt ist Maria rechtlich Alfredos Schwester und die Tochter des verstorbenen Pablo Jimenez. Der Vater verteilt das Erbe ziemlich ungerecht: Alfredo erhält ein Haus im Osten der Republik, okay, ein großes Haus mit Land. Die Tochter erhält drei Häuser mitten in Darmstadt. Der Pflichtanteil für Alfredo wäre fünfundzwanzig Prozent des Erbes seines Vaters gewesen. Ich bin kein Immobilienexperte, aber ich denke, das kommt vielleicht sogar ungefähr hin. Das Erbe ist also definitiv nicht fifty-fifty verteilt worden. Ich könnte mir vorstellen, dass Alfredo da einen leichten Groll gehegt hat.«

»Das habe ich mir auch schon überlegt, während ich mit ihm gesprochen hatte, als ich bei ihm war. Aber ich verstehe nicht, wie sich das mit dem Schuhkarton und dem abgefackelten Haus zusammenreimen soll«, bemerkte Horndeich.

Jana fuhr fort: »Jetzt komme ich zu dem Teil, der zunächst ein bisschen weit hergeholt scheint. Alfredo bringt seine Schwester um. Inszeniert mit einem Helfer ihr Verschwinden. Meldet sie als vermisst.«

»Aber seine Frau hat doch bestätigt, dass er zu Hause war und auf seine Schwester gewartet hatte am Tag, als sie verschwand.«

Jana warf Horndeich einen tadelnden Blick zu. »Vielleicht war der Helfer auch eine Helferin. Lassen wir das gerade einfach mal so stehen. Worauf ich hinauswill: Alfredo hat durchaus ein Motiv dafür, seine Schwester umzubringen: Er wird der Alleinerbe sein. Von ebenden drei Häusern in Darmstadt. Diese Erbschaft würde er zehn Jahre nach dem Mord antreten können, wenn er seine Schwester für tot erklären lassen würde. Vielleicht würde die Polizei noch mal ein bisschen nachhaken, die Akten noch mal lesen – aber unterm Strich könnte sie zu keinem anderen Schluss kommen, als dass Maria Jimenez verstorben ist. Irgendwann nach ihrem Verschwinden in Spanien.«

Nun wurde Leah ungeduldig: »Das erklärt den Mord. Das erklärt aber nicht das Abfackeln des Hauses.«

»Das erklärt das Abfackeln des Hauses nur im Zusammenhang mit dem Schuhkarton voller Kontoauszüge. Ich war dabei, als der Mieter, Frank Schröder, von der Entdeckung berichtet hatte. An dem Tag, als ich mich ihm vorgestellt hatte, als die neue Abwesenheitspflegerin für Maria. Jimenez wollte die Dinger sofort mitnehmen.«

»Und das heißt?«

»Das heißt zweierlei: Er war überrascht davon. Er hatte keine Ahnung, dass es irgendetwas hinter den Wänden gegeben hatte. Du, Horndeich, hast doch davon erzählt, dass

Maria von den Verstecken hinter der Wand wusste. Ihr Bruder offensichtlich nicht.«

»Auch ein bisschen weit hergeholt«, murmelte Max Wieler.

Jana lächelte ihn an. »Gönnen Sie mir das als Arbeitshypothese. Als Alfredo Jimenez von dem Karton hinter der Wand erfährt, erwacht in ihm Angst, was sich sonst noch alles hinter den Wänden befinden könnte.«

Schweigen in der Runde, aber niemand unterbrach Jana mehr.

»Das alles macht nur Sinn vor dem Hintergrund, dass Maria wenige Tage vor ihrem Verschwinden den Beweis schwarz auf weiß hatte, dass Andrea Ruiz ihre Schwester ist. Sie hatte das Ergebnis des DNA-Tests bekommen.«

»Aber das wissen wir doch.« Leah.

»Ja. Und genau das hat sie auch ihrem Bruder Alfredo erzählt. Nicht nur, dass sie nicht mit ihm, Alfredo, verwandt war. Sondern dass sie tatsächlich eine andere leibliche Verwandte hatte.«

Wieder Schweigen.

»Wisst ihr, in meinem Job als Nachlasspflegerin habe ich schon so einige Erbstreitigkeiten begleiten dürfen. Und auch ältere Herrschaften, die ihren leiblichen Nachkommen den Nachlass nicht gönnten und Mittel und Wege suchten, möglichst viel ihres Vermögens an den Kindern und Kindeskindern vorbei woanders unterzubringen.

Gehen wir mal davon aus, dass Maria Jimenez ihren Bruder Alfredo eigentlich nicht mochte. Und dass ihr der Gedanke, dieser Bruder würde zwei Häuser im Darmstädter Martinsviertel und ein Haus im Darmstädter Komponistenviertel erben, wenn sie mal nicht mehr da wäre – dass ihr dieser Gedanke ein Graus wäre. Und jetzt hat sie den Beweis – nicht nur, dass Alfredo nicht ihr Bruder ist. Sondern sie hat tatsächlich eine Blutsverwandte. Eine Halbschwester. Da könnte doch in Maria Jimenez' Kopf die Idee entstanden sein, die drei Häuser nicht ihrem unsympathischen Bruder zu vererben, sondern viel lieber der Halbschwester. Und der Nichte, die sie ja dadurch auch hatte.«

»Ändert sich denn durch den simplen DNA-Nachweis auch die Erbfolge?«

»Rechtlich bindend ist das, was in den Urkunden steht. In diesem Fall wäre rechtlich bindend, dass Maria Jimenez die Tochter ihrer Eltern war. Und dass sie damit die Schwester von Alfredo ist. Sie selbst hat keine Kinder. Die Eltern sind tot. Sie hat nur diesen Bruder. Der würde zumindest einen Pflichtanteil von 50 Prozent erben. In dem Augenblick, wo die Geburtsurkunde jedoch korrigiert würde, also – wie hießen sie doch gleich, die Eltern von Maria …?«

Horndeich musste kurz überlegen, dann soufflierte er: »… Rocío García und Oriol Irgendwer …«

»… also dass Rocío und Oriol dort als Eltern eingetragen würden, dann wäre ihre Schwester Andrea Ruiz die Erbin. Alfredo Jimenez hätte die Arschkarte gezogen.«

»Und wieso fackelt er dann das Haus ab?« Wieler wieder.

»Maria flog von Barcelona aus, wie sie angekündigt hatte, nach Deutschland. Um ihrem Bruder zu sagen, dass sie ihre Schwester gefunden habe. Und dass sie vorhabe, auch alle ihre Papiere zu ändern. Sie muss dabei das Wort ›Enterbung‹ nicht mal erwähnt haben. Aber Alfredo war wohl bald klar, dass das genau die Konsequenz wäre. Er bringt sie um, inszeniert ihr Verschwinden und hat so die perfekte Altersvorsorge: In zehn Jahren würde er alles erben.

Danach hatte er das Haus, in dem Maria Jimenez gewohnt hat, gründlich durchsucht. Ich habe ja die Dinge, die aus dem Haus ins Lager geschafft worden waren, ebenfalls genau untersuchen lassen. Da waren keine persönlichen Unterlagen. Ein paar geklaute Ringe. Vielleicht war das auch Alfredos Werk, aber das ist unwichtig. Damit komme ich zu meiner zweiten Arbeitshypothese: Er hat im Haus keine Unterlagen gefunden, die irgendetwas über Marias Abstammungserkenntnisse offenbarten. Vielleicht gab es einen Laptop, vielleicht tatsächlich einen E-Mail-Account. Wenn es den Laptop gab, hatte Alfredo ihn einfach mitgenommen und in die Tonne gehauen. Damit war für ihn die Sache erledigt. Bis zu dem Moment, als der Mieter Frank Schröder plötzlich etwas von einem Schuhkarton hinter einer Wand erzählte. In dem Schuhkarton sind zwar nur Kontoauszüge. Aber das Entscheidende ist: Sie befanden sich hinter einer Wand. Und wer wusste, was sich da noch hinter anderen Wänden befinden konnte? Hatte seine Schwester dort vielleicht noch weitere Depots, in denen solche Unterlagen aufbewahrt wurden?

Das war der Moment, in dem Alfredo Jimenez beschloss, das Haus abzubrennen. Und damit alles, was sich noch hinter den Wänden verbergen mochte. Und das war es wert: Das Haus geopfert, das würde das Erbe etwas schmälern. Aber es würde überhaupt noch ein Erbe für ihn geben. Und allein das Grundstück, auf dem das Haus gestanden hat, wäre sicher einen siebenstelligen Eurobetrag wert.

Und seine Theorie hatte sich ja bestätigt: Hinter den Wänden waren tatsächlich noch Dinge versteckt gewesen. Die sind alle verbrannt. Vielleicht auch tatsächlich das Ergebnis des DNA-Tests. Abgesehen eben von dem Tresor. Ohne den wir niemals auf Maria Jimenez' Geschichte gekommen wären.«

»Zehn Minuten Pause!«, läutete Leah eine Schonfrist für die grauen Zellen ein, die gerade in allen vier Köpfen glühten.

Als sie sich danach wieder im Raum zusammenfanden, sagte Leah: »Von allen Theorien, die wir in den vergangenen Tagen zum Verschwinden von Maria Jimenez gehört haben, scheint mir dies die schlüssigste.«

Horndeich nickte. Wo seine ehemalige Kollegin recht hatte, hatte sie recht. Das passte alles zusammen. Wenn auch noch mit ein paar Unwägbarkeiten. Wer war der Kompagnon von Alfredo? Sicher seine Frau. Sie musste für das Alibi gesorgt haben. Aber wer hatte die falsche Spur in Spanien gelegt? Cousin Diego? Dessen Frau Barbara?

Janas Theorie war gut. Aber es bedurfte doch noch Ermittlungsarbeit, um sie zu erhärten.

Die Aufteilung war sinnvoll gewesen. Er und Jana würden sich nochmals um die Polizeiakte von Maria Jimenez kümmern. Leah und ihr Kollege Max Wieler würden die Personen Alfredo Jimenez sowie Diego und Barbara Lopez genau durchleuchten. Die beiden hatten sogar Sandra ins Team gebeten. Aber es war ihm überlassen worden, den Kotau vor den Schwiegereltern zu machen, sich an diesem Tag bitte um die Kinder zu kümmern. Konnte er mit leben.

Jana und er waren im kleinen Besprechungsraum geblieben, die anderen waren umgezogen. Es fühlte sich gut an, fast wie in alten Zeiten. Gemeinsam an einem Fall zu arbeiten, die Schurken zu erwischen.

Er hatte sich Janas Theorie immer wieder durch den Kopf gehen lassen in den vergangenen zwei Stunden. Sie schien stimmig. Sie erklärte vor allem, weshalb Alfredo Jimenez seine Schwester genau zu diesem Zeitpunkt umgebracht hatte, als er es getan hatte. Wahrscheinlich getan hatte.

»Horndeich, wir haben diese Akten doch schon durchgepflügt. Was wollen wir hier noch finden?«

Das, was wir bisher übersehen hatten. Das, was so selbstverständlich schien, dass man es keiner weiteren Betrachtung würdigte. Dachte Horndeich. Sagte es aber nicht.

Sie hatten sich die Funkzellenauswertung nochmals angesehen, die Abhebungen vom Konto, die Zahlungen per Kreditkarte.

Sie lasen auch die Protokolle der Befragungen nochmals durch. Aber auch das hatten sie ja schon einmal hinter sich gebracht. Und ihnen war nichts aufgefallen, was nicht stimmig gewesen wäre. Doch die Angaben, die Alfredo gemacht hatte, sprachen dafür, dass er und seine Schwester wirklich kein gutes Verhältnis zueinander gehabt hatten. Er hatte keine Bekannten seiner Schwester genannt. Wenn er sie jedoch ermordet hatte, hatte er auch kein Interesse daran gehabt, irgendwelche potenziellen Zeugen zu benennen. Sie drehten sich hier im Kreis.

Was hingegen sicher war: Maria Jimenez war von Barcelona aus nach Deutschland geflogen. Die Nachbarin Petra Brückner hatte sich am Sonntag, dem 26. Mai, über ihre Nachbarin beschwert und sie gesehen. Da war Maria Jimenez also definitiv zu Hause gewesen.

Jana checkte gerade die Hausverwaltung Semrod, die für die Verwaltung der Häuser im Martinsviertel verantwortlich war.

Zwar hatte Leah das Original der Akte auf den Tisch gelegt, doch Horndeich blätterte lieber in der virtuellen Kopie auf seinem Laptop.

Wenn sie tatsächlich noch mal einen dritten Blick auf diese Akte werfen sollten, dann machte das nur Sinn, wenn sie Dinge hinterfragten, die sie zuvor nicht hinterfragt hatten.

Horndeich scrollte durch die Dokumente.

Sein Blick blieb bei der Postkarte hängen. Es war das letzte Lebenszeichen von Maria Jimenez gewesen. Das Bild auf der Vorderseite zeigte die Kirche Sagrada Família. Andrea Ruiz hatte davon berichtet, dass ihre Eltern beide dort gearbeitet hatten. Zufall? Oder einfach nur eines der Top-5-Motive Barcelonas?

Horndeich betrachtete die Rückseite. »Lieber Alfredo, ich breche meine Zelte endgültig ab. Ich bleibe hier. In der alten Heimat. Maria.« Das hatte Maria Jimenez geschrieben. Es passte dazu, dass sie in Barcelona ihre neue Familie gefunden hatte. Was überhaupt nicht passte, war, dass sie sich dann bei dieser neuen Familie nicht mehr gemeldet hatte.

Am 22. Juni 2013 war Alfredo damit bei der Polizei erschienen und hatte die Postkarte vorgelegt.

Horndeich hatte die Postkarte bereits untersucht, als er die

Akte studiert hatte. Er hatte sich besonders auf Marias Nachricht konzentriert. Jetzt sah er sich die andere, rechte Hälfte der Postkarte an. Sie war abgestempelt am 18. Juni 2013 in Barcelona.

Die Briefmarke zeigte eine schöne Brücke. Horndeich fühlte sich an die Brücke der Vogelfluglinie erinnert, die das Festland im Norden Deutschlands mit der Insel Fehmarn verband. Es war Zeit, sich eine kleine Pause zu gönnen. Horndeich stand auf. »Du auch einen Kaffee?«

Jana nickte, ganz in die Akte vertieft.

Horndeich ging zu Leahs Büro. »Gibt's hier noch einen Kaffee für die Helfercrew?« Auch Leah und Wieler schienen in Ermittlungen vertieft, deswegen deutete Leah nur mit dem Kopf in Richtung der Kaffeemaschine. Deren Bedienung hatte sich in den vergangenen zwei Jahren nicht verändert. Horndeich ließ zwei Kaffees durchlaufen. Nahm einfach zwei der dort abgestellten Tassen, sich nicht darum kümmernd, wem diese gehörten. Ein Minenfeld. Das er aber bereits in wenigen Stunden wieder verlassen würde.

Mit den Kaffees kehrte er zurück in den kleinen Besprechungsraum.

Stellte die Tassen ab. Setzte sich wieder an seinen Laptop.

Pause auch für die kleinen grauen Zellen.

Während er am Kaffee nippte, entspannte er sich mit einer Bildersuche bei Google, indem er einen Screenshot der Briefmarke in das dortige Suchfenster zog.

Zu dieser Briefmarke gab es viele Informationen. Sie zeigte eine Brücke in Navarra. Horndeich googelte auch diese Region und stellte fest, dass sie im Norden Spaniens lag, im westlichsten Teil der Grenze zu Frankreich. Nach ein paar weiteren Klicks fand er auch Fotografien der Brücke. Die Sancho-El-Mayor-Brücke war 1978 eingeweiht worden als Autobahnbrücke. Es handelte sich um eine Schrägseilbrücke mit Mischsystem, wie es die Internetseite nannte. Horndeich hatte keine Ahnung, was das bedeuten sollte. Der Fluss, den sie überquerte, war der Ebro. Bislang hatte Horndeich auch keine Ahnung davon gehabt, dass es irgendwo auf der Welt einen Fluss gab, der diesen Namen trug. Der Nennwert der Marke lag bei einem Euro.

Nun las Horndeich auch den Rest der Beschreibung. Dreihunderttausend Exemplare waren von dieser Briefmarke gedruckt worden. Sie gehörte zum Briefmarkensatz »Brücken in Spanien«. Und sie war am 20. Juni 2013 herausgegeben worden.

Horndeich klickte die Informationen weg. Es war Zeit, weiter zu recherchieren.

Wenn es auch nicht mehr viel zu recherchieren gab.

Er blickte auf, im selben Moment, als dies auch Jana tat. »Fehlanzeige«, sagte sie.

Und Horndeich nickte.

Fehlanzeige. In dieser blöden Akte war wirklich nichts zu finden, was Janas Theorie von Alfredo als Mörder seiner Schwester stärkte.

Horndeich hatte seine Hände bereits auf die Oberkante des Monitors seines Laptops gelegt, um ihn zuzuklappen.

Doch dann erstarrte er. Klappte den Monitor nicht zu.

Der Browser war noch geöffnet. Und er konnte die zuletzt geöffneten Seiten wiederherstellen. Die Beschreibung der Briefmarke. Auf Englisch, na gut, aber das war kein wirkliches Hindernis. Und Horndeich las: Ausgabedatum: 20. Juni 2013.

Er klickte sich abermals in die Dokumente der Akte. Ein Doppelklick auf das PDF des Scans der Postkarte. Er zoomte auf die Briefmarke. Und ihren Stempel. Dort stand: 18. Juni 2013. Doch die Marke konnte unmöglich zwei Tage vor ihrem Erscheinen abgestempelt worden sein.

»Jana, ich glaube, ich bin hier auf was gestoßen.«

Nein, ergiebig ging anders.

Wieler und sie hatten alle Quellen angezapft.

Immer wieder dauerte es eine Viertelstunde, zwanzig Minuten, manchmal auch fünfundzwanzig Minuten, bis endlich jemand zurückrief von den verschiedenen Stellen, von denen sie Informationen zu Alfredo Jimenez, Diego Lopez oder Barbara Lopez erbaten.

So bitter es auch war: Keiner der drei hatte sich irgendwann mit dem deutschen Gesetz angelegt. Bei keinem der drei fand sich auch nur ein verdammter Strafzettel. Nichts.

»Gibt's hier noch einen Kaffee für die Helfercrew?«

Horndeich. Mein Gott, der wusste doch genau, wo die Kaffeemaschine stand. Leah nickte nur in die Richtung, und Horndeich verstummte. Kurz darauf dröhnte die Maschine. Altgewohnter Sound.

»Wir haben – rein gar nichts«, sagte Wieler. Ja, Leah schätzte ihren Kollegen. Auch wegen seiner kurzen und knappen Analysen kniffliger Situationen. Wie dieser hier. Er hat es treffend auf den Punkt gebracht. Sie hatten: nichts. »Ich weiß wirklich nicht, wie wir denen auf die Pelle rücken sollen. Ich meine, ich finde die Theorie von Frau Welzer überzeugend. Aber sie besteht ausschließlich aus Theorien. Da ist überhaupt nichts Handfestes, keine Fingerabdrücke, keine DNA, keine Überwachungsfotos – ›nada‹, wie der Spanier jetzt wohl sagen würde.« Leah schaute ihren Kollegen entgeistert an. »Du sprichst Spanisch?«

»No hablo español«, gab der zurück.

Leahs irritierten Gesichtsausdruck erwiderte er mit: »Heißt auf Deutsch: Ich spreche kein Spanisch. Ich hab mir mal vorgenommen, in jeder Sprache sagen zu können: Ich spreche diese Sprache nicht. I don't speak english – das kann jeder. я не говорю по-русски – das ist schon seltener.«

Nein, sie würde das jetzt nicht kommentieren.

»Kollege Wieler, hast du noch irgendeinen Ansatz, mit dem wir den drei Herrschaften auf den Zahn fühlen könnten?«

»Nein«, sagte Max Wieler, während seine Finger über die

Tastatur flogen. Er schaute auf den Bildschirm. Dann sagte er: »Oder vielleicht doch.«

Leah ging um die Schreibtische herum und trat neben ihn.

»Diese Barbara Lopez, ihr Mädchenname ist Cichowańska.«

»Und was ist daran so Besonderes?«

»Klingt Polnisch. Und ich habe es jetzt einfach mal bei Google eingegeben. Also diese Nachnamen. Und da gibt es einen Treffer. Also, da gibt es genau einen Treffer. Hier«, sagte er und deutete auf den Bildschirm.

Leah las: »Oliwia Cichowańska.«

»Und was ist daran jetzt so besonders?«

»Leah, schau doch mal auf die Adresse!«

Am Heumarkt. Köln.

Köln! Die Stadt, aus der dieser blöde Brief gekommen war, den niemand bislang hatte zuordnen können! Wieler setzte sich mit dem Einwohnermeldeamt von Köln in Verbindung. Die Dame dort wollte sichergehen, dass auch tatsächlich die Polizei mit ihr sprach. Deshalb rief sie ihrerseits die Polizei in Darmstadt an und ließ sich mit Wieler verbinden.

Der fragte nach den Stammdaten, bedankte sich und legte auf.

Dann strahlte er Leah an. »Oliwia Cichowańska ist ledig. Und sie ist im polnischen Świebodzin geboren. Drei Jahre nach einer Barbara Cichowańska. Die in derselben Stadt geboren wurde. Ich denke, die beiden sind Schwestern.«

Hatte Barbara Lopez, geborene Cichowańska, ihre Schwester damit beauftragt, diesen bescheuerten anonymen Brief zu schicken? Wenn ja, warum? Das waren neue Fragen, aber immerhin, es war eine Spur!

Leah schlug ihrem Kollegen auf die Schulter. »Gut gemacht!«

Das war der Moment, in dem Horndeich den Raum betrat. »Ich glaube, wir haben tatsächlich etwas gegen Alfredo Jimenez in der Hand.«

DONNERSTAG, 24. JUNI

Das Prozedere war einfach gewesen: Sie hatten Barbara Lopez in ihrer Wohnung abholen lassen und zum Präsidium geführt.

Nun saß sie im Vernehmungsraum.

Die Rollen waren klar verteilt. Leah war die Polizistin. Max Wieler saß neben ihr am Tisch. Ihnen gegenüber Barbara Lopez. Und er, Horndeich, war geduldet, auf der anderen Seite des venezianischen Spiegels. Wie oft hatte er in seiner Polizistenlaufbahn damit gehadert, dass diese Spiegel nicht halb so lichtundurchlässig waren, wie es in Krimis immer erschien. Der Effekt, dass man die Menschen auf der anderen Seite nicht sah, funktionierte immer nur gut, wenn der Verhörraum hell erleuchtet war und der Raum der Beobachter dunkel. So wie jetzt.

»Dürfen wir Ihnen einen Kaffee anbieten? Das hier könnte ein bisschen länger dauern.«

Leah. Souverän wie immer. Es ging nicht darum, es Barbara Lopez so angenehm wie möglich zu machen. Es ging darum, ihr eine Tasse Kaffee hinzustellen, die sie anfasste. Von der sie trank. Und dann hätten sie, auf völlig freiwilliger Basis, sowohl ihre Fingerabdrücke als auch ihre DNA. Der alte, blöde Trick, der aber immer wieder funktionierte.

Barbara Lopez wusste von derartigen Tricks nichts und bejahte die Frage.

Drei Minuten später stand eine Tasse mit Kaffee vor ihr. Barbara Lopez trank einen Schluck, stellte die Kaffeetasse wieder vor sich auf dem Tisch ab. Sie war ein wenig irritiert, als ein Justizbeamter an den Tisch trat und die fast volle Tasse wieder abräumte.

Leah drehte sich zur Glasscheibe und schien Horndeich direkt anzusehen. »Komm mit rein«, sagte sie. Und da Horndeich der Einzige war, der auf der anderen Seite der Scheibe stand, wusste er, dass er gemeint war. Er wunderte sich ein wenig über Leahs Entgegenkommen, aber er würde es jetzt auch nicht hinterfragen.

Er verließ den Beobachterraum, betrat den Verhörraum.

Leah sagte: »Das ist Steffen Horndeich. Sie kennen ihn ja bereits. Er wird jetzt mit Ihnen reden.«

Damit stand Leah auf, nickte Horndeich zu und verließ den Raum. Max Wieler saß nach wie vor am Tisch, aber er imitierte eine Salzsäule.

Horndeich setzte sich zu ihnen. Er verstand nicht, was Leah hier im Schilde führte, aber er wusste, sie hatte einen Plan. Also würde er jetzt mit Barbara Lopez sprechen.

Und er wusste auch schon, wie er anfangen würde: »Frau Lopez, Sie haben Jana Welzer diesen Brief gegeben. Der Brief, der an Ihren Mann adressiert war. Von Köln aus.«

Barbara Lopez sah Horndeich an. Sagte jedoch nichts.

»Wir, also ich und auch die Polizei, wir haben wirklich jeden Stein umgedreht, um den Absender zu finden.«

Barbara Lopez sagte nichts. Horndeich ebenso wenig. Er ließ das Schweigen im Raum stehen.

»Was wollen Sie von mir?«

»Wir möchten wissen, warum Sie diesen Brief geschickt haben. An Ihren verstorbenen Mann.«

»Ich?« Ja, es war Protest. Aber der Protest war viel zu schwach, um nicht als Inszenierung enttarnt zu werden.

»Ja, Sie. Sie haben auf dem Kaffeebecher gerade Ihre Fingerabdrücke und Ihre DNA hinterlassen. Der Becher ist bereits auf dem Weg zu unserer kriminaltechnischen Abteilung. Es wird wenige Minuten dauern, bis wir die Fingerabdrücke auf dem Becher identifiziert haben. Und ich nehme an, dass nicht Ihre Schwester Oliwia den Brief geschickt hat.«

Ein kurzes Zucken im Gesicht von Barbara Lopez, und Horndeich wusste, das war die Kapitulation.

»Erzählen Sie uns von Maria Jimenez. Und erzählen Sie uns, warum Sie diesen Brief geschrieben und abgeschickt haben.«

Barbara Lopez starrte auf den Tisch, mehrere Sekunden lang, dann hob sie den Blick und sah Horndeich direkt an. »Ja, der verdammte Brief ist von mir. Aber ich habe nichts verbrochen. Ich habe nichts Falsches getan. Ich habe nur – geschwiegen, als mir aufgefallen ist, dass etwas Falsches passiert ist. Komme ich jetzt ins Gefängnis?«

»Frau Lopez, sagen Sie uns einfach, was Sie wissen. Das ist der beste Weg, die geringste Strafe einzufahren, wenn es überhaupt eine Strafe für Sie gibt.«

Horndeich hatte offensichtlich den richtigen Ton getroffen.

»Ich kannte Maria kaum. Und Diego kannte sie auch nicht besonders gut. Wir hatten nur wenig miteinander zu tun. Deswegen war ich auch so skeptisch, als ihr Name plötzlich immer wiederauftauchte. Und dann, von einem Tag auf den anderen, nie wieder erwähnt wurde.«

»Ihr Mann hat doch die Abwesenheitspflegschaft für Maria Jimenez übernommen. Der Name muss Ihnen doch auch danach bekannt gewesen sein?«

»Ja. Das habe ich natürlich mitbekommen. Und ich habe mitbekommen, dass sich unsere finanzielle Situation plötzlich deutlich verbessert hatte. Ich hatte keine Ahnung, wodurch. Und ich habe auch keine Fragen gestellt. Herr Horndeich, ich wusste, dass mein Mann nicht immer ganz legale Geschäfte gemacht hatte. Es war mir egal. Er hat mich versorgt. Er hat unsere Familie versorgt. Und als vor fünf Jahren unsere Tochter auf die Welt gekommen ist, da war mir dann erst recht egal, woher das Geld kam. Wir waren versorgt, das war für mich das Wichtige.

Ich habe auch mitgekriegt, wie er diesen Elektro-Smart

verkauft hat. Der zwei Jahre lang in der Garage von Marias Haus gestanden hatte. Und dieses E-Bike. Ich habe nicht nachgefragt. Uns ging es gut. Das war das, was für mich zählte.«

»Das erklärt aber nicht den seltsamen Brief aus Köln.«

Barbara Lopez sah Horndeich direkt ins Gesicht. »Sie haben doch das Prinzessinnen-Schloss bei uns gesehen. Klar, meine Tochter liebt es. Aber, ganz ehrlich, ich liebe es auch. Diego hat mich immer wie eine Prinzessin behandelt. Und man fragt den Prinzen nicht, wer die Kutsche finanziert hat. Aber das alles hat sich geändert, als er gestorben ist.«

»Was hat sich dann verändert?«

»Mein Mann hatte ein Bankschließfach. Und ich durfte es nach seinem Tode öffnen. Darin lagen dreihunderttausend Euro. In bar. alle Scheine waren gebraucht. Und alle, wirklich alle – ich habe mir mehrere Bündel genau angeschaut –, sie waren alle aus der ersten Serie der Euroscheine. 2013 kam ja der neue Fünfer, wenig später der neue Zehner und der neue Zwanziger – bis zum Zweihunderter 2018. Und da war kein einziger der aktuellen Scheine dabei. Das war keine Ersparnis meines Mannes gewesen. Das war das Geld von Maria Jimenez. Keine Ahnung, woher es stammte. Nein, das stimmt nicht. Natürlich hatte ich eine Ahnung. Maria hatte es irgendwo in diesem Haus im Löwensternweg versteckt.«

Diese Theorie hätte Horndeich unterschrieben.

»Mein Mann war plötzlich ihr Abwesenheitspfleger geworden. Ein Wort, das bis dahin nicht mal zu meinem passiven Wortschatz gehörte. Und dann habe ich eins und eins zusammengezählt. Und ich kam irgendwo bei zwei raus. Und ich fragte mich, war Maria Jimenez tatsächlich nach Spanien gegangen? Oder war sie gegangen worden? Oder hatte sie Spanien niemals erreicht? Ich wusste es nicht. Ich hatte keine Ahnung. Aber ich wollte, dass die Polizei da noch mal einen Blick drauf wirft.«

»Und deshalb haben Sie diesen Brief geschrieben? Haben

Ihre Schwester besucht? Haben dann den Brief in Köln eingeworfen?«

Barbara Lopez nickte.

»Haben Sie denn eine Ahnung davon, was mit Maria Jimenez passiert ist?«

Barbara Lopez schien kleiner zu werden. In sich zusammenzusinken. »Nein«, sagte sie.

»Und weshalb dann der Brief?«

Sie wurde noch kleiner. »Ich weiß es nicht. Ich bin mir nicht sicher, ob sie noch lebt.«

»Und Sie möchten, dass wir, dass die Polizei das aufklärt?«

Barbara Lopez nickte nur. Dann flüsterte sie: »Ich weiß nicht, was mein Mann da gemacht hat. Aber wenn Maria nicht mehr lebt, dann möchte ich, dass ihr Mörder bestraft wird. Und wenn mein Mann etwas damit zu tun hatte, dann hatte er es nicht allein durchgezogen.«

»Und dieser Mörder war nicht vielleicht doch Ihr Mann?«

Barbara Lopez schüttelte heftig den Kopf. »Mein Mann hat einige krumme Dinger gedreht. Aber mein Mann hat und hätte nie jemanden umgebracht.«

»Wo sind die dreihunderttausend Euro jetzt?«

Barbara Lopez sah Horndeich an. »Die gibt es nicht mehr.« Barbara Lopez log nicht gut. Doch Horndeich hakte nicht weiter nach. Zum einen würden sie das Gegenteil nicht beweisen können. Zum anderen war ihre kleine Prinzessin abgesichert. Es gab schlechtere Dinge, die man mit dreihunderttausend Euro anstellen konnte.

Abermals saßen sie zu viert im kleinen Besprechungsraum. Es wurde fast zur Gewohnheit.

»Wir sind uns einig, dass Janas Theorie die Basis für unsere weiteren Aktionen ist?« Leah wollte das Terrain abstecken. Niemand am Tisch widersprach.

»Wir wissen, dass die Postkarte von Maria Jimenez eine Fälschung ist. Sie kann sie unmöglich am Achtzehnten in

Barcelona aufgegeben haben. Denn die Briefmarke, mit der die Postkarte frankiert war, kam erst zwei Tage später raus.«

Schweigen am Tisch.

Leah fuhr fort: »Wir wissen also, dass Alfredo Jimenez eine falsche Postkarte vorgelegt hat als letztes Indiz dafür, dass seine Schwester in Spanien ein neues Leben suchte.«

»Und wie fälscht man einen Poststempel?«, fragte Wieler.

Horndeich zuckte mit den Schultern. »Ich bin zwar nicht professionell in dem Gewerbe, aber ich würde die Postkarte nehmen, die Briefmarke draufkleben. Dann im Netz danach suchen, wie so ein Poststempel aussieht. Eine Runde Photoshop – und dann die Postkarte durch den Tintenstrahldrucker schicken, der den Stempel genau dort druckt, wo die Briefmarke ist.«

»Okay, überzeugt.«

»Wir wissen auch«, fuhr Leah fort, »dass Diego Lopez dreihunderttausend Euro in einem Bankschließfach verwahrte. Keiner der Scheine aus der zweiten Serie. Vielleicht waren es auch mal deutlich mehr Euros.«

Immer noch widersprach keiner oder machte eine Anmerkung.

»Ich möchte das jetzt mal so formulieren, aus dem Blickwinkel der Mordermittlerin: Wir haben sehr viele Vermutungen. Wir haben ein paar Indizien wie etwa die Postkarte. Aber wir haben keinerlei Beweise, dass Alfredo Jimenez Maria Jimenez umgebracht hat.«

Abermals regte sich kein Widerstand. Leah war frustriert. Wie sehr hätte sie sich jetzt über eine Stimme gefreut, die ihr widersprochen hätte. Aber da war keine solche. Leider.

»Keiner, der mir widerspricht?« Sie sah Horndeich direkt an. Ihren ehemaligen Partner. Den, auf den sie sich immer hatte verlassen können.

»Leah, du hast recht. Wir können mit dem, was wir haben, zum Staatsanwalt gehen. Der kann zum Richter gehen. Vielleicht, vielleicht bekommen wir einen Durchsuchungsbeschluss für sein Haus. Aber da ist nichts, und ich betone: nichts, was Alfredo Jimenez als Mörder brandmarkt.«

»Und warum?« Leah warf die Frage in den Raum und wusste, dass Horndeich den Bumerang auffing.

»Weil wir keine Leiche haben«, sagte der ehemalige Kollege. Und er hatte so was von recht. »Wir können Alfredo Jimenez festsetzen. Wir können seine Frau festsetzen. Wir können Barbara Lopez hier in Gewahrsam behalten. Und es wird uns nichts bringen, solange wir keine Leiche haben. Denn nur dadurch können wir überhaupt beweisen, dass Maria Jimenez nicht mehr lebt. Und nicht als Spät-Hippie durch Spanien geistert.«

Besser als Horndeich hätte Leah es auch nicht zusammenfassen können.

Es war Jana, die die zielführende Frage stellte: »Aber wo ist die Leiche?«

Zunächst Schweigen, dann hob Max Wieler die virtuelle Hand: »Wenn Alfredo Jimenez seine Schwester umgebracht hat, wird er sie wohl kaum bis nach Rostock gekarrt haben. Und er kann das alles nicht allein durchgezogen haben. Während er bei der Polizei aufschlug, war das Handy seiner Schwester in Spanien eingeloggt. Wenn ich wetten müsste, würde ich drauf setzen, dass der Leichnam von Maria Jimenez auf dem Grundstück des Hauses am Löwensternweg vergraben ist.«

»Oder auch nicht«, warf Leah ein. »Wir wissen es einfach nicht. Aber wenn deine Wette aufgehen soll, dann kann dir nur einer helfen: Alfredo Jimenez.«

»Super! Und er wird uns Die Google-Maps-Daten per WhatsApp mitteilen?«, spottete Jana. Leah war die Frau sympathisch geworden. Sie war sicher eine perfekte Nachlasspflegerin. Und eine mindestens so gute Abwesenheitspflegerin. Aber sie dachte nicht wie eine Polizistin. Wie eine Mordermittlerin.

»Das wird er natürlich nicht. Aber ich setze jetzt einmal

alles auf eine Zahl beim Roulette. Wenn ich recht habe, wird Alfredo Jimenez uns ganz von selbst zu der Leiche führen.«

»Z14 – der Verdächtige fährt weiter auf der A 9. Ist jetzt auf der Höhe von Beelitz.«

»Perfekt. Wir übernehmen.«

Das war dann definitiv wieder die Überlegenheit der Polizei, dachte Horndeich. Über solche Möglichkeiten verfügte er nicht mehr. Leah hatte mit wenigen Telefonaten die komplette Überwachung von Alfredo Jimenez organisiert. Nachdem sie ihn angerufen hatte.

Horndeich war Zeuge des Gesprächs gewesen.

»Hier spricht Leah Gabriely. Kripo Darmstadt. Herr Jimenez, wir wollten Sie nur auf den aktuellen Stand der Dinge bringen. Wir haben Indizien, dass Ihre Schwester Maria Jimenez nicht mehr lebt. Und dass sie bereits Deutschland nicht mehr lebend verlassen hat. Es tut mir sehr leid, Ihnen diese Nachricht überbringen zu müssen.«

»Sie meinen, Maria ist tot?«

»Ja, davon müssen wir im Moment ausgehen. Wir haben jetzt Einheiten bei der Bundespolizei beantragt, die die Grundstücke, die wir im Auge haben, nach ihr absuchen werden. Aber wegen eines Großeinsatzes wird das erst Mitte kommender Woche der Fall sein. Dennoch: Wir glauben, dass wir das Schicksal Ihrer Schwester doch aufklären können.«

Alfredo Jimenez hatte sich bedankt. Mehrfach.

Kollegen aus Pasewalk und Rostock überwachten den Mann zu diesem Zeitpunkt schon. Der sich denn auch um achtzehn Uhr von seinem Gut aus in Bewegung gesetzt hatte. In seinem Range Rover – mit Anhänger. Der jetzt in Richtung Darmstadt fuhr. Zumindest in Richtung Südwesten.

»Der Verdächtige fährt weiter auf der A 4 nach Westen.«

»Wir übernehmen ab Bad Hersfeld«, teilte eine weitere Einheit mit.

»Er kommt genau zu uns.«

Es war halb drei, mitten in der Nacht, und die Thermoskanne mit Kaffee war genau der richtige Begleiter für solch eine Aktion. Horndeich saß neben Leah im kleinen Besprechungsraum. Sandra hatte dort alle Kommunikationsmittel eingerichtet. Nicht zum ersten Mal, wie sie ihrem Gatten berichtete.

»Wir übergeben an die Frankfurter? Sind die Frankfurter bereit?«

»Ja, wir übernehmen ab Reiskirchen.«

»Danke, perfekt.«

Alfredo Jimenez nahm genau die Strecke, die Leah vorhergesagt hatte. Wenn er auf ihren Anruf hin dafür sorgen wollte, dass niemand die sterblichen Überreste seiner Schwester fand, dann würde er jetzt dorthin fahren, wo sich diese befanden. Um sie einzusammeln und woanders hinzubringen.

Sie alle im kleinen Besprechungsraum hatten inzwischen darauf gewettet, dass dieser Ort das Grundstück im Löwensternweg in Darmstadt wäre. Eine blöde Wette. Wenn alle auf dieselbe Option setzten, lag die Quote exakt bei eins – schlecht für Wieler, der sie initiiert hatte.

Doch wo Alfredo die Leiche begraben hatte, da variierten die Meinungen. Leah, Jana und Wieler hatten auf die Gartenhütte gesetzt, in der das E-Bike gestanden hatte und in dem das Werkzeug zu Hause gewesen war, jener wichtige Teil von Maria Jimenez' Leben.

Er, Horndeich, war anderer Meinung gewesen. Ein Grab in einer bestehenden Hütte, das wäre viel zu umständlich. Er hatte darauf gesetzt, dass Maria Jimenez einfach irgendwo im Garten verbuddelt worden war.

»Wir sollten aufbrechen«, sagte Leah. Und Horndeich gab ihr recht.

Sie gingen in die Halle für die Fahrzeuge. Setzten sich in einen der zivilen Pkws und fuhren in Richtung Komponistenviertel. Sie stellten den Wagen rund siebzig Meter von der Einfahrt zum ehemaligen Haus von Maria Jimenez ab. Nach wie vor gab es dort nichts als – Schutt. Wenn Alfredo Jimenez tatsächlich dorthin fuhr, war Horndeich gespannt, wo der Mann den Spaten in die Erde rammen würde.

»Der Verdächtige verlässt die Autobahn auf Höhe der Ausfahrt Weiterstadt.«

Die Kollegen von Frankfurt. Ja, Horndeich zog den Hut davor, wie Jana die Überwachung organisiert hatte. Weiterstadt – das war nicht mehr weit entfernt.

»Geht es dir gut?«

Die Stimme von Leah. Ungewohnt. Nicht die Stimme, sondern die Frage. Nach Privatem! »Was meinst du?«

»Na, wie geht es dir, nicht mehr bei der Polizei? Ich habe einen neuen Kollegen, und der ist in Ordnung. Wieler und ich arbeiten gut zusammen. Aber ich frage mich, geht es dir gut? Nicht mehr als Mordermittler?«

Fragen, die er so mit seiner Kollegin nie erörtert hatte. »Ja, es geht mir gut. Allein das Risiko, nicht mehr angeschossen zu werden, macht alles für mich wett.«

»Kein bitteres Gefühl? Kein Gefühl, den wirklich wichtigen Dingen nicht mehr hinterherzujagen?«

Horndeich sah Leah an. Es machte keinen Sinn zu lügen. »Ja. Manchmal wäre ich wirklich gern wieder an deiner Seite. Wenn es darum geht, die richtigen Schurken zu fassen. Aber, Leah, auf der anderen Seite? Ich glaube, ich habe wirklich die Goldene Karte gezogen. Ich meine, wen fasse ich jetzt mit dir? Einen Mörder! Auch wenn ich nicht mehr mit dir bei der Polizei bin. Hey, ich kann mich doch nicht beklagen!«

»… fährt jetzt auf den Martin-Luther-King-Ring …«, tönte eine Stimme aus dem Funk.

»Er kommt direkt zu uns!«, sagte Leah. Und Horndeich spürte ein Kribbeln, das er lange nicht mehr gefühlt hatte.

Zwölf Minuten später fuhr der Range Rover in den Löwensternweg ein. Alfredo Jimenez stieg aus dem Wagen. Er öffnete die Zufahrt zum Grundstück. Dann fuhr er den Wagen auf das Grundstück, quer über den Rasen.

Horndeich sah auf seine Uhr. Es war drei Uhr. Der Himmel war noch dunkel, sicher noch für mindestens zwei Stunden. »Lass uns aussteigen«, sagte Leah.

Horndeich hätte es genauso gemacht. Er ließ Leah den Vortritt. Immerhin war sie diejenige, die eine Pistole mit sich trug.

Sie folgten Alfredo Jimenez, der sie jedoch nicht wahrnahm. Er hatte einen Spaten in der Hand. Und er ging nicht in Richtung Gartenhütte. Sondern in den nordwestlichen Teil des Grundstücks.

Er hatte den Anhänger in unmittelbarer Nähe platziert. Er nahm dessen Plane ab.

Dann stach Alfredo den Spaten in die Erde.

Leah sah ein paar Minuten zu, wie er Erde aus dem Boden schaufelte. Horndeich hätte schon früher den Zugriff durchgeführt. Doch Leah wartete. Bis zu dem Moment, wo auch Alfredo innehielt. Er hatte eine Grubenlampe auf seinem Kopf. Mit der beleuchtete er den Boden.

Alfredo ging in die Knie, griff in die Erde, die er gerade freigelegt hatte.

Dann stob Leah hervor. Mit der Pistole in der Hand, mit der Leuchte vor dem Körper: »Alfredo Jimenez, ich nehme Sie fest wegen des Verdachts, Maria Jimenez ermordet zu haben.«

Alfredo ließ die Schaufel fallen.

Hob die Hände.

Was ein gutes Zeichen war.

Ja, es war Leahs Tag. Denn Horndeich war Privatermittler. Er war kein Mordermittler mehr.

Leah und Max Wieler saßen am Tisch im Vernehmungsraum, Horndeich lehnte sich an die Wand. Für den Verdächtigen mochte das so wirken, als wäre er der große Unbekannte in diesem Spiel. Wobei Alfredo Lopez sehr wohl wusste, wer Horndeich war.

Für ihn, Horndeich, hieß es, dass Leah ihn an diesem großen Finale teilhaben ließ. Nicht mehr. Nicht weniger.

Leah hielt Alfredo all die Dinge vor, die sie sich in den vergangenen Tagen selbst zusammengereimt hatten. Dass er seine Schwester hatte umbringen wollen, um als Erbe nicht auszufallen. Leah sagte ihm auch direkt auf den Kopf zu, dass alle ihre Theorien verpufft wären, wenn sie nicht auf die Leiche von Maria Jimenez gestoßen wären. Und dahin habe er sie freundlicherweise selbst geführt.

Unmittelbar nachdem sie ihn aus dem Garten abgeführt hatten, war eine Einheit der Polizei aufs Gelände beordert worden, um die sterblichen Überreste von Maria Jimenez zu bergen.

»Was ist 2013 passiert?«, wollte Wieler wissen. Er hatte eine Begabung, Befragungen wieder in die richtige Richtung zu leiten.

Alfredo Jimenez antwortete augenblicklich, was Horndeich überraschte: »Im November 2012, da habe ich neben meinem Vater an dessen Sterbebett gesessen. Wissen Sie, mein Vater und ich, wir hatten kein gutes Verhältnis. Ich habe immer versucht, der Bub zu sein, den er sich wünschte. Ich habe angefangen mit dem Fußballspiel – ihm zuliebe. Ich habe angefangen, Hockey zu spielen – ihm zuliebe. Dann habe ich noch Basketball versucht. Aber nichts, gar nichts konnte ihn davon überzeugen, dass ich irgendeinen Wert hatte. Ich habe auch gute Noten geschrieben. Es war egal. Ihm konnte ich nichts recht machen. Und ich habe nie verstanden, wieso.

Bis eben an jenem Tag wenige Tage vor seinem Tod, als er mich zu sich zitiert hat. Da hat er mir endlich erzählt, warum er mich nie geliebt hat. Im Februar 1972, da hatte meine Mutter meine Schwester geboren. Maria. War mit ihr danach nach Hause gekommen. Und ich, knapp drei Jahre alt, wäre ein richtiger Wutbeutel gewesen. Hätte es nicht ertragen können, dass meine Mutter nun nicht mehr nur für mich, sondern auch für ein zweites Kind sorgte. Diese Geschichte kannte ich schon. Immer, wenn ich irgendetwas verbockt hatte in meinem Leben, wurde diese alte Kamelle wieder aufgetischt.

Aber was mein Vater dann sagte, veränderte alles: Ich hätte, knapp drei Jahre alt, in einem meiner Wutanfälle die Decke vom Wickeltisch gezogen. Nur habe in diesem Moment die Kleine darauf gelegen. Sie fiel auf den Boden. Und ihr Genick war gebrochen. Ich hatte meine wahre Schwester umgebracht.«

Keiner im Raum sprach ein Wort.

»Aber Sie waren doch noch ein Kleinkind!«, flüsterte Leah.

Alfredos Stimme war sehr leise, als er sagte: »Das Einzige, was mein Vater danach noch in mir gesehen hat, war: Er ist der Mörder seiner Schwester.

Und ich habe das nach dem Tod meines Vaters zu spüren bekommen. Es war ein Witz, was er mir hinterlassen hat. Das marode Haus war vielleicht ein Fünftel dessen wert, was Maria bekommen hatte. Und sie kam nicht auf die Idee, mir vielleicht von sich aus noch etwas abzugeben. Es war bitter.«

»Nachdem Ihre Schwester tot war, was haben Ihre Eltern dann gemacht?«

Alfredo sprach nun Horndeich an, der immer noch an die Wand gelehnt stand. Direkt ins Gesicht. »Vielleicht hätte ich es Ihnen gleich bei unserem Spaziergang sagen sollen. Ich habe es mir überlegt. Habe es dann aber doch gelassen.« Sein Blick wandte sich wieder in Richtung Leah. »Mein Vater hat es mir erzählt. Dieser Dr. Moreno, in dessen Klinik schon ich und auch meine Schwester auf die Welt gekommen waren, er war gut mit meinem Vater bekannt. Und er sagte meinem Vater, er habe eventuell eine Lösung parat. Und meine Eltern hatten sich nur zu gern drauf eingelassen. Es hat viel Geld gekostet. Mehr als eine Eigentumswohnung in Barcelona damals. Aber sie bekamen ein neues Mädchen. Zwei Monate jünger, aber wer konnte und wollte das beurteilen? Nein, mit ihrer zweiten Maria waren sie sehr glücklich.«

»Und warum ist Ihre Familie dann nach Deutschland umgezogen?«

»Das habe ich meinen Vater auch gefragt. Er hatte damals schon das Jobangebot aus Deutschland. Und er war froh, die Vergangenheit hinter sich zu lassen.«

Es war Horndeich, der Alfredo mit Janas Theorie konfrontierte: »Maria hat Ihnen davon erzählt, dass sie ihre leibliche Halbschwester gefunden hatte. Dass sie ihre Geburtsurkunde habe ändern wollen. Davon haben Sie gewusst, oder?«

Er war geschrumpft, seit sie ihn in diesen Verhörraum gebracht hatten. Horndeich hatte den Eindruck, Alfredo wäre fünf Zentimeter kleiner als zuvor. All sein Widerstand war in sich zusammengefallen.

»Ja, Maria hat es mir erzählt. Aber eben nicht nur das.«

»Was meinen Sie damit?«, hakte Leah nach.

»Sie rief mich aus Barcelona an. Hatte sonst nie zum Telefon gegriffen. Sagte, sie habe ihre Herkunft klären können. Sie habe ihre Mutter getroffen. Und auch ihre Halbschwester. Sie habe ihre Mutter gerade beerdigt. Wie glücklich und traurig sie darüber war. Dass sie endlich ihre wahre Herkunft erkannt habe. Und auch dokumentiert wissen wollte.

Sie fragte mich dann, ob ich wisse, was damals genau geschehen war. Warum sie als nicht leibliche Tochter bei uns gewohnt habe? Die Eltern könne sie ja nicht mehr fragen.

Ich bin gemein geworden am Telefon. Sagte ihr, dass ich schon immer gespürt hätte, dass sie nicht meine richtige Schwester sei. Solche Dinge halt.

Dann sagte sie mir den Satz, der alles veränderte: Dass ich sie auch nicht mehr lange ertragen müsse. Dass sie Schilddrüsenkrebs habe. Im Endstadium. Den sie wohl, wie sie in Spanien erfahren habe, von ihrer leiblichen Mutter geerbt habe.

Das war der Moment, in dem ich wusste, dass es nur zwei Möglichkeiten gab. Entweder einfach alles weiterlaufen zu lassen. Oder zu verhindern, dass all das, was mein Vater ihr – verzeihen Sie die Ausdrucksweise – in den Arsch geblasen hatte, nicht mehr innerhalb der Familie weitervererbt würde. Sondern an irgendeine wildfremde Spanierin.«

»Allein haben Sie das aber wohl kaum durchziehen können«, mutmaßte Wieler.

»Nein. Natürlich nicht. Nachdem Maria mit mir am Telefon gesprochen hatte, habe ich mit meiner Frau gesprochen. Am nächsten Tag habe ich noch mal mit Maria telefoniert, und da hat sie mir gegenüber bekräftigt, dass sie ihre Geburtsurkunde ändern lassen wolle und ihre Abstammung offiziell machen wolle. Das wäre sie ihrer leiblichen Mutter schuldig. Und ihrer Schwester.«

»Das haben Sie dann auch Ihrer Frau gesagt?«

»Natürlich. Es war auch meine Frau, die zuerst den Satz gesagt hat …« Jimenez unterbrach sich selbst. Wahrscheinlich wollte er seine Frau nicht mehr belasten, als unbedingt nötig war. Aber ganz aus dem Spiel lassen konnte er sie ebenfalls nicht. »Ich habe dann mit Diego gesprochen. Ob er eine Abwesenheitspflegschaft übernehmen könne, wenn Maria nicht mehr da wäre.«

»Und er hat Sie nicht gefragt, wieso Maria denn nicht mehr da sein sollte?«

»Diego hatte immer Geldprobleme – und eine Frau, die er vergötterte. Er hat immer damit gehadert, dass er ihr nicht all das bieten konnte, was sie eigentlich verdiente. Und ich wusste, dass Marias Ersparnisse und das Geld meines Vaters ganz gewiss nicht auf irgendeinem Konto lagen, sondern irgendwo im Haus versteckt waren. Im Arbeitszimmer meines Vaters gab es einen Schrank. Dort bewahrte er Bargeld auf. Der Schrank hatte ein gutes Schloss. War nicht so leicht zu knacken. Ein Kumpel hat mir den Umgang mit Lockpicking-Werkzeugen zum Schlösseröffnen gezeigt. Ich bin dann ganz gut darin geworden. Also habe ich mich aus dem Schrank schon als Jugendlicher immer mal wieder bedient. Wenn da Fünfzigtausend in einer Kiste lagen, fiel es nicht auf, wenn mal ein paar Fünfziger fehlten. In dem Haus gab es sicher einiges, was man zu Geld machen konnte. Und das war das, was ich Diego angeboten hatte: einen Ausweg aus der Ebbe in seiner Tasche. Und ein Haus im Martinsviertel in zehn Jahren. Wenn Maria offiziell für tot erklärt werden würde und ich erben würde. Dafür musste er nur Maria umbringen.«

»Das heißt, Sie haben Ihre Schwester nicht getötet?«

»Nein. Ich habe geholfen, die Leiche zu beseitigen. Diego hat sie mit einem Hammer erschlagen. Wenn Sie die Überreste von Maria jetzt bergen, werden Sie das Loch im Schädel sehen.«

Horndeich hatte seine Zweifel daran, ob es nicht vielmehr Alfredo Jimenez selbst gewesen war, der Maria getötet hatte. Wenn er vom Loch im Schädel wusste, sprach das eigentlich gegen ihn. Aber natürlich war es für Alfredo besser, den Mord Diego in die Schuhe zu schieben. Doch Alfredo hatte ja gerade zugegeben, von sich aus Diego angesprochen zu haben. Nun, mit diesen Aussagen durften sich dann später Richter, die Staatsanwaltschaft und die Verteidiger auseinandersetzen.

»Sie beide haben also Maria Jimenez verschwinden lassen«, übernahm Leah wieder, »doch wie kamen dann Marias Handy und ihre Kreditkarte nach Spanien?«

»Meine Frau ist mit dem Handy und der Kreditkarte meiner Schwester nach Spanien gefahren. Dort hat sie ein paarmal mit der Kreditkarte eingekauft, Bargeld abgehoben, das Hotelzimmer bezahlt, hatte ein paarmal mit dem Handy telefoniert.«

»Und woher kannte Ihre Frau die Geheimnummern für die Karten und das Handy?«

Alfredo grinste: »Meine Schwester stand ja nie auf elektronische Helfer. Und schon gar nicht auf Zahlencodes. 1502. Für alles, was eine vierstellige Nummer benötigte. 150272, wenn es sechsstellig sein musste. Ihr Geburtsdatum. Schon komisch, dass es im Nachhinein gar nicht ihr richtiges Geburtsdatum war … Egal. Hat auf jeden Fall geklappt.«

»Nur das mit der Postkarte war dann doch nicht so schlau.«

»Mit der Postkarte?«

»Sie haben sie fast perfekt gefälscht. Also die Schrift Ihrer Schwester haben Sie sehr gut imitiert. In dem Tresor lagen ja ein paar Gedichte, die sie geschrieben hat. Ich habe die Handschrift auf der Postkarte tatsächlich für die von Maria gehalten. Aber das mit der Briefmarke war dumm.«

»Ich verstehe nicht, was Sie meinen.«

»Sie haben einen Poststempel vom 18. Juni 2013 auf die Marke gedruckt. Woher hatten Sie die eigentlich?«

»Wieso fragen Sie das? Ich hatte sie von einem unserer Stammkunden, der immer wieder bei uns direkt im Hof einkauft. Er hat einen Briefmarkenladen. Er ist selbst Sammler. Und hat sich unter anderem für Spanien interessiert, weil seine Schwägerin von dort kam. Ich hatte ihm gesagt, ich bräuchte eine Ein-Euro-Marke aus Spanien. Möglichst aktuell. Am nächsten Tag hat er sie mir vorbeigebracht, und ich habe die Postkarte fertig gemacht. Um dann am darauffolgenden Tag wieder nach Darmstadt zu fahren und sie abzugeben.«

Leah konnte sich ein Grinsen nicht verkneifen. »Ihr Briefmarkensammler-Freund hat es zu gut mit Ihnen gemeint. Die Marke war nicht aktuell, sondern tatsächlich erst am 20. Juni offiziell ausgegeben worden.«

»Und wie konnte er sie dann schon haben?«, wollte Alfredo wissen.

»Das müssen Sie ihn schon selbst fragen. Ein Abo, Beziehungen?«

»Und ich dachte, nur der Tresor hätte mir das Genick gebrochen.«

»Sie haben das Haus angezündet, als Frank Schröder darin geschlafen hat!«

»Mein Gott, ich bin doch kein Mörder!«, empörte sich Jimenez.

Horndeich fand es immer wieder amüsant, wenn sich ein Mörder darüber echauffierte, dass man ihn so nannte.

»Dass Frank Schröder noch im Haus war, das habe ich nicht gewusst. Ich dachte, die ganze Familie wäre verreist. Herr Horndeich, Sie waren doch dabei, als Schröder uns bei der Begehung seines Grundstücks gesagt hat, er würde an dem Wochenende nach Hamburg fahren! Als wir darüber sprachen, wie sehr unsere Kinder das Leben im Grünen liebten. Wenn ich irgendetwas bereue, dann, dass tatsächlich noch ein Mensch im Haus war, als ich mit den Benzinkanistern ums Haus geschlichen bin.«

»Mit einem Bollerwagen?«, fragte Jana.

»Ja. Woher wissen Sie denn das?«

Jana zuckte nur die Schultern. »Sie sollten die Polizei nicht unterschätzen.«

»Das mit Frank Schröder tut mir leid. Das ist aber auch das Einzige, was mir leidtut. Echt, als die Auszüge in der Schuhschachtel aufgetaucht sind, das war der Moment, in dem ich Panik bekam. Ich wusste ja, dass mein Vater keiner Bank vertraute und alles Wichtige irgendwo im Haus verstaut hatte. Aber dass er irgendetwas hinter Wänden versteckte, sogar einen verdammten Tresor hinter einer Wand versteckt hatte, damit hätte ich nie gerechnet. Dass allerdings Maria, nachdem sie das ja offensichtlich herausbekommen hatte, diese Verstecke nutzte, das hat mich dann wiederum überhaupt nicht mehr überrascht.

Ich wusste nicht, was ich tun sollte. Es waren noch zwei Jahre, bis meine Schwester für tot erklärt werden würde. Nachdem wir sie begraben hatten, haben Diego und ich das Haus durchwühlt. Sind tatsächlich auch auf richtig viel Bargeld gestoßen. Was wir nicht gefunden haben: irgendwelche

Unterlagen von Maria, die belegten, dass sie nicht meine biologische Schwester war. Und jetzt bestand plötzlich die Möglichkeit, dass sich solche Unterlagen hinter den Wänden befanden!

Wieder habe ich mit meiner Frau gesprochen. Wir haben eine Nacht lang hin und her diskutiert! Aber am Ende gab es nur eine Lösung: Ich musste das Haus abbrennen. Ja, ein riesiger finanzieller Verlust. Aber besser, als sein ganzes Erbe zu verlieren. Und dass dann trotz meiner Brandaktion dieser Scheißtresor überlebt hat – ich dachte, ich träume, als Sie mich danach gefragt haben, ob ich von einem Tresor im Haus gewusst habe.

Vielleicht war es Schicksal. Karma. Dumm gelaufen. Was auch immer.«

EPILOG

»Papa, ist das auch eine Tradition?«

»Was?«

»Na, dass zu uns immer so viele Leute kommen und bei uns feiern.«

»Ja, es ist eine Tradition.«

»Hast du die begründet?«

Seine Tochter hatte die neue Redewendung sofort vom passiven zum aktiven Wortschatz befördert.

»Nein, Margot hat sie begründet.«

Stefanie flitzte zu Margot. »Das ist echt cool, dass du die Tradition begründet hast!« Margot saß auf einer der Bierbänke neben Nick, ihrem Lebensgefährten. Sie sah Stefanie irritiert an. »Na, die Tradition, hier mit dem Garten und dem Feiern!«

»Gern geschehen«, antwortete Margot und zwinkerte Stefanie zu.

Im Grill glühte die Kohle, und auf einem der Biertische standen die Salate und die Getränke.

Ja, sie waren alle da. Wie damals, als er noch Mordermittler war. Rund zwei Jahre lang hatten sie in diesem Garten nicht mehr in dieser Konstellation gefeiert.

Da war Leah. Zusammen mit Feller. Die kaum einen Moment voneinander lassen konnten. Jana. Allein. Ihr hätte er wirklich einen Partner an die Seite gewünscht. Aber Horndeich war sich nicht sicher, ob Jana sich das auch wünschte.

Max Wieler war eines der neuen Gesichter. Wie auch dessen Frau. Wieler war ihm nicht unsympathisch. Aber er gehörte zu einer Generation, der er, Horndeich, nicht mehr angehörte. Und ja, auch Margots Vater war mit von der Partie. Er hatte die achtzig inzwischen hinter sich gelassen. Aber er würde sich niemals freiwillig als Grillmeister verabschieden. Seine Lebensgefährtin, Chloe, saß direkt neben Margot. Und irgendwie hielt Margot eine schützende Hand über diese Frau. Ganz in der Ecke des Gartens lag ihr Hund Che, der Chihuahua, der inzwischen auch ein Hundegreis war. War er früher zwischen all den vielen Menschen umhergetollt, mochte er es jetzt ruhiger.

Sie alle hatten Maria Jimenez zur Gerechtigkeit verholfen. Ohne sie und ihren Einsatz wären alle immer noch davon ausgegangen, dass Maria irgendwo in Spanien überfallen und verscharrt worden wäre. Ja, da hatten sie vieles richtig gemacht.

Horndeich war glücklich. Diese Grillabende in seinem Garten, sie erinnerten ihn irgendwie immer an die gemeinsamen Wildschwein-Essen der Gallier bei Asterix nach einem bestandenen Abenteuer. Er freute sich, dass er einen solch großen Garten hatte, in dem er diese Feiern feiern konnte.

Stefanie war kurz im Haus verschwunden und wieder zurückgekehrt. In den Händen hielt sie einen Bilderrahmen aus Kunststoff mit einem Foto hinter Glas. Das Foto zeigte das Flugzeug, in dem Horndeich geflogen war. Und auch ein kleines, rundes Porträt von Veronika Seibert. Und eine Unterschrift von ihr. Stefanie war darüber sehr glücklich gewesen. Ein Modell konnte man irgendwo kaufen. Eine Autogrammkarte der Stewardess, die ihren Vater nach Spanien und wieder nach Hause begleitet hatte, das war schon was Besonderes. Da hatte Adrian wirklich etwas Tolles für seine Tochter gezaubert.

Alexander flitzte mit einem Flugzeugmodell durch den Garten. Für ihn war es genau das richtige Mitbringsel gewesen. Ihm war nicht wichtig, ob das genau Papas Flieger gewesen war.

Sebastian Rossberg trat zu Jana, setzte sich neben sie. »Eines würde mich jetzt doch interessieren.«

»Na, dann schießen Sie los. Vielleicht kann ich Ihre Frage beantworten.«

»Wird diese Halbschwester von Maria Jimenez denn jetzt den Nachlass bekommen?«

»Ich hoffe es. Da ich den Nachlass verwalte und Maria Jimenez nicht arm war, habe ich einen guten Anwalt beauftragt, der sich darum kümmert. Es geht darum, dass die Geburtsurkunde von Maria Jimenez korrigiert werden muss. Und da sich über die DNA ja zweifelsfrei nachweisen lässt, dass Maria Jimenez die Halbschwester von Andrea Ruiz war, stehen die Chancen, glaube ich, nicht schlecht. Die Rechtsmedizin in Frankfurt hat auf jeden Fall den sterblichen Überresten von Maria aus dem Garten auswertbare DNA entnehmen können.«

»Das freut mich. Das freut mich sehr.«

Wieder quietschte das Gartentürchen. Horndeich müsste es dringend einmal ölen. Dann fragte er sich, wer um diese Zeit bitte noch zu ihnen stoßen wollte. Horndeich stand auf. Und da kamen in einem Aufwasch: Katharina, Veronika und Andrea. »Wir haben gehört, es gäbe hier etwas zu feiern?« Da musste wohl Jana ihre Finger im Spiel gehabt haben.

»Ja, gibt es. Kommt rein.«

NACHWORT UND DANK

Ich weiß nicht, wann Sie, verehrte Leserinnen oder Leser, dieses Buch lesen. Ich habe das Manuskript für dieses Buch Ende Mai 2021 beendet. Es war die Zeit, als man während der Corona-Pandemie glücklich war, wenn die Sieben-Tage-Inzidenz unter 100 sank. Das Jahr davor war kein gutes. Ich habe viel mehr über Viren gelernt, als ich jemals vorhatte zu wissen. Geschrieben habe ich dieses Buch, als das Virus unser Leben bestimmte. Auf mein privates und auf mein wirtschaftliches Leben hat diese Pandemie einige sehr negative Auswirkungen gehabt. Freundlich formuliert.

Deshalb habe ich beschlossen, dem Virus und der Pandemie in diesem Buch den Stinkefinger zu zeigen und beide schlicht zu ignorieren. Sollten Sie dieses Buch kurz nach seinem Erscheinen lesen, mag Sie das irritieren. Aber ich hege eher die Hoffnung, dass Sie oder andere Leserinnen und Leser vielleicht in drei oder vier Jahren dieses Buch (noch einmal) in die Hand nehmen. Dann liegt die Corona-Pandemie hoffentlich auf dem Müllhaufen der Geschichte. Und keinem wird mehr auffallen, dass meine Figuren in diesem Buch keine Maske tragen und auch keinen Abstand halten. Dies ist keinem Querdenkertum geschuldet, sondern ausschließlich der nackten Hoffnung, dass diese Details in ein paar Jahren niemanden mehr jucken.

Und dieses Buch soll Sie unterhalten. Und Ihnen eine gute Zeit bereiten. Und meine Geschichten, sosehr ich mich auch bemühe, sie gründlich zu recherchieren, sind Fiktion und Illusion. Und so habe ich mir die Freiheit genommen, Horndeich und all seine Mitstreiterinnen und Mitstreiter für diese Geschichte in ein coronafreies Paralleluniversum zu beamen.

Die Geschichte der geraubten Kinder in Spanien hingegen ist leider keine Räuberpistole, sondern ein dunkles Kapitel europäischer Geschichte. Welche Dimensionen dieser Kinderraub hatte, ob nur einige kirchliche Hospitäler darin verstrickt waren oder gar eine landesweite Verschwörung, das lässt sich heute nur noch schwer nachvollziehen. Aber Vereine wie den – fiktiven – Verein AVINIRO, die gibt es wirklich, etwa »ANADIR« in Madrid, der für meinen Verein in vielen Dingen Pate gestanden hat. Dass der Raub und Verkauf von Kindern keine Fiktion ist, zeigt, dass mehrere Verwandte – Geschwister oder Mütter und Kinder – sich über solche Vereine tatsächlich fanden und über einen DNA-Vergleich die Verwandtschaft bestätigt wurde.

Damit komme ich zu dem Teil, in dem ich vielen Personen meinen Dank aussprechen will.

Angelika von Wilcke ist tätig beim Nachlassgericht in Dieburg. Ihr Pech. Denn sie war damit meine Ansprechpartnerin für alle Fragen rund um den Job einer Nachlasspflegerin. Und das bereits, während ich den Roman entwickelt hatte. Ohne sie hätte ich den Begriff Abwesenheitspflegschaft nie in meinem Leben kennengelernt – es wäre ein herber Verlust gewesen! Danke dir für deine stete Bereitschaft, auch zu Unzeiten meine Fragen zu beantworten!

Horndeich ist zwar Privatermittler, aber auch seine ehemaligen Kollegen der Polizei mischen wieder mit. Uli Graf von der Polizei hat mich unterstützt. Und mein Dank gilt, wie schon in so vielen Büchern zuvor, ganz besonders: Silvia Kominek. Sie hat mir für jede Frage, was denn die Polizei so treibt, wann sie eigentlich nicht ermittelt, wie das denn so ist mit den Vermisstensachen, immer und immer wieder Rede und Antwort gestanden. Ebenfalls zu Unzeiten. Danke, Silvia!

Und wie in jedem Krimi gibt es natürlich viele körperliche Leiden. Ich differenziere das jetzt nicht im Einzelnen, sondern sage der Ärztin Barbara Pregowska ein dickes Dankeschön dafür, dass sie mich etwa zu der Frage beraten hat, auf welchen Dokumenten eine Blutgruppe genannt wird – und auf welchen eben nicht.

In diesem Buch geht auch um Babys. Alle Fragen dazu hat mir Regina Völger beantwortet – als Hebamme sicher eine der kompetentesten Antwortgeberinnen. Danke!

Michael Pregowski half mir bei allen Fragen zu polnischen Namen, Orten und Eigenheiten. Thx!

Bernd und Roswitha Rüpprich danke ich für das Schreibasyl, währenddessen der Roman so richtig ins Rollen gekommen ist. Wie wohl solch ein Refugium gerade beim Strukturieren ist, vermögt ihr beiden kaum zu ermessen. Danke!

Tja, und dann ist da unser westlicher Nachbar in der EU: Spanien. Dort spielt ein Teil des Romans. Und ohne spanisch sprechende Freunde hätte ich das Buch so nicht schreiben können: Rafael Kozlowski, Glenn Shoemaker – danke für eure Unterstützung. Zwei Menschen muss ich jedoch besonders erwähnen: Miguel Gilibert i Sunye, du hast mir Insider-Einblicke in die Welt und die Geschichte Barcelonas und Kataloniens gewährt, die ich sonst kaum hätte recherchieren können. ¡Muchas gracias! Und Yvonne Raftopoulo, du warst meine Übersetzerkönigin! ¡Te adoro!

Joachim Becker hat mir juristischen Beistand geleistet bei allen Fragen rund um diesen Fall. Du warst sogar beim ersten Gedanken an diese Geschichte dabei! Danke!

Und zuletzt? Hanne Lüdeling, ich glaube, dir gilt das dickste Dankeschön von allen. Du hast mir geholfen, das bestmögliche Manuskript zu erstellen, das möglich war. Ich drücke dich dafür, ganz fest!

Und natürlich: Ein herzliches Dankeschön an den Verlag und seine Verlegerin Felicitas von Lovenberg. Dank auch an Christine Neumann, die dieses Buch lektoriert und dadurch deutlich besser gemacht hat!

Tja, und dann der Dank an die aller-, allerbesten Rücken-

Freihalter dieser Welt: Felix Rudloff, Georg Simader, Caterina Schäfer und ihr Team von copywrite! Ich bin sehr, sehr froh, dass ich euch habe!

Und ohne euch alle hinter mir hätte das Buch nie entstehen können. Deshalb danke ich euch für eure Unterstützung und für euer Wissen.

Michael Kibler